Aurélien Molas
Die Unseligen

PIPER

Zu diesem Buch

Im Auftrag von *Ärzte ohne Grenzen* sollen die beiden Franzosen Benjamin Dufrais und Jacques Rougée die Zustände in einem nigerianischen Waisenhaus überprüfen. Als sie bei der staatlichen Einrichtung ankommen, fällt ihnen schnell ein Mädchen auf. Obwohl sie starke Medikamente einzunehmen scheint und sich täglichen Untersuchungen unterziehen muss, kann Benjamin keinerlei beunruhigende Anomalien in ihrem Blutbild erkennen. Aber warum schenken die einheimischen Ärzte ihr dann weit mehr Aufmerksamkeit als den anderen, teils schwer kranken Kindern? Noch bevor Benjamin dieser Frage nachgehen kann, stürmt eine schwer bewaffnete Rebellengruppe das Waisenhaus. Und schnell wird klar, dass sie nur ein Ziel haben: Naïs. Sie entführen das einzigartige Mädchen, und auch die beiden jungen Ärzte sind unter den Geiseln…

Aurélien Molas, geboren 1985 in Tarbes, hat in Madrid gelebt und wohnt heute in Paris, wo er als Drehbuch- und Romanautor tätig ist. »Die elfte Geißel«, sein erster Thriller, wurde mit dem *Prix Sang pour Sang polar*, dem *Prix Noir de Noir des lycéens* und dem *Prix Raisin Noir du polar* ausgezeichnet. »Die Unseligen« ist sein zweiter Thriller.

Aurélien Molas

DIE UNSELIGEN

Thriller

Aus dem Französischen von
Thorsten Schmidt

Piper München Zürich

Mehr über unsere Autoren und Bücher:
www.piper.de

Von Aurélien Molas liegen bei Piper vor:
Die elfte Geißel
Die Unseligen

MIX
Papier aus verantwortungsvollen Quellen
FSC® C014496
www.fsc.org

Deutsche Erstausgabe
Oktober 2013

Titel der französischen Originalausgabe:
»Les Fantômes du Delta«, Éditions Albin Michel, Paris 2012

Umschlaggestaltung und -motiv: Hauptmann & Kompanie Werbeagentur, Zürich
Satz: Greiner & Reichel, Köln
Gesetzt aus der Quadraat
Papier: Pamo Super von Arctic Paper Mochenwangen GmbH, Deutschland
Druck und Bindung: GGP Media GmbH, Pößneck
Printed in Germany ISBN 978-3-492-30262-3

Für meine Eltern, Alain und Martine,
und *für* meine Schwester Stéphanie, treue *Gefährten* vieler Abenteuer.

Für Doktor No, Arzt bei Médecins Sans Frontières und gebildeter Weltmann.

»Es stand geschrieben, dass ich dem Ungeheuer meiner Wahl treu bleiben sollte.«
Joseph Conrad, *Das Herz der Finsternis*

»Schlag mich. So fest, wie du kannst.«
Chuck Palahniuk, Fight Club

»Wer will mich und die Brösel meines Gehirns?«
Noir Désir, *L'Homme Pressé*

AUGUST 2003
Das aus dem Wasser gerettete Kind

»Eine Hexe sollst du nicht am Leben lassen.«
Exodus 22,17

1

Das Säuseln des Waldes war verstummt.

Die einzigen Hintergrundgeräusche waren jetzt das anhaltende Prasseln des Regens auf das Dach des Waisenhauses und die verängstigten Schreie der Kinder. Pater David war beunruhigt. Er stand an einem Fenster im ersten Stock und betrachtete die Wedel der Dattelpalme, die das große Holzkreuz in einem gleichbleibenden Takt peitschten. Dahinter wogte der in der Finsternis fast unsichtbare Dschungel im Rhythmus des Sturms.

Der katholische Missionar führte die Wasserflasche zum Mund. Die feuchte Luft des Deltas schien mit jeder Stunde unerträglicher zu werden. Er räusperte sich laut, spuckte in einen Aschenbecher und wischte sich die Lippen an einem Hemdsärmel ab. Weder das Wasser noch die Zigarren schafften es, seine Bronchien frei zu machen und den rostigen, erdigen Nachgeschmack auf der Zunge zu lindern.

Er hatte gerade sein achtundsechzigstes Jahr auf dieser Erde gefeiert, als die Sintflut eingesetzt hatte. Seit zwölf Tagen verdunkelten die Wasserhosen jegliches Licht, abgesehen von den hellweißen Adern der Blitze. Pater David seufzte und wandte sich von dem Fenster ab. Mit der Spitze seiner Sandale schob er den Blechtopf, der das Wasser aufnahm, das aus einem Riss in der Decke tropfte, ein Stück vor und drückte auf gut Glück auf den Schalter. Die nackte Glühbirne, die am Ende des ausgefransten Kabels pendelte, leuchtete nicht auf – es war zum Verzweifeln. Der Priester seufzte abermals und ließ sich in den alten Sessel fallen, gegenüber dem Kruzifix, das er schemenhaft über seinem Schreibtisch erkannte.

Am Morgen des dritten Tages war der Strom ausgefallen, und er kehrte nur noch ab und zu für ein oder zwei Stunden zurück. Das gesamte Waisenhaus der Petits Frères du Peuple lebte im Halbdunkel und in der Ungewissheit, ob die Nacht endlich dem Tag gewichen war. Auf alten Kochern, die sie gegen Medikamente eingetauscht hatten, erhitzten die Missionare Wasser und Milch für die Säuglinge. Die Vorräte der Apotheke waren um die Hälfte geschrumpft, und der leiseste Hustenanfall, der harmloseste Durchfall beunruhigten sie und ließen sie kein Auge zumachen.

Pater David durchwühlte seine Taschen und zog eine jener modrigen Zigarren heraus, die auf dem Markt von Owerri verkauft wurden. Er hatte den afrikanischen Kontinent von Kapstadt bis Somalia durchstreift, eine Reise, die er gleich nach dem Abschluss des Priesterseminars in Angriff genommen hatte und die ihm, mit nur fünfundzwanzig Jahren, schon graue Haare und den Körper eines völlig ausgelaugten Mannes eingebracht hatte. In Namibia hatte er im Busch gelebt, zu Beginn des Diamantenkriegs Sierra Leone durchquert, das Wort Gottes bis in den Sudan getragen, aber er konnte sich nicht erinnern, dass er schon einmal eine solche Hölle durchgemacht hatte. Zweifellos hing es mit seinem Alter zusammen, oder aber – er musste es gestehen – mit seinem Glauben, der im Lauf all dieser Jahre mehr und mehr verkümmert war.

Der erste Zug an seiner Zigarre erinnerte ihn daran, wie bitter der nigerianische Tabak war, genauso bitter wie das Fleisch und das Gemüse vom Ufer des Niger. Der Koch des

Waisenhauses bestreute jedes Gericht dick mit Gewürzen und Küchenkräutern, um es essbar zu machen, aber selbst Safran und Zimt konnten diesen verfluchten bitteren Geschmack nicht überdecken. Sogar die Süßigkeiten, die die Priester manchmal für die Geburtstage ihrer Zöglinge kauften, schienen aus gepanschtem Zucker hergestellt worden zu sein.

Die ganze Region ist bis zu den Wurzeln vom Erdöl verseucht, dachte der Priester.

Der Schlamm des Niger, das Grundwasser, die Maniokfelder – alles war durch das aus defekten Pipelines heraussickernde Öl verpestet. Unentwegt lag der Gestank von verfaulenden Pflanzen in der Luft, und kein Sturm war stark genug, um diesen Geruch zu vertreiben. Die Regenfälle der letzten Tage hatten die Sumpflandschaft des Deltas überschwemmt, und eine dünne Schicht aus schwärzlichem Öl hatte die Felder überflutet, die Fischernetze verklebt und Hunderte von Fischen getötet, die an der Oberfläche des Flusses trieben.

So konnte es nicht weitergehen. Pater David stützte seinen Kopf auf die Rückenlehne. Die örtliche Bevölkerung litt zu sehr. Vor dem Hintergrund des obszönen Reichtums der Mineralölkonzerne zeichnete sich die Not der Bewohner des Deltas allzu deutlich ab. Schon bald würde sich eine Woge der Empörung erheben, davon war er überzeugt, ja, er wünschte es sich geradezu.

Obwohl er überzeugter Marxist war, lehnte er jede Form von Gewalt ab. Bis zu einem gewissen Punkt. War der schmale Grat zwischen dem, was gerade noch moralisch vertretbar war, und der Barbarei überschritten, waren Waffen in seinen Augen die einzige mögliche Reaktion. Und eine AK-47 hatte immer eine stärkere Wirkung als ein Rosenkranz.

Er zündete die kalte Asche seiner Zigarre noch einmal an. Er war nach Afrika gekommen, um der Kirche und der sozialistischen Revolution gleichermaßen zu dienen. Er war rundum gescheitert. Die Macht des Islam wuchs, und das kommunistische System war auf Erden eine Utopie. Hugo Chávez in Venezuela und Fidel Castro auf Kuba hielten die Illusion aufrecht, es sei noch möglich, gegen den Kapitalismus zu kämpfen, aber es blieb eine Illusion.

Eingelullt von den Geräuschen, die aus dem Schlafsaal unter seinen Füßen aufstiegen, dachte Pater David über seine Misserfolge nach und fragte sich, ob die kommunistischen Priester, die in Lateinamerika Gottesdienste feierten, wohl auch den Eindruck hatten, dieses neue Jahrtausend markiere das Ende der Ideale.

»Pater?«

Die dünne Stimme vor der Tür seines Schlafzimmers riss ihn aus seinen Gedanken.

»Ja? Herein.«

Ein Jugendlicher schob den Kopf durch den Türspalt und hielt Ausschau nach der von der Dunkelheit eingehüllten Gestalt von Pater David.

»Guten Abend, Georges«, sagte der Priester.

»Pater, jemand fragt nach Ihnen.« Der junge Nigerianer wirkte ein wenig verlegen. »Eine Frau ...«, fügte er hinzu.

»Eine Frau?«

»Sie sagt, dass sie Sie kennt und dass sie Ihnen etwas Wichtiges sagen müsste.«

»Etwas Wichtiges, was soll das sein, Georges?«

»Ich weiß es nicht. Sie will nur mit Ihnen sprechen.«

Pater David warf einen Blick zum Fenster, und seine Miene verdüsterte sich. Wenn sich jemand die Mühe machte, bei dieser Sintflut hierherzukommen, bedeutete das, es ging um einen Notfall. Er fühlte sich zu erschöpft, um sich jetzt noch mit einem größeren Problem zu befassen. Er flehte darum, dass es nur jemand war, der für die Nacht Unterschlupf suchte.

»Sag ihr, dass ich komme.«

2

Die Frau stand unter dem Vordach aus Wellblech. Sie war in eine blaugrüne Tunika gehüllt und drückte ein Bündel an ihre Brust. Sie zupfte nervös an den Zipfeln des Gesichtsschleiers, der ihre Schultern und Haare bedeckte. Der Stoff klebte an ihrer Haut und ließ einen hageren, von Hunger, Drogen oder Krankheit ausgezehrten Körper erkennen.

Den Priester überfiel ein Gefühl der Vertrautheit, er verspürte eine plötzliche Hitzewelle, die sich legte, als er das Gesicht der Besucherin sah. Sie musste zwischen fünfunddreißig und vierzig Jahre alt sein, aber ihr Gesicht war gezeichnet, so eingefallen wie das einer alten Frau. Er vermutete, dass HIV oder eine andere verdammte Krankheit der gleichen Sorte ihre Immunabwehrkräfte schleichend schwächte, was bereits ihr äußeres Erscheinungsbild veränderte.

»Guten Abend, ich bin Pater David …«

Sie blickte langsam zu ihm auf, als sich ihre Blicke trafen, wich er zurück. Es war eine unwillkürliche Reaktion, so abrupt wie die Hitzewelle in seinem Bauch, sein Körper reagierte unabhängig von seinem Geist auf die Anwesenheit dieser Frau. Er fing sich wieder und räusperte sich.

»Kann ich Ihnen helfen?«

Über dem Dschungel leuchtete ein heller Blitz auf, ehe eine Sekunde später das ohrenbetäubende Grollen des Donners zu hören war. Das Bündel, das die Frau an ihre Brust drückte, wand sich und stieß eine Art Röcheln aus, das der Priester mühelos einordnen konnte. Es durchzuckte ihn kalt, als er die Gründe erriet, die diese Mutter dazu veranlasst hatten, den Unbilden des Wetters zu trotzen.

Das Waisenhaus der Petits Frères du Peuple beherbergte zweihundert Kinder, darunter fast fünfzig Säuglinge. Seit seiner Ernennung zum Direktor musste Pater David mit dem stetigen Zustrom neuer Waisen klarkommen.

Aufgrund der Hungersnöte im Norden des Landes und der gewaltsamen Auseinandersetzungen zwischen Muslimen und Christen verließen die Bauern ihre Felder und versuchten ihr Glück in Lagos oder Port Harcourt. Sie tauschten ein Elend gegen ein anderes ein. Und wie immer mussten es die Kinder ausbaden. Malaria, Cholera-Epidemien, Ruhr, Vergiftung, Unterernährung: Die Kindersterblichkeit in der Region lag bei über dreißig Prozent.

Die Frau hatte noch kein Wort gesagt, und der Priester fragte sich, ob sie Englisch sprach. Er beugte den Kopf und setzte jene Betroffenheitsmiene auf, die sein Gegenüber normalerweise sofort Vertrauen zu ihm fassen ließ.

Da er es Hunderte Male wiederholt hatte, wusste er, was er zu den Eltern sagen musste, um sie zu beruhigen, sie auf das hinzuweisen, was sie ihren Kindern nicht mehr geben konnten. Denn er hatte schon längst aufgehört, sie zu überreden, ihr Baby zu behalten. Die Junkies und die Kranken im Endstadium waren emotional so labil, dass es genügte, das Bedürfnis des Kindes nach Liebe zu erwähnen, damit sie sich anders besannen. Dann versprachen sie, sich um ihr Kind zu kümmern, schworen, liebevoll für es zu sorgen und sogar ihr Leben zu ändern. Aber diese Versprechen hielten nur bis zur nächsten Crackpfeife oder einem neuen Schmerzanfall. Und die tiefen Wasser des Niger verbargen allzu viele Leichen von Neugeborenen.

»Unser Heim«, sagte er, wobei er jede Silbe deutlich von der nächsten absetzte, »bietet Ihrem Kind eine echte Chance. Es wird medizinisch versorgt, und wir geben ihm drei Mahlzeiten am Tag. Wir legen großen Wert auf Bildung, wir bringen ihm Lesen und Schreiben bei. Sie sollten auch wissen, dass wir regelmäßig Ausbildungsgänge für verschiedene Berufe organisieren ...«

Er hielt inne, da er sich zunehmend unwohl fühlte, ohne es sich erklären zu können. Die Frau sah ihn an, genauer gesagt: Sie starrte ihn an, höchst konzentriert, aber scheinbar ohne ihm zuzuhören.

»Sofern kein Adoptionsantrag gestellt wird, behalten wir die Kinder bis zu ihrem vierzehnten Geburtstag, und wir tun unser Möglichstes, damit sie später Arbeit finden.«

»Du erkennst mich nicht, oder?«, unterbrach sie ihn.

»Wie bitte?«

»Du erinnerst dich wirklich nicht an mich, wie?«

Ein fassungsloser Pater David verstummte. Die Stimme dieser Frau, ihr moduliertes Timbre, rief ihm tatsächlich etwas in Erinnerung, ein fernes Gefühl, wie von Nebel umhüllt, als ob eine Kraft tief in seinem Innern, vielleicht sein Gewissen, ihn sorgfältig auf Distanz hielt.

»Nein, tut mir leid …« Nach kurzem Zögern fragte er: »Sind wir uns schon einmal begegnet?«

»Du hast mit mir geschlafen.«

Der Priester war sich nicht sicher, ob er richtig gehört hatte. Der Satz schwebte einen Moment zwischen ihnen, losgelöst von jeder Wirklichkeit. Das Rauschen des Windes, das Plätschern des Regens auf dem gestampften Boden, das regelmäßige Schlagen eines Fensterladens gegen die Mauer, alles war verschwunden, ausgelöscht durch diesen einen Satz.

»Du hast sogar gesagt, dass du mich liebst«, fügte sie hinzu, ohne ihn aus den Augen zu lassen.

Pater David taumelte. Er klammerte sich am Türpfosten fest, ohne die Splitter zu spüren, die sich in seine Haut bohrten. Er wollte leugnen, wusste jedoch schon, bevor er seine Einwendungen auch nur formulieren konnte, dass sie vergeblich wären. Das letzte Bollwerk seines Gedächtnisses gab nach, und wie er plötzlich seinen nackten Körper sah, der sich zwischen den Schenkeln dieser Frau bewegte, wurde ihm ganz schlecht. Unter der durchnässten Tunika erkannte er die Kurven, die er begehrt hatte, die Brust, in die er gebissen hatte. Der süßsaure Geschmack ihres Schweißes, ihres Geschlechts erfüllte seinen Mund, wie wenn dieses nächtliche Abenteuer gestern stattgefunden hätte.

Er war von jeher der Meinung gewesen, dass das Gelübde der Ehelosigkeit eines Priesters nicht Keuschheit bedeutete. Doch hatte eine unbegründete Angst ihn davon abgehalten, all den Regungen seines Triebes nachzugeben. Er fühlte sich so wie ein verheirateter Mann, der versucht ist, seine Frau zu betrügen, den jedoch an der Schwelle seines Hotelzimmers etwas zurückhält.

Nur fünf Mal war sein Verlangen stärker gewesen als diese irrationale Angst davor, die Regeln der Kirche zu übertreten. Und die fünfte Versuchung, der er erlegen war, stand jetzt vor ihm, und sie war anders als das verschwommene Bild, das er von ihr behalten hatte. Ihr schien jene Aura abzugehen, die ihn verwirrt hatte, als er sich, schon recht betrunken – so sehr, dass er sogar wieder ins weltliche Leben hatte zurückkehren wollen –, auf die Theke einer Bar in Lagos gelehnt und sie erblickt hatte, allein und genauso verloren wie er. In einem schäbigen Separee, das von dem schwachen rosa Licht einer Neonröhre kaum erhellt worden war, hatte er ihr gegenüber Platz genommen, und einige Stunden später hatten sie sich unter den schmutzigen Laken einer Dachkammer wiedergefunden – ohne dass er genau wusste, wie sie dorthin gelangt waren.

Alles war so schnell, so leicht gegangen, dass er beim Aufwachen fest davon überzeugt gewesen war, eine Prostituierte aufgegabelt zu haben. Aus seiner Überzeugung war eiskalte Angst geworden, als ihm bewusst geworden war, dass keine Kondomverpackung auf dem abgewetzten Teppichboden lag. Die Tatsache, dass er in diesem Punkt gegen keine päpstliche Vorschrift verstoßen hatte, hatte ihm keine Erleichterung verschafft.

Als Pater David sie so schwach, so kümmerlich sah, spürte er, wie das Adrenalin, brennend wie Ätznatron, durch seine Adern schoss. Bei dem Gedanken, dieses Phantom eines kurzen sexuellen Abenteuers, das er zu vergessen suchte, könnte mit HIV infiziert sein, drehte sich ihm der Magen um. Und eine Sekunde lang schien es ihm, als wäre er in einem grotesken Traum gefangen, in welchem Gott in Gestalt dieser Frau beschloss, ihn für seine Verfehlungen zu bestrafen oder sich auf seine Kosten zu amüsieren, indem er ihm mitteilte, dass er sich wahrscheinlich mit Aids infiziert hatte.

»Es ist lange her ...«, brachte er endlich hervor.

Sie antwortete nicht – aber sie zitterte jedes Mal, wenn der Regen und die Sturmböen ihren Rücken peitschten. Der Säugling in ihren Armen weinte leise, doch sein Schluchzen wurde überdeckt von den tausend Geräuschen des Unwetters.

»Ich weiß nicht, was ich sagen soll, ich ...«

Er verstummte, rang nach Worten. Die Situation erschien ihm so absurd, dass ein Teil von ihm die Möglichkeit nicht ausschloss, dass diese ganze Szene nur ein Traum war, ein Trugbild, genährt von nachhallenden Schuldgefühlen.

»Ich weiß nicht, wieso Sie hier sind ... und auch nicht, was ich für Sie tun kann ...«

»Das ist deine Tochter«, sagte sie ebenso abrupt, wie wenn sie von einer Brücke hätte springen müssen.

3

Pater David starrte entgeistert die Frau an, die gerade, ohne Umschweife, das Undenkbare behauptet hatte.

Eine seltsame Anziehungskraft ließ seinen Blick langsam über ihre Brust und ihre spindeldürren Arme gleiten, wo er dem des Kindes begegnete.

Ihm schnürte sich die Kehle zu.

Die tiefschwarzen Augen hielten ihn gefangen. Er fühlte sich hilflos und war zugleich erschrocken.

Er hatte so viel Blut fließen sehen, dass es ausreichen würde, um für alle Zeiten sämtliche Flüsse Afrikas rot zu färben, er hatte gesehen, wie Macheten Köpfe spalteten, als wären es gewöhnliche Melonen, er hatte gesehen, wie mit Benzin übergossene Frauen und Kinder bei lebendigem Leib verbrannt wurden, und er hatte in sich immer den Mut gefunden, sich seinen Ängsten zu stellen und sie zu überwinden. Vielleicht hatte ihn sein Glaube davor bewahrt, wahnsinnig zu werden, vielleicht auch die unerschütterliche Überzeugung, dass ein Mensch böse wird, weil er leidet. Aber weder der Glaube noch die Überzeugung halfen ihm, die entsetzliche Angst, die ihm dieses Kind einflößte, zum Verstummen zu bringen.

»Meine Tochter ...«, wiederholte er.

»Sie heißt Naïs.«

»Das kann nicht sein«, flüsterte er zu sich selbst. »Sie lügen ... Und selbst wenn Sie ein ...« Das Wort wollte ihm nicht über die Lippen kommen. »... ein Kind von mir gehabt hätten ... dieses Mädchen ist zu jung, viel zu jung.«

Mit einer erregten Geste wischte sie den Einwand beiseite.

»Ob du mir glaubst oder nicht, das hat keine Bedeutung.«

»Was wollen Sie dann?«

Sie warf einen Blick hinter sich, Richtung Dschungel und Straße, und als sie das Knattern eines Motors hörte, näherte sie sich dem Priester. Sie wartete, bis die Rücklichter der alten Schrottkiste, die im Slalom um die Pfützen fuhr, in der Finsternis verschwunden waren.

»Ich will, dass du sie hier behältst«, sagte sie ein wenig leiser, »ich will, dass du sie beschützt ...«

»Wovor soll ich sie beschützen?«

»Sie haben versucht, sie umzubringen ...« Wieder suchte sie mit den Augen die Straße ab. »Sie glauben, wenn sie sie töten, würde ihre Macht auf sie übergehen. Sie wollen ihre magische Kraft, verstehst du? Deshalb musst du sie bei dir behalten.«

Der Priester empfand eine jähe Erleichterung, die genauso stark war wie der Schreck, der sich vorhin seiner bemächtigt hatte.

»Wie lang sind Sie schon krank?«, fragte er sanft.

»Warum willst du das wissen?«, stieß sie hervor, auf Abwehr eingestellt. »Du hältst mich für verrückt, nicht wahr? Du glaubst, das alles wäre nur da drin, wie?« Mit dem Finger tippte sie an die Schläfe.

»Ja ...«

»Ich bin nicht verrückt.«

Pater David legte mitfühlend eine Hand auf ihre Schulter. Er hatte einige Monate lang in einer psychiatrischen Klinik im Nordosten Kameruns gearbeitet und festgestellt, dass eine Geisteskrankheit nicht nach den gleichen Kriterien wie in Europa diagnostiziert wurde. Er hatte gesehen, wie Ärzte einen Mann, unter dem Vorwand, er sei der Hexer des Dorfes, freigelassen hatten. Der Mann war überzeugt gewesen, die Geister der Toten hätten ihn dazu gezwungen, seiner Ehefrau und seinen drei Brüdern die Kehle durchzuschneiden. Jeder westliche Psychiater hätte die Symptome einer schweren Paranoia erkannt und ihn in eine Gummizelle gesteckt.

»Warum sollte es jemand auf Ihre Tochter abgesehen haben?«

»Sie besitzt besondere Kräfte«, sagte sie zitternd. »Und sie wollen sie umbringen, um sie ihr zu rauben.«

»Was für Kräfte?«, fragte er, während er das Puppengesicht des Mädchens betrachtete.

»Behalte sie bei dir, und du wirst es selbst sehen.«

Der Priester machte eine müde Handbewegung.

»*Wer* will sie töten?«

»Das hat in Lagos begonnen, zuerst waren es die Leute aus meinem Viertel. Sie haben heimlich über sie gesprochen und sogar ein *zandji* für sie veranstaltet ...«

Pater David seufzte. Es war ihm nie gelungen, an einem *zandji* teilzunehmen. Nur die Eingeweihten durften diesen Ritualen der schwarzen Magie beiwohnen. Doch er kannte den unheilvollen Einfluss dieser Versammlung sogenannter Hexer auf die schlichten Gemüter. Die jüngste Strafgefangene in Nigeria war ein perfektes Beispiel dafür. Dieses dreizehnjährige Mädchen namens Haussa hatte nicht weniger als einundfünfzig Giftmorde gestanden.

»Ich bin geflohen«, fuhr die Mutter fort, während sie die Wange ihrer Tochter streichelte, »ich habe Lagos verlassen und sie mit zu meinen Eltern genommen, in ein Dorf in der Nähe von Port Harcourt ... Aber dort hat es wieder angefangen. Ich wollte sie in der Pfingstkirche taufen lassen, aber der Pastor ... der Pastor hat gesagt, sie sei eine Hexe, und du weißt, was sie mit Hexen machen, oder?«

»Ja, ich weiß es«, antwortete der Priester mit ernster Miene.

Als Reaktion auf den wachsenden Einfluss des Islam im Norden des Landes waren im Süden so viele christliche Kirchen und Gemeinschaften aus dem Boden geschossen, dass sie heute zahlreicher waren als Banken und Krankenhäuser zusammengenommen. Die meisten Pastoren gehörten Splittergruppen der offiziellen Kirchen an und lieferten sich einen erbitterten Wettstreit um neue Mitglieder. Ein Kind als Hexe zu »überführen«, war für sie ein sicheres Mittel, um neue Anhänger zu gewinnen, konnten sie damit doch zeigen, dass sie über eine spirituelle Kraft verfügten, die sie in die Lage versetzte, Hexerei zu erkennen. Ihre Opfer suchten sie sich unter Waisen- und Straßenkindern, Behinderten oder bei den ärmsten Familien. Und die Exorzismusrituale waren nichts anderes als Akte reiner Barbarei, wie das Beispiel jenes fünfjährigen Jungen zeigte, der zu Beginn des Jahres von seinem Vater und dem Pastor dazu gezwungen worden war, drei Liter Säure zu trinken.

Das Waisenhaus der Petit Frères du Peuple hatte Dutzende dieser »Kinderhexer« aufgenommen. Aber das reichte bei Weitem nicht aus. Die letzten Daten, die UNICEF Pater David übermittelt hatte, wiesen allein für die Regionen Akwa Ibom und Rivers über einen Zeitraum von zehn Jahren fünfzehntausend Opfer solcher Anschuldigungen und tausend Ermordete nach.

»Sieh her, was sie ihr angetan haben …«

Sie löste das Tuch, in welches das Mädchen gewickelt war, und das Herz des Missionars krampfte sich zusammen, als er die rituellen Male um ihren Nabel entdeckte. Die Narben hatten die Form eines heidnischen Symbols. Er glaubte, ein Anch-Kreuz zu erkennen.

»Meine Brüder haben ihr das angetan«, fuhr sie fort, während sie mit den Fingerspitzen über die Verbrennungen strich. »Der Pastor hat es ihnen befohlen, sonst wäre Gott wütend auf sie und ihre Familien.« Sie unterdrückte einen Seufzer, und der wimmernde Laut, der sich ihrer Kehle entrang, hatte etwas Ergreifendes. »Er hat gesagt, dass Naïs verflucht ist.«

Pater David fragte sich, wie man einem Kind solches Leid zufügen konnte. Er korrigierte sich: *jedem beliebigen Menschen.* Er atmete tief ein und betrachtete die grün-bronzene Dunkelheit über dem Gelände des Waisenhauses.

»Ich bin wieder geflohen. Ich bin ins Krankenhaus gegangen, damit die Ärzte sie behandeln, und dort habe ich das hier gefunden ...«

Sie durchsuchte die Falten ihrer Tunika und zog eine vom Regen aufgeweichte Broschüre heraus. Die Tinte war zerlaufen, und die Pappe war zerrissen, trotzdem erkannte Pater David einen der Tausende von Faltprospekten, die das Waisenhaus in den Kinderkliniken und auf den Kinderstationen von Krankenhäusern verteilt hatte. Er und die anderen Priester waren auf einem Schwarz-Weiß-Foto inmitten ihrer Schützlinge zu sehen.

»Da habe ich verstanden, dass mir das Schicksal ein Zeichen gesandt hatte«, sagte sie mit heiserer Stimme.

Der Priester zündete sein Feuerzeug an und führte es an seine Zigarre. Der Widerschein der Flamme funkelte in den Augen des kleinen Mädchens, das einen durchdringenden Schrei ausstieß und sich an den Hals seiner Mutter flüchtete.

»Was hat sie?«, rief Pater David.

»Sie fürchtet sich vor Feuer. Wegen dem, was sie ihr angetan haben.«

Sie streichelte das Haar ihres Kindes und flüsterte die Worte eines Abzählreims der Haussa.

»Sie wollten sie mit Flammen reinigen. Der Pastor sagte, das sei das einzige Mittel, um ihr das Böse auszutreiben.«

»Es tut mir leid«, flüsterte der Missionar.

Irritiert vom Schluchzen des Kindes, warf er die Zigarre in den Hof und streckte die Arme aus.

»Kann ich sie nehmen?«

Die Mutter zögerte. Ein mattes Lächeln tanzte auf ihren Lippen, ein Lächeln, halb Erleichterung darüber, dass sie getan hatte, was sie tun musste, um ihr Kind zu retten, halb herzzerreißender Schmerz darüber, dass sie es zurücklassen musste.

Der Priester nahm das kleine Mädchen in seine Arme, und eine unerklärliche Anwandlung von Zärtlichkeit erwärmte ihm das Herz.

Der lauwarme Körper, der sich an ihn kuschelte, roch nach Milch und frisch geschnittenen Kräutern. Und dieser Geruch hielt den schwereren von Erde und den salzigen von Schweiß auf Distanz. Er schob die Hand unter den Nacken des kleinen Mädchens, und als er sie ansah, schlug sein Herz schneller. Seltsamerweise schien das Herz von Naïs nach und nach im gleichen Rhythmus zu schlagen.

Sie wirkte so zerbrechlich, so zart, dass er fürchtete, ihr die Knochen zu brechen, wenn er sie drückte. Diese schwarzen Augen, die ihn zuerst erschreckt hatten, schimmerten jetzt sanft wie eine Sommernacht. Ihre braune Haut, die an den Wangen rotbraun war, war nicht so dunkel wie die ihrer Mutter, als ob ...

Ihr Vater ist ein Weißer.

Er legte diese Schlussfolgerung sorgfältig in einem Winkel seines Gehirns ab und sagte sich immer wieder, dieses Kind sei zu jung, um seine Tochter sein zu können. Doch so fest seine Überzeugung auch war, hatte ein Zweifel – ein sehr schwacher, aber durchaus realer Zweifel – seine zersetzende Wirkung begonnen, und die Zukunft sollte ihn weiter verstärken.

Die Mutter streichelte lange das Gesicht ihrer Tochter,

als fürchtete sie, diese würde sie vergessen. Die Gedanken des Priesters erratend, flüsterte sie: »Das ist unsere Tochter. Aber es ist egal, ob du mir glaubst oder nicht. Du musst sie beschützen. Ich kann nicht mehr nach Hause gehen, und Naïs würde es nicht überleben, wenn ich sie mitnehmen würde …«

»Sie wird hier sicher sein.«

Sie schüttelte den Kopf und drückte noch einmal Naïs' Hand.

»Schwör mir, dass du sie beschützt.«

Pater David meinte es ernst, als er sagte: »Ich gebe Ihnen mein Wort.«

SEPTEMBER 2004

4

Pater David setzte die Brille ab und schloss die Augen. Er legte Zeigefinger und Daumen auf seine Lider und verharrte einen Moment so. Das Weinen der Waisenkinder löste eine leichte Migräne bei ihm aus, und er konnte es kaum erwarten, sich in Dunkelheit und Stille einzusperren. Er atmete tief ein und versuchte, die Ängste zurückzudrängen, die ihm seit mehreren Monaten den Magen zusammenkrampften. Er öffnete die Augen, und sein Blick richtete sich auf das Kruzifix über seinem Schreibtisch. Das rötliche Licht der Sturmlaterne vermittelte die Illusion, Christus brenne inmitten der Flammen. Pater David verstellte die Lampe und las noch einmal den Brief, den er gerade geschrieben hatte.

Eure Eminenz,

ich befürchte, dass sich die Lage hier in Nigeria zuspitzt. Ich habe Ihre Zweifel bezüglich des »Wunders«, von dem ich Ihnen berichtet habe, zur Kenntnis genommen. Aber ich erlaube mir, noch einmal darauf hinzuweisen, dass dieses Kind eine Anomalie aufweist, die ich in aller Ruhe studieren konnte.

Ich wünschte, Sie könnten dies mit eigenen Augen sehen, und ich wiederhole meine Bitte: Helfen Sie mir, Naïs außer Landes zu schaffen. In Europa ist sie in Sicherheit, und die Ärzte Seiner Heiligkeit können sich mit diesem Fall beschäftigen.

Ich nehme an, dass Sie die Gründe für mein Drängen und meine Besorgnis nicht verstehen, aber wir müssen schnell handeln.

Es war unvorsichtig von mir, einen Arzt der Regierung hierher-

kommen zu lassen. Ich habe ihm mitgeteilt, was ich herausgefunden habe. Er hat mir zuerst nicht geglaubt, doch als er Naïs dann abgehorcht hat, konnte er sich der Wahrheit nicht länger verschließen. Er hat das Waisenhaus noch einige Male besucht und mir von einer jungen Amerikanerin erzählt, die ähnliche Symptome aufweisen soll.

Bei seinem fünften Besuch wurde er von drei Genetikern der Universität Ibadan begleitet. Sie haben mir vorgeschlagen, Naïs in ein Krankenhaus zu überführen, um sie »zu erforschen«. Das war das Wort, das sie benutzten. Ich habe das abgelehnt. Bevor sie aufbrachen, habe ich zufällig ihre Unterhaltung mit angehört: Sie sprachen über das kommerzielle Potenzial einer solchen Entdeckung und das Interesse der nigerianischen Regierung daran, einen solchen medizinischen Fall zu »besitzen«. Das ist wieder genau der Begriff, den sie verwendet haben.

Ich habe Vorsichtsmaßnahmen ergriffen, indem ich Naïs von den anderen Waisenkindern isoliert habe. Hier kommt es häufig zu Kindesentführungen, und ich habe den Verdacht, dass die Behörden Naïs um jeden Preis in ihre Gewalt bringen wollen.

Ich habe kein Vertrauen mehr in das Personal des Waisenhauses. Der Koch streut Gerüchte, wonach Naïs ein verhextes Kind sei. Der hier weit verbreitete Aberglaube lässt mich das Schlimmste befürchten. Ich weiß, dass sie nicht davor zurückschrecken würden, dieses kleine Mädchen zu ermorden.

Ich habe das Gefühl, mich in einer ausweglosen Lage zu befinden. Aus diesem Grund bitte ich Sie inständig um Hilfe.

Pater David beendete die Lektüre und unterschrieb unten auf der Seite. Er legte das Blatt auf die Schreibunterlage und tat etwas, was er seit Jahren nicht mehr getan hatte. Er betete.

Zeitungsausschnitte
2004

20. Dezember, NIGERIAN TRIBUNE

Auf Anordnung der Regierung muss das katholische Waisenhaus in Owerri schließen

Seit Anfang September steht das Waisenhaus der Petits Frères du Peuple im Zentrum eines Skandals, der das Land erschüttert. Doch das Strafgericht von Owerri hat unter großer Geheimhaltung das Verfahren eingestellt. Die Hauptanklagepunkte gegen die katholischen Priester, die diese Anstalt leiteten, wurden fallen gelassen. Um die Bevölkerung nicht gegen sich aufzubringen, hat die Regierung nach dieser Gerichtsentscheidung die Schließung des Waisenhauses angeordnet.

Die Vorgeschichte: Aufgrund einer Anzeige eines ehemaligen Zöglings der Anstalt leitete die Polizei ein Ermittlungsverfahren wegen möglicher Misshandlungen von Zöglingen des Waisenhauses ein.

Pater David, gebürtiger Franzose, der die Einrichtung seit 1994 leitete, beteuerte von Anfang an, die Anschuldigungen gegen ihn und die übrigen Priester entbehrten jeglicher Grundlage.

Die Person, die Anzeige erstattete, zog schließlich die Anzeige ohne eine Erklärung zurück.

Beim Verlassen des Gerichts erklärte Pater David: »Für mich ist diese Sache noch nicht abgeschlossen. Ich fühle mich in den Schmutz gezogen und entehrt. Ich weiß nicht, warum oder zu welchem Zweck die nigerianische Regierung uns angreift, aber glauben Sie mir, ich werde es herausfinden.«

Die Frage »Werden Sie Nigeria verlassen?« verneinte Pater David. »Wir werden eine neue Mission gründen. Wir wissen noch nicht, wo. Ich lebe seit mittlerweile 11 Jahren in diesem Land, und es gibt viel zu tun. In meinen Augen verkörpert Nigeria die Welt so, wie sie heute ist: Religionskriege, Kriege um Erdöl, Umweltzerstörung, gesellschaftliche Ungleichheit, Korruption und so weiter. Alles, was in dieser kapitalistischen Welt Probleme bereitet, konzentriert sich in Nigeria. Wenn ich daher den Kampf hier aufgebe, gebe ich meinen Kampf gegen das auf, worauf die Welt zusteuert. Sie können sicher sein, dass ich bis zum Ende kämpfen werde.«

2005

5. Februar, FREE DELTA NEWS

Neue Ölpest im Delta

1. März, ABUJA MIRRORS

Demonstration gegen Mineralölkonzerne

Als Reaktion auf die Ölpest vom 5. Februar, bei der Fanggründe verschmutzt wurden, sind in Port Harcourt und Benin City Tausende von Demonstranten auf die Straße gegangen.

2. März, LAGOS TIMES

Demonstration in Port Harcourt: 6 Tote

Gestern Nachmittag eröffnete die Polizei das Feuer auf

Demonstranten. Es gab 6 Tote und 28 Schwerverletzte, davon schweben 12 in einem kritischen Zustand.

16. August, NIGERIAN TRIBUNE

Angespannte Lage im Nigerdelta

»Es ist das Paradies und die Hölle. Sie haben alles. Wir haben nichts. Wenn wir protestieren, schicken sie Soldaten«, sagte Eghare Ojhogar, Anführer der Gemeinschaft der Ugborodo, über die Erdölkonzerne. Gerüchte sprechen von der Bildung einer bewaffneten Untergrundgruppe, die die Interessen der Bewohner des Deltas unter Einsatz von Gewalt verteidigen soll.

4. Oktober, FREE DELTA NEWS

Leitartikel

Weshalb müssen immer dieselben Menschen den Kopf hinhalten?

Verzweiflung und Trauer herrschen unter den Bewohnern des Deltas, seit bekannt wurde, dass 4 Teilnehmer der Blockade des Ölfeldes, das von dem französischen Konzern Total ausgebeutet wird, zu Tode kamen. Ich teile diese Trauer, aber das, was mich dazu antreibt, diese Zeilen zu schreiben, ist Ekel und Wut. Ja, ich bin wütend auf diese beschämende, boshafte Propaganda, die von unseren Führern und der Polizei inszeniert wird und die unsere journalistischen Kollegen weiterverbreiten wie brave Schäfchen, denen der Wolf einen Schrecken einjagt.

Die Bewohner unserer Region sind keine Ganoven! Und auch keine Barbaren!

Es sind die Söhne des Deltas, unsere Brüder, unsere Kinder, und sie kämpfen gegen die Einflussnahme des Westens auf unserem Territorium! Sie kämpfen, indem sie auf die Straße gehen, um unsere Rechte zu verteidigen, weil es keine anderen Mittel mehr gibt!

Muss ich unserer Regierung die Zahlen in Erinnerung rufen, um ihr klarzumachen, warum wir demonstrieren? Muss ich sie daran erinnern, warum wir wütend sind?

8000 Ölteppiche haben zwischen 1970 und 2006 das Nigerdelta verschmutzt – das entspricht einer Gesamtmenge von 1,5 Millionen Tonnen Erdöl.

Amnesty International schätzt, dass 5 Millionen Barrel Rohöl in den Fluss gekippt wurden.

Mit seinen 606 Ölfeldern liefert das Nigerdelta 40 Prozent der gesamten US-amerikanischen Rohölimporte.

Innerhalb von zwei Generationen ist die Lebenserwartung der Bewohner unserer Region auf 40 Jahre gesunken.

Verstehen Sie, Herr Präsident? 40 Jahre! Das ist das Alter, das ich nächstes Jahr erreichen werde, freuen Sie sich also, ich werde in Kürze tot und unter der Erde sein! Aber sehen Sie sich vor, Herr Präsident, ich bin nicht allein, wir sind Tausende, bald Millionen, und unser Zorn wird viel länger brennen als diese umweltverpestenden Fackeln westlicher Konzerne ...

Nicholas O. Ekkipetio,
Chefredakteur

4. Mai, LAGOS TIMES

9 Ausländer in Port Harcourt getötet

Bewaffnete Gruppe bekennt sich zu den Morden

9 Mitarbeiter der italienischen Mineralölgesellschaft *Eni Spa* wurden in Port Harcourt erschossen. Der Anschlag, zu dem sich eine erstmals in Erscheinung getretene bewaffnete Gruppe bekannte, ereignete sich um 15.30 Uhr.

10. Mai, ABUJA MIRRORS

Stellt die MEND eine neue Bedrohung dar?

Die Polizei hat uns davon in Kenntnis gesetzt, dass die bewaffnete Gruppe, die in die Ermordung von neun italienischen Staatsangehörigen verwickelt ist, unter der Abkürzung MEND, für »Movement for the Emancipation of the Niger Delta«, firmiert.

13. Mai, NIGERIAN TRIBUNE

Exklusivmeldung

Die bewaffnete Gruppe, die einen Anschlag auf die Firma *Eni Spa* verübte, hat eine Mitteilung an die Polizei geschickt: »Wir kämpfen für die vollständige Kontrolle über die Erdölvorkommen im Nigerdelta. Das Volk muss sich den Reichtum zurückholen, der unter seinen Füßen liegt, unter SEINER Erde!«

21. Mai, ABUJA MIRRORS

Neue Warnung der MEND

Folgende in der Nacht abgeschickte Warnung richtet sich an die im Nigerdelta tätigen Mineralölgesellschaften: »Die nigerianische Regierung kann eure Arbeiter nicht beschützen, sie kann EUCH nicht beschützen. Verlasst unser Land, solange ihr es noch könnt, oder ihr werdet hier sterben …«

1. Juni, FREE DELTA NEWS

MEND

Das neue Gesicht der Revolution

Yaru Aduasanbi, emeritierter Professor für vergleichende Wirtschaftswissenschaften an der Universität Abuja und Vater zweier Kinder, gab von heute auf morgen alles auf, um sich in die Sümpfe des Deltas zurückzuziehen. Auslöser seiner Revolte waren nach Darstellung seiner Ehefrau die Berichte über illegale Enteignungen und den Druck, den die Behörden auf die Familien auf dem Land ausübten; es handelt sich um Ungerechtigkeiten, die auch wir in der Redaktion der *Free Delta News* immer wieder anprangern.

Auf den wenigen Fotos von Yaru Aduasanbi, die wir gefunden haben, ist ein lächelnder Mann mit schelmischem Blick zu sehen. Ehemalige Studenten, die bei ihm wirtschaftswissenschaftliche Kurse belegt hatten, sagen über ihn, er sei ein charismatischer und leidenschaftlicher Professor gewesen, den die sozialen Ungerechtigkeiten, unter denen Nigeria leidet, zutiefst empört hatten.

Der Anführer der MEND hat letzten April seinen 60. Geburtstag gefeiert. Schon zu diesem Zeitpunkt hatte Yaru Aduasanbi beschlossen, in den Untergrund zu gehen.

»Die Entscheidung, zu den Waffen zu greifen, um die Bewohner des Deltas zu verteidigen, fiel ihm schwer. Er ist ein Idealist und eigentlich gegen Gewalt. Aber nach dem Scheitern des Prozesses wurde ihm klar, dass er keine andere Wahl hatte«, enthüllte uns einer seiner Vertrauten.

Einen richtigen Prozess hat es nicht gegeben. Im Jahr 2003 hatte Yaru Aduasanbi etwa 30 Familien, die Opfer willkürlicher Enteignungen geworden waren, dazu gebracht, Zivilklage gegen die Mineralölkonzerne und die Regierung einzureichen. Er hat sämtliche Gerichts- und Anwaltskosten aus eigener Tasche bezahlt, aber das Gericht hat die Klage dieser Familien für unzulässig erklärt. Mit den Worten ihres Anwalts: »Wir haben eine Akte, die über 7000 Dokumente enthält. Der Richter hat sich nicht einmal die Zeit genommen, auch nur eines davon zu lesen.« Er räumt ein: »Es war naiv, sich juristisch mit der Regierung und denjenigen anzulegen, die Nigeria ernähren. Ich habe es Yaru immer wieder gesagt. Aber er ließ sich nicht davon abbringen. Er wollte es durchziehen.«

Im Jahr darauf nahm Yaru Aduasanbi seinen Abschied von der Universität und verreiste. Seine Verwandten glaubten, dass er an einer Depression litt. Doch dem war nicht so.

In Johannesburg in Südafrika traf sich Yaru Aduasanbi mit einem ausgewanderten Nigerianer, der mit Waffengeschäften ein Vermögen gemacht hat: Henry Okah. Gemeinsam legten sie den Grundstein für die Organisation »Movement for the Emancipation of the Niger Delta«.

Auf den Fotos sieht Henry Okah mit seinem glatt rasierten Kopf wie ein Schwergewichtsboxer aus. Nach allem, was man von amtlicher Seite weiß, hat der Sohn eines hohen Beamten aus Abuja die Grundlagen seines Reichtums damit gelegt, dass er Klinken putzen ging – wenn auch mit ungewöhnlichen Artikeln: Waffen, die er ohne amtliche Genehmigung an die Neureichen Südafrikas verhökerte.

Okah kaufte sich sein Arsenal für ein paar Rand in den Slums von Soweto und Alexandra zusammen und verkaufte die Munition und die Waffen dann 30-mal teurer an die Reichen von Johannesburg weiter. Anschließend gründete er eine private Sicherheitsfirma, für die er Mitglieder der Township-Gangs einstellte, die von nun an als Bodyguards Geschäftsleute beschützten. Es wird gemunkelt, dass er in diverse Schiebereien verwickelt sein soll: Drogen und Kosmetika für schwarze Haut, die den Teint aufhellen sollen. 1998 soll er die Mouvement de Libération du Congo (MLC), die gegen die Truppen der Regierung von Laurent-Désiré Kabila kämpfte, logistisch und finanziell unterstützt haben.

Mit Sicherheit weiß man, dass Henry Okah – unter dem Pseudonym *Jomo Gbomo* – seit 2001 E-Mails verschickte, in denen er die Nigerianer zu einem Volksaufstand anstachelte. Das Innenministerium vermutet, dass Yaru Aduasanbi und er auf diesem Weg miteinander in Kontakt getreten sind. Zwischen 2004 und 2006 rekrutierten und trainierten Yaru Aduasanbi und Henry Okah Kämpfer für die MEND, organisierten die Bewegung und legten den Grundstein zu einer Revolution.

In einer E-Mail an seine Frau – die mit ihrem Einverständnis veröffentlicht wurde – schrieb Yaru Aduasanbi:

»Diejenigen, die sich uns angeschlossen haben, sind weder Söldner noch geldgierige Abenteurer, es sind Bauern, Fischer, Familienväter wie ich, und ein und dieselbe Empörung schmiedet uns alle zusammen. Am 4. Mai beginnt die Revolution. Wir haben dieses Datum ausgewählt, um die Bewegung des 4. Mai zu würdigen. Wir haben uns das Manifest der chinesischen Studenten zu eigen gemacht:

Das chinesische Staatsgebiet kann erobert, aber nicht verkauft werden! Das chinesische Volk wird sich eher niedermetzeln lassen, als sich zu ergeben. Unserem Land droht die Vernichtung! Brüder, erhebt euch!

Postskriptum: Mach dir keine Sorgen um mich. Ich weiß, dass ich dort bin, wo ich sein muss. Sag unseren Kindern, dass ihr Vater sie liebt.«

JUNI 2006
Entwicklungshelfer und Guerillakämpfer

»… der Mensch ist wie die Zeit.«
William Shakespeare, *König Lear*

5

Die Reifen des Geländewagens schlitterten in eine Pfütze, braunes Wasser bespritzte die weiße Karosserie. Vorne, über der Motorhaube, flatterte der verdreckte Wimpel von *Médecins Sans Frontières*. Das graue Scheinwerferlicht glitt über die von Schlaglöchern übersäte Piste und die blauen Nebelschwaden, die über den Sümpfen hingen. Entlang der Steilufer verrotteten Fischerhütten, die von dichtem Buschwerk umwuchert wurden. Einige schlichte Holzbarken waren kaum von den Mangroven und den halb untergetauchten Baumstämmen zu unterscheiden.

Hin und wieder sahen die beiden Ärzte und ihr Fahrer die Lichter einer Ölförderanlage, die verloren im Delta lag. Der Land Rover Defender fuhr an einer moosbewachsenen verrosteten Pipeline entlang, aus der eine schwärzliche Flüssigkeit in den Wasserlauf sickerte. Ringsherum lag der afrikanische Dschungel im Sterben. Die Bäume waren nackt, geradezu gespenstisch weiß, und glichen Knochen, die für irgendein kultisches Ritual in die Erde gerammt worden waren.

Benjamin Dufrais verrenkte sich auf der Rückbank, um eine Flasche Wasser aus der Kühltasche zu holen. Im Kofferraum rutschten Kisten mit Medikamenten und Kühlboxen mit Impfstoffen bei jeder Kurve sanft von einer auf die andere Seite. Er ließ sich schwer auf seinen Sitz zurückfallen und spürte, wie seine Wirbel knackten, bevor der Schmerz bis zur Schulter aufstieg.

Benjamin hörte vage, irgendwo über dem Wald, ein metallisches Dröhnen, das sich auf sie zu bewegte. Die Wipfel der Bäume schwankten wild hin und her, als würde sich ein Tornado im Zentrum des Nigerdeltas zusammenbrauen.

»Was ist denn das für ein Krach?«

Jacques Rougée, der Einsatzleiter von MSF, beugte sich dicht an die Windschutzscheibe vor und suchte im nächtlichen Himmel das, was die Stille, die über der Lagune lag, zerriss. Benjamin sah etwas Dunkles, das in niedriger Höhe flog. Drei grellrote Lichtpunkte blinkten unter dem Rumpf der Maschine, und er erkannte klar und deutlich die Maschinengewehre im vorderen Bereich und die Silhouetten der Piloten, die im Innern des Cockpits in ein grün phosphoreszierendes Licht gehüllt waren. Die vier Propeller der Maschine zeichneten große konzentrische Kreise auf die Oberfläche der Sümpfe, ehe sie in der Finsternis verschwand.

»Das ist schon der zweite Hubschrauber, der vorbeifliegt. Vielleicht eine militärische Übung«, sagte er und setzte die Wasserflasche an den Mund.

Jacques Rougée blieb stumm und spähte in die Finsternis, die die Maschine verschlungen hatte. Er griff nach einer Schachtel Zigaretten, die auf dem Armaturenbrett lag, und drückte auf den Zigarettenanzünder.

»Ist es noch weit?«, fragte er den Fahrer.

»Noch ein paar Kilometer.«

Benjamin lehnte sich gegen die Rückbank und unterdrückte ein Gähnen. Wieder hatte er einen ganzen Tag im Auto gesessen – zu den davon verursachten Gliederschmerzen kam jetzt noch der Schlafmangel. Seit er seinen Beruf als Militärarzt an den Nagel gehängt hatte, um sich ganz für MSF zu engagieren, hatte er das Gefühl, schneller zu altern. Und bei einem Blick auf sein Spiegelbild in der Scheibe wurde ihm klar, dass dies nicht nur ein Eindruck war.

Mit seinen markanten Wangenknochen, seinem Dreitagebart, seinen fein geschnittenen, fast femininen Lippen und den verschiedenfarbigen Augen – das eine hellgrün, mit leuchtend blauen Einsprengseln, das andere rußschwarz – glich er einem flüchtigen Häftling oder einem Hochseefischer, dem die salzige Gischt den Teint verfärbt hatte.

Doch spürte man in Benjamin Dufrais' Verhalten, seiner Art, ständig auf der Hut zu sein, eine quecksilbrige Reizbarkeit, die ihn von den anderen unterschied. Eine furchteinflößende Tatkraft erfüllte diesen Mann. Seine ungleichen Augen machten ihn lebendig – das rechte Auge, das glitzerte wie das klare Wasser einer Mittelmeerbucht an einem wolkenlosen Sommertag, und das unergründliche, eiskalte linke Auge, das von einem tiefen Schwarz war.

Das Klirren des Zigarettenanzünders riss ihn aus der Betrachtung des silbernen Widerscheins des Mondes auf der Wasseroberfläche.

»Zündest du mir eine an?«, fragte er.

Jacques klemmte zwei Zigaretten zwischen seine Lippen, und die glühende Metallspirale des Zigarettenanzünders erhellte sein Gesicht. Er hatte grau meliertes Haar und ein fliehendes Kinn aufgrund einer leichten Kieferfehlstellung. Er hielt sich immer kerzengerade, und seine Kopfhaltung hatte etwas Hochmütiges. Als ihm Benjamin das erste Mal begegnet war – in der Nähe von Sarajevo, inmitten der Wirren des Bosnienkriegs –, hatte er geglaubt, einen englischen Adligen, der nicht mehr zum Hotel Ritz zurückfand, vor sich zu haben.

Sie waren seit über acht Stunden auf der Straße unterwegs, als das Autoradio endlich einen Sender empfing und ein alter Disco-Hit aus den knisternden Lautsprechern ertönte. Jacques drehte sich um und hielt Benjamin eine Zigarette hin.

»Ich hab in der Disco zu dieser Musik getanzt«, sagte er und blies den Rauch aus. »Ich hab das gehört, als ich meine erste Vertretung machte, das muss Ende der Siebzigerjahre gewesen sein ...«

»Wo hast du die gemacht?«

»Im hintersten Winkel des Departements Gers, in der Nähe von Auch. Ich hab mich ein gutes Dutzend Mal verfahren, ehe ich den Arzt gefunden habe, den ich vertreten sollte.« Er öffnete das Fenster einen Spalt weit und klopfte leicht auf den Filter seiner Kippe. Funken zerstoben in der Nacht. »Mein erster Tag, ganz auf mich allein gestellt. Eine Mutter kommt mit ihrem Jungen in die Praxis. Der Junge zeigt die Symptome einer schweren Bronchitis, verschlimmert durch einen Schnupfen. Im Grunde nichts Schlimmes. Ich verschreibe ihm Zäpfchen und ein Mittel für Inhalationen, damit die Atemwege frei werden. Nach einer Woche ruft mich die Mutter an. Sie ist völlig panisch und sagt mit tränenerstickter Stimme, ihr Junge liege wegen der Medikamente, die ich ihm verordnet hätte, im Sterben. Ich müsse so schnell wie möglich kommen.« Jacques wandte sich zu Benjamin um. »Stell dir vor, ich rase mit einem Affenzahn über die Straßen des Departements Gers, in dem festen Glauben, ich hätte gerade meinen ersten Patienten umgebracht. Und noch dazu einen Jungen. Mit zugeschnürter Kehle treffe ich bei ihnen ein, und die Mutter führt mich sofort in das Zimmer des Kleinen. Seit ich ihn das letzte Mal gesehen habe, hat er fünf Kilo verloren, und er atmet wie ein Raucher mit durchlöcherter Lunge. Ich horche ihn ab, so gut es geht. Meine Hände zittern so stark, dass es mir nicht mal gelingt, das Bruststück des Stethoskops am Rücken anzusetzen. Und da sehe ich etwas leuchtend Gelbgrünes, das aus seiner Nase rinnt. Aber das war kein Schleim, es sah aus wie Wachs ...«

»Nein.«

Das schelmische Grinsen des Missionschefs von MSF wurde breiter.

»Doch! Die Mutter steckte ihm jeden Morgen die Zäpfchen in die Nase, in dem Glauben, sie könnte dadurch dafür sorgen, dass sie nicht mehr läuft! Der Junge konnte nicht mehr atmen, und der Geschmack der Zäpfchen ließ ihn jedes Mal, wenn er etwas zu sich nahm, erbrechen.«

»Du willst mich wohl auf den Arm nehmen!«

»Glaub, was du willst, aber ich schwöre, genau so war es.«

6

»Wir sind da«, sagte der Fahrer und deutete mit dem Finger auf einen Drahtzaun am Ende der Piste.

Ein elektrischer Generator versorgte den Stacheldrahtzaun um das Barackenlager mit Strom. Brachliegende Wiesen wurden von starken Scheinwerfern beleuchtet, ähnlich denen, die auf Gefängnisdächern montiert sind.

»Was ist das denn?«, sagte Jacques. »Ein Waisenhaus oder eine Kaserne?«

Benjamin antwortete nicht. Mit gerunzelter Stirn musterte er die Gebäude und die beiden Wachhäuschen, die das Tor flankierten, das angeblich den Zugang zum Waisenhaus der Petits Frères du Peuple sicherte.

»Bist du dir sicher, dass du dich nicht vertan hast?«, bohrte Jacques nach.

»Vollkommen sicher, Chef«, antwortete der Fahrer und bremste.

Im Rückspiegel wechselten die beiden Ärzte einen besorgten Blick.

»Was wissen wir über diese Einrichtung?«

»Nicht viel. Bis 2004 haben sich katholische Priester darum gekümmert. Aber die Regierung hat sie vor die Tür gesetzt. Seither hat der Staat wieder die Leitung des Waisenhauses übernommen.«

Seit dem Beginn ihrer Rundreise hatten sie Dutzende von Heimen gesehen, aber keines wie dieses da. Wo sie einige wacklige Häuschen mit heruntergekommenen Schlafsälen erwartet hatten, in denen die Kinder zusammengepfercht waren, entdeckten sie eine Reihe von Betongebäuden und zwei bewaffnete Wachposten, die ihnen bedeuteten, anzuhalten.

»Wo sind wir denn hier hingeraten?«, brummte Benjamin, während er die Scheibe herunterließ.

7

Zehn Dollar und zwei Schachteln Zigaretten hatten die Wachposten schließlich davon überzeugt, den Direktor zu wecken. An der Art, wie sie ständig zum Himmel spähten, bemerkte Benjamin, wie nervös sie waren. Er fragte sich, ob das irgendetwas mit den Kampfhubschraubern zu tun hatte, die das Gebiet überflogen hatten. Aber diese Vermutung erschien ihm genauso absurd wie die Anwesenheit von Männern, die mit MP5-Maschinenpistolen von Heckler & Koch bewaffnet waren, an der Zufahrt zu einem Waisenhaus.

»Was sagst du dazu?«, fragte Jacques, als er die Gestalt erblickte, die aus einem der Gebäude auftauchte und auf sie zukam.

Der Mann hatte einen Bauch, der die Knöpfe seines Hemdes spannte, und den erschöpften Gang eines Beamten kurz vor der Pensionierung. Benjamin konnte sich des Verdachts nicht erwehren, dass jemand, der in einer Region, in der die meisten Menschen hungerten, derart fett war, entweder an einer massiven Hormonstörung litt oder sich den Bauch mit den Lebensmittelrationen vollschlug, die eigentlich für seine Zöglinge bestimmt waren.

»Da wir ihn aus den Federn geholt haben«, sinnierte er laut, »glaube ich kaum, dass wir ihn nur mit einer Stange Kippen dazu bringen können, uns reinzulassen.«

»Du bist zu pessimistisch, Mann«, murmelte Jacques. Er richtete sich auf und lächelte aufgesetzt verlegen. »Guten Abend«, rief er und lehnte sich mit dem Ellbogen in den Fensterrahmen. »Sind Sie der Direktor des Waisenhauses?«

Der Mann antwortete erst, als er auf gleicher Höhe mit ihnen war.

»Ja«, sagte er frostig.

Er beugte sich ein wenig vor und ließ den Blick durchs Innere des Fahrzeugs gleiten. Er hielt eine Sekunde lang inne und starrte Benjamin an, ehe er sich wieder Jacques zuwandte.

»Tut uns wirklich leid, dass wir so spät ankommen«, fuhr Letzterer fort, »aber die Straße ist in einem schlechten Zustand und ...«

Der Direktor hob die Hand, um ihn zu unterbrechen.

»Tut mir leid, meine Herren ...« Er schnippte mit dem Zeigefinger unsichtbaren Staub von seiner Schulter. »Aber Sie können nicht hierbleiben. Sie müssen weiterfahren.«

Jacques lächelte noch immer, aber Benjamin bemerkte, wie seine Wangen zuckten.

»Wir sind Ärzte, und wir arbeiten für *Médecins Sans Frontières*. Wir wurden von UNICEF beauftragt, Statistiken zur Unterernährung in dieser Region zu erstellen.« Er öffnete das Handschuhfach und holte eine zusammengeheftete Akte heraus. »Außerdem sollen wir die Kinder gegen Röteln impfen.«

»Sie kommen ungelegen. Heute Abend geht das nicht.«

»Natürlich nicht, wir wollten das morgen früh tun. Und Sie könnten uns vielleicht ein Zimmer für die Nacht zur Verfügung stellen.«

»Morgen geht es auch nicht«, äußerte er schroff. »Ich kann Ihnen nur eine gute Weiterfahrt wünschen, meine Herren!«

Jacques räusperte sich.

»Ich glaube, Sie haben mich nicht verstanden.« Das Lächeln auf seinen Lippen gefror, ehe es verschwand. »Wir sollen *sämtliche* Heime besichtigen, also auch Ihres. Wenn Sie uns den Zugang zu diesem Waisenhaus verwehren, werde ich persönlich das Gesundheitsministerium darüber informieren.« Er legte eine Pause ein und seufzte müde auf. »Und wenn Sie jetzt nicht gleich dieses *verdammte* Tor aufmachen, dann werde ich mit dem größten Vergnügen auch noch die internationale Presse und die internationale Gemeinschaft einweihen.«

Das selbstsichere Auftreten des Missionschefs von MSF verunsicherte den Direktor. Er warf den Wachen einen finsteren Blick zu, um ihnen zu verstehen zu geben, dass sie es noch bitter bereuen würden, ihn aus dem Bett geholt zu haben. Er fuhr sich mit der Hand übers Gesicht und atmete laut durch die Nase.

»Wie lange wird das dauern?«, sagte er klein beigebend.

»Das, Herr Direktor, hängt allein von Ihnen ab.«

Sichtlich verärgert bedeutete er den bewaffneten Männern, das Tor zu öffnen. Jacques klopfte auf die Schulter des Fahrers und zeigte auf den Hof des Waisenhauses.

»Drück aufs Gas, ehe er es sich anders überlegt.«

»Die internationale Gemeinschaft?«, spöttelte Benjamin in seinem Rücken. »Sonst noch was ...«

Jacques zwinkerte ihm im Rückspiegel zu.

»Wir sind drin, das ist doch die Hauptsache, oder?«

Als sie ausstiegen, trug ein Wind, der zu schwach war, um sie zu erfrischen, den Geruch von Erdöl, den unsichtbare Ölbohrtürme freisetzten, zu ihnen. Benjamin betrachtete das große Holzkreuz, das wohl die Priester hier aufgestellt hatten und das, ganz offensichtlich, die einzige verbliebene Spur ihres Aufenthalts an diesem Ort war.

Die Posten hatten wieder Stellung bei den Wachhäuschen bezogen, und als das hohe Tor geschlossen wurde, ließ ein seltsames Gefühl der Verlassenheit und Trostlosigkeit den Arzt erschauern. Die harten Schatten der Gebäude, das Zittern der Zäune, das hohe Unkraut, das bis zu den Fenstern im Erdgeschoss reichte – dies alles machte auf ihn den Eindruck verwaister Kulissen.

»Ich komme gleich«, rief er Jacques zu.

Er tat so, als suche er etwas, und wartete, bis sich der Einsatzleiter und der Fahrer entfernt hatten, um sich hinter einen Kotflügel des Geländewagens zu kauern. Er sah nach, ob ihn die Wachen auch nicht beobachteten, und zog dann eine kleine Phiole aus seiner Hosentasche. Er entkorkte sie und klemmte das kleine Löffelchen, das darin steckte, zwischen seine Finger. Er schnüffelte das Kokain zuerst durch das linke Nasenloch, dann durch das rechte, und schloss die Augen.

8

Das Zimmer, in das sie der Direktor des Waisenhauses gebeten hatte, lag im Erdgeschoss und ging auf einen Garten; von hier hatte man einen Rundblick auf einen Dschungel aus Eukalyptusbäumen. An einer Wand des schlicht eingerichteten Büros reichten die Aktenordner bis an die Decke, einen davon hatte der Direktor für Jacques aufgeschlagen.

»Wie Sie sehen können, haben unsere Zöglinge alle erforderlichen Impfungen. Sie können ihre Gesundheitspässe und die Arztberichte überprüfen.«

Benjamin hatte beim Betreten des Zimmers eine leichte Enttäuschung verspürt. Er hatte erwartet, die Höhle eines korrupten Beamten zu entdecken, der das Geld des Steuerzahlers, welches den reibungslosen Betrieb der Einrichtung sicherstellen sollte, für Schnickschnack ausgab. Er musste zugeben, dass dieses Büro nichts Protziges hatte, und sein erster Eindruck von dem Direktor des Waisenhauses hatte vielleicht getrogen. Er warf einen Blick auf den Spitzbauch des Beamten und konnte sich nur mit Mühe davon abhalten, ihm eine umfassende Hormonanalyse zu empfehlen.

»Was die Unterernährung anbelangt«, sagte Jacques, während er sich auf den Stuhl setzte, der ihm am nächsten stand, »würden wir die Kinder gern in Augenschein nehmen.«

Auf diese Worte hin bemerkte Benjamin ein eigenartiges Funkeln in den Augen seines Gesprächspartners, und wenn er sich nicht sicher gewesen wäre, dass das Koks seine Wahrnehmung veränderte, dann hätte er geschworen, darin Angst zu erkennen.

»Sie bekommen zweimal am Tag zu essen«, antwortete der Direktor ruhig, als sagte er eine auswendig gelernte Floskel auf.

Jacques hob beide Hände und lächelte.

»Ich ziehe Ihr Wort nicht in Zweifel, aber wir würden uns gern selbst davon überzeugen.«

»Und wie wollen Sie vorgehen?«

»Wir messen den Armumfang aller Kinder unter fünf Jahren. Wenn er über einhundertzwanzig Millimeter beträgt, besteht keine Gefahr, zumindest nicht, was eine mögliche Fehlernährung angeht. Anschließend kontrollieren wir das Verhältnis Gewicht/Körpergröße.«

»Wenn ich Sie recht verstehe, wollen Sie also jeden unserer Zöglinge nur wiegen und messen?«

Die beiden Ärzte nickten.

»Sonst nichts?«

»Sonst nichts.«

Benjamin glaubte, Erleichterung im Gesicht des Direktors zu erkennen, ohne sich dies erklären zu können. Der Direktor stand auf und griff zum Telefonhörer.

»Okay. Ich werde sie wecken.«

»Warten Sie, es ist zwei Uhr nachts. Sie werden die Kinder doch nicht wach machen, weil ...«

Der Mann legte auf und musterte sie einige Sekunden schweigend.

»Falls es Ihnen entgangen sein sollte«, sagte er, als er sich wieder hinsetzte, »dieses Heim ist – sagen wir – anders als die anderen Waisenhäuser des Landes.«

»Anders in welcher Hinsicht?«

»Hier sind Kinder mit körperlichen oder geistigen Beeinträchtigungen untergebracht. Behinderte, die eine sorgfältige medizinische Betreuung brauchen.«

»Das haben wir nicht gewusst.«

Der Beamte stützte sich auf seine Ellbogen und faltete die Hände vor dem Gesicht.

»Die nigerianische Regierung weiß, dass die Lebensbedingungen in den Waisenhäusern oftmals schlimmer sind als auf der Straße. Kriminalität, Krankheiten, unzureichende Ernährung – Sie kennen das genauso gut wie ich.« Er hielt sich die Nase zu, und sein Blick verschleierte sich. »Ich habe zwanzig Jahre lang eines der größten Waisenhäuser von Lagos geleitet, und trotz der Anstrengungen meines Teams ist es uns nicht gelungen, die Dinge in Ordnung zu bringen. Es sind immer die Stärksten und Schlauesten, die durchkommen. Hier wollten wir einen neuen Ansatz ausprobieren und die Kinder beschützen, die nicht mit den Anforderungen der Außenwelt klarkommen.«

»Was sollen die bewaffneten Wachposten?«, fragte Benjamin.

»Wir sind hier in Nigeria, Doktor.«

Er sprach dies mit einer grenzenlosen Traurigkeit aus.

»Kennen Sie das Phänomen der ›Kinderhexen‹?«

»Ja, ich habe Artikel darüber gelesen.«

»Das nigerianische Volk ist abergläubisch, ja sogar gefährlich, wenn es um Hexerei geht. Viele Menschen hier sind Analphabeten, und selbst wenn sie sich als Muslime oder Christen bezeichnen, sind sie vor allem Animisten. Das liegt in unserer Kultur.« Er legte eine Pause ein, um seine Worte sorgfältig zu wählen. »Sie machen sich keine Vorstellung, was passieren würde, wenn sich herumsprechen sollte, dass es eine Anstalt gibt, in der die Regierung psychisch gestörte Kinder verwahrt. Das Volk würde den Staat beschuldigen, es verhexen zu wollen, die Oppositionsparteien sowie die ethnischen Minderheiten würden die Gunst der Stunde nutzen, und das Land würde wieder in einen Bürgerkrieg zurückfallen.«

Benjamin hatte sich hinreichend mit den verschlungenen Pfaden der afrikanischen Geschichte befasst, um zu wissen, dass dieser Mann nicht übertrieb. Zahlreiche Staatsstreiche waren mit den absurdesten Vorwänden gerechtfertigt worden.

»Aus diesem Grund«, fuhr der Direktor fort, »verlasse ich mich auf Ihre Diskretion, meine Herren. Und ich sage Ihnen ganz offen: Bitte erledigen Sie Ihre Arbeit, und fahren

Sie dann weit weg, ohne das geringste Aufsehen zu erregen. Verstehen wir uns in diesem Punkt?«

»Wir sind vor dem Morgengrauen fort«, versicherte Jacques.

»Gut.«

Das regelmäßige Dröhnen eines Hubschraubers hallte von fern durch die Nacht. Der Direktor verkrampfte sich, und eine flüchtige Angst vertiefte die Falten auf seiner Stirn. Benjamin fragte sich, wovor sich dieser Mann fürchtete. Mit einer schnellen Bewegung nahm der Direktor ein weiteres Mal den Hörer ab und drückte eine Taste, während er in die Finsternis hinter dem großen Fenster starrte.

»Wecken Sie die Kinder auf. Nur die unter fünf Jahren. Sie sollen sich ausziehen und im Gemeinschaftsraum versammeln.«

Mit den Augen verfolgte er die drei Lichtpunkte, die die Rasenflächen des Waisenhauses überflogen, und seine Hand krampfte sich um den Hörer zusammen.

»Ja, jetzt«, befahl er.

9

Benjamin saß auf einem Schemel und betrachtete die etwa fünfzig Kinder in weißen Unterhosen, die sich unter den Neonröhren des Gemeinschaftsraums drängten. Pflegerinnen kümmerten sich um sie und versuchten, sie zu beruhigen.

Total verängstigt, weil man sie mitten in der Nacht aus dem Bett geholt hatte, rückten die Waisenkinder eng zusammen und sahen sich angespannt um, wie junge Hunde in einer Tierhandlung. Einige vergruben die Gesichter in ihren wollenen Kuscheltieren, andere verrieten eine erschreckende Unerschütterlichkeit, als ob sie schon keine Angst mehr empfinden könnten. Ihre glasigen Augen starrten imaginäre Punkte im Raum an, und ihre harten Gesichter schienen jegliche Unschuld verloren zu haben.

Für Benjamin war das Gesicht eines kleinen Kindes immer eine Art formbare und zerbrechliche Knetmasse gewesen, in der jedes Gefühl seine Spuren hinterließ und so nach und nach die Konturen dessen herausarbeitete, was dieses Kind einmal werden sollte. Er war fest davon überzeugt, dass die von einem Lächeln gegrabenen Grübchen weder durch die Enttäuschungen noch durch die Missetaten des Erwachsenenalters ausgelöscht werden konnten. Als er diese Kinder sah und den leeren Blick, den sie auf die Welt richteten, wollte er nicht darüber nachdenken, was sie durchgemacht hatten.

»Du blutest ...«

Benjamin blickte zu seinem Kollegen auf, der gerade den Arm eines kleinen Mädchens vermaß. Er setzte sein Stethoskop ab.

»Bitte?«

»Deine Nase«, sagte Jacques.

Benjamin berührte den Rand seiner Nasenlöcher, und Blut benetzte seinen Zeigefinger.

»Mist.«

Er zog den Rollwagen zu sich und nahm ein Taschentuch aus einer Schachtel. Das Koks, das er schnupfte, war von schlechter Qualität. Aber ohne dieses Stimulans wäre er schon längst zusammengebrochen – körperlich und psychisch.

Als er sah, wie zärtlich Jacques mit einem Säugling umging, fragte er sich, wie es diesem gelang durchzuhalten, ohne etwas einzuschmeißen. Soweit er wusste, zogen sich die meisten Ärzte bei längeren Auslandseinsätzen, genauso wie Soldaten, Amphetaminderivate rein, damit sie morgens überhaupt aus den Federn kamen. Eine Minderheit hielt sich mit Antidepressiva oder Marihuana in Form. Doch andere, wie Jacques, schienen von Natur aus immun gegen die Folgen chronischen Schlafmangels zu sein.

10

Benjamin drückte das Kleenex auf seine Nase, schniefte und bedeutete dem kleinen Nigerianer vor ihm, auf die Waage zu steigen.

»Alles in Ordnung?«, erkundigte sich das Kind.

Der Junge war höchstens fünf Jahre alt und zeigte ein verschmitztes Lächeln, bei dem einige Milchzähne fehlten.

»Warum blutest du?«

»Wegen der Sonne.«

Der kleine Junge runzelte die Stirn und sah aus dem Fenster.

»Aber es ist dunkel.«

Benjamin lächelte und notierte das von der Nadel angezeigte Gewicht. Der Junge starrte ihn beharrlich an.

»Was ist mit deinen Augen?«

Der Arzt richtete sich auf, um ihm ins Gesicht zu sehen.

»Sie haben nicht die gleiche Farbe.«

»Bist du so geboren worden?«

»Ja.«

Diese Bestätigung stürzte den Jungen in tiefste Ratlosigkeit.

»Bedeutet das, dein Vater hatte schwarze Augen und deine Mutter blaue Augen?«

»Es ist ein bisschen schwieriger.«

»Meine Mama hat grüne Augen.«

Benjamin warf das Taschentuch weg und drückte mit der flachen Hand gegen den Rücken des kleinen Jungen, damit er sich gerade hielt.

»Kopf hoch ...« Er nahm das Maßband, um seine Größe zu messen. »Grüne Augen sind hübsch.«

Der Junge zappelte herum, tanzte von einem Fuß auf den anderen und verzog das Gesicht.

»Ich hab dich angelogen. Entschuldige«, sagte er mit niedergeschlagenen Augen. »Ich habe meine Mutter nie gesehen. Aber wenn eines Tages eine Frau meine Mama werden will, dann würde es mir gefallen, wenn sie ganz grüne Augen hat. Weil, grüne Augen sind cool.«

Benjamin lächelte.

»Wie heißt du, kleiner Mann?«

»Jaro Nico Ukutrentiélé. Aber man nennt mich ›Pille‹.«

»Warum ›Pille‹?«, fragte der Arzt, während er aufstand.

»Weil man mir viele gibt«, sagte er und zuckte mit den Schultern, als wäre das die größte Selbstverständlichkeit.

»Versuch, dich nicht zu bewegen. ... Und warum gibt man dir so viele?«

»Ich bin krank. Ich habe Mu...« Er verzog die Lippen, als er nach dem Wort suchte. »Ma...kovoskidase oder so etwas.«

»Mukoviszidose?«

»Mhm, genau.«

Der Arzt legte das Maßband wieder hin und betrachtete ihn überrascht und traurig.

»Tut dir das Atmen weh?«

»Manchmal, wenn ich huste«, antwortete der Junge und sah sich geistesabwesend um.

Als Pille sah, dass sich Benjamin hinsetzte, um seine Körpergröße auf einem Blatt zu notieren, richtete er seine Aufmerksamkeit auf den Arzt und verrenkte sich den Hals, um zu erkennen, was er schrieb.

»Die Ärzte sagen, dass ich wegen meiner Krankheit kleiner bin als die anderen, stimmt das?«

»Bei einer Mukoviszidose kommt es manchmal zu einer Verzögerung des Körperwachstums. Das heißt, dass einige Kinder etwas langsamer wachsen als die anderen. Aber in Anbetracht deiner jetzigen Größe kann ich dir versprechen, dass du genauso groß werden wirst wie die anderen.«

Das Gesicht des Jungen hellte sich auf, als befinde er sich in einem Süßwarengeschäft und dürfe essen, was er wolle.

»Echt? Genauso groß?«

Benjamin legte seinen Kugelschreiber hin und zwinkerte ihm zu.

»Echt. Ich bin fertig, kleiner Mann. Du kannst zurück in dein Bett.«

»Tschüss, Doc.«

»Tschüss, kleiner Mann.«

Pille entfernte sich ein paar Schritte in Richtung einer Pflegerin und blieb stehen, ehe er plötzlich kehrtmachte.

»Aber, weißt du, hier gibt's Kinder, die sind viel mehr krank als ich ...«, brach es aus ihm heraus. »Der da ...«, er zeigte mit dem Finger auf einen Jungen, der zusammengekauert unter einem Fenster lag, »... hat Knochen, die ganz leicht brechen. Deshalb wollen wir nicht mit ihm spielen, verstehst du, weil er zum Schluss immer weint, und dann hat er überall Gips.«

Benjamin verschlug es die Sprache. Von der Glasknochenkrankheit war ungefähr jedes Fünfzehntausendste Kind betroffen, von Mukoviszidose etwa jedes Achttausendste.

»Und die da, siehst du?«, fuhr Pille fort, ganz begeistert darüber, die ungeteilte Aufmerksamkeit des Arztes zu haben, während er auf ein zwei- bis dreijähriges Mädchen im Rollstuhl zeigte. »Man sagt, dass ihre Muskeln wie Kieselsteine werden! Dann kann sie nicht mehr den Kopf drehen!«

Jacques hatte aufgehört, die Kinder abzuhorchen, und hörte zu, was der Kleine erzählte.

Benjamin beobachtete das kleine Mädchen auf dem Stuhl. Es gab nur eine genetische Erkrankung, die solche Symptome hervorrief: Die Sehnen und die Muskeln bildeten sich nach und nach zu Knochenplatten um, schubweise, so, als würde ein zweites Skelett das erste überlagern.

»Myositis ossificans progressiva?«, fragte Benjamin seinen Kollegen.

»Die Steinmenschenkrankheit? Unwahrscheinlich, man hat in der ganzen Welt nur dreitausend Fälle gezählt.«

»Genauso wahrscheinlich, wie zwei seltene Krankheiten in einem Zimmer zu haben, oder?«

Eine böse Ahnung ging ihm durch den Kopf, doch statt sich sofort aufzulösen, setzte sie sich fest und ließ sich nicht vom Strom seiner Gedanken forttragen.

Er blickte durch das Fenster Richtung Tor und Wachhäuschen. Die in seinem Kopf festgeschraubte Ahnung stellte eine abenteuerliche Verbindung zwischen den Mitteilungen des Kindes und den bewaffneten Wachposten am Eingang des Waisenhauses her. Und auch wenn sein Verstand diesem Verdacht sogleich widersprach – der Direktor hatte nicht verhehlt, dass seine Zöglinge behindert waren –, musste er zugeben, dass er etwas ahnte.

»Siehst du hier oft Ärzte?«, fragte er.

Pille runzelte argwöhnisch die Stirn.

»Warum willst du das wissen?«

»Ich bin neugierig«, antwortete Benjamin mit einem vertrauensvollen Lächeln.

»Ich weiß nicht genau. Was heißt ›oft‹ für dich? Wenn das wenigstens einmal im Monat ist, dann, ja, kommen sie oft. Aber da ist ein Mädchen, sie hat drei Ärzte, die sie jeden Tag besuchen.«

»Ach ja? Und weißt du, warum?«

»Nein, wir sehen sie fast nie. Sie ist immer in ihrem Zimmer.«

»Und wo ist ihr Zimmer?«

»Da unten. Am Ende von dem Gang.«

Benjamin blieb stumm, den Blick auf die Flügeltür am anderen Ende des Gemeinschaftsraums gerichtet. Jacques warf den Pflegerinnen, die vor Langweile zu sterben schienen, einen Blick zu und näherte sich ihm.

»Was willst du tun?«

»Versuchen, mehr herauszufinden.«

»Und was bringt dir das?«, flüsterte Jacques, der ihn am Arm nahm, um ihn auf die Seite zu ziehen. »Wir haben noch Kinder, die wir abhören müssen. Und der Direktor wird uns so lange nicht aus den Augen lassen, bis wir hier verduftet sind.«

»Hier ist irgendwas faul, und das weißt du.«

»Ich, ich weiß gar nichts«, versetzte Jacques gereizt. »Sag du es mir doch! Sag mir, woran du denkst?«

Benjamin sah sich um, ob sie auch niemand hören konnte, und flüsterte dann: »Ich denke an den Trovafloxacin-Skandal.«

Die Miene des Einsatzleiters verfinsterte sich.

»Du spinnst ... Wir sind hier nicht in einem Thriller von John le Carré!«

»Es gibt nur einen Weg, um das herauszufinden.« Er wandte sich von seinem Kollegen ab und ging vor dem kleinen Jungen in die Hocke. »Würdest du mir zeigen, wo dieses Zimmer ist?«

11

Wenn ihn sein Gedächtnis nicht täuschte, hatte die *Washington Post* im Jahr 2000 einen Artikel über illegale klinische Versuche in Entwicklungsländern veröffentlicht. Aufgrund dieses Artikels hatte sich eine nigerianische Untersuchungskommission mit den Machenschaften des Pharmakonzerns Pfizer in Nigeria befasst. Im Jahr 2001 hatte die Kommission einen hundertseitigen Bericht verfasst, der enthüllte, dass Pfizer 1996 in der Region Kano im Norden des Landes illegal ein neues Antibiotikum der vierten Generation getestet hatte.

Das Unternehmen hatte ohne Genehmigung etwa hundert Kindern und Säuglingen, die an Meningitis beziehungsweise Röteln erkrankt waren, Trovafloxacin verabreicht;

weitere hundert Kinder hatten als Versuchskaninchen für ein Antibiotikum des Konzerns Hoffmann-La Roche gedient. Nach Abschluss des klinischen Versuchs waren elf Kinder tot gewesen, und etwa dreißig hatten an Hirnschädigungen, irreversiblen Lähmungen und Taubheit gelitten.

»Das da ist ihr Zimmer.«

Der Junge zeigte auf eine weiße Tür, deren Farbe durch die Feuchtigkeit leicht abgeblättert war. Es roch hier stärker nach Desinfektionsmitteln und Exkrementen, und ein süßlicher Duft wie von Hustensaft schien aus der Spalte unter der Tür zu dringen.

»Du musst zurückgehen, kleiner Mann. Die Krankenschwestern fragen sich bestimmt, wo du steckst.«

Pille verzog das Gesicht.

»Ich seh dich doch wieder, sag?«

»Wahrscheinlich«, antwortete Benjamin.

Der Junge reichte ihm linkisch die Hand, und er drückte dessen kleine Finger zwischen den seinen.

Er wartete, bis er allein war, ehe er die Tür einen Spaltbreit öffnete und das Licht des Flurs in das Zimmer drang. Der ockerfarbene Lichtstreifen enthüllte einen engen Raum mit nackten Wänden und ein kleines Mädchen, jünger als Pille, das auf seinem Bett saß. Es überraschte den Arzt, dass sie hellwach zu sein schien. Ihre schwarzen Augen fixierten ihn mit einer Intensität, die bei einem Kind dieses Alters sehr ungewöhnlich war.

»Hab keine Angst ... Ich bin Arzt.«

Er hatte diese Worte ganz unwillkürlich geäußert, gleichzeitig wurde ihm bewusst, dass das Gesicht des Mädchens keinerlei Angst ausdrückte. Genau genommen, zeigte dieses Gesicht überhaupt kein Gefühl.

Als sich seine Augen an das Halbdunkel gewöhnt hatten, sah er den Infusionsschlauch am Arm des Mädchens und den Dialyseapparat in einer Ecke des Zimmers. Das, was er zunächst für Mauersalpeter gehalten hatte, waren an die Wand gepinnte Zeichnungen oder, genauer gesagt, Blätter, die mit einem Gewirr von Strichen und mit schwarzen und roten Flecken bemalt waren.

Dieses Gekritzel hatte etwas Pathologisches, wie wenn sich die Gefühle, die hinter der starren Miene des Mädchens eingesperrt waren, in einem jähen hysterischen Durchbruch wild durcheinander auf das Papier ergossen hätten. Benjamin dachte an die Werke von Geisteskranken in psychiatrischen Kliniken. In den Zeichnungen des kleinen Mädchens glaubte er Gewalt, Wut, Verzweiflung und Wahnsinn zu erkennen.

Als er sich dem Bett näherte, bemerkte er, dass sie ihm mit den Augen folgte.

»Wie heißt du?«, fragte er, während er sich aufs Bett setzte.

Sie antwortete nicht, sondern starrte ihn nur stumm an, als er das Klemmbrett, das auf dem Nachtschränkchen lag, an sich nahm.

»Naïs ...«, las er mit lauter Stimme. »Das ist ein hübscher Name für ein hübsches kleines Mädchen.«

Er ging die letzten verschriebenen Medikamente durch und wunderte sich, dass darunter Amoxicillin und ein Protonenpumpenhemmer waren. Dieses Kind war doch wohl etwas zu jung, um an einem Magengeschwür zu leiden. Aber abgesehen von diesem einen Punkt fiel ihm bei der medizinischen Behandlung nichts Ungewöhnliches auf, weder ein unbekanntes Medikament noch ein experimentelles Therapieverfahren. Er überprüfte die Daten, überflog die Zahlen auf der Suche nach irgendetwas Ungewöhnlichem und fand nichts Wichtiges. Das Mädchen litt an einer leichten Anämie und hatte eine leicht erhöhte Temperatur, die jedoch nicht beunruhigend war. Er warf einen Blick auf das Dialysegerät – unnötig angesichts der Befunde – und vermutete, dass man es schlichtweg aus Platzmangel dort abgestellt hatte.

»Naïs? Verstehst du, was ich sage?«

Sie kniff die Augen zusammen, was er als Zeichen deutete, dass sie ihn verstand. Er wollte näher an sie heranrücken. Doch kaum hatte er dazu angesetzt, schrie Naïs aus vollem Hals.

12

Benjamin war wie erstarrt – der gellende Schrei des Mädchens ging ihm durch Mark und Bein. Entgeistert stand er auf und wich zurück, die Hände wie zur Abwehr ausgestreckt.

»Was machen Sie hier?!«, keifte eine Pflegerin. »Verlassen Sie sofort dieses Zimmer!«

Naïs brach in Tränen aus. Mit den Fingernägeln zerkratzte sie sich den Bauch.

»Nein ... pst, beruhige dich, Naïs ...«, sagte die junge Schwarze.

Sie packte die Handgelenke des Mädchens und hielt sie fest, wobei sie Worte in Haussa flüsterte. Tränen liefen Naïs über Wangen und Hals.

»Warum ist dieses Mädchen nicht bei den anderen?«

»Was?!«

Die Krankenschwester sah ihn verständnislos an.

»Der Direktor hat Sie angewiesen, alle Kinder unter fünf Jahren zu versammeln!«

Sie drängte Benjamin aus dem Zimmer und schlug die Tür hinter sich zu. Naïs hörte sofort auf zu weinen.

»Sie hatten nicht das Recht, hierherzukommen!«

»Warum ist sie nicht bei den anderen?«, bohrte der Arzt nach. »Wir müssen alle abhorchen!«

»Ich ...«

Sie wurde jäh unterbrochen. Eine Reihe dumpfer Geräusche ertönte außerhalb des Gebäudes, gefolgt von heiserem Gewimmer.

Benjamin hatte von seiner Zeit in der Armee nur einige ausgewählte Erinnerungen behalten – den Rest wollte er lieber vergessen. Und dieses Krachen, das gerade draußen widerhallte, gehörte genau zu dem, was er aus seinem Gedächtnis verbannen wollte.

»Was war das?«, flüsterte die Krankenschwester.

Instinktiv trat sie näher an ihn heran. Man spürte die Panik in ihrer Stimme. Zu Recht, dachte Benjamin.

»Schüsse aus automatischen Gewehren.«

13

»Gibt es einen anderen Ausgang?«

Benjamin Dufrais zog die Krankenschwester mit sich in den Gang. Er hatte sofort auf die Schüsse reagiert und eine Kaltblütigkeit und einige Reflexe wiedergefunden, die er mit seiner Jugend verloren zu haben glaubte.

»Ich ... ja ...«, stammelte die Pflegerin, »auf der anderen Seite der Hofes.«

Mit der Schulter stieß er die Pendeltür auf und eilte mit schnellen Schritten in den Gemeinschaftsraum.

Ein Stück vom Fenster entfernt, beobachtete Jacques vorsichtig den in Dunkelheit gehüllten Hof des Waisenhauses. Die am anderen Ende des Raums versammelten Kinder warfen panische Blicke um sich, und kleine Urinlachen besudelten den Boden. Benjamin stellte sich rechts neben seinen Kollegen und spähte seinerseits in die Finsternis.

Die weißen Spiegelungen der Neonlampen auf der Scheibe verhinderten jedoch eine klare Sicht, und abgesehen von einem fahlen Fleck an der Stelle, wo der Geländewagen von MSF stand, erkannte er nur eine gleichförmige schwarze Zone. Hinter den Fenstern des westlichen Seitenflügels leuchteten Lampen auf, und menschliche Gestalten drückten sich neugierig an die Scheiben.

»Haben die Wachen geschossen?«

»Ich weiß nicht ...«, flüsterte Jacques. »Ich hab nichts gesehen ...«

Ein schriller Alarm hallte in dem Moment wider, in dem die Lichter im Gebäude ausgingen. Die Außenscheinwerfer blitzten grell auf, ähnlich wie eine platzende Glühbirne, und Funken regneten auf die Rasenflächen herab. Lautes Kindergeschrei begrüßte die totale Finsternis.

Die beiden Ärzte sahen draußen das weit offen stehende Tor und, in der Nähe der Wachhäuschen, die von dem fahlen Mondschein umrissen wurden, zwei ausgestreckte menschenähnliche Gestalten. Da sie, als das Notstromaggregat ansprang, von den aufleuchtenden Neonröhren geblendet wurden, sahen sie nicht die Schatten, die dicht an der Mauer entlangliefen. Ein gedämpftes, gräuliches Licht hüllte den Gemeinschaftsraum ein.

»Wir müssen die Kinder über die Rückseite des Gebäudes rausbringen«, sagte Benjamin.

»Ist der Ausgang abgeschlossen?«

Eine Krankenschwester näherte sich ihnen zitternd.

»Ja, der Direktor hat die Schlüssel in seinem Büro ...«

»Ich werde ihn suchen. Sie ...«, wies er die Pflegerin an, »klappern die Schlafzimmer ab und holen alle raus. Jacques, du kümmerst dich um die Kinder.« Er drehte sich zu den Waisenkindern um. »Hört zu! Wir werden ...«

Die Worte blieben ihm im Hals stecken. Er sah, wie ein Ausdruck panischen Schreckens auf die Gesichter von Jacques und der Krankenschwester trat. Ihre weit aufgerissenen Augen fixierten etwas in seinem Rücken.

Als er sich umwandte, kreuzte sein Blick den eines Mannes, der hinter dem Fenster stand, das Gesicht unter einem Tagelmust, der Kopfbedeckung der Tuareg, verborgen. Die reglose Gestalt hielt den Direktor des Waisenhauses an den Haaren fest und trug eine Pistole in der rechten Hand. Der Beamte wirkte schlaff, sein linkes Auge war geschwollen, Blut tropfte vom Mundwinkel herab und zeichnete seltsame Arabesken auf sein Hemd.

14

Benjamin ahnte den Aufprall. Mit einer jähen Geste zog der Mann den Kopf des Direktors nach hinten und schleuderte ihn dann nach vorn, als ob er ein Stein wäre. Die Scheibe zerbarst in tausend Splitter, die sich über den Boden verteilten. Der Direktor stöhnte auf und brach zusammen, sein Kinn prallte mit voller Wucht gegen das Fensterbrett, rubinroter Speichel sprenkelte die Glasscherben.

»Wo ist sie?«, fragte der Mann und näherte sein Ohr dem Direktor.

Der schien nach Silben zu ringen, stieß jedoch nur ein unverständliches Gluckern aus. Der Mann hob langsam das Bein und drückte mit seinem ganzen Gewicht die Sohle seines Militärstiefels auf die Wange seines Opfers. Die Kehle gegen das Fensterbrett gedrückt, spuckte der Direktor lange Speichel- und Blutfäden aus. Seine Augen drohten aus den Höhlen herauszuplatzen. Der Mann verminderte den Druck.

»*Wo* ist sie?«, wiederholte er.

Er drückte sein Ohr an den Mund des Sterbenden und lauschte aufmerksam dem, was dieser noch stammeln konnte. Der Mann nickte zufrieden. Drei Gestalten, die sandfarbene Tarnmasken trugen, gesellten sich zu ihm. Benjamin wich zurück, als er die halbautomatischen Waffen in ihren Händen sah. Der Mann steckte seine Waffe in das Holster an seiner Hüfte und versetzte dem Direktor einen Tritt gegen die Schläfe.

»Erledige ihn!«, befahl er einer der Gestalten.

Diese gehorchte stumm, richtete das Gewehr auf den

Körper und schoss zweimal. Das Weinen der Kinder im Gemeinschaftsraum wurde stärker.

Der Mann schnaubte und stieg über den Fensterrahmen hinweg. Die Glasscherben knirschten unter seinen Stiefeln. Er war massig, hatte breite Schultern, und sein Oberkörper trat unter einem allzu engen T-Shirt hervor. In Höhe seines linken Oberarmmuskels trug er ein aufgenähtes Abzeichen mit der Aufschrift: MEND *»For our freedom and yours«*.

»Auf die Knie! Alle!«

Benjamin und Jacques legten die Hände auf den Kopf und knieten sich nieder. Sie befanden sich nicht zum ersten Mal in einer solchen Situation, und beide wussten genau, wie sie sich zu verhalten hatten. Benjamin hatte den Blick auf den Linoleumboden geheftet, als ein Paar Stiefel, das mit getrocknetem Schlamm überzogen war, in sein Gesichtsfeld kam.

»Arbeiten Sie hier?«, fragte der Mann, während er den Tagelmust aufband, der die untere Hälfte seines Gesichts verdeckte.

»Wir arbeiten für eine Hilfsorganisation ...«

»Welche?«, unterbrach er ihn.

»Médecins Sans Frontières.«

»Steh auf.«

Benjamin gehorchte. Unter dem grauen Licht der Neonröhren glänzte Schweiß auf dem Schädel von Henry Okah, einem der Generale der MEND, dessen Raubkatzengesicht die Titelseiten der Zeitungen zierte.

»Was haben Weiße hier zu suchen?«

»Tu ihm nicht weh!«

Pille stand auf, mit geballten Fäusten, und seine Augen funkelten herausfordernd.

»Sieh an, du scheinst einen Bodyguard zu haben, Onkel Doktor.«

Benjamin versuchte, dem Kind diskret zu bedeuten, sich wieder hinzusetzen, aber Pille schien entschlossen zu sein, es mit dem Mann aufzunehmen. Der Chef der MEND trat einen Schritt vor.

»Warum glaubst du, dass ich ihm wehtun werde?«

»Weil du eine Pistole hast.«

»Die da?« Henry Okah zog eine Augenbraue hoch und berührte die Waffe, die in seinem Gürtel steckte. »Das ist eine Beretta 92. Das ist die Pistole der amerikanischen Soldaten.«

Er riss den Druckknopf des Holsters auf und umfasste den Griff der Automatik. Benjamin sammelte seine Kräfte, um einzugreifen.

»Da, nimm!«

Okah hielt Pille die Waffe hin. Der kleine Junge machte eine ablehnende Handbewegung, aber das silberne Funkeln der Beretta übte bereits seine eigenartige Faszination auf ihn aus. Er hob den Arm und streichelte die Spitze des Pistolenlaufs.

»Aber vorher versprichst du mir etwas ...« Okah zog die Waffe plötzlich von dem Kind weg und wandte sich mit sanfter Stimme an ihn. »Wenn du groß bist, besuchst du mich, und ich werde dir zeigen, wie man sie bedient. Und, vor allem, gegen wen du sie einsetzen musst. Dann wirst du verstehen, dass nicht wir die Bösen sind.«

Er legte die Pistole in die Hand von Pille. Der Junge war so überrascht von ihrem Gewicht, dass er sie beinahe fallen gelassen hätte. Er betrachtete die Beretta voller Entzücken und drückte sie gegen die Brust, als hätte er das schönste Spielzeug bekommen, von dem ein Junge seines Alters träumen kann. Henry Okah lächelte und wandte sich wieder den beiden Ärzten zu.

»Ich frage Sie noch einmal: Was machen Sie hier?«

»Wir sind hier, um Statistiken zu erstellen, herauszufinden, wie viele unterernährte Kinder in der Region leben.«

»Um diese Uhrzeit?«

»Der ... der Direktor des Waisenhauses wollte nicht, dass wir bleiben ...«, Benjamin räusperte sich, »... um die Kinder zu schützen.«

»Sie zu schützen?« Henry Okah zog ein verächtliches Gesicht. »Dieser Fettwanst war nichts weiter als ein Regierungsbeamter. Und glauben Sie mir, diese Leute hier haben nichts mit den Kindern am Hut, sonst würden sie nicht diese Schiebereien machen.«

Okah musterte die beiden Mediziner einige Sekunden lang. Er schnaubte und wandte sich seinen Männern zu.

»Holt sie. Am Ende des Gangs, dritte Tür links.«

Das war das Zimmer des Mädchens, bei dem er gerade gewesen war, dachte Benjamin.

»Du und dein Kumpel, ihr kommt mit uns«, sagte er, packte Jacques unter der Achsel und zwang ihn aufzustehen. »Nichts Schöneres als ein Spaziergang bei Mondschein, oder?«

15

Benjamin wurde in einen Jeep geschubst, Jacques in ein anderes Fahrzeug gebracht, und Naïs, die, eingewickelt in eine Decke, von einem der MEND-Rebellen getragen wurde, wurde auf den Rücksitz eines sehr großen Pick-ups gelegt. Henry Okah, der sichtlich zufrieden darüber war, dass er die Entführung des Mädchens erfolgreich durchgezogen hatte, setzte sich neben Benjamin. Er klopfte auf die Schulter des Mannes links neben dem Fahrer.

»Wir haben sie.«

»Gut«, antwortete der Mann.

Der Fahrer drückte das Gaspedal durch, und der Jeep brauste in die Nacht davon.

»Und er? Wer ist das?«, fragte der Mann, ohne sich umzudrehen.

Benjamin sah sein Gesicht flüchtig im Rückspiegel. Graues Haar und ein kurz geschnittener Bart rahmten ein vornehmes Gesicht ein, das eines etwa sechzigjährigen Mannes, der mehr einem ehrwürdigen Professor als einem Kindesentführer glich. Henry Okah klappte die Armlehne auf und nahm Kokain heraus, das er auf einem Taschenspiegel verteilte.

»Ein Arzt von *Médecins Sans Frontières*, nach dem, was er sagt.«

»Warum hast du ihn mitgenommen?«, fragte der Mann, ohne das Spiegelbild Benjamins aus den Augen zu lassen.

»Ich wusste nicht, ob ich ihn umlegen sollte ...« Okah beugte sich vor und schnüffelte das Dope. »Ich habe mir gedacht, dass du die Entscheidung treffen willst«, sagte er, während er sich die Nase zuhielt.

Er lachte laut auf und ließ sich gegen die Rückenlehne fallen.

Eine Zeit lang sprach niemand. Die Stille wurde untermalt von dem Glucksen Okahs und dem Knistern der Zigarette, die der Fahrer rauchte. Benjamin verlor nach und nach jegliche Vorstellung von Zeit und Entfernung. Was immer ihm zustoßen würde, er konnte es nicht verhindern.

Draußen verteilte eine Gruppe von Fischern in Flachkähnen Laternen im Schlick eines Sumpfes. Als die drei Fahrzeuge vorüberfuhren, hoben sie die Köpfe, und einer von ihnen winkte gemächlich mit der Hand, um sie zu grüßen. Benjamin betrachtete die orangefarbenen Lichthöfe der Laternen, ihren Widerschein und den des Mondes auf dem schieferfarbenen Wasser. Der Dunst, der die Boote umhüllte, nahm ebenfalls warme Farbtöne an. Wieder fing er den Blick des Mannes im Innenspiegel auf. Er hatte ihn unentwegt angestarrt, wie wenn er jede noch so flüchtige mimische Regung interpretieren wollte.

»Sie scheinen keine Angst zu haben«, sagte er plötzlich.

Benjamin antwortete nicht.

»Wissen Sie, wer ich bin?«, fuhr der Mann fort.

»Ja.«

»Und wer bin ich Ihrer Meinung nach?«

»Sie sind Yaru Aduasanbi und Sie …« Er wandte sich nach links. »Henry Okah, ich habe Ihre Fotos in den Zeitungen gesehen. Sie sind die Anführer einer Terrorgruppe.«

»Terroristen?«, stieß Okah aus. »Wir sind Widerstandskämpfer, Onkel Doktor, keine Terroristen. Das ist ein kleiner Unterschied, der uns wichtig ist.«

»Sie wissen also, wer wir sind, aber wir, wir wissen nicht, wer Sie sind. Wie heißen Sie?«

»Benjamin Dufrais.«

»Monsieur Dufrais, haben Sie eine Ahnung davon, was heute Nacht passiert ist?«

Die Stimme des Führers der MEND war bedächtig, seine Diktion elegant, beinahe geziert.

»Ja, zum Teil.«

»Haben Sie die Absicht, anderen von den Ereignissen, deren Zeuge Sie wurden, zu erzählen?«

»Das kommt darauf an.«

»Worauf, Monsieur Dufrais?«

»Darauf, ob es von meinem Schweigen abhängt, dass ich am Leben bleibe.«

Yaru Aduasanbi deutete ein Lächeln an.

»Sie sind ein vernünftiger Mensch, Herr Doktor.«

»Ich tue mein Möglichstes, Herr General.«

»Herr General«, wiederholte Yaru Aduasanbi, als erwachte er aus einem Traum. »Waren Sie in der Armee, Doktor?«

»Ja, ich war Militärarzt.«

»Warum sind Sie ausgestiegen?«

Benjamin wandte den Blick ab, war sich aber bewusst, dass diese Ausweichbewegung seinem Gesprächspartner nicht entgehen würde.

»Ein Mann, der nicht über seine Vergangenheit reden will, ist oftmals interessant ...«, sagte der Anführer der MEND.

»Auf mich trifft das nicht zu.«

Aduasanbi bohrte nicht nach. Er öffnete das Fenster und schloss die Augen, als ein frischer Luftzug ins Innere drang. Die intensiven Gerüche der Natur vermischten sich – Düfte von Orangen und Baumrinden, von Farnen und Mangrovenbäumen. Die Nacht und der Tau vermehrten die Duftnoten des Dschungels, und die Feinheit dieser Aromen weckte Erinnerungen, die durch die Gewalt und die Schreie, die alltägliche Not zuerst entstellt und dann begraben worden waren. Benjamin wusste nicht, ob ihn einer dieser Männer umbringen würde, aber die von diesen Düften hervorgerufene Trunkenheit machte die Ungewissheit erträglicher.

Aduasanbi wandte sich an den Fahrer.

»Wir sind weit genug, halten Sie an.«

Der Fahrer parkte den Jeep vorsichtig am Rand der Piste, wobei er unter den Reifen einige Stechginsterpflanzen zerquetschte und einen Schwarm Nachtfalter aufscheuchte. Die anderen Fahrzeuge taten es dem Führungsfahrzeug gleich. Das Quietschen der Bremsen vermischte sich mit dem Gepiepse unsichtbarer Vögel.

Yaru Aduasanbi drehte sich um und sah dem Arzt zum ersten Mal ins Gesicht. Das matte Licht der Deckenleuchte erhellte nur die Hälfte seines Gesichts und unterstrich den unvollkommenen Rücken seiner Nase. Der Rest seiner Gestalt verschwand, verschluckt von den Schatten. Der Anführer der MEND tastete mechanisch die Brusttasche seines Hemds ab, steckte zwei Finger hinein und zog eine kleine, mit Goldmotiven verzierte Metalldose heraus. Das Klicken des Verschlusses hallte in der gedämpften Stille wider. Er zog einen Zigarillo aus der Dose und zündete ihn an. Er atmete eine kleine weiße Rauchwolke ein. Sein Gesicht hatte einen schwermütigen Ausdruck, doch seine Augen funkelten von geradezu hypnotischer Energie. Mit seiner vom intensiven Nachdenken gerunzelten Stirn sah er einem gealterten Che Guevara ähnlich.

»Willst du, dass ich ihn abknalle?«, fragte Henry Okah.

JULI 2006
Die Geiseln

»Wenn dies hier die beste aller möglichen Welten ist,
wie sehen dann erst die anderen aus?«
Voltaire

16

Draußen ging der Regen langsam in Graupel über. Die Böen ließen die riesige französische Fahne knattern, die die Fassade schmückte. Im Norden flimmerte ein mattgelber Lichtschein, der nichts Gutes verhieß, in den oberen Stockwerken eines Gebäudes. Der Außenminister betrachtete das Spektakel und dachte an einen Notruf, auf den niemand reagieren würde. Er rührte seinen Kaffee um, zog den dampfenden Löffel heraus und hielt ihn eine Zeit lang reglos über der Tasse. Er seufzte und drehte sich zu den vier Männern um.

»Wurden diese Informationen überprüft?«, fragte er und nahm am Ende des Tisches Platz.

»Ja, Monsieur. Die beiden französischen Staatsbürger wurden in Owerri entführt. Sie haben dort im Auftrag von MSF und UNICEF medizinische Untersuchungen durchgeführt.«

Der Minister stellte seine Tasse auf der Untertasse ab und öffnete die vor ihm liegende Akte.

»Hat sich niemand dazu bekannt?«

»Nein, noch nicht.«

»Das ist nicht das erste Mal, dass die MEND westliche Bürger kidnappt«, schaltete sich einer der Berater ein. »Aber bislang hatten sie immer Bedienstete der Erdölgesellschaften im Visier. Wir wissen nicht, wieso sie diesmal Mitarbeiter einer Hilfsorganisation angegriffen haben.«

»Und was sagt die nigerianische Regierung dazu?«

»Sie versuchen, Kontakt zu den Entführern aufzunehmen, um die Situation zu klären.«

»Was wissen wir über diese beiden Ärzte?«, fragte einer der Kollegen. »Vielleicht waren sie an irgendwelchen Schiebereien beteiligt: illegaler Handel mit Medikamenten oder mit medizinischem Material. Das könnte erklären, wieso die MEND sie entführt hat.«

Der Mann zu seiner Rechten verteilte fotokopierte Akten und Fotos von Jacques Rougée und Benjamin Dufrais.

»*Médecins Sans Frontières* hat uns ihre Unterlagen gemailt. Benjamin Dufrais war in der Armee, bevor er zu MSF ging. Er hat Jacques Rougée in Sarajewo kennengelernt, und sie wurden Freunde.«

»Der Verfassungsschutz hat nichts über sie, aber sie graben weiter.«

»Und was ist mit ihren Familien?«, fragte der Minister.

»Nichts Auffälliges. Jacques Rougée ist verheiratet und hat einen Sohn. Er hat letztes Jahr seine Mutter verloren, und sein Vater ist im Altersheim. Er hat eine Schwester, die im Generalrat des Departements Val-d'Oise arbeitet. Dufrais ist unverheiratet. Was nicht wirklich verwunderlich ist, da er mehr Zeit auf Auslandseinsätzen verbringt als in Frankreich.«

Der Minister beugte sich über das Dokument und überflog es. Im zweiten Stock des Gebäudes am Quai d'Orsay breitete sich Schweigen aus. Er deutete auf ein Detail des Berichts.

»Was sind das für Artikel, die er geschrieben hat?«

»Als Dufrais noch in der Armee war, hat er über die Epidemiologie in Kriegszeiten recherchiert. Das Verteidigungsministerium sollte uns eine Akte zuschicken, aber wir haben sie noch nicht erhalten. Mein Gesprächspartner hat angedeutet, dass die Akte sensible Informationen enthält.«

Der Außenminister blickte von dem Dokument auf.

»Das könnte doch eine Spur sein, oder? Ich will, dass Sie das schnellstens aufklären. Wir treffen uns in einer Stunde wieder.«

»Einverstanden.«

Der Mann verstaute die Dokumente in seiner Umhängetasche und verließ das Büro. Der Minister blieb einen Moment lang nachdenklich und trommelte mit den Fingern auf den glänzenden langen Tisch. Hinter den riesigen Fenstern gingen die Laternen entlang der Uferstraßen nacheinander an, und die Lichtpunkte spiegelten sich in dem dunklen Fluss.

»Noch etwas, meine Herren?«

»Ja, die Zeugen der Entführung berichten, dass auch ein Mädchen gekidnappt wurde.«

»Ein Mädchen?«

»Laut unseren Quellen war es ein Zögling des Waisenhauses. Mehr weiß man nicht.«

»Mir ist das alles schleierhaft«, seufzte der Minister. »Warum überfällt man ein Waisenhaus? Was soll das?« Er trommelte abermals mit den Fingern auf den Tisch. »Einer von Ihnen ruft bitte meinen nigerianischen Amtskollegen an, ich will mit ihm sprechen.«

»Und was machen wir mit der Presse?«

»Vorläufig bestätigen wir noch nichts.« Er stand auf und trat an eines der Fenster. »Wenn es sich tatsächlich um eine Geiselnahme handelt, haben wir noch Zeit genug, dies mitzuteilen.«

»Glauben Sie, dass sie schon tot sind?«

Der Minister hatte den Blick auf die Seine geheftet und antwortete nicht. Er konnte sich ohne Weiteres ausmalen, wie die Leichen der beiden Ärzte in der Strömung trieben.

17

Um Umaru Atocha herum waren die Söldner der MEND, seine Gefährten im Diesseits, geschäftig zugange; Männer, mit denen er seine Nahrung, seine Kleidung, seinen Duschraum, seine Stunden teilte und mit denen er sich manchmal einen leidenschaftslosen nächtlichen Zweikampf lieferte, wenn sie sich unter dem Einfluss der Triebe in den Betten irrten. Männer, die, wie er, ihre Familien, ihre Freunde und ihre Dörfer verlassen hatten, um sich dem bewaffneten Kampf und einer Revolution anzuschließen, die sich in die Länge zog.

Auf der Mauer aus Lehm und Stroh prangte der mit schwarzer Farbe gemalte Name der Gruppe wie eine Standarte, die die Truppen anfeuern soll.

Movement for the Emancipation of the Niger Delta.

Ein paar Worte, für die es sich wohl zu sterben lohnt, dachte Umaru Atocha, während er sich eine Zigarette anzündete.

Auf dem Tisch, der in der Mitte der Hütte stand, waren Patronengürtel, Sturmgewehre, Handgranaten und Stichwaffen angehäuft. Das ganze Arsenal, das notwendig war, damit diese Julinacht in der Geschichte Nigerias Epoche machte.

Und er, Umaru, »der Albino«, »der weiße Neger«, wie sie ihn manchmal nannten, Sohn von nichts und niemandem, wusste es besser als irgendjemand sonst: Das sah nicht nach einer siegreichen Nacht aus.

Er erhob sich schwerfällig von der Matratze und griff sich eine Desert Eagle 44 Magnum, die er in sein Holster steckte. Er zog die Spanngurte so fest, dass sie seinen Brustkorb zusammenschnürten und die über zwei Kilogramm Metall ihm aufs Herz drückten. Er steckte drei Magazine in die Taschen seiner Jagdweste und überprüfte das Patronenlager einer AK-47.

Die meisten Guerillakämpfer, die sich um die überall verstreute Munition drängten, waren Ijaw, Angehörige der größten ethnischen Gruppe im Nigerdelta. Diese Männer waren ausgezehrt von Malaria und high von Drogen und Alkohol, das Alter schwankte zwischen fünfzehn und dreißig Jahren, abhängig von den Fahnenfluchten und Todesfällen. Zwei von drei Kämpfern waren als Kinder von Bauern oder Viehzüchtern in der Gegend aufgewachsen. Dorfvorsteher, die sich die Gunst der MEND sichern wollten, drängten ihre jüngsten Söhne, sich der Bewegung anzuschließen und in den Untergrund abzutauchen. Das Ziel, das sie mit ihrer Revolte verfolgten, war denkbar einfach: Sie wollten die von den ausländischen Ölkonzernen ausgebeuteten Gebiete zurückerobern. Ihr Glaube an die Sache der MEND war unmittelbarer Ausfluss ihrer instinktiven, nicht sonderlich ausgetüftelten Auffassung vom Recht am Eigentum. Für sie ging es allein darum, die Eindringlinge umzubringen und das Land ihrer Vorfahren wieder in Besitz zu nehmen.

Mit dem Absatz seines Armeestiefels drückte Umaru seine Zigarette aus, dann hängte er sich den Schulterriemen seiner Kalaschnikow quer über die Brust und ging durch die Tür nach draußen. Das Hemd klebte ihm sofort auf der Haut, durchnässt von seinem Schweiß und dem Dunst, der vom Delta aufstieg. Durch den Schlamm, der die Baracken umgab, watete er Richtung Ufer, wobei er bei jedem Schritt bis zu den Knöcheln einsank. Auf einem kleinen Hügel aus lockerem Erdreich blieb er stehen.

Sie hatten eine Woche Dauerregen durchgestanden. Die Tage und die Nächte waren zu einer einzigen Waschküche ohne Licht verschmolzen. Der Niger und seine Zuflüsse waren schließlich über die Ufer getreten, das Hochwasser hatte sogar die Latrinen überflutet, sodass das Lager nur noch ein Sumpf inmitten eines anderen Sumpfes war, ein riesiges Feld aus Schlamm und Pfützen. Ölteppiche, die sich aus Lecks in den Pipelines speisten, drangen unter den Türen durch, klebten an Blättern und Stämmen, verpesteten den Wald und die Lebensmittel und vertrieben alle andersartigen Gerüche.

In der Nähe des Ankerplatzes der mit Laub getarnten Luftkissenfahrzeuge stakten zwei Jugendliche mit nackten Oberkörpern durch das trübe Wasser; mit gestreckten Armen trugen sie zwei Kisten Dynamit, wobei sie sorgfältig darauf achteten, dass sie nicht nass wurden. Schlüpfende Moskitos zeichneten um sie herum unendlich viele konzentrische Kreise, als würde ein unsichtbarer Nieselregen auf die Lagune niedergehen.

Umaru ließ seinen Blick weitergleiten, in Richtung Westen, dorthin, wo Dschungel, Sumpf und Nacht zusammentrafen, um nur noch einen Horizont zu bilden, eine einfarbige Dunkelheit, die der blasse Mondschein nicht durchdrang. Die aufgequollene, wallende Vegetation wucherte über die Ufer des Warri-Forcados in den Fluss hinein, wo sich lange Lianen ablösten, in denen sich treibende Baumstämme und Kadaver verfingen. Schon in der Dämmerung zogen Möwen Kreise über dem Geäst wie im offenen Meer über Fischkuttern mit eingezogenen Schleppnetzen.

Er hasste diese von Gestank und Krankheiten verpesteten Sümpfe, diese fauligen Gewässer, in denen es von Spinnen und Larven wimmelte, er hasste diesen Landstrich mit seiner dichten Vegetation, von der es ständig herabtropfte. Manchmal dachte er daran, einfach abzuhauen, weit, sehr weit wegzulaufen von diesem toten Flussarm, wo alle Ideale im Schlamm versanken. Aber den Untergrund und das Reich der Schatten zu verlassen, wäre wie das Eingeständnis einer Niederlage – und dazu konnte er sich nicht durchringen.

Aufgrund der grauen Blässe seiner Haut, der furchteinflößenden Röte seiner Augen und seines Monstergesichts würde er niemals in der Namenlosigkeit abtauchen können. Er würde sich vergeblich in den Elendsvierteln verstecken, dort, wo die Not alle Unterschiede verwischte – die Polizei würde ihn aufspüren. Und im Endeffekt hätte er nur einen Dschungel gegen einen anderen eingetauscht.

Die beiden Jugendlichen kamen, sich gegenseitig anrempelnd, aus dem Wasser und zuckten zusammen, als sie Umaru am Ufer erblickten. Sie beeilten sich, ihn militärisch zu grüßen. Er antwortete ihnen mit einem angedeuteten Kopfnicken und fischte eine neue Kippe aus seiner Schachtel.

»Herr Major?«

Er drehte sich zu demjenigen um, der sich ihm von hinten näherte. Sein Untergebener, Forman Stona, trat einen Schritt vor und schlug die Hacken zusammen.

»Ja, Sergeant?«

»General Aduasanbi will Sie sprechen. Es geht um die Geiseln.«

18

Das flaschengrüne Tuch hielt die Hitze im Innern, sodass man das Gefühl hatte, eine Sauna zu betreten. Kein Lüftchen ließ die von der Decke baumelnde Fahne der MEND flattern. Ein auf Holzböcken liegendes Brett war vollgestellt mit Computern und modernstem militärischem Material. In einer Ecke stand ein Notstromaggregat, das permanent surrte. In der gegenüberliegenden Ecke waren sorgfältig zugeklebte und verschnürte Pakete aus braunem Papier zu einer Pyramide gestapelt.

Auf einem niedrigen kreisrunden Tisch quoll ein Pappkarton über von durchsichtigen Beuteln, ein Kilo weißes Pulver wartete darauf, mit Saccharose verschnitten zu werden. Zweifellos eine Lieferung aus Südamerika, die für die europäischen Märkte bestimmt war. Das Nigerdelta war einer der Umschlagplätze für Drogen von der anderen Seite des Atlantiks, wie es das Kap Guardafui in Somalia für einen Teil der asiatischen Produktion war. Diese geografische Lage war Henry Okah nicht entgangen, als er Südafrika verlassen hatte, um in seine Heimat zurückzukehren. In diesem Zelt befanden sich schätzungsweise zwanzig

Kilo Heroin. Genug, um die Guerillatruppe einige Monate lang zu finanzieren.

Umaru stand mit dem Rücken zum Eingang des Zelts, seine Kalaschnikow hatte er, in militärischer Haltung, mit dem Kolben auf dem Boden links neben sich abgestellt. Sein Sergeant, Forman Stona, verharrte einige Schritte hinter ihm reglos in derselben Position. Umaru unterdrückte einen Schauder, als er das dumpfe Geräusch von Militärstiefeln hörte, die über den gestampften Boden marschierten. An der Schwere der Schritte glaubte er Okah zu erkennen. Die beiden Männer standen stramm.

»Rührt euch!«, rief Okah beim Eintreten.

Die beiden Männer stellten sich ihnen gegenüber auf. Aduasanbi stützte sich auf die Kante des Tischs und strich sich mit den Fingern durch seinen gestutzten grauen Bart. Im Vergleich zu Henry Okah war er dünn, fast schmächtig, und trotzdem ging von ihm eine starke Kraft, eine Aura aus, die Respekt einflößend war.

»Dieser Einsatz ist äußerst wichtig. Habe ich mich klar ausgedrückt?«

Umaru sah zum General der MEND auf und nickte.

»Wir werden die Geiseln morgen Abend evakuieren.«

»Die beiden Ärzte?«

»Ja, und das Mädchen.«

»Du leitest die Operation«, fuhr Henry Okah fort. »Du fährst den Fluss hinunter bis zum Meer. In der Mündung erwartet euch ein Schiff.«

Yaru Aduasanbi ging in die Hocke, um einen Panzerschrank zu öffnen, der unter dem Computertisch versteckt war. Er sah die aufgeschichteten Akten durch und nahm eine schwarze Aktenmappe heraus, die er Umaru hinhielt.

»Das ist der Einsatzplan. Euer Zeitfenster ist eng, die Küstenwache kontrolliert die Mündung.« Er breitete die Karte aus und deutete mit dem Finger auf den gewundenen Flusslauf. »Das Schiff ankert hier.«

»Wie viele Boote nehme ich mit?«, fragte Umaru.

»Drei mit Besatzung. Die Geiseln kommen mit dir. Wenn es das geringste Problem gibt«, fuhr Aduasanbi fort, »blast ihr die Operation ab und kehrt ins Lager zurück. Die Sicherheit von Naïs hat höchste Priorität.«

»Noch etwas«, fügte Okah hinzu, der sich eine Zigarette anzündete, »sobald das Mädchen an Bord des Schiffs ist, tötest du die beiden Franzosen. Sorg dafür, dass ihre Leichen nie gefunden werden.«

Umaru schlug die Hacken zusammen. Sergeant Stona tat es ihm gleich.

»Verstanden, Herr General.«

19

Benjamin fuhr aus dem Schlaf hoch – er wusste nicht, ob er eine Stunde oder eine Minute geschlafen hatte. Der Traum, den er gerade verlassen hatte, hing ihm noch nach, und Bruchstücke von Bildern zogen an seinem inneren Auge vorbei.

Seit ihrer Entführung aus dem Waisenhaus von Owerri pendelte sein Leben in dieser Weise zwischen Traum und Albtraum hin und her. Nur der körperliche Schmerz, der Muskelkater und der Hunger erlaubten ihm, Traum und Wirklichkeit zu unterscheiden. Aber das Brennen der

Stricke um seine Handgelenke verfolgte ihn bis in den Schlaf.

Er wandte sich zu Jacques um, der am anderen Ende des Raumes gefesselt war, und diese leichte Anstrengung erschöpfte ihn. Er fühlte sich wie ein Unfallopfer oder ein Boxer nach einem Kampf. Die Angst war einem Gefühl gewichen, das fast ein Sichfügen war. Jacques hatte diesen Punkt noch nicht erreicht und blieb überzeugt davon, dass MSF und die französische Regierung Himmel und Hölle in Bewegung setzten, um sie zurückzuholen. Er flüsterte Benjamin unentwegt zu, dass sie nicht sterben würden, und dieser fragte sich, wann er sich endlich mit den Tatsachen abfinden würde.

Er hörte ein Murmeln, das von draußen kam, und senkte den Kopf.

Yaru Aduasanbi und Henry Okah traten ein, ohne den beiden Geiseln die geringste Beachtung zu schenken. Sie gingen bis zu dem Feldbett, auf dem das kleine Mädchen lag, das am Fußknöchel mit einer Schnur an einen Pfosten gebunden war. Unter dem Moskitonetz versuchte sie, die bunten Stofffetzen des Mobiles zu erhaschen, das sich langsam über ihrem Bett drehte. Geflochtene Schnüre und gestrickte Puppen hingen an den Enden der Arme und wirbelten im Drehen den Staub auf, der überall in der Hütte lag.

»Wann bekommen wir das Geld?«, fragte Okah.

Benjamin hob den Kopf ein wenig an. Die massige Gestalt von Henry Okah hob sich kaum von der Dunkelheit ab, nur das schwache rötliche Leuchten, das durch die Palmzweige des Dachs drang, hüllte ihn ein. Aber auch wenn er Okahs Gesichtsausdruck nicht erkennen konnte, ahnte er, dass eine abergläubische Furcht den MEND-General davon abhielt, sich dem Kind zu nähern.

»Sobald das Schiff internationale Gewässer erreicht und der Käufer Naïs wiederhat.«

Okah schwieg einige Sekunden lang.

»Ich fürchte, wir machen einen Fehler, Yaru.«

»Hundert Millionen Dollar für ein Kind, das kann man doch wohl kaum als Fehler bezeichnen«, sagte Aduasanbi lächelnd.

»Dieses Mädchen ist eine Hexe, und du weißt das.«

»Red keinen Blödsinn! Seine Krankheit hat nichts mit irgendeinem Fluch zu tun.«

»Quatsch! Sie ist verhext, wenn ich's dir sage!«, brauste Okah auf.

»Wieso warst du dann damit einverstanden, sie zu entführen?«

»Weil es mir lieber ist, dass sie in unserer Gewalt ist als in der der Regierung.«

»Und was sollen wir deiner Meinung nach mit ihr machen? Sie umbringen?«

Henry Okah richtete seinen Blick auf Naïs.

»Ja, nachdem wir ihr den Teufel ausgetrieben haben.«

Benjamin zuckte zusammen, als er den General hörte. Innerhalb von zehn Jahren waren allein in der Region des Deltas fünfzehntausend Kinder der Hexerei bezichtigt worden. Die NGOs, die etwas gegen das Phänomen der »Kinderhexen« unternehmen wollten, hatten die Öffentlichkeit letzten Mai zu alarmieren versucht, als zwölf Mädchen im Namen Gottes in ein Bad mit Ätznatron gestoßen worden waren.

»Sie wird uns einen Batzen Geld einbringen«, versicherte

Yaru Aduasanbi. »Und mit diesem Geld können wir die Revolution ausweiten.« Er strich mit dem Zeigefinger über die Wange des Mädchens und drehte sich zu Okah um. »Wir sind im Krieg, Henry. Naïs ist das sicherste Mittel zur Finanzierung unseres Sieges.«

»Oder unser Ruin«, murmelte Okah.

20

Benjamin war sich mittlerweile sicher.

Er würde sterben, und seine Leiche würde irgendwo im Dschungel vermodern. Alles, was von ihm übrig bliebe, wären von Wind und Wetter gebleichte Knochen. Yaru Aduasanbi und Henry Okah hatten ganz offen vor ihnen gesprochen und nicht einmal versucht, das, was sie mit diesem Kind vorhatten, zu verschweigen. Da gab es weder Raum für Spekulationen noch die geringste Hoffnung. In den Augen dieser beiden Männer waren Jacques und er bereits tot.

Benjamin betrachtete seinen Freund, und an dessen niedergeschlagenen Haltung, seinem ruhigen Atmen erkannte er, dass er ebenfalls verstanden hatte. Er dachte an das, was er vollbracht hatte, und an das, was er bereute.

Er hatte nie geliebt. Und wenn die Stunde kam, Bilanz zu ziehen, würde er sich zweifellos wünschen, er hätte diese Lücke gefüllt. Ohne Liebe durchs Leben zu gehen, hatte ihn nie gestört, aber er hatte nicht aufgehört, daran zu glauben, dass eine Frau eines Tages unbekannte Gefühle in ihm wecken würde.

Das Mädchen rechts neben ihm wurde unruhig und riss

ihn aus seinen Träumereien. Benjamin hörte sie schluchzen und fragte sich, was für ein Schicksal das Leben diesem Kind wohl bereithielte. Er dachte an das Gespräch zwischen den beiden Generälen der MEND. Hundert Millionen Dollar für das Leben dieses kleinen Mädchens. Die Absurdität dieser Summe entlockte ihm ein Lächeln. Er stützte seinen Kopf gegen die Wand, und die Wärme des Steins beruhigte ihn. Die Schluchzer von Naïs vermischten sich mit den Geräuschen des Lagers und dem Plätschern des Flusses.

Die Stimme Jacques' ertönte am anderen Ende des Raumes.

Maikäfer flieg, dein Vater ist im Krieg ...

Das Kind hörte auf zu schluchzen, und Benjamin begegnete seinem Blick. Er lächelte es traurig an und sang:

Die Mutter ist im Pommerland, Pommerland ist abgebrannt. Maikäfer flieg.

21

»Herr Minister?«

Der Mann näherte sich dem Schreibtisch und wartete, bis sein Gegenüber sein Telefonat beendete. Landkarten von Nigeria sowie Polizeiberichte über die Aktivitäten der MEND waren auf der Schreibunterlage ausgebreitet. Die Gesichter von Henry Okah und Yaru Aduasanbi tauchten auf dem Bildschirm des Computers auf. Der Außenminister legte unvermittelt auf und hob den Blick zu seinem Berater.

»Die Geiseln sind noch am Leben, Herr Minister. Das

wurde uns vom nigerianischen Innenministerium bestätigt.«

»Gibt es eine Lösegeldforderung?«

»Nein, noch immer nicht. Ein Spitzel hat diese Information übermittelt. Die Regierung hat uns die Unterlagen zur Verfügung gestellt.«

Er legte eine Aktenmappe mit dem Stempel »Militärgeheimnis« auf den Schreibtisch. Der Minister schlug sie auf und überflog die von der nigerianischen Regierung gefaxte militärische Akte.

»Forman Stona«, las er mit lauter Stimme.

»Er gehört den Spezialkräften an. Sein Infiltrationseinsatz hat vor sieben Monaten begonnen.«

»Was hat er über die Geiseln herausgefunden?«

»Sie werden heute Abend verlegt. Aber nach Aussage von Sergeant Stona haben die Anführer der MEND beschlossen, sie zu beseitigen.«

Der Minister runzelte die Stirn. Nach etwa zehn Sekunden fuhr er sich mit der Hand übers Gesicht und lehnte sich tief in seinem Sessel zurück.

»Warum werden sie dann verlegt?«

»Das Mädchen muss weggebracht werden.«

»Weiß man mehr über sie?«

»Nicht wirklich. Die nigerianische Regierung hält Informationen zurück. Sie behaupten, es wäre eine sensible Angelegenheit.«

»Wieso ›sensibel‹?«, regte der Minister sich auf. »Wer ist dieses Mädchen? Die uneheliche Tochter des Präsidenten?«

Er stand auf und ging um den Schreibtisch herum, wobei er eine Schachtel Zigaretten aufhob. Vor Wut zitterten seine

Hände, und erst beim zweiten Versuch gelang es ihm, sich eine Zigarette anzuzünden.

»Schön …« Er schloss die Augen und gönnte sich einige Sekunden, um wieder ruhig zu werden. »Und kann dieser infiltrierte Agent nichts unternehmen, damit wir Zeit gewinnen?«

»Spezialkräfte wurden mobilisiert, um einzugreifen. Aber …« Der Berater des Ministers zögerte, da er wusste, welche Reaktion er auslösen würde. »… es geht vorrangig um das kleine Mädchen. Die Einsatzkommandos haben keine Anweisungen bezüglich unserer Staatsbürger erhalten.«

Die Nacht der Macheten

»Die Revolution ist ein Eifersuchtsdrama.«
Mao Tse-tung

22

»Los, Bewegung!«

Benjamin und Jacques stolperten im Schlamm, geblendet von den Lichtkegeln der Taschenlampen, die etwa zwanzig vermummte Männer auf sie richteten. Benjamin, der die Augen mit der Hand beschirmte, sah Gestalten, die aus den Zelten kamen und zu den Luftkissenfahrzeugen und Schlauchbooten rannten.

»Wohin fahren wir?«, fragte Jacques in Panik.

Ihr Bewacher antwortete nicht und gab nur ein unverständliches Brummen von sich. Die beiden Geiseln wurden in den Fluss gestoßen, wo sie bis zu den Booten waten mussten. Mit dem Lauf seiner AK-47 auf das erste Hovercraft deutend, gab ihnen ein junger Bursche zu verstehen, an Bord zu gehen. Zwei Männer in Kampfanzügen hievten sie hoch und forderten sie auf, sich auf das mit Munitionskisten vollgepackte Achterdeck zu setzen.

Um sie herum überprüften Guerillakämpfer ihre Waffen und reichten eine Crackpfeife herum. Die Dunkelheit ließ die Grenze zwischen dem Niger und dem Dschungel verschwimmen. Eine düstere Spannung schien von dem Lager und von den Kämpfern Besitz ergriffen zu haben. Benjamin begegnete dem verängstigten Blick von Jacques. Er hätte ihn gern beruhigt, selbst wenn er dafür hätte lügen müssen, aber die Angst ließ ihn schweigen.

Am Ufer traten die Männer zur Seite, um General Aduasanbi durchzulassen. Er trug Naïs auf dem Arm, das Mädchen schien zu schlafen, sein Kopf ruhte an seiner Brust. Die Kämpfer der MEND schlugen die Augen nieder, als wäre dieses Kind heilig und als würde sein bloßer Anblick genügen, uralte Flüche zu wecken. Einige bekreuzigten sich.

Benjamin glaubte, Beklommenheit in den Augen des Mannes zu erkennen, der das Mädchen entgegennahm, um sie an Bord zu holen. Er legte Naïs vorsichtig in eine Bambuswiege, die mit einem Gurt am Steuerstand befestigt war.

Die Gebläse der Luftkissenfahrzeuge setzten sich in Gang. Die hohen Gräser schwankten hin und her, und die Oberfläche des Flusses kräuselte sich. Das Boot an der Spitze entfernte sich von den anderen, beschleunigte und verschwand in der Nacht. Benjamin spürte, wie das Hovercraft über das Wasser zu schweben begann, während sich das Brummen der Heckpropeller verstärkte. Von dem schwebenden Gefühl der Schwerelosigkeit wurde ihm übel. Er sah die Silhouetten von Yaru Aduasanbi und Henry Okah am Ufer stehen und hatte den Eindruck, Wächter am Ufer des Styx zu sehen.

Der Steuermann setzte zu einer großen Kehrtwende an, wobei er Lianen streifte, die von Mangrovenbäumen herabhingen, und gab Vollgas.

23

Umaru Atocha stand am Bug und ließ den Fluss nicht aus den Augen. Die Nachtluft kühlte seine Stirn und schärfte seine Sinne. Die hohe Geschwindigkeit der Luftkissenboote verzerrte die Geräusche, entstellte die Formen und krümmte die Stämme der Roten Mangroven um einen unsichtbaren Fluchtpunkt herum. Im Mondschein glänzte die unermessliche Weite des Sumpfes metallisch.

Umaru wandte sich zu den Geiseln um. Die beiden neben Forman Stona sitzenden Ärzte machten einen niedergeschlagenen Eindruck. Die Angst war ihnen anzusehen. Das Mädchen dagegen wirkte geradezu beunruhigend gelassen. Sie betrachtete die Landschaft, wie gebannt von dem fernen gelb-orangen Flimmern einer Ölplattform. Es gelang ihr nicht, den Blick von dem in der Finsternis flackernden Lichthof abzuwenden. Umaru setzte sich wieder und sah auf die Karte, wobei er die Augen mit der Hand gegen die Gischt und den Sand, die den Rumpf peitschten, abschirmte. Sie konnten nicht mehr weit von der Stelle entfernt sein, wo der Warri-Forcados und der Niger zusammenflossen. Noch acht Kilometer mussten sie durch dieses Labyrinth Slalom fahren, ehe sie die Mündung erreichten. Fünfzehn Kilometer bis zum Ziel. Er sah auf seine Uhr.

Im Licht einer Taschenlampe ging er zum x-ten Mal den Ablauf der Operation »Nacht der Macheten« durch und malte sich jedes Detail aus. Er legte die Karte zusammen und betrachtete die struppigen Wipfel der Mangroven. Ein Dunstschleier hüllte eine kleine Insel mit Totholz ein, die sichtbar die Spuren mehrerer Ölkatastrophen trug. Die mittlerweile sehr nahe gekommenen Schornsteine der Erdölraffinerie spuckten hohe Lichtfontänen aus, und rote Rauchsäulen wirbelten empor, ehe sie sich in der Nacht verloren. Auf diese Entfernung hätte man meinen können, dass eine Kette von Vulkanen ausgebrochen war und drohte die Landschaft, den Fluss, alles unter Lavaströmen zu begraben.

24

Die Scheinwerfer tauchten das Rollfeld der Kaserne von Owerri in taghelles weißes Licht, das acht Apache-Kampfhubschrauber enthüllte. Die Rotorblätter, die sich im Zeitlupentempo drehten, wehten Staub und Sand auf. Flugzeugmechaniker hatten alle Hubschrauber durchgecheckt.

Am Eingang des Hangars lauschten die Männer des Spezialeinsatzkommandos aufmerksam der Einsatzbesprechung. Die Piloten beugten sich über Karten des Deltas und prägten sich jedes Detail ein. Eine rot schraffierte Zone kennzeichnete die Mündung des Niger, und ein schwarzes Kreuz markierte den Bereich, der während des Angriffs abgedeckt sein sollte. Der Befehlshaber der nigerianischen Spezialeinheiten legte seinen Finger auf das Kreuz.

»Hier greifen wir an. Die Wasserschutzeinheit ist bereits vor Ort, um den Fluss zu blockieren. Apache 1 und 2, ihr gebt ihnen Luftunterstützung. Apache 3, ihr hindert sie am Rückzug. Ihr haltet ständigen Funkkontakt. Wir haben einen von uns bei ihnen eingeschleust. Er wird sich um die Geisel kümmern. Er zündet eine Leuchtrakete, um auf sich aufmerksam zu machen. Apache 1, sobald ihr die Zone gesäubert habt, sammelt ihr ihn auf.«

Die Piloten nickten schweigend und zogen ihre Helme über. Dann eilten sie im Laufschritt aus dem Hangar zu ihren Kampfhubschraubern. Die Rotorblätter drehten sich schneller, und ein ohrenbetäubender Lärm breitete sich über dem Rollfeld aus. Eine dichte Staubwolke schwebte in der Luft, als die Hubschrauber senkrecht abhoben.

Der Befehlshaber der Spezialeinheit sah den Hubschraubern nach, wie sie über die Scheinwerfer emporstiegen und in der Nacht verschwanden.

25

Als sie sich der scharfen Biegung im Flussbett näherten, signalisierte Umaru Atocha dem Steuermann durch Handzeichen, die Geschwindigkeit zu drosseln. Um die Boote herum wurde die Vegetation immer spärlicher, die Bäume wurden kleiner und standen weniger dicht. Hinter der Biegung traf sie ein trockener Nordwind von der Seite und fuhr unter die Luftkissen. Das Hovercraft begann zu schlingern, ehe es sich in einem Wasserstrudel schwerfällig stabilisierte. Umaru fröstelte und schlug den Kragen seines Hemdes hoch.

Unbeschädigt überwanden sie die Wellen- und Gischtlinie dort, wo der Warri-Forcados und der Niger zusammenflossen. Mittlerweile färbten die Gasfackeln der Fabrik die Nacht wie riesige Leuchtfeuer rot ein und sprenkelten den Fluss mit rostbraunen und scharlachroten Tupfen. Die von der Brise herangetragenen salzhaltigen Sprühnebel des Atlantiks vermischten sich mit Erdöl- und Gasdämpfen und dem Gestank der Abwässer von Onitsha und der Klärwerke von Port Harcourt. Der Niger, der drittlängste Strom Afrikas, war vor seiner Mündung nur noch eine Art Sickerblutung, die träge zu den Stränden rieselte.

Der für den Funkverkehr zuständige Junge sprang plötzlich auf und bahnte sich mit den Ellbogen einen Weg durch die Menge. Er hielt Umaru ein Satellitentelefon hin.

»Kommandant, der General will mit Ihnen sprechen.«

Der Albino nahm den Hörer in die Hand. Das Rauschen in der Leitung und das Echo des Windes durchbohrten ihm das Trommelfell.

»Hier Alpha Tango Oskar Charlie Hotel Alpha«, schrie er, während er versuchte, den Lautsprecher mit der Hand abzuschirmen.

»Wo seid ihr?«

Der Krach der Motoren und das Prasseln der gegen den Rumpf schlagenden Gischt verzerrten die Silben, sodass Umaru die meisten Worte des Mannes am anderen Ende erraten musste.

»Maximal drei Kilometer vom Ziel entfernt«, brüllte er.

»Hubschrauber haben vor einer Stunde die Kaserne von Owerri verlassen und fliegen Richtung Süd-Süd-West.«

»Sie kommen auf uns zu ...«, sagte Umaru zu sich selbst. »Wie viele sind es?«

»Drei, vielleicht vier.«

»Wie lauten Ihre Befehle, Herr General?«

»Brechen Sie die Operation ab. Kehren Sie ins Lager zurück.«

»Herr General, ich ...«

»Das ist ein Befehl!«

Er wollte etwas hinzufügen, als er plötzlich einen stechenden Schmerz in seiner Brust spürte. Er legte einfach auf und kippte die Kalaschnikow vor seine Brust. Als er später an diese Augenblicke zurückdachte, als er wieder und wieder die Abfolge der Ereignisse Revue passieren ließ, spürte er erneut dieses Stechen in seiner Brust. Er versuchte zu verstehen, wieso sein Körper die unmittelbar bevorstehende Katastrophe vorausgeahnt hatte.

26

Etwa hundert Meter flussabwärts zeichnete sich die kaum vom Strom zu unterscheidende Silhouette eines Schiffes ab. Die Mannschaft war dem Beispiel Umarus gefolgt und hatte ihre Gewehre auf den schwärzlichen Schattenriss angelegt, der ihnen den Weg versperrte.

Die Hovercrafts schwärmten aus und bildeten zur Verteidigung eine V-Formation. Die Bord-Maschinengewehre waren auf die graublaue Silhouette gerichtet, die auf sie zukam. Kurzes und schnelles Klacken der Verschlüsse beim Durchladen. Präzise, automatisch ablaufende Routinehandgriffe. Auf ein Zeichen ihres Vorgesetzten hin kauerten sich die Guerilleros am Heck der Boote nieder und richteten ihre Waffen auf den Dschungel.

Umaru legte das Sturmgewehr in dem Augenblick an, in dem die Steuermänner vorsichtig langsamer fuhren. Die tausend Geräusche der Nacht um sie herum wurden lauter. Das Rascheln der Bananenstauden im Wind. Das Gekreisch von Möwen, die, von warmen Aufwinden getragen, über dem Wasser schwebten. Die Söldner atmeten mittlerweile synchron und wie abgestimmt auf das Plätschern der Wellen gegen die Bootsrümpfe. Der Albino wischte seine Hände an seinen Oberschenkeln trocken und zwinkerte, um die an den Wimpern hängenden Schweißperlen abzuschütteln.

Der massive Schatten trieb langsam in die Mitte des Niger. Dahinter erhob sich die Plattform gleich einer riesigen ermordeten Sonne. Im Visier seiner Kalaschnikow konnte Umaru auf dem Oberdeck klar und deutlich sieben Männer mit nacktem Oberkörper unterscheiden. Er sah auch das aus dem Wasser gezogene Schleppnetz, das von grauen Garnelen überquoll. Er sah, wie sich auf den Gesichtern dieser Männer jäh blankes Entsetzen zeigte, als sie ihrerseits das Exekutionskommando erblickten, das auf sie zuhielt. Er lockerte den Druck seines Fingers am Abzug, und die Anspannung verwandelte sich in Wut.

Fischwilderer, dachte er. Und der Zorn, der in ihm hochkochte, war so stark, dass ihm sein Gehirn einige Sekunden lang befahl, diese Idioten abzuknallen. Er senkte den Lauf seiner Waffe und wandte sich seinen Männern zu.

»Alles okay, das sind nur Fischer.«

Das Fischerboot war jetzt nur noch etwa fünfzig Meter von den Hovercrafts entfernt. Das alte rostige Schiff, das von Algen aufgefressen wurde, versperrte den Fluss und hinderte die Luftkissenboote daran, ohne zu manövrieren vorbeizufahren. Die Wilderer hielten inne, falteten die Hände über dem Kopf und taten so, als wollten sie sich hinknien.

Umaru sah auf seine Uhr. Für einen kurzen Moment wurde er von einem fernen, anhaltenden Brummen abgelenkt, das hinter den Bäumen aufstieg, ein Brummen, das er nicht sofort zuordnen konnte. Etwas in ihm weigerte sich, die Information zu sortieren und mit diesem Geräusch ein Bild zu verknüpfen.

Forman Stona nutzte diesen Moment der Unaufmerksamkeit aus, um seine Waffe zu ziehen und dem Steuermann aus nächster Nähe in den Kopf zu schießen.

27

Knochensplitter und Blutspritzer regneten auf Benjamin herab. Unwillkürlich machte er die Augen zu und wollte schreien, aber seiner Kehle entrang sich kein Laut. Der Steuermann röchelte, ehe eine zweite Kugel seinem Leiden ein Ende setzte. Er brach zusammen. Das Luftkissenboot schlingerte scharf nach links. Forman Stona machte sich das Durcheinander zunutze, um zwei weitere Männer zu erschießen. Er setzte ein Knie auf den Boden, richtete seine Glock auf einen Jugendlichen, der sich umsah, weil er wissen wollte, woher die Schüsse kamen, und drückte den Abzug.

Benjamin öffnete in dem Moment die Augen, als der Körper ins Wasser fiel. Das Gemetzel schien ihm nur einen Atemzug lang gedauert zu haben. Um ihn herum lagen drei Leichen, und Blut überschwemmte den Boden des Bootes. Die Guerilleros am Bug hatten sich hingeworfen und feuerten ziellos in der Gegend herum. Kugeln schlugen weniger als einen Meter von den Geiseln entfernt ein. Stona zog ein automatisches Gewehr zu sich und antwortete sofort. Die Salven zertrümmerten die Windschutzscheibe des Steuerstandes.

Das Hovercraft stieß mit voller Wucht ans Ufer und prallte unter einem Hagel ausgerissener Blätter und Äste zurück. Es drehte sich in einem Halbkreis. Benjamin wurde Richtung Jacques geschleudert. Er schlug mit der Schläfe gegen die Ecke einer Munitionskiste, und vor seinen Augen explodierten farbige Blitze. Er hörte vage das Weinen von Naïs und eine Stimme, die dazu aufrief, das Feuer einzustellen.

Er sah, wie sich Forman Stona hinter dem Steuerstand verkroch. Er ließ das Magazin herausfallen und führte ein neues in den Schacht ein, ehe er den Gashebel auf »Aus« stellte. Das Hovercraft klatschte schwer auf dem Fluss auf.

28

»Feuer einstellen!«

Umaru bedeutete seinen Männern, sich nicht mehr zu rühren. Er hatte nicht gesehen, wie Stona den Steuermann erschossen hatte, aber der Knall hallte noch in seinem Schädel wider, ein dumpfes, lang anhaltendes Pfeifen. Das Luftkissenboot wurde von der Strömung abgetrieben. Die anderen Mannschaften, die sich auf das Fischerboot in der Mitte des Stroms konzentriert hatten, schienen nichts von der Schießerei mitbekommen zu haben. Das metallische Brummen über dem Dschungel war zu einem Dröhnen geworden.

Es kam näher.

Umaru konnte deutlich sehen, wie Bäume und Sträucher hin und her schwangen, als würden sie von Taifunwinden gepeitscht.

Ihm war klar, dass die Kampfhubschrauber in weniger als einer Minute auftauchen und jeglichen Fluchtversuch vereiteln würden.

Er stellte sein Sturmgewehr ab und preschte zum Steuerstand vor. Stona ließ ihn näher kommen, während er mit dem verriegelten Lauf seiner Waffe auf seinen Kopf zielte. Mit dem Kinn deutete der Sergeant auf Naïs.

»Ich werde sie mitnehmen«, verkündete er mit ruhiger Stimme. »Du sagst deinen Männern, dass sie das Boot verlassen sollen.«

Er ging in die Hocke und holte eine Leuchtrakete unter dem Sitz heraus. Er warf einen Blick auf die beiden Ärzte.

»Bind sie los!«

Umaru zog das Messer, das er am Knöchel trug, und durchschnitt die Fesseln der Geiseln. Benjamin und Jacques richteten sich mit erhobenen Händen langsam auf.

»Laufen Sie weg!«, forderte Stona sie auf, ohne sie anzusehen. Sie stiegen über das Dollbord und sprangen in dem Moment, in dem der Sergeant die Leuchtrakete zündete. Gleich darauf zog eine rosa fluoreszierende Lichtkugel ihre Bahn durch die Nacht.

Das, was sich unmittelbar nach der Explosion der Rakete ereignete, hätte vermutlich kein Mitglied der Mannschaft genau beschreiben können. Umaru hörte einen Knall in seinem Rücken und das hohe Pfeifen eines Projektils. Er erinnerte sich, eine warme Luftströmung in seinem Nacken gespürt und gesehen zu haben, wie Stona die Hand auf seine Brust legte. Der Sergeant hatte versucht, sein Gleichgewicht wiederzufinden, ehe er in den Fluss fiel.

Umaru drehte sich um und sah den Schützen am Bug. Der Jugendliche hatte die Augen weit aufgerissen und schien nicht recht zu wissen, was er getan hatte. Der Lauf der AK-47 zitterte, zeigte aber noch immer genau auf die Stelle, an der Forman Stona gestanden hatte. Umaru wollte sprechen, aber ein Kloß im Hals hinderte ihn daran. Über ihnen sank die Leuchtrakete langsam zur Erde zurück. Und er betrachtete die Lichtkugel, als flussabwärts die ersten Schusswechsel begannen. PKM-Maschinengewehre, die auf dem Oberdeck des Fischerboots versteckt gewesen waren, feuerten in Richtung der Hovercrafts. Die Salven warfen gestrichelte Linien aus aufspritzendem Wasser auf die Oberfläche des Flusses. Schatten erwiderten das Feuer und leerten ihre Magazine auf den Fischkutter. Die Bullaugen zersprangen in tausend Splitter.

Die Rakete schlug auf dem Fluss auf, trieb einige Sekunden an der Oberfläche und wurde dann in die Tiefe des Niger gerissen.

Einige Sekunden nach dem Erlöschen des Feuerwerkskörpers hob die lautstarke Symphonie von Rotoren und Leuchtspurgeschossen an. Aus allen vier Himmelsrichtungen durchschnitten die sieben Lichter der Apokalypse die Nacht.

29

Der Pilot des Kampfhubschraubers zog behutsam den Steuerknüppel zu sich. Der AH-64 Apache gewann an Höhe, schwenkte nach links und überflog das Schlachtfeld.

Aus dieser Höhe glich die Kampfzone einer orangefarbenen Blase, die aus der unermesslichen blauen Weite des Deltas herausgeschnitten war, einer auf Wasser und Finsternis ruhenden Kuppel, die von lautlosen Blitzen durchzuckt wurde. Die einzigen weiteren Lichtpunkte im Umkreis von hundert Kilometern – die Leuchtfeuer der Förderplattformen auf hoher See und der Leuchtturm von Port Harcourt – entwarfen ein Sternbild. Rauchspiralen hüllten die Hubschrauber ein, und der Sog der Rotorblätter zog diese an und stieß sie in grauen Schleiern wieder aus, die endlos umherwirbelten. Unten, ganz weit unten drehte sich eines der Hovercrafts um sich selbst, gleich einem Derwisch aus Silizium und Karbon. Um das Boot herum trieben Leichen, und weiter weg flohen, gegen die Strömung anschwimmend, eine Handvoll Kämpfer. Zu ihnen hin steuerte der Pilot das Monster. Der Bordschütze im vorderen Teil des Rumpfes lud die Maschinengewehre und hielt den Atem an. Der Pilot drückte den Hebel fest nach unten.

Ansetzen zum Sturzflug, direkt in die Funken hinein. Der Apparat begann zu vibrieren, die Rotoren, einem allzu jähen Druck ausgesetzt, zitterten. Der Pilot hatte den Eindruck, einen Lichtbogen zu durchfliegen und in eine Hölle, eine verzerrte, chaotische und wilde Landschaft hineinzuschweben. Trotz des Nachtsichthelms war der Schütze orientierungslos, geblendet von dem plötzlichen Regen der Raketen.

»Hier Apache 2, Raketenbeschuss aus fünf und sechs Uhr«, merkte der Pilot lakonisch an.

»Hier Apache 1«, antwortete eine Stimme in seinem Helm, »Tut mir einen Gefallen: Bombt diese Hundesöhne in die Steinzeit zurück.«

»Verstanden, Apache 1. Beendet.«

Die drehbaren 30-mm-Bordkanonen ächzten unter den Stabilisatoren und spien rote Tentakel aus, die vor dem Hubschrauber herumtänzelten.

30

Gegen die Strömung ankämpfend, schwamm Jacques zum Ufer. Seine Brust zitterte bei jeder neuen Explosion, wie gefangen in einer verrückten Beatbox, die ihn am Atmen hinderte, daran, die Panik in ihm zu beruhigen. Mit aller Kraft klammerte er sich an einen Ast, um nicht fortgerissen zu werden. Die Kleidung klebte an seiner Haut und erschwerte seine Bewegungen. Noch eine Anstrengung. Er fragte sich, wie lange es wohl dauern würde, bis der Ast brach. Mit Füßen und Armen wild um sich schlagend, gelang es Jacques, sich dem Ufer zu nähern, wo er eine Mangrovenwurzel zu fassen bekam. Dann arbeitete er sich mühsam durch dichtes Algengespinst hindurch, bis er sich mit den Fingernägeln im festen Boden festkrallte.

Als er durch das hohe Gras kroch, brach er in Tränen aus. Ihm wurde übel, er setzte sich auf und übergab sich. Wie gelähmt verharrte er eine Zeit lang in dieser Haltung. Dann drehte er sich um, plötzlich beunruhigt, Benjamin nicht an seiner Seite zu sehen.

Durch das Gebüsch hindurch sah er, wie der Funkenregen eines phantastischen Feuerwerks den Dschungel einhüllte. Raketen zogen goldene Diagonalen durch die Nacht. Feuersalven webten ein mehrfarbiges Spinnennetz über der Kampfzone. Bald schien der ganze Bereich nur noch eine einzige flüssige Feuersbrunst zu sein, gleich riesigen Fackeln aus blendend grellen Flammen und Farben.

31

Forman Stona sah, wie über ihm Kugeln die Oberfläche des Flusses durchsiebten. Er sah in Zeitlupe, wie sie die langen Algenbündel, die sich auf dem Grund des Gewässers schlängelten, zerschnitten. Er hörte, wie sie das helle Pfeifen einer Flöte nachahmten und unter Wasser schräge Bahnen zeichneten. Er sah, wie kupferfarbene Funken die Ertrunkenen durchlöcherten, die schwerelos neben ihm trieben, und, ähnlich einem fliehenden Tintenfisch eine Farbwolke ausstießen, die allerdings nicht schwarz, sondern purpurn war.

Die Agonie befreite ihn auf sanfte Weise von seiner Angst und seiner Wut und verzerrte seine Empfindungen und Gefühle. Das Wasser in seinen Lungen, das Blut, das aus seiner Wunde floss, bereiteten ihm keinerlei Schmerzen. Im Gegenteil. Die flüssige Stille, die ihn überwältigte, dämpfte den Singsang der Waffen und der schwächer gewordenen Schläge seines Herzens. Zwischen seinem Sturz in die Tiefen des Stromes und diesem Moment hätte ebenso gut eine Stunde oder eine Sekunde vergangen sein können – er hätte es nicht zu sagen gewusst. Seine Hirnzellen wurden nacheinander ausgeknipst. Sein Magen verkrampfte sich. Die Kehle war ihm wie zugeschnürt und stieß eine Luftblase aus, die senkrecht nach oben stieg.

Er gab sich den trügerischen Versprechungen einer besseren Welt im Jenseits hin, als Benjamin ihn am Handgelenk packte und mit Gewalt an die Oberfläche zog.

32

Unter einer Leiche versteckt, schwang Umaru die Kalaschnikow mit gestrecktem Arm und drückte ab. Salven aufs Geratewohl. Das Prasseln der Einschläge im Rumpf des Fischkutters. Es gab Schreie und Schüsse mit Schrotmunition. Andere Schüsse verhallten im Wind. Knochensplitter und nasse Haarbüschel klebten ihm im Gesicht. Umaru, der zwischen den Leichen der Mannschaft lag, wischte sich die Augen an dem Ärmelaufschlag ab. Die Kalaschnikow verbrannte ihm die Finger, und die leer geschossene Desert Eagle lag, blutgetränkt, auf dem Boden des Boots. Der Körper, unter dem er sich zur Hälfte versteckte, lag schwer auf seiner Brust und hinderte ihn daran, Luft zu holen. Er durchwühlte seine Taschen, ohne das Ersatzmagazin zu finden. Seine Hand tastete ringsherum nach einer Waffe und bekam den Lauf eines Sturmgewehrs zu fassen.

Am Himmel kreisten noch immer die Hubschrauber und nahmen sie pausenlos mit Maschinengewehren und Raketen unter Beschuss. Das Blut bildete an der Oberfläche des Niger große, zähflüssige Teppiche, ähnlich wie ausgetretenes Erdöl. Verwundete, die in der Strömung zu Trauben zusammengetrieben worden waren, schrien um Hilfe.

Er zog das Gewehr an sich und richtete es auf die riesigen Libellen aus Stahl, die über den brennenden Skeletten der Luftkissenboote konzentrische Kreise beschrieben. Eine Kugel streifte ihn. Ein Blutfähnchen, fast wie Pulver, schoss aus seinem Hals heraus. Umaru schenkte dem weiter keine Beachtung. Die Waffe festhaltend, zielte er auf gut Glück in die Finsternis, auf die Lichter und die Schatten und drückte ab. Wieder und wieder. Der Schmerz holte seine Gedanken ein. Seine Beine ließen ihn im Stich. Im Westen explodierten Leuchtraketen am Himmel und sanken langsam auf das Dickicht herunter.

Umaru stolperte in dem Moment, als eine zweite Kugel seinen Schenkel streifte. Er drehte sich um sich selbst, seine Waffe glitt ihm aus den Fingern. Er kroch bis zum Steuerstand und sah Naïs, die mit dem Blut der Kämpfer getauft worden war. Das Mädchen starrte ihn schweigend an.

Umaru konnte dem Blick des Mädchens nicht standhalten. Er wandte den Blick ab und warf den Motor an.

33

Vom Ufer aus warf Jacques Benjamin sein Hemd zu. Diesem fiel das Schwimmen jetzt deutlich schwerer, da er den bewusstlosen Stona an sich drückte, dann bekam er einen Zipfel des Wäschestücks zu fassen. Mit letzter Kraft erreichte er das Ufer und ließ sich aus dem Wasser ziehen. Die beiden Ärzte schleppten Forman Stona durch das hohe Gras, fort von der Kampfzone.

Benjamin ließ sich auf den Rücken fallen. Er betrachtete die langsame Bewegung der Bäume über sich, während Jacques Stona das T-Shirt vom Leib riss und mit der Herzmassage begann.

»Los, atmen!«

Jacques drückte das Brustbein herunter, ließ los und begann von Neuem. Beim dritten Versuch schlug Forman Stona die Augen auf und röchelte. Ein asthmatisches Rasseln kam aus seiner Brust. Der Arzt half ihm, sich aufzurichten, damit er sich übergeben konnte.

Benjamin stand auf, fiel aber sogleich wieder auf die Knie. Einige Sekunden lang war ihm schwindlig, dann machte er einen erneuten Versuch, und es gelang ihm, auf den Beinen zu bleiben.

Durch das Gebüsch hindurch sah er undeutlich das Schlachtfeld, und einem Teil von ihm gelang es nicht, diese Szene mit dem in Einklang zu bringen, was passiert war. Seine Erinnerungen an den Zeitraum zwischen dem Sprung in den Strom und der Rückkehr auf festen Boden waren nebelhaft, wie aus einem Albtraum stammend, von dem er nur die Gefühle in Erinnerung behalten hatte.

»Bewegen Sie sich nicht«, sagte Jacques, während er die Wunde von Stona untersuchte.

»Ben, kannst du einen Blick draufwerfen?«

Benjamin ging neben dem Sergeant in die Hocke und sah sich die Wundränder an – er fand allmählich in die ärztlichen Handlungsroutinen zurück.

»Die Kugel ist nicht wieder ausgetreten ...«, bemerkte er.

Er schob langsam seine Hand unter die Schulter Stonas und begann, vorsichtig das Gelenk zu bewegen. Vor Schmerzen verzog der Verwundete das Gesicht, und seine Lippen wurden blass.

»Das Schulterblatt ist gebrochen. Offenbar ist kein lebenswichtiges Organ betroffen.«

»Kommt er ohne sofortige intensivmedizinische Versorgung durch?«

»Ja, aber er braucht unverzüglich eine Bluttransfusion.«

»Das Mädchen ...«, stammelte Stona.

»Was ist mit dem Mädchen?«

»Ich muss ...« Wieder verzog er das Gesicht. »Ich muss sie mitbringen.«

»Vergessen Sie dieses Mädchen.«

»Sie wissen nicht, wer sie ist ... ihr Leben ...«

»Wir können nichts mehr für sie tun. Und in diesem Moment steht Ihr Leben auf dem Spiel.«

Der Maulwurf sah ihn an und versuchte, alle Kraft zusammenzunehmen, um ihm zu widersprechen, aber er sackte in sich zusammen und nickte nur zustimmend.

»Glauben Sie, dass Sie gehen können?«, fragte Jacques.

»Ja ...«

Jacques blickte Richtung Fluss. Die Luftkissenfahrzeuge der MEND jagten in wilder Flucht davon, verfolgt von den Kampfhubschraubern.

»Schauen wir, dass wir hier wegkommen.«

Das Urteil

»Wartet nicht auf das Jüngste Gericht. Es findet alle Tage statt.«
Albert Camus, *Der Fall*

34

Joliba auf Manding.

Isa ber auf Songhai.

Ngher auf Tuareg.

Der Niger, der schönste Fluss der Welt, das Gedächtnis Afrikas. In den Lomabergen entspringend, schlängelt er sich über viertausend Kilometer dahin und reißt in seiner Strömung Sprachen und Gewohnheiten mit, ehe er seine Seele aushaucht und in den Fluten des Golfs von Guinea aufgeht. Bis in seinen Schlamm hinein von Geschichte gesättigt, hat er die Jahrhunderte durchquert, die Hoffnungen auf Glück britischer und französischer Siedler getragen, Träume von Unabhängigkeit und Revolte ausgebrütet. Beim Überfliegen dieses Stromes war Taiwo Akinkunmi die Inspiration für die Gestaltung der Nationalflagge Nigerias gekommen.

Ein senkrechtes weißes Band, eingerahmt von zwei grünen Balken. Ein Symbol für Frieden und Einigkeit.

Doch dieses weiße Band hätte rot sein müssen. Zu viel Blut war in diesen Strom geflossen, dachte Yaru Aduasanbi. Er drehte sich um und stand vor einer Menge, in deren Mitte sich Henry Okah befand. Der General der MEND, der ein schwarzes Barett trug, starrte ihn düster an. Zwanzig Meter entfernt, wartete schweigend der Großteil der Truppe. Yaru Aduasanbi betrachtete die in Reih und Glied angetretenen Phantome des Deltas, diese Bauern und Fischer, denen er eine gerechtere Welt versprochen hatte, und ihm wurde kurz schwindlig. Auf ein Zeichen Okahs hin trug Umaru Atocha Naïs herein und legte sie zwischen den beiden Männern ab.

Er senkte den Kopf und trat ins Glied zurück, wobei er mit der Hand diskret die Verbände berührte, die seine Verletzungen bedeckten.

»Ich hatte dich gewarnt, Yaru«, sagte Okah. »Dieses Kind zieht den bösen Blick an. Es ist eine Gefahr für uns alle.«

»Den bösen Blick?« Aduasanbi seufzte. »Forman Stona war schon lange vor der Entführung von Naïs bei uns, lange bevor wir von ihrer Existenz wussten. Das ist nicht der böse Blick, sondern ein Fehler von uns. Wir sind nicht vorsichtig genug gewesen.«

»Du irrst dich, Yaru. Wir wurden bestraft, weil wir diese Hexe angerührt haben und sie verkaufen wollten.«

»Hör auf mit diesem Blödsinn!«, wies Aduasanbi ihn scharf zurecht. »Hexen, Geister, die *nganga* – das sind doch alles Hirngespinste!«

Die Menge quittierte seine Worte mit einem Murren. Aduasanbi begriff, dass er einen Fehler gemacht hatte. Er kannte die abergläubischen Anschauungen der Einheimischen nur zu gut, diese Überzeugungen, die zum Beispiel die Bewohner eines Dorfes in der Region Calabar dazu veranlasst hatten, zwanzig schwangere Frauen lebendig zu begraben, um die Fruchtbarkeit des Bodens zu steigern. Aber auch wenn er sie verachtete, hatte er seine Meinung niemals offen kundgetan. Die Männer, die bereit waren, für ihn zu sterben, waren von dieser Kultur durchdrungen, und der Glaube, dass das Diesseits von Geistern bevölkert war, die ihre Familien beschützten, war für sie lebensnotwendig. Was bliebe ihnen denn sonst noch?

»Dieses Kind hat dein Herz vergiftet«, sagte Okah. »Wir müssen ihm den Teufel austreiben.«

»Du weißt nicht, was du sagst.«

Henry Okah bückte sich zu Naïs herunter und hob das Hemdchen an, das ihren Bauch bedeckte. Die Männer der MEND wichen zurück, als sie die rituellen Narben um den Nabel des Kindes sahen.

»Seine Mutter hat es gezeichnet! Und dann hat sie es in die Obhut des Priesters gegeben, weil sie Angst vor ihm hatte.« Ein erneutes Murren unterstrich die Worte Okahs. »Die Regierung hat es in ihre Gewalt gebracht, damit es uns Unglück bringt! Unsere achtzehn Brüder, die heute gestorben sind, sind der Beweis dafür!«

»Sie hat eine Erbkrankheit! Das ist keine Hexerei!«

»Ach ja? Und wieso konnten die Ärzte sie dann nicht behandeln? Wieso kennen sie nicht einmal den Namen dieser *Krankheit*?«

Yaru Aduasanbi antwortete nicht, da ihm klar wurde, dass sie keines seiner Argumente überzeugen würde.

»Ihr wird kein Haar gekrümmt!«, sagte er.

»In diesem Fall kann sie nicht hierbleiben.«

»Deshalb müssen wir sie zu unseren Geldgebern bringen. Die MEND ist auf dieses Geld angewiesen.«

»Keiner meiner Männer wird für sie sein Leben aufs Spiel setzen.«

»›Deiner Männer‹?«

Okah zeigte sich unbeirrt und fuhr fort: »Du hast die Wahl, Yaru. Entweder du bringst dieses Mädchen um, oder du verschwindest mit ihr.«

Einer der Männer, der einen Reifen und einen Benzinkanister in seinen Händen hielt, ging auf Naïs zu. Yaru

Aduasanbi machte einen Schritt vor, um dazwischenzutreten.

»Du hast dich entschieden«, verkündete Okah.

Zeitungsausschnitte 2006

12. Juli, AFP

Nigeria: Befreiung der französischen Geiseln

Laut einer Pressemitteilung der nigerianischen Regierung wurden die beiden zu Wochenanfang im Nigerdelta verschleppten Ärzte einer humanitären Hilfsorganisation befreit.

13. Juli, LE MONDE

***Médecins Sans Frontières* bestätigt die Befreiung der Geiseln**

»Sie sind bei guter Gesundheit und werden spätestens Mittwoch in Paris zurück erwartet. Wir haben keine genaueren Informationen über das Geschehen«, erklärte der Sprecher der Organisation.

13. Juli, NIGERIAN TRIBUNE

Blutige Nacht für die MEND

Bei dem Gefecht, das Dienstagnacht zwischen Spezialkräften der Polizei und Mitgliedern der Terrorgruppe stattfand, gab es nach Polizeiangaben 22 Tote, darunter 17 Mitglieder der MEND.

14. Juli, AFP

»Die Befreiung der Geiseln hatte für uns Vorrang«, erklärte der nigerianische Präsident auf einer Pressekonferenz.

16. Juli, 20 MINUTEN

Geiseln in Frankreich eingetroffen

Sie sind um ein Uhr heute Morgen auf dem Luftwaffenstützpunkt Villacoublay im Departement Yvelines gelandet. Am Flughafen wurden sie vom Außenminister begrüßt.

17. Juli, LAGOS TIMES

Yaru Aduasanbi auf der Flucht

Der mutmaßliche Anführer der MEND soll laut Quellen, die der Polizei nahestehen, auf der Flucht sein. Die Gründe für sein Ausscheiden aus der MEND sind nicht bekannt.

17. Juli, LIBÉRATION

»Ja, ich werde nach Nigeria zurückkehren.«

Das sagte Jacques Rougée der Presse. »Es versteht sich von selbst, dass ich zunächst Zeit mit meinem Sohn und meiner Frau verbringen will. Aber die Lage in Nigeria macht es notwendig, dass *Médecins Sans Frontières* dort weiterhin aktiv ist. Wenn man mich bittet zurückzukehren, werde ich selbstverständlich Ja sagen.«

2. Januar, FREE DELTA NEWS

Exklusivreportage

Ein ungewöhnliches Waisenhaus

Hier kommt die Reportage, die die Regierung gern zensiert hätte! Ja, liebe Leser, das ist ein Knüller erster Güte, der euch ganz heiß und brandaktuell in die Hände fällt, die Art von Superknüller, auf den jeder Journalist eines Tages zu stoßen hofft! Bedankt euch nicht bei uns, und betrachtet dies als unser Neujahrsgeschenk an euch!

In der Nähe von Owerri befand sich bis 2004 das Waisenhaus der Petits Frères du Peuple. In dieser von katholischen Missionaren geführten Einrichtung landeten alle unehelichen und ungewollten Kinder, wenn Papa und/oder Mama den unnötigen Ballast loswerden wollten. Vorsicht, das war kein heruntergekommenes Waisenhaus, keines jener schäbigen Heime, die als Brutstätten für Gesindel dienen, nein, dieses Heim war höchst angesehen: Die Kinder konnten sich satt essen, es gab fließendes Wasser und getrennte Schlafsäle für Mädchen und Jungen.

Was hat das alles mit dem brandaktuellen Superknüller zu tun?, werdet ihr uns fragen. Nur Geduld, wir kommen gleich darauf!

Bis 2004 lief in der besten aller Welten alles bestens. In jenem Jahr aber brachen alle erdenklichen Katastrophen über die Mönche der Petits Frères du Peuple herein. Ein ehemaliger Zögling erstattete Anzeige gegen die Geistlichen; dabei schilderte er den Polizisten detailliert die angeblich erlittenen Misshandlungen. Die *Nigerian Tribune*

erfuhr diese Nachricht von der anonymen Quelle zuerst und deckte die Sache auf. Und es dauerte nicht lange, bis sich alle Redaktionsstuben des Landes auf diese Nachricht stürzten und sich regelrecht in sie verbissen.
Unsere Kollegen, die normalerweise so zaghaft sind (da fragt man sich manchmal doch, ob ihnen ihre Artikel nicht von dem Oberkommando in Abuja diktiert werden) – nun, bei diesem Coup kann man nicht behaupten, dass sie die Gelegenheit verpasst haben. Sie haben sie nach Herzenslust genossen, von einem Skandal gesprochen und die Ausbeutung der Not unseres Volkes angeprangert – einfach nur, um den Krieg zwischen den Rassen ordentlich anzufachen. Die Mönche haben bei ihren großen Göttern geschworen, dass sie unschuldig seien, sie haben standhaft gekämpft und von einem Komplott gesprochen, sodass unser schönes Land nur um Haaresbreite einem diplomatischen Eklat entging. Das Waisenhaus wurde *offiziell* im Dezember geschlossen.
Die Geschichte hätte an diesem Punkt ein Ende haben können, aber unsere Reporter haben sich damit nicht zufriedengegeben: Sie haben, wie gewohnt, dort herumgeschnüffelt, wo sie es nicht tun sollten, um für euch das Unveröffentlichte aufzudecken!
Im Jahr 2006, nur einige Tage vor den blutigen Kämpfen zwischen der MEND und den Streitkräften, hat uns eine unserer Quellen, die der Polizei nahesteht, bestätigt, dass Revolutionskämpfer und Yaru Aduasanbi persönlich einen geheimen Angriff in der Umgebung von Owerri durchgeführt haben …
Hier in der Redaktion der *Free Delta News* stellen wir uns vor, dass bei dir, lieber Leser, die Augen aufleuchten, und

wenn dies der Fall ist, dürfte dir das Folgende ziemlich gut gefallen!
(Fortsetzung Seite 8)

2\. Januar, FREE DELTA NEWS
Fortsetzung unseres Exklusivberichts
Ein ungewöhnliches Waisenhaus
Wir haben einen unserer Jungs vor Ort geschickt, um diese ganze Geschichte zu recherchieren. Und was bringt er uns mit? Reinstes Dynamit!

Männer der MEND wurden sehr wohl in der Nähe des Waisenhauses der Petits Frères du Peuple gesehen, und laut Aussage von Bewohnern der Gegend war dies etwa gegen zwei Uhr morgens. Aber warum hätten sie ein Waisenhaus angreifen sollen, das seit 2004 als geschlossen galt? Unser Reporter ist, so indiskret, wie man es nur sein kann, nachsehen gegangen ...

Was hat er, lieber Leser, deiner Meinung nach dort gefunden, wo er ein zerfallenes Gebäude erwartet hätte? Eine militarisierte Zone mit dem modernsten Schnickschnack! Ein zur Garnison umfunktioniertes Waisenhaus – nichts, worum man viel Aufhebens machen müsste, sagst du dir, lieber Leser. Wie bitte? Ein ultrageheimer Stützpunkt ähnlich der Area 51 der US Air Force mit Labors hinter gepanzerten Türen, extrem gefährlichen Viren, Leichen von Außerirdischen, verbotenen Experimenten und allem, was es braucht, um Sonntags-Ufologen und Verschwörungstheoretiker noch ein bisschen bekloppter zu machen?

Nein, lieber Leser, etwas mehr Ernst ... Natürlich hätten wir dir gern eine solche tolle Geschichte auf dem Silbertablett serviert, aber wir sind nicht mehr in den Siebzigern!

Als der nigerianische Staat die Priester vor die Tür setzte, hat er das Waisenhaus nicht lange dichtgemacht. Ein Waisenhaus, das ein anderes Waisenhaus ersetzt, das ist wie ein Elefant, der eine Maus gebiert. Aber wenn man genauer hinsieht, doch nicht ganz ... Unser kühner Reporter hat bei seinen Archivrecherchen etwas entdeckt, was zumindest merkwürdig ist. Nur wenige Monate nachdem ein Arzt von der Regierung beauftragt worden war, einen Bericht über den Gesundheitszustand der Insassen des Waisenhauses zu erstellen, hat ein ehemaliger Zögling der Petits Frères du Peuple Anzeige erstattet. Bis heute kann man davon ausgehen, dass es sich dabei lediglich um ein merkwürdiges zeitliches Zusammentreffen handelt. Aber lassen wir das einstweilen beiseite.

In seinem Bericht stellt der Arzt fest, dass sich die Kinder bester Gesundheit erfreuen. Alle außer einem. Genauer gesagt: einem Mädchen, das im Bericht allerdings nicht namentlich erwähnt wird (der Einfachheit halber nennen wir es in dem Artikel X).

Nach Aussage des Arztes zeigten sich bei X neue Symptome, die dringend abgeklärt werden sollten. Welche alten Symptome waren bei X aufgetreten, und was waren diese neuen Symptome? Wir wissen es nicht, da der liebe Doktor es nicht für ratsam hielt, diese genauer zu beschreiben. Unser Reporter, der da eine heiße Sache witterte, begann nachzubohren und hat, als er die Archivunterlagen durchforstete, festgestellt, dass das Mädchen eine *Vorzugsbehandlung* erhielt. Zwölf ärztliche Untersuchungen im Halbjahr und eine Vielzahl wöchentlicher medizinischer Tests im

Krankenhaus – das Ganze auf Kosten des Steuerzahlers. Und jetzt die Tausend-Punkte-Fragen: Warum wird einem kleinen Waisenkind so viel Aufmerksamkeit geschenkt? Warum führt das Auftreten dieser neuen Symptome *indirekt* zur Schließung des von den Petits Frères du Peuple geleiteten Waisenhauses und zu seiner äußerst diskreten Wiedereröffnung unter staatlicher Aufsicht?

Aber wenn man dir jetzt, wo du alles weißt, verriete, dass Fräulein X im Jahr 2006 aus dem Waisenhaus verschwand ... und zwar in derselben Nacht, in der sich Yaru Aduasanbi und seine treuen Waffenbrüder in der Gegend aufhielten ...

Lieber Leser, halte das nicht für eine Zeitungsente, nichts ist so gut verbürgt wie diese *seltsamen*, um nicht zu sagen verdächtigen Zufälle. Ja und? Was lässt sich daraus folgern? Wir bei *Free Delta News* haben da so unsere eigenen kleinen Ideen ... Unsere Spekulationen führen uns zu der Annahme, dass sich eine unserer führenden Persönlichkeiten (Vorsicht, wir sprechen nicht von einem hohen Regierungsbeamten oder einem gewöhnlichen Minister, sondern von der Elite! Von den größten Fischen im Haifischbecken!) außerhalb des ehelichen Rahmens verlustierte und dass dieser kleine Seitensprung nicht ohne Folgen blieb ... Da zeichnet sich am Horizont ein pikanter Skandal ab! Aber wenn wir ins Schwarze getroffen haben, wirft dies weitere Fragen auf: Wieso macht man so viel Aufhebens um ein uneheliches Kind? Und warum macht sich die MEND die Mühe, die Frucht eines One-Night-Stands zu entführen?

Wir werden versuchen, im Schweiße unseres Angesichts Antworten auf diese Fragen zu finden. Denn, lieber

Leser, glaube uns, wir haben die Fährte aufgenommen, und nichts wird uns davon abbringen, ihr zu folgen! Wir werden alles auf den Kopf stellen, um dieses Rätsel zu lösen!

2008

14. Februar, AFP

Festnahme eines der mutmaßlichen Anführer der MEND

Die nigerianische Regierung bestätigt, dass Henry Okah in Angola festgenommen wurde. Seine Auslieferung wird für die nächsten Tage erwartet.

16. Februar, LAGOS TIMES

Es ist amtlich: Henry Okah ist soeben im Gefängnis von Abuja eingetroffen.

6. März, NIGERIAN TRIBUNE

Vorbereitung des Prozesses gegen Henry Okah

Der Anführer der MEND wird wegen Hochverrats, Durchführung terroristischer Anschläge, illegalen Waffenbesitzes und Drogenhandels angeklagt.

12. April, ABUJA MIRRORS

Der Prozess gegen das Monster des Deltas findet unter Ausschluss der Öffentlichkeit statt

Der Staatspräsident begrüßt diese Entscheidung des Gerichts »aus Gründen der nationalen Sicherheit«. Die Verteidiger von Henry Okah erklären, diese Entscheidung missachte die Rechte ihres Mandanten, und verlangen, dass sich ein Gericht einer höheren Instanz mit dieser Frage befasst.

13. April, FREE DELTA NEWS

Immer wieder Korruption

Der Anwalt von Okah, Femi Falana, erklärt, die nigerianische Regierung habe versucht, ihn zu bestechen.

26. Mai, LAGOS TIMES

Die MEND fordert die Freilassung Okahs

Die Rebellen haben im Nigerdelta eine Pipeline von Royal Dutch Shell angegriffen.

MAI 2009
Die Grenzen

»Man wird zu seinem eigenen schlimmsten Feind,
wenn man versucht, dem einen Sinn zu geben, was keinen hat.«
Hubert Selby jr.

35

»Wir sollten vielleicht noch ein bisschen warten.«

»Worauf warten?«, fragte Megan, die auf der Liege allmählich unruhig wurde.

»Bis Sie etwas weniger labil, weniger verletzlich sind. Das Abenteuer, auf das Sie sich einlassen, ist in jeder Hinsicht extrem. Und ich bin mir nicht sicher, ob Sie dies wirklich aus den richtigen Gründen tun. Irre ich?«

Ihre Nerven lagen blank. Sie zog eine Schachtel Zigaretten hervor.

»Darf ich rauchen?«

»Nein, wir sind im zwanzigsten Stock. Wir können die Fenster hier nicht zum Lüften aufmachen.«

Die tiefe Stimme des Arztes holte sie in die Gegenwart der Praxis zurück.

»Sie haben nicht auf meine Frage geantwortet.«

»Welche Frage?«

»Warum Sie weggehen wollen?«

»Ich glaube, dass der Moment gekommen ist, mich für etwas anderes als meine Wenigkeit zu interessieren.«

»Sie sind Krankenschwester, man kann Ihnen nicht gerade vorwerfen, Nabelschau zu betreiben.«

»Das meine ich nicht. Wenn ich weggehe, werde ich nicht mehr an das denken, was passiert ist, und ich kann mich nützlich machen. Aber ich ...«

»Sprechen Sie nur weiter ...«

»Ich brauche einen Tapetenwechsel«, wisperte sie.

Sie ließ ihren Blick über das riesige Glasfenster in der Rückwand des Zimmers wandern.

Unvermittelt stand sie auf und reichte ihrem Therapeuten die Hand.

»Hören Sie, ich habe mich entschieden. Es ist alles gesagt. Das ist meine letzte Sitzung, und es war mir wichtig, Ihnen dies mitzuteilen.«

»Dann sehen wir uns, wenn Sie wieder da sind? In neun Monaten?«

»Nehmen Sie es mir nicht übel, aber ich hoffe aufrichtig, dass ich es bei meiner Rückkehr nicht mehr nötig habe, hierherzukommen.«

36

19.20 Uhr.

Sechs Anrufe in Abwesenheit.

Die Sonne sank in gerader Linie, bereits verdeckt von den Dächern der Gebäude. Megan klappte ihr Handy zu, ohne die Nachrichten abzuhören, und wickelte sich in ihren Mantel ein. Ihre Freunde wollten sich schon seit einer Woche unbedingt mit ihr treffen. Aber sie hatte alle Einladungen ausgeschlagen. Sie hatte einfach nicht genug Zeit für alle.

Sie legte einen Schritt zu.

Bald würde es dunkel sein. Die Lichter in den Büros betonten die durchbrochenen senkrechten Linien. Mit der Feuchtigkeit des Chicago River gesättigte Windstöße peitschten die Gehsteige und veranlassten die Passanten dazu, in den U-Bahn-Schächten oder den von Leuchtreklamen erhellten Geschäften Zuflucht zu suchen: Schallplattenläden, angesagte Galerien und thailändische Restaurants. Ganz im Hintergrund sah man den massiven Bau des Northwestern Memorial Hospital.

Sie traf an ihrem Wohnblock ein, einem massiven alten Bau, der sich über zwanzig Stockwerke erstreckte, mit einer leicht schrägen Fassade aus roten Ziegelsteinen. In den Fluren roch es muffig, die Farbe an den stockfleckigen Wänden der Eingangshalle blätterte ab, der Aufzug war so groß wie ein Stripteasekäfig, aber dem hatte Megan aus zwei Gründen weiter keine Beachtung geschenkt. Der erste war ein pragmatischer: Sie hatte sich für die Wohnung entschieden, die ihrem Arbeitsplatz am nächsten lag, um sich bei jedem Nachtdienst den Stress eines Wettlaufs gegen die Zeit zu ersparen. Der zweite war eher persönlicher Natur: Alles war besser als das gottverlassene Loch, aus dem sie stammte.

Ehe sie den Code für das elektrische Türschloss eintippte, warf sie einen letzten Blick auf die menschenleere Straße und versuchte, sich möglichst viele Bilder einzuprägen, Erinnerungen abzuspeichern, für den Fall, dass sie Heimweh überkommen sollte, einige Tausend Kilometer von hier.

In der Ferne spiegelten sich die Rundumleuchten eines Krankenwagens wie Stroboskopblitze in den Glasscheiben eines Wolkenkratzers. Megan sah, wie das rot-weiße Feuerwerk Richtung Loop raste – hin zu den Mordopfern, den Selbstmördern, den Herzinfarkten, in die Nacht und die Trauer hinein. Sie stand auf den Stufen der Freitreppe und hörte, wie das Echo der Sirenen verhallte. Dissonante Riffs wurden schnell vom Wind erstickt. Ihr Blick glitt sanft über die Fassaden, angelockt von dem verdichteten orangefarbenen Leuchten ganz am Ende der Huron Street, dem zentralen Anziehungspunkt im Umkreis von hundert Metern. Das wie ein Baseballstadion beleuchtete Northwestern Memorial Hospital bestand aus drei gewaltigen Häuserblocks. Von fern glichen die Gebäude einem architektonisch uneinheitlich gestalteten würfelförmigen Komplex, wobei die einzelnen Baukörper durch Verbindungsbrücken verknüpft waren, um auf diese Weise den Transport zwischen den Abteilungen zu erleichtern, die Notaufnahme zu entlasten und ein Übergreifen von Viren zu verhindern, sollte die Stadt von einer Pandemie verwüstet werden – eine Art Behandlungsmaschine mit perfekt geölten Zahnrädern. Als sie die Dreizimmerwohnung im obersten Stock betrat, überkam sie jäh ein starkes Gefühl der Einsamkeit, das sie in der Diele zurückhielt.

Die beigefarbene Raufasertapete, die auf dem Flohmarkt ergatterte bunte Eames-Garderobe, die Kommode aus Holzimitat – alles war an seinem Platz, genauso, wie sie und ihr Mann es gewollt hatten, zu der Zeit, als sie noch zusammenlebten. Zitternd zündete sie sich eine Zigarette an und lehnte sich an die Tür. Sie konnte keinen Schritt mehr machen.

Megan wurde schwindlig, und sie schloss die Augen. Manchmal überkam sie unvermittelt die Schwermut – auf der Straße, im Schlafzimmer, an jedem x-beliebigen Ort außer an ihrem Arbeitsplatz. Hektisch durchwühlte sie ihre Handtasche und nahm ein Jo-Jo heraus. Sie zog die Schlaufe über den Mittelfinger und warf das Spielzeug an der Schnur nach unten, zog es wieder hinauf, warf es wieder nach unten, und diese regelmäßige, hypnotische Bewegung und das reibende Geräusch des Fadens am Holz beruhigten sie.

Das Phantom ihres Exmannes drängte sich ihr auf. Sie sah ihn vor sich, auf dem beigefarbenen Sofa des Wohnzimmers. Es war einige Tage nach ihrer Scheidung, er hatte schließlich mitgenommen, was er behalten wollte, und sie wussten beide, dass dies ihr letztes Gespräch sein würde.

»Was kann ich dir anbieten? Wodka Tonic wie immer?«

»Danke, nichts.«

Als er das kurze Erstaunen in der Miene seiner Exfrau bemerkt hatte, hatte er gelächelt und einen Jeton von der Größe einer Ein-Dollar-Münze, in den die Initialen AA eingestanzt waren, über die Theke rollen lassen.

»Zwei Monate und sechs Tage. Man sollte meinen, dass sich die Menschen ändern.«

Sie hatten beide geschwiegen, zögernd wie ein altes Liebespaar, wo sie doch allzu viel auf dem Herzen hatten.

Er hatte die Fotorahmen auf den Regalen betrachtet. Keine Bilder. Nur der dunkelviolette Hintergrund und sonst nichts.

»Alle Spuren beseitigt?«

»Zu viele Phantome«, antwortete sie und nahm einen Schluck von ihrer Limonade.

Er hatte seinen an den Ellbogen durchgescheuerten Mantel übergestreift und sich eine Mütze aus grober Wolle, die die Spuren seiner nächtlichen Kneipentouren und Trinkgelage trug, tief ins Gesicht gezogen. Es waren Beweisstücke des Verfalls von James Clifford. Megan unterdrückte einen jähen Anfall von Weinerlichkeit, und ihre Hand verkrampfte sich in dem Bestreben, das Jo-Jo schneller hinauf- und hinunterzubewegen. Sie erinnerte sich, dass diese unförmige Mütze eine Art Talisman gewesen war, der die düsteren Gedanken ihres Ehemanns beschirmt hatte und mit dem er durch die Stadt geirrt war, auf der Suche nach einem Trost, den ihm weder der Schnaps noch die Zeit verschafft hatten. Das Drama, das sie auseinanderbrachte, hatte schließlich über ihre Liebe zu diesem Mann triumphiert. Auf dem Treppenabsatz hätten sie sich beinahe geküsst. Ihr Mann hatte den Aufzugknopf gedrückt und ihr dabei ein Gesicht zugewandt, das von unendlichem Schmerz gezeichnet war.

»Du hast tatsächlich kein Foto von uns aufgehoben? Ich meine: von unserer Familie?«

»Nein«, hatte sie gelogen, während sie die Tür langsam schloss. »Keines.«

Sie zuckte zusammen, als sie ihre eigene Stimme hörte. Die Schnur des Jo-Jos verhedderte sich, wie es immer geschah, wenn Erinnerungen plötzlich ausgewischt wurden.

37

»Ich sollte Sie um diese Uhrzeit nicht reinlassen ...«

Megan lächelte den Wachmann traurig an.

»Mittlerweile dürften Sie meine Zeiten doch kennen«, sagte sie, als er Platz machte, um sie durchzulassen.

»Bleiben Sie nicht da stehen, Sie werden nass werden. Möchten Sie vielleicht einen Kaffee? Bevor ...«, der Wachmann war sichtlich verlegen und rang nach Worten, wobei er dem Blick der jungen Frau auswich, »... nun ... bevor Sie zu ihr gehen.«

Megan antwortete nicht und betrachtete den Mount-Olivet-Friedhof. Mehr als alles andere fürchtete sie, sich an diesen schnurgeraden Reihen weißer Kreuze, an die unwirklich bronzegrünen Wiesen, die die Wege säumten, an diese so besondere Stille zu gewöhnen. Sie befürchtete, sich wie zu Hause zu fühlen. Denn sie wusste, dass das Grab ihrer Tochter an diesem Tag für sie nur noch ein Granitblock wäre. Stein. Nichts als Stein.

»Okay, ich trinke einen Kaffee«, sagte sie schließlich.

Der Wachmann machte die Gittertür zu und ging vor Megan ins Innere der kleinen Hütte, die ihm als Büro diente. Der Raum war mit einer Kochnische und mit Spielsachen, die aus einer Plastikkiste herausquollen, vollgestopft. Auf einem Foto trug sein ältester Sohn, der auf seinen Schultern saß, stolz die Goldmedaille irgendeines Wettlaufs zur Schau. Megan lächelte, der Sohn durfte noch keine zwölf Jahre alt sein, aber er hatte schon die gleiche Figur wie sein Vater: Mit seiner gedrungenen Gestalt und seinem Stiernacken ließ er schon jene Art von jungem Mann erkennen, dem man nur ungern allein im Dunkeln begegnen würde.

»Erwarten Sie Ihre Kinder denn nicht?«, fragte sie.

»Sie sind bei ihrer Mutter in Cicero ...« Er goss den Inhalt einer Kaffeekanne in einen Topf. »Ich sehe sie nur am Wochenende. Der Richter war der Ansicht, ein Friedhof sei nicht der geeignete Ort, um Kinder aufzuziehen ...«

Megan setzte sich in die Nähe des kleinen Fensters. Mit der Zeit hatten sie und der Wachmann des Mount-Olivet-Friedhofs sich miteinander angefreundet, und wenn sie ihren Dienst beendete – oftmals lange nach Ende der regulären Besuchszeiten –, ließ er sie unauffällig herein, sodass sie Alison an ihrem Grab gedenken konnte.

»Dabei würde ihnen hier nichts passieren ...«, seufzte er und riss ein Zündholz an.

Er setzte sich neben Megan.

»... während dort, wo ihre Mutter wohnt, letzte Woche ein fünfzehnjähriger Junge erstochen wurde.«

»Ja, ich habe davon gehört.«

»Fünfzehn Jahre, unglaublich! In der Zeitung stand, er wäre von der Schule nach Hause gegangen, ohne jemanden anzusprechen, und da wären plötzlich drei Kerle aufgetaucht, um ihm seine Schultasche zu klauen. Was haben die geglaubt? Dass da eine Million Dollar drin wären?«

Der Kaffee im Topf kochte, und der Wachmann stand auf, um ihn in zwei große Tassen zu gießen, auf denen von unbeholfener Hand die Schriftzüge »Bester Papa der Welt« und »Ich hab dich lieb, Pa'« aufgemalt waren. Megan musste daran denken, dass ihre Tochter nicht einmal das Alter erreicht hatte, in dem man solche Gegenstände kolorierte.

»Sie haben sechsmal mit Messern auf ihn eingestochen ...«, fuhr er fort. »Der Polizei haben sie gesagt, sie hätten die Nerven verloren. Die Nerven verloren ... Die ticken nicht mehr richtig. Aber heutzutage gibt es in der Welt nicht mehr viel, was richtig tickt, sag ich Ihnen. Zucker?«

»Danke, nein, nach wie vor nicht.«

»Ich bin echt blöd, ich frage Sie jedes Mal, und dann vergesse ich es. Ich habe irgendwo gelesen, dass Alzheimer so beginnt ... Sie als Ärztin, was glauben Sie?«

»Ich bin keine Ärztin.«

Er zuckte mit den Schultern und hielt ihr eine Tasse hin.

»Krankenschwester, Arzt, das ist doch Jacke wie Hose, Sie wissen, wie man Kranke behandelt.«

»Wenn Sie wirklich beunruhigt sind, sollten Sie sich im Krankenhaus untersuchen lassen.«

»Im Krankenhaus ...« Er verzog das Gesicht. »So viel, wie

das kostet, werde ich warten, bis ich meinen Vornamen vergessen habe, ehe ich ins Krankenhaus gehe.«

Durch das kleine Fenster betrachtete Megan die Kreuze und die Gräber. Sie zog eine Zigarette aus der Schachtel. Der Regen prasselte nicht mehr auf die Dachziegel der Hütte, und die Stille des Friedhofs war mit nichts zu vergleichen. Das Dröhnen Chicagos, der ständige Krach gelangte nur gedämpft bis an den Gitterzaun, die Geräusche der Stadt waren wie in Klammern gesetzt.

Sie atmete eine dünne Rauchfahne aus. Die Stille entspannte ihre Muskeln und dämpfte ihre Ängste. Sie schätzte die Gesellschaft dieses Mannes und diese etwas eigenartige Freundschaft, die sich zwischen ihnen entwickelt hatte. Außerhalb des Friedhofs hatten sie sich nie getroffen, und vermutlich hätten sie sich nichts zu sagen gehabt, wenn sie sich in einer Bar verabredet hätten. Aber seine Gegenwart tröstete sie, und das war schon mehr, als sie erhoffen konnte.

»Darf ich Sie was fragen?«

Die junge Frau richtete ihre Aufmerksamkeit auf den Wachmann, der einen Aschenbecher vor sie stellte.

»Ich meine, ich will Ihnen nicht zu nahe treten, aber wenn Sie Probleme haben, kann ich Ihnen vielleicht helfen ...«

»Wie kommen Sie darauf?«

»Ich weiß nicht ... Sie wirken bedrückter als sonst.«

Megan führte die Tasse an ihre Lippen.

»Das ist nett, aber ich habe morgen einfach nur eine lange Reise vor mir.«

»Und Sie haben Angst vorm Fliegen?«

»Nein ...«

Sie drückte die Zigarette im Aschenbecher aus.

»Eher vor dem Ziel.«

Das Grab von Alison Clifford unterschied sich nicht von den anderen. Weder Megan noch ihr Exmann hatten die Kraft besessen, den Grabstein auszusuchen, und so hatten sie diese Wahl, ebenso wie die des Sarges, dem Mitarbeiter des Bestattungsinstituts überlassen.

Sie blieb stehen, ihre Finger umklammerten das Jo-Jo in ihrer Tasche.

»Ich komme mir immer total blöd vor, wenn ich hier stehe. Ich weiß nie, was ich sagen soll ... wie lange ich hierbleiben soll ...«

Sie zog den Kopf zwischen ihre Schultern und blies ihre Hände an, um sie zu wärmen. Von da, wo sie stand, sah sie das Glitzern der Gebäude auf der öligen, dunklen Oberfläche des Chicago River.

»Eine Zeit lang werde ich dich nicht besuchen können«, fuhr sie mit lauter Stimme fort, »aber das bedeutet nicht, dass ich nicht an dich denken werde.«

Worte an ein Grab zu richten, war ihr immer als ein Zeichen von Senilität erschienen. Bis ihre eigene Tochter in einen Sarg gelegt und in eine Grube hinabgelassen worden war. Da hatten die Worte schließlich die Tränen ersetzt, und sie hatten, auf ungeschickte Weise, jene Leere gefüllt, die die Erinnerungen von der Wirklichkeit der Abwesenheit trennte.

Sie hatte sich nie mit ihrer Tochter unterhalten, denn diese war gestorben, lange bevor sie einen Satz äußern konnte, und im Moment ihres Ablebens war diese Erkenntnis grausamer als das Wissen, dass sie nie mehr diesen Duft von warmer Milch riechen würde, der so typisch für Babys ist, dass sie diesen kleinen Körper nie mehr an ihrer Brust wiegen würde.

Sie würde niemals wissen, was für eine Stimme Alison gehabt hätte.

Sie würde niemals ihre Zweifel, ihre Freuden, ihre Wutanfälle und ihren Kummer kennen.

Es schien ihr, dass ihre Tochter aufgrund ihres frühen Todes, noch bevor sie ihren Empfindungen sprachlichen Ausdruck verleihen konnte, nicht wirklich gelebt hatte. Und dieses bedrückende Gefühl verließ sie weder Tag noch Nacht. Megan kniete sich nieder und riss das Unkraut heraus, das die in den Marmor eingemeißelte Grabinschrift überwucherte. Es begann wieder leicht zu regnen, und im Westen verschwammen die Silhouetten des Friedhofs mehr und mehr. Die junge Frau zog ihr Jo-Jo aus der Tasche.

»Deine Großmutter hat mir dieses Spielzeug geschenkt. Es hilft mir, wenn ich ...« Sie betrachtete die Lichter der Stadt, die plötzlich heller wurden, als würde ihnen der Regen wieder mehr Glanz verleihen. »Dieses Spielzeug hilft mir, wenn ich traurig bin und du mir fehlst ... Ich dachte, dass es eines Tages dir gehören würde. Ich hätte es dir früher geben können, aber ich fürchtete, du könntest dich damit verletzen ... Dummer Gedanke, nicht? Dich mit einem Jo-Jo verletzen ...«

Die Tropfen liefen ihr kalt wie Schneeflocken über den Rücken. Aber Megan hatte nur noch ein eintöniges Gefühl unwirklicher Entrücktheit – das gleiche Gefühl, das sie überkommen hatte, als man ihr mitteilte, das Herz Alisons habe aufgehört zu schlagen.

Der Kummer war stärker als alle Worte. Sie erhob sich eilig und verließ den Friedhof, ohne den Wachmann auch nur zu grüßen.

38

Eine kurze Nacht, in der sie Schweißausbrüche plagten.

Sie hatte eine Zigarette nach der anderen geraucht, während sie die digitalen Ziffern des Weckers anstarrte. Sobald sie auch nur ein wenig darin nachließ, drohten Albträume sie heimzusuchen.

Der verwaschene Tagesanbruch tauchte den Kamm der Wolkenkratzer in grauen Dunst. Megan stand mit Magenkrämpfen auf.

Ihre grünblauen Augen waren von braunen Ringen umrahmt. Ihr porzellanweißer Teint, das Erbe ihrer englischen Abstammung mütterlicherseits, spielte infolge ihrer vielen Nachtdienste ins Durchscheinende. Die fünf Jahre, in denen sie in diametralem Gegensatz zum biologischen Tag-und-Nacht-Rhythmus gelebt hatte, hatten die Schönheit der »Miss Green Bay 1995« angegriffen. Mit zweiunddreißig Jahren war ihr Gesicht nur noch ein entstelltes Spiegelbild der hübschen Cheerleaderin, die sich das heiß begehrte Diadem geangelt hatte.

Ihre Figur dagegen hatte sich gut behauptet und sich den Abnutzungseffekten der Zeit erfolgreich widersetzt. Ihren noch immer straffen und runden Brüsten schien die Schwerkraft nichts anhaben zu können. Ihre Taille beschrieb noch die gleiche kühne Kurve wie im letzten Jahr auf dem Gymnasium, und wenn sie einen Raum betrat, sahen sich die Männer noch immer nach ihren langen, wohlgeformten Schenkeln um.

8.10 Uhr. Sie schaltete ihr Notebook ein und sah sich ihre Mails an.

Ihr Vorgesetzter, der Leiter der Notaufnahme und ein alter Hase in der Medizin, wünschte ihr lapidar »Gute Reise«. Ihm hatte es nicht gefallen, dass eine seiner besten Krankenschwestern einen so langen Urlaub nahm und noch dazu für eine Sache, die er zwar als lobenswert, aber unvernünftig ansah.

»Diese Menschen werden nicht dadurch gerettet, dass man sie medizinisch behandelt, sondern dadurch, dass man ihnen hilft, eine tragfähige Wirtschaft aufzubauen, ein System, das ihnen erlaubt, Krankenhäuser zu eröffnen und die Behandlung selbst zu finanzieren. Seien Sie für einen Moment realistisch: Wie viele Patienten werden in dieser Klinik, einer der besten der Welt, in einer Nacht behandelt? Und jetzt stellen Sie sich den fünffachen Andrang von Patienten vor, ohne angemessene Ausstattung mit medizinischem Material – wie reagieren Sie darauf?«

Die zweite Mail stammte von der Pariser Sektion von *Médecins Sans Frontières*. Ihre Kontaktperson vor Ort nannte ihr einen Termin für ein Treffen in den Räumlichkeiten der Organisation in der Rue Saint-Sabin 8 im 11. Arrondissement. Ihr Visum war ausgestellt. An die Mail angehängt waren ein ausführliches Exposé über ihre Mission und über die verschiedenen Einsätze von *Médecins Sans Frontières* in Subsahara-Afrika sowie die Liste der Namen des medizinischen Personals, das bereits vor Ort war.

Sie drückte gerade ihre Zigarette aus, als ihr Mail-Alert abermals läutete. Sie klickte auf die virtuelle Postkarte, und ein Banjo spielendes Kätzchen tauchte auf dem Bildschirm auf. Die Katze öffnete das Maul, und eine Roboterstimme knisterte aus den Lautsprechern des Computers.

»Hallo Liebes. Dein Vater und ich, wir wollen dir eine

gute Reise wünschen. Du fehlst uns schon jetzt. Herzliche Grüße.«

Seit ihrer Scheidung machten sich ihre Eltern Sorgen und glaubten, für sie da sein zu müssen. Ihre Mutter fand immer Vorwände, um sie anzurufen, versuchte, eine Innigkeit herzustellen, die, soweit sich Megan erinnern konnte, nie zwischen ihnen existiert hatte.

Der Rest des Tages verging rasend schnell. Ein überfüllter Flughafen. Eine weiße, aseptische Welt, die von Strömen abfliegender und ankommender Passagiere durchquert wurde; Tausende individueller Reisewege, sortiert, etikettiert und verteilt über die Oberfläche des Globus.

Gepäckaufgabe, Passkontrolle, Sicherheitsschleuse. Megan folgte der Bewegung, nicht ganz bei sich, in Gedanken schon anderswo, irgendwo südlich der Sahelzone. Erst im Flugzeug entspannte sie sich, eingelullt von den Sicherheitsanweisungen.

In der Economy-Klasse, eingequetscht zwischen einem allein reisenden Kind und einem etwa vierzigjährigen Mann im Vertreteranzug, der seine Lexotanil-Tabletten zählte, holte sie die Informationsunterlagen heraus, die ihr Paris zugeschickt hatte, und begann das Programm durchzublättern, das sie erwartete.

Gleich weit vom Äquator und vom nördlichen Wendekreis entfernt, erstreckte sich die Zone, die von dieser Sektion von *Médecins Sans Frontières* betreut wurde, von den Grenzen Nigerias und Kameruns bis zum Tschadsee. Dieser See schrumpfte jedes Jahr. Mit besorgniserregender Geschwindigkeit fraß sich der Wüstensand von Norden her immer tiefer in den See vor – Tausende von Quadratkilometern

Wasserfläche hatte er schon verschlungen. Der Schari, der Hauptzufluss, schlängelte sich durch die Zentralafrikanische Republik und den Tschad, bevor er sich in den See ergoss. Von der Quelle an wurde ihm Wasser für unterschiedlichste Zwecke entnommen, sodass seine Durchflussmenge in der Trockenzeit dramatisch sank, und nachdem er die Vororte Ndjamenas passiert hatte, war von ihm nur noch ein dünnes erdfarbenes Rinnsal übrig, das langsam dahinplätscherte.

Sie breitete die Karte aus. Die Einsatzorte von MSF waren mit roten Kreuzen markiert, die über das riesige Gebiet verstreut waren. Die Einsätze der anderen humanitären Hilfsorganisationen waren blau gekennzeichnet.

Südniger, Westkongo, Südostsudan, Ruanda, Somalia ... die Liste war endlos.

Wie Akupunkturnadeln, die die Schmerzen eines kranken Körpers lindern sollen, waren all diese Missionen an neuralgischen Punkten auf dem Kontinent angesiedelt worden. Aber die junge Krankenschwester erkannte mit beunruhigender Klarheit das ganze Ausmaß des Kampfes, der geführt werden musste, als sie diese Hilfsprojekte auf die Zahl der Einwohner der Region – achthundert Millionen Menschen – bezog.

Megan faltete die Karte wieder zusammen und steckte sie in ihre Tasche. Die Klimaanlage ließ sie frösteln, und sie wickelte sich in die Decke von Air France ein. In ihrem Gedächtnis suchte sie nach Bildern des Glücks, die ihr helfen könnten, die Schlaflosigkeit durchzustehen. Ihre erste Begegnung mit ihrem Exmann setzte sich in ihrem Kopf fest.

Sechs Jahre des Zusammenlebens, inniger Verbundenheit und gemeinsamer Zukunftsprojekte.

Sechs Jahre eingepackt, verschnürt und ausgelöscht.

Als sie James kennengelernt hatte, hatte er als Trader für Agrarrohstoffe für eine internationale Firma gearbeitet. Damals war James Clifford II. die Verkörperung des amerikanischen Traums, der Yuppie, den sich sämtliche Mütter der zweiundfünfzig Bundesstaaten der USA als Schwiegersohn wünschten: »Harvard« und »Jahrgangsbester« prangten in gotischen Lettern auf seinem Abschlusszeugnis, er hatte Geld, das Gesicht eines Fußballspielers und die Selbstsicherheit eines Mannes, dessen Leben nur ein Stück Torte ist, das bis in alle Ewigkeit immer wieder neu serviert wird. Die ungestüme Umarmung des Chevrolet Camaro seines Vaters mit einem Neuntonner, der in die entgegengesetzte Richtung fuhr, erlaubte ihren individuellen Wegen, sich zu kreuzen. Der Anblick von Clifford senior, der auf einer Trage geschoben wurde, um das Armaturenbrett aus seinem Stirnhirn zu entfernen, war der Elektroschock gewesen, den James brauchte, um zu erkennen, dass seine Existenz nur eine Illusion des Erfolgs war. In der Phase der »Erleuchtung« lernten sich Megan und er vor einem löslichen Kaffee in der Cafeteria des Krankenhauses kennen, verliebten sich und schworen im Stillen, jeder für sich, den anderen nie mehr zu verlassen.

Eine Schicht Raureif bedeckte das Fenster. Megan betrachtete durch das Plexiglas die Linie des Horizonts, die nach und nach verblasste und einem kontrastlosen weißen Horizont Platz machte. Genau das Gleiche war mit ihrer Ehe geschehen. Ihre Gegenwart und ihre Zukunft hatten sich zunächst in ein dickes Ausrufezeichen, dann in Auslassungspunkte und schließlich in ein leeres Blatt verwandelt. Keine Ideen mehr. Nichts mehr zu schreiben.

39

Der operative Leiter der Zentrale von *Médecins Sans Frontières*, ein gebürtiger Senegalese, war ebenso beeindruckend wie sympathisch. Er war gute zwei Meter groß, hatte die Figur eines Rugbyspielers, einen Stiernacken und kräftige Pranken, die buchstäblich nicht in der Lage zu sein schienen, ein Skalpell zu halten, ohne es zu zerquetschen. Der Händedruck des Hünen bestätigte den Eindruck. Nur seine sanfte, bedächtige Stimme passte nicht dazu. Er wandte sich in einem perfekten, vollkommen akzentfreien Englisch an sie und sprach mit ihr wie mit einer Gleichgestellten.

»Ein Freund von mir wird Ihr Vorgesetzter sein«, sagte er, während er auf einen freien Stuhl zeigte. »Aber was heißt schon ›Vorgesetzter‹? Sie werden sehen, er ist ein Schatz, und er ist wirklich gut in dem, was er tut. Sobald Sie vor Ort sind, erhalten Sie Ihre Anweisungen von ihm.«

Megan nahm die Informationsunterlagen, die sie im Flugzeug gelesen hatte, aus ihrer Tasche.

»Was die Zielvorgaben anbelangt, sind Sie in Ihrer E-Mail nicht sehr konkret gewesen. Ich würde gern wissen, was genau Sie von mir erwarten.«

»Was wir erwarten?« Er lächelte müde. »Grob gesagt, dass Sie die Leistungsfähigkeit der einzelnen Abteilungen, vor allem aber die der Pädiatrie, verbessern: ihre Effizienz, die Betreuung der Patienten, die Sterilisation der Materialien, die Leichtigkeit des Zugangs zu den Arzneimittelvorräten und so weiter.«

»Ich fürchte, dass meine Ausbildung in Kinderheilkunde dafür nicht ausreichend sein wird ...«

Der Senegalese stützte die Ellbogen auf seinen Schreibtisch und atmete tief ein.

»Als ich zu meinem ersten Einsatz aufgebrochen bin – das war unmittelbar vor Beginn meiner Ausbildung zum Facharzt für Chirurgie –, musste ich einen fünfzehnjährigen Kongolesen behandeln, der auf eine Mine getreten war. Er hatte auf dem Weg ins Krankenhaus gut einen Liter Blut verloren und drohte, mir unter den Händen abzukratzen, wenn ich ihn nicht sofort amputierte. Anfangs war ich total nervös, aber dann ... Vertrauen Sie mir also, Sie werden hineinfinden.«

Megan hatte den Eindruck, er erzählte diese Anekdote allen Freiwilligen, die, wie sie, auf diesem Stuhl saßen.

»Noch etwas«, fuhr der Hüne fort, während er in den vor ihm aufgestapelten Akten stöberte, »*Médecins Sans Frontières* würde gern ein Weiterbildungsangebot für die einheimischen Krankenpfleger aufbauen. Es fehlt an einheimischem Personal, und in diesen Regionen weiß man nie, wann die Regierung eines Landes uns rausschmeißt.«

»Ist das schon vorgekommen?«

»Ja, im Niger ...«

Er hielt ihr eine Broschüre zu den Ausbildungsprogrammen über kindliche Fehlernährung und die Verteilung der HIV-Kombinationstherapie hin.

»Ich war vor Ort, als Staatspräsident Mamadou Tandja lauthals beteuerte, es gebe in seinem Land keine Unterernährung, während in unseren Armen Kinder starben. Da haben wir uns an die Öffentlichkeit gewandt. Die Folge: Tandja hat uns aufgefordert, unsere Siebensachen zu packen und zu verduften. Seither sind wir lieber vorsichtig.«

Es trat ein kurzes Schweigen ein, als wäre der Senegalese von der Vergangenheit eingeholt worden.

»Das Problem der Unterernährung hat Vorrang«, fuhr er fort. »Alle Mittel, über die wir verfügen, sollten für den Kampf dagegen eingesetzt werden«, sagte er, während er sich ein Glas Wasser einschenkte. »Halten Sie sich nicht mit Diagrammen und Prozentsätzen auf. Die Krankenschwestern, die Sie kennenlernen werden, müssen nicht aufgeklärt werden. Sie brauchen praktische Ratschläge, um allein klarzukommen, für den Fall, dass wir nicht mehr da sind.«

»Ich werde mein Bestes tun.«

Der Hüne stand auf, um eine Aktenmappe zu holen, die er Megan hinhielt.

»Sie landen in Abuja, dort wird Sie ein Fahrer abholen und ins Flüchtlingslager von Damasak bringen. Sie bleiben dort zwei Tage, ehe Sie zum Tschadsee weiterfahren, wo sich die Klinik von *Médecins Sans Frontières* befindet. Sie werden zusammen mit den übrigen Mitgliedern des Teams untergebracht. Wenn Sie sich über Land bewegen müssen, nehmen Sie niemals mehr als zweihundert Dollar mit. Zwar gab es seit zwei Jahren keine Zusammenstöße mehr in dieser Gegend, aber die örtliche Polizei bleibt wachsam. Ein Satellitentelefon steht zur Verfügung. Ich koordiniere die Einsätze von MSF Frankreich. Wenn es also ein Problem gibt, wissen Sie, an wen Sie sich wenden können. Noch Fragen?«

Megan, die mittlerweile einen trockenen Hals hatte, reichte ihm abermals die Hand, mit dem Gefühl, einen Pakt zu besiegeln.

Er lächelte: »Ziehen Sie nicht ein solches Gesicht … Alles wird gut gehen.«

JUNI 2009
Hyena Man

»In der abstrakten Liebe zur Menschheit liebt man fast immer nur sich selbst.«
Fjodor M. Dostojewski, *Der Idiot*

40

Hinter ihrem Lächeln schätzte die Prostituierte ihren Kunden ein. Er durfte so alt sein wie sie, kaum zwanzig Jahre, aber seine Augen funkelten irgendwie furchteinflößend. Sie lag ausgestreckt auf der Matratze in dieser winzigen Fischerhütte, die in ein Stundenzimmer umfunktioniert worden war, und sah ihm zu, wie er sich auszog.

»Wie heißt du?«, fragte er, während er das Seil aufknotete, das seine Jogginghose hielt.

»Désirée.«

Er starrte sie kurz an und schleuderte den Kopf ruckartig zur Seite, dass die Wirbel knirschten. Er betrachtete die Stechmücke, die er in seiner Hand zerquetscht hatte, dann wischte er sie an seinem T-Shirt ab.

»Dein richtiger Name?«, fragte er, ohne sie anzusehen.

»Kesiah«, murmelte sie. »Und du?«

»Billy Bob.«

»Und was arbeitest du, Billy Bob?«

Er räusperte sich, lehnte sich aus der Fensteröffnung und spuckte in den Fluss.

Weitere Pfahlhütten säumten das Ufer. Die über den Eingangstüren hängenden Laternen flackerten leicht, und die Brise trug den Geruch von Schlamm und Holzkohle heran. Billy richtete seinen Blick in die Ferne und heftete ihn auf ein blutrotes Flackern in der Finsternis. In der nächsten Sekunde erkannte er in der Mitte des roten Scheins die gekrümmte Silhouette eines vom Blitz getroffenen Baumes.

»Ich bin Kopfgeldjäger«, sagte er, als er sich wieder dem Mädchen zuwandte.

»Wirklich?«

»Wirklich.«

41

Umaru Atocha setzte sich auf den Sand, stellte seine Waffe neben sich ab und tauchte seine nackten Füße in das lauwarme Wasser des Yobe River. Zwischen den Pfählen ragte der Bug eines Kahns aus dem Wasser, und der Rumpf kam an der Oberfläche zum Vorschein. Prall gefüllte Müllsäcke wurden von der Strömung angetrieben und stauten sich dort, halb untergetaucht. Er hatte seinen Männern erlaubt, sich in den Armen von Prostituierten zu entspannen, die am Ufer des Flusses arbeiteten, und nach dem Stöhnen zu urteilen, das aus den Hütten drang, dürften ihm seine Söldner noch lange dankbar dafür sein. Er selbst hatte gezögert, sich eine Stunde der Ruhe und des Vergessens zu gönnen, aber der Gedanke, im Blick einer Frau oder eines Mädchens Abscheu zu erkennen, war für ihn unerträglich. Ein Baum brannte in der Ferne. Umaru sah eine Antilope aus dem Nichts auftauchen. Das Tier stapfte ins Wasser hinein, dann verschwand die Antilope genauso unvermittelt, wie sie zum Vorschein gekommen war, in der Finsternis.

Er legte sich auf den Rücken und schloss die Augen. Das Dröhnen des Verkehrs auf der Straße, die die Stadt Damasak mit dem Flüchtlingslager verband, war hier nur noch ein leises Summen.

Er lauschte dem Säuseln der Brise im Stechginster und dem Gelächter aus den Verschlägen, als er mit einem Mal Schritte hörte, die auf ihn zukamen. Seine Hand berührte den Griff seines Revolvers, und in dieser Haltung verharrte er reglos. Er wartete, bis sich das Geräusch auf wenige Meter genähert hatte, ehe er die Augen öffnete.

42

»Kann ich dich etwas fragen, bevor wir anfangen?«

Billy, der mittlerweile nackt war, setzte sich auf die Matratze und bedeutete ihr, die Beine zu spreizen. Kesiah gehorchte und ließ sich berühren. Er streichelte sie auf eine grobe, manchmal schmerzhafte Weise, aber sie ließ ihn gewähren, da sie fürchtete, er würde gewalttätig, wenn sie sich widersetzte.

»Sag mal ...«

Die Prostituierte streckte die Hand zum Nachttisch aus und griff nach einem Foto.

»Kannst du mir sagen, ob du diesen Mann schon mal gesehen hast?«, fragte sie und hielt ihm die Aufnahme hin.

Widerwillig warf Billy einen Blick auf das Porträt eines Mannes, der ein kleines Mädchen in seinen Armen hielt. Als er das Foto genauer in Augenschein nahm, verdüsterte sich sein Blick. Er rückte ein wenig von Kesiah weg und starrte sie schweigend an.

»Wer ist das?«

»Mein Vater«, behauptete sie, seinem Blick ausweichend.

»Dein Vater ...«

»Ja, er ist letztes Jahr verschwunden. Deshalb frage ich meine Kunden, ob sie ihn nicht gesehen haben.«

Kesiah wollte lächeln, aber etwas am Verhalten Billys erschreckte sie. Sie wusste nicht, ob die Tatsache, dass er plötzlich so still war, ein gutes oder ein schlechtes Zeichen war.

»Dein Vater«, wiederholte er. »Das ist seltsam.«

»Was ist seltsam?«, fragte das Mädchen beunruhigt.

»Und wer ist dieses Kind?«

»Das bin ich, als ich klein war.«

Billy stand schwerfällig auf und kauerte sich bei seinen Kleidern nieder.

»Was machst du? Hast du keine Lust mehr?«

Er antwortete nicht, er war damit beschäftigt, die Taschen seiner Jogginghose zu durchstöbern. Als er sich ihr wieder zuwandte, riss Kesiah die Augen weit auf und atmete schneller. Das Licht der Laterne draußen sickerte durch die Spalten zwischen den Brettern der Tür. Die schmalen Lichtstreifen hüllten Billy in ein ockerfarbenes Licht und spiegelten sich auf der Klinge des Messers.

»Was machst du …?«

»Der Mann auf diesem Foto heißt Yaru Aduasanbi. Das Mädchen, das er auf dem Arm hat, heißt Naïs.« Er sprach langsam, als wendete er sich an ein Kind, das er gleich bestrafen würde. »Und nenn es Pech oder Schicksal, aber diese beiden Personen sind genau diejenigen, die ich suche.« Er streichelte ihr Geschlecht und lächelte. »Wir werden also tun, was wir beide miteinander zu tun haben, dann wirst du mir erklären, wieso du dieses Foto hast und wer es dir gegeben hat.«

»Hallo.«

Umaru richtete sich auf, die Hand auf dem Griff seiner Waffe, und sah den Mann an, der einige Meter von ihm entfernt stand. Er war um die dreißig, und Dreadlocks fielen ihm auf die Schulter. An einem straffen Lederband hielt er eine junge Tüpfelhyäne. Das Tier zog ihn Richtung Wasser, aber mit einem unvermittelten Schlag auf die Schnauze zwang er es dazu, sich hinzulegen. Umaru hatte den Finger am Abzug seiner Automatik, bereit, die Hyäne und ihren Herrn zu erschießen, falls sie noch näher kommen sollten.

»Hallo«, sagte der Mann noch einmal.

Der Mann, der das Schweigen des Albinos als eine Einladung interpretierte, setzte sich auf den Sand. Umaru hatte von einer Gang in Abuja gehört, die Hyänen gezähmt hatte, um sich in ihrem Revier zu behaupten. Offenbar hatten sich andere ein Beispiel daran genommen. Das Tier streckte sich neben seinem Herrn aus und legte den Kopf auf die Pfoten.

»Willst du kein Mädchen?«

»Heute Abend nicht.«

Der Zuhälter zuckte mit den Schultern und fischte aus seiner Zigarettenschachtel einen Joint heraus. In der Flamme seines Feuerzeugs sah Umaru die rituellen Male unter seinen Backenknochen und eine stümperhafte Tätowierung auf seiner linken Wange.

»Du und deine Männer, woher kommt ihr?«

»Aus dem Niger«, antwortete Umaru.

»Gehört ihr zu der Gruppe von Flüchtlingen, die vor Kurzem eingetroffen sind?«

»Nicht wirklich.«

Der Geruch des Marihuanas kitzelte die Schnauze der Hyäne, und sie spitzte die Ohren. Umaru fragte sich, ob man ein solches Tier wirklich zähmen konnte und, wenn ja, was geschähe, wenn sein Herr ihm befehlen würde, anzugreifen.

»Und warum seid ihr hier?«, fragte der Mann, ehe er die Glut seines Joints anblies.

»Geschäftlich.«

»Es gibt hier schon etliche Leute, die Geschäfte machen. Ich kann Kontakte herstellen, wenn du willst. Was ist deine Branche? Nahrungsmittelhilfe? Drogen?«

Umaru antwortete nicht. Das Geschwätz dieses Unbekannten ermüdete ihn. Aduasanbi und Naïs waren ihm im Niger entwischt, sodass er die Grenze von Neuem hatte überqueren müssen und ihren Spuren bis hierher, nach Damasak, gefolgt war. Die Reise und die Enttäuschung hatten ihn und seine Männer erschöpft.

»Also, was für Geschäfte machst du?«, hakte der Zuhälter nach.

»Wir suchen jemanden.«

»Seid ihr Söldner?«

»Wie kommen Sie darauf?«

Der Mann blickte auf die Waffe, die Umaru nicht losgelassen hatte. Der Albino nickte schweigend.

Ein Söldner und ein Gespenst. Das war er geworden, dachte er bitter. Er rief sich jene Jahre in Erinnerung, die er an der Seite der Guerilleros der MEND im Dschungel verbracht hatte, und er musste sich eingestehen, dass sein Leben damals noch einen Sinn gehabt hatte. Die Zeit verzerrte seine Erinnerungen, aber er war sich sicher, geglaubt zu haben, dieses Land, vielleicht sogar die Welt, verändern zu können.

Als ihn die Polizei verhaftet hatte, hatte er gewusst, in dem Moment, in dem ihm die Handschellen angelegt worden waren, dass er nicht das Zeug zu einem Märtyrer hatte. Als ihn die Männer des Innenministeriums daher gefragt hatten, ob er bereit sei, mit ihnen zusammenzuarbeiten und Yaru Aduasanbi für sie zu fangen und das Mädchen zurückzubringen, hatte er sich einverstanden erklärt. Er hatte Vorbestrafte angeheuert, die sich durch das Kopfgeld überzeugen ließen, das die Regierung ausgesetzt hatte, und sie waren zu einer Art Wildwestabenteuer aufgebrochen. Er selbst hatte seine Ideale gegen das Versprechen einer neuen Identität und eines Flugtickets nach Europa verraten. Jede Überzeugung hat einen Preis, sagte er sich, als er in die Finsternis starrte.

Die Hyäne wandte den Kopf in Richtung einer der Hütten und knurrte. Der Mann an der Seite von Umaru stand bereits. In seine Gedanken versunken, hatte der Albino den verzweifelten Hilferuf nicht gehört. Es wurde kurz still, dann übertönte ein weiterer Schrei das Rauschen des Windes in den Stechginsterbüschen.

44

Als die Tür der Hütte aufgerissen wurde, hatte Billy aufgehört, zuzuschlagen. Kesiah lag quer auf der Matratze, ihr Körper war übersät von blauen Flecken. Blut durchnässte die Leintücher, und eine blutige Arabeske zierte die Rückwand des Raumes.

»Verdammt ...«

Billy wich zurück, als er das Tier sah, das der Mann an der Leine hielt. Das heisere Keuchen der Prostituierten vermischte sich mit dem Knurren der Hyäne. Der Mann mit den Dreadlocks blieb einige Sekunden sprachlos, da er nicht verstand, woher all dieses Blut kam. Billy schlüpfte in seine Hose, wischte sich die Hände an den Schenkeln ab und musterte den Zuhälter. Der Mann zögerte, in dem Wissen, dass der Albino in seinem Rücken war. Er starrte Billy an und hätte ihn am liebsten an der Kehle gepackt, tat jedoch nichts.

Die Schreie hatten die übrigen Mitglieder der Bande angelockt. Sie zogen sich Hals über Kopf an, stürzten aus den Pfahlhütten und kehrten zum Strand zurück. Die Prostituierten standen nackt in den Türen und verrenkten sich den Hals, um nachzusehen, was los war.

»Warum hat sie dieses Foto?«, fragte Billy Bob.

Er zeigte dem Zuhälter die Aufnahme von Yaru Aduasanbi und Naïs. Einige Blutstropfen und ein Daumenabdruck hatten die Aufnahme rot gefärbt. Der Mann schwieg. Das Mädchen auf dem Bett schien ihn zu hypnotisieren.

»Warum hat sie dieses Foto?«, fragte Billy noch einmal.

»Pfeif deinen Köter zurück und beantworte die Frage.«

Die massige Gestalt Umarus kam mit vorgehaltener Waffe näher. Die Augen niedergeschlagen, gehorchte der Mann und zog an der Leine. Er ging dicht an dem Albino vorbei nach draußen, um das Tier an einem Pfahl des Anlegestegs festzubinden. Umaru wartete geduldig, bis er die Hyäne angeleint hatte, und bedeutete ihm dann, zum Strand zu gehen.

»Das ist der, den ihr sucht, oder?«, sagte der Zuhälter, während er die Hände hob. »Ich weiß nicht, wo er ist, ich ...«

»Du antwortest nicht auf die Frage.«

»Die Nutte hat mir gesagt, die Polizei hätte es ihr gegeben«, schaltete sich Billy ein.

»Wozu hat die Polizei ihr das Foto gegeben?«, fragte Umaru.

»Vor einer Woche haben wir einen Deal gemacht ... Sie lassen meine Mädchen in Ruhe, und die müssen dafür ihre Kunden nach diesem Mann und diesem Kind fragen. Ich habe Kumpel in Abuja und in Lagos, denen man den gleichen Vorschlag gemacht hat.«

»Wozu?«

»Sie sind hinter ihm her, wie ihr. Mehr weiß ich nicht.«

Umaru blieb nachdenklich. Bis jetzt hatte die Regierung die Polizei nicht an der Treibjagd beteiligen wollen. Sie glaubte, dass es Umaru als ehemaligem Mitglied der MEND leichter fallen würde, sich Aduasanbi zu nähern und sein Misstrauen zu zerstreuen. Die Tatsache, dass er ihnen im Niger durch die Maschen geschlüpft war, hatte sie zweifellos dazu veranlasst, ihre Taktik zu ändern.

»Was ist das für eine komische Nummer?«, flüsterte Billy. »Ich hab gedacht, wir wären die Einzigen, die hinter ihnen her sind.«

»Das hab ich auch geglaubt«, antwortete der Albino.

»Und was heißt das? Dass die Regierung uns linken will? Damit wir die Prämie nicht kassieren?«

»Vermutlich.«

Umaru hütete sich, zu sagen, dass es jetzt nicht mehr um die Prämie, sondern um ihr Leben ging. Armer Idiot, dachte er. Die Hoffnung, das Land zu verlassen, hatte ihn an der Nase herumgeführt, eingelullt. Diejenigen, die ihm diesen Auftrag erteilt hatten, hatten nie die Absicht gehabt, ihre Versprechungen zu halten. Eine Kugel in den Kopf als Gegenleistung für Naïs, das waren die echten Vertragsbedingungen. Er betrachtete die Männer, die sich um ihn versammelt hatten, und sah die Angst in ihren Gesichtern. Mit fester Stimme sagte er: »Da wir unseren Auftraggebern nicht länger vertrauen können, ist es Zeit für einen Strategiewechsel.«

Die Unseligen

»Das Näherrücken des Todes flößt uns furchtbare Angst ein, aber wenn sich das Neugeborene dem Näherrücken des Lebens bewusst sein könnte, hätte es ebenfalls entsetzliche Angst.«

Charlie Chaplin, *Die Geschichte meines Lebens*

»Sonst irgendetwas anzumelden?«

»Nein.«

»Keine Waffen? Keine Drogen? Kein Alkohol?«

»Nein«, antwortete der Fahrer.

Der Soldat, der sich mit den Ellbogen in den Fensterrahmen des Geländewagens stützte, stellte Routinefragen und sah nicht von den Reisepässen auf, die er in Händen hielt. Die Hitze und das tiefe Desinteresse, das er seiner Arbeit entgegenbrachte, schienen ihn dermaßen zu strapazieren, dass das bloße Durchblättern der Fahrzeugpapiere und der Personalausweise seine ganze Energie benötigte.

»Amerikanerin?«, sagte er, an die Mitfahrerin gewandt, die auf dem Rücksitz saß.

Er starrte Megan mit ungekünstelter Neugierde an, und plötzlich wurde sein Gesicht von einem breiten Lächeln erhellt.

»Woher kommst du? Las Vegas? Las Vegas ist schön, oder?«

»Ich komme aus Chicago.«

»Ah, Al Capone, Big Jim Colosimo! Ta-ta-ta-ta-ta!«, stieß er hervor, eine Maschinengewehrsalve nachahmend. »Ich weiß alles über dein Land! Der Rap, die Burger, Hollywood! Warte, warte ...«

Unbeeindruckt von dem riesigen Stau, der sich vor dem Checkpoint bildete, drehte er sich um und ging mit hastigen Schritten ins Wachhäuschen. Sein Kollege schlief den

Schlaf der Gerechten; er saß sicher auf seinem Stuhl, hatte die Beine auf den Schreibtisch gelegt, eine nicht gerauchte Zigarette hing schlaff zwischen seinen Lippen. Der junge Soldat kam mit einem stark zerknitterten alten Magazin zurück, das vom vielen Herumreichen ganz abgegriffen war.

»Die Amerikanerinnen sind die schönsten Frauen der Welt!«, sagte er, während er das Magazin in der Mitte aufschlug, wo das als Weihnachtsmann verkleidete Playmate von Dezember 1996 aufreizend in die Kamera blickte.

Er betrachtete Megan, dann Miss Dezember, dann wieder Megan, als wollte er beide miteinander vergleichen oder seine Theorie über die angeborene Schönheit der Amerikanerinnen überprüfen. Aber ebenso schnell, wie die Aufregung ihn erfasst hatte, verschwand sie auch wieder. Er tupfte sich mit dem Magazin die Stirn ab und lehnte sich erneut mit den Ellbogen in den Fensterrahmen, ohne dem Fahrer die geringste Beachtung zu schenken.

»Warum willst du dich hier niederlassen, wenn du doch alles hast?«

»Ich bin Krankenschwester …«, antwortete sie.

Seit zwei Tagen hatte sie kein Auge zugetan. Auf den Pisten war sie durchgerüttelt und hin und her geschleudert worden, der Jetlag und der Kulturschock, der sie gleich bei der Ankunft mit voller Wucht getroffen hatte, hatten ihr schwer zugesetzt.

»Aber wen willst du hier behandeln? Hier gibt's nichts zu retten«, sagte er, während er den Blick über den Drahtzaun gleiten ließ, der das Lager von Damasak umgab. »Das alles ist Abschaum … Da gibt es nicht einen, der es verdient, am Leben zu bleiben.«

Der Soldat überreichte ihnen ihre Ausweise und schlug mit der flachen Hand auf die Motorhaube, um ihnen zu bedeuten, dass sie weiterfahren konnten.

»Du solltest in deine Heimat zurückkehren und vergessen, was in diesem Land geschieht ...«, sagte er und trat vom Wagen zurück.

Megan musste ihre Scheibe hochkurbeln, denn der von der Menschenmenge und den Sattelschleppern aufgewirbelte Staub raubte einem den Atem. Der Geländewagen fuhr im Schritttempo, umbrandet von einer Woge aus Frauen und Kindern, von denen man in dem orangefarbenen Dunst nur die Silhouetten sah. Der Sand knirschte, peitschte die Windschutzscheibe, und Schreie, Ausrufe erschallten von allen Seiten. Halbwüchsige umringten den Wagen und schlugen, die Krankenschwester und den Fahrer anschreiend, gegen die Türen; sie rissen an den Griffen, steckten ihre Finger durch die einen Spaltbreit offenen Fenster und bettelten um Münzen oder etwas zu essen.

Megan kauerte sich auf ihrem Sitz zusammen und versuchte, die Ratschläge zu beherzigen, die ihr der Fahrer gegeben hatte, bevor sie aufgebrochen waren. Der Radau dauerte etwa fünfzehn Minuten – so lange brauchten sie, um die Hauptstraße des Lagers hinter sich zu bringen –, dann wurde er von einem Brummen abgelöst, das von einem Prasseln von Kieselsteinen untermalt wurde, die gegen Stahl und Glas geschleudert wurden.

»Wissen Sie«, sagte der Fahrer, während er die junge Frau im Rückspiegel betrachtete, »dieser Soldat, er hat nicht ganz unrecht ... Es gibt hier nicht viel zu retten.«

46

Vor dem Eingang zu seinem Zimmer blinzelte Benjamin Dufrais, geblendet vom Licht. Er steckte sich eine Zigarette an und sah den Spurrillen nach, die die Versorgungskonvois hinterlassen hatten. Aufgestapelte Reifen nährten ein Feuer, das durch die Hitze unsichtbar geworden war. Er ging zwischen Familien hindurch, die zu beiden Seiten der Straße Risse in Zelten mit Nylonsäcken und Verpackungskartons abdichteten.

»*Bass! Bass!*«

Georges Ikki wirbelte die Arme herum, um die Aufmerksamkeit von Benjamin auf sich zu ziehen. Neben einem Defender kniend, wickelte er Draht um einen Auspuff, um diesen notdürftig zu befestigen.

Georges war etwa zwanzig Jahre alt, hatte aber noch immer das Gesicht eines pausbäckigen Babys, das von den Qualen der Pubertät nichts ahnte. Er litt an einer leichten geistigen Behinderung, die sich in plötzlichen Angstanfällen und einem unbezwingbaren Drang, sich bis zur Erschöpfung zu verausgaben, äußerte. Er hatte den Arzt in sein Herz geschlossen, seit dieser ihn wegen einer bösen Infektion behandelt hatte. Er hatte sich dem Team von MSF angeschlossen, und auch wenn er keine drei Zahlen addieren konnte, so vollbrachte er mit seinem handwerklichen Geschick doch wahre Wunder.

»Ist das der Geländewagen von Pater David?«, fragte Benjamin.

»Ja, er wollte, dass ich einen kurzen Blick darauf werfe, ehe er losfährt.«

Georges trat gegen die Karosserie des Geländewagens, um sich davon zu überzeugen, dass seine Reparatur den Erschütterungen standhielt. Der Priester grüßte die Frauen und die Kinder, die sich um ihn drängten. Benjamin bemerkte, einige Meter abseits der Gruppe, einen Mann und glaubte, ein Phantom zu sehen. Er beugte den Kopf etwas vor, aber der Mann entfernte sich bereits zwischen den Zelten.

Seit der Geiselnahme ertappte sich Benjamin hin und wieder dabei, Unbekannte mit ehemaligen Mitgliedern der MEND zu verwechseln. Yaru Aduasanbi hier in Damasak zu sehen, gehörte zweifellos zu dem, was der Psychologe des Lagers posttraumatische Visionen nannte. Er lächelte den Priester an, der eine große Reisetasche hinter sich herzog.

»Sie reisen ab?«

»Ich kehre zur Missionsstation in Baganako zurück«, antwortete Pater David. »Im Norden ist es erneut zu Spannungen zwischen Christen und Muslimen gekommen. Ich muss einigen verirrten Seelen beistehen.«

Georges nahm die Tasche und legte sie in den Kofferraum des Geländewagens.

»Fahren Sie allein?«, erkundigte sich Benjamin. »Ein wenig riskant, oder?«

»Ich vertraue auf Gott«, sagte der Priester lächelnd.

Benjamin erwiderte das Lächeln. Von allen Geistlichen, denen er begegnet war, war Pater David einer der wenigen, mit denen er sich wohlfühlte. Die Heftigkeit des Priesters, sein Zorn angesichts von Ungerechtigkeiten, war ihre erste Gemeinsamkeit gewesen. Fast bedauerte er dessen Abreise, und er fragte sich, ob sie sich eines Tages wiedersehen würden, um sich miteinander zu unterhalten und in ihren

Diskussionen die Welt zu erneuern, wie sie es schon oft getan hatten.

»Machen Sie es gut.«

»Ich werde mein Bestes tun.«

Die beiden Männer reichten sich die Hand. Georges wechselte einige Worte mit Pater David und gesellte sich zu Benjamin.

»Ich wusste nicht, dass du ihn so gut kennst«, sagte der Arzt und sah dem Priester nach, als dieser ins Auto stieg.

»Pater David? Wir kennen uns schon sehr lange, er und ich. Er hat mich großgezogen, als ich im Waisenhaus war.« Der junge Mann kratzte sich am Kopf.

»Hast du mal 'ne Kippe?«

Benjamin hielt ihm seine Schachtel hin.

»Verdammt, ist das gut«, pfiff Georges, der ihm auf dem Fuß folgte.

»Und die Kanalisation, wie steht's damit?«

»Der Haupttank hat einen Riss. Ich hab ihn geflickt, so gut ich konnte. Aber hier machen sich alle aus dem Staub, das weißt du doch.«

In der Nähe der Wasserstelle kam es zu Rangeleien zwischen Jugendlichen, die im Schlamm um die Wasserhähne herumwateten und sich gegenseitig anrempelten, um ihre Kanister, Flaschen und Töpfe zu füllen. Die Jüngsten versuchten, etwas von dem brackigen Wasser in den Pfützen, die sich unter einem Leck in einem der Rohre bildeten, aufzufangen. Benjamin betrachtete den Menschenauflauf.

»Glaubst du, dass es genug Wasser für alle gibt?«

»Bei dieser Hitze lässt sich das schwer vorhersagen. Der Yobe River ist praktisch ausgetrocknet.«

»Machst du Witze? Heute ist der erste Juni!«

»Sobald die Leute hier anfangen zu verdursten, werden diese Mistkerle für den kleinsten Tropfen Geld verlangen«, sagte Georges und deutete mit dem Kinn auf etwa ein Dutzend Schwarze in paramilitärischen Hosen und Trikots der brasilianischen Fußballnationalmannschaft.

Diese von der Grenze zu Benin stammende Gruppe von Flüchtlingen hatte sich ethnische Zusammenstöße zwischen den Gemeinschaften der Ibo und Yoruba zunutze gemacht, um sich zur Bürgermiliz zu erklären. Das Fehlen einer effizienten staatlichen Ordnungsgewalt auf dem Gelände des Lagers und die Unterstützung der nigerianischen Polizei, die mit der Situation überfordert war, hatten ihr kleines Manöver ermöglicht. Tatsächlich benutzte der Clan diese neue Legitimation, um seine Machtstellung zu festigen und verschiedene Schmugglerringe unter seine Kontrolle zu bringen.

Benjamin zögerte und näherte sich dem Ohr von Georges.

»Ich möchte dich um einen kleinen Gefallen bitten ...« Er sah sich um. »Mir geht bald der Kraftstoff aus«, sagte er, während er an der Kokainphiole in seiner Tasche herumfummelte. »Könntest du was für mich auftreiben?«

»Im Ernst, Doc, du pfeifst dir zu viel davon rein und ...«

»Kümmere dich nicht um meine Gesundheit«, unterbrach ihn Benjamin mit leiser Stimme. »Zehn Gramm. Ist das machbar?«

Georges nickte und ließ ihn ohne ein weiteres Wort vor dem Logistikbüro von MSF stehen.

47

Beim Verlassen des Fahrzeugs bemerkte Megan, dass sie zitterte, und die Hitze hüllte sie augenblicklich in einen Feuerumhang. Sie taumelte, ganz benommen von den Sonnenpfeilen, die auf sie niederstießen.

»Sie sollten nicht da stehen bleiben, das ist gefährlich.«

Sie zuckte zusammen und wandte sich zu dem Mann um, der sie angesprochen hatte.

»Ich sage: Sie sollten nicht da stehen bleiben, diese verdammte Bullenhitze hat schon robustere Naturen als Sie umgehauen«, bemerkte der Mann mit einem Lächeln. Er hielt ihr die Eingangstür zu den Räumlichkeiten von *Médecins Sans Frontières* auf und schien darauf zu warten, dass sie sich entschloss einzutreten.

»Ich heiße Megan Clifford«, sagte sie, während sie ihm die Hand gab. »Ich bin Krankenschwester. MSF Paris schickt mich.«

»Benjamin Dufrais«, antwortete er und drückte ihr behutsam die Hand. »Ich leite die Notaufnahme. Was in dieser Gegend nicht viel bedeutet, wie Sie sehen werden ...«

»Doktor Benjamin Dufrais?«, wiederholte sie und starrte ihn an.

»Ja, warum?«, fragte er, unvermittelt in der Defensive.

»Ich habe mich gefragt, ob Sie derselbe Benjamin Dufrais sind, der über die Epidemiologie in Kriegszeiten publiziert hat ...«

Seine Gesichtszüge verhärteten sich unmerklich; seine verschiedenfarbigen Augen wichen ihr aus.

»Nein«, unterbrach er sie, »Sie müssen mich verwechseln.« Er trat zur Seite, um sie hereinzulassen. »Ich denke, Sie sollen Jacques aufsuchen? Sie finden ihn in seinem Büro ...«

»Danke«, sagte sie und sah ihm nach, als er sich entfernte.

Sie verjagte den seltsamen Eindruck, den er auf sie gemacht hatte, und folgte dem Fahrer, der ihr mit ihren Taschen vorausging, ins Büro des Leiters der MSF-Mission.

48

Benjamin ging an der Menschenschlange vor dem Eingang der Krankenstation entlang und bahnte sich einen Weg durch das Gedränge. Frauen mit Säuglingen auf dem Arm, die sich dicht zusammendrängten und auf dem gestampften Lehmboden von einem Bein aufs andere traten. Nicht das kleinste Lüftchen verschaffte dem Strom der Patienten, die sich impfen lassen wollten, Erleichterung. Es verschlug ihm den Atem, als er den langen Raum betrat, der vom medizinischen Personal belegt wurde.

Zu Beginn der Woche hatten die örtlichen Behörden zwei verdächtige Todesfälle in einem nigerianischen Dorf weiter im Norden gemeldet. Die Angst vor einer Masernepidemie hatte sich wie ein Lauffeuer verbreitet.

Benjamin deutete mit dem Kopf auf einen jungen Mann, der auf einem Stuhl schlief und sich in seinen Kittel gewickelt hatte.

»Wer ist das?«

»Junior? Unser neuer Assistenzarzt, frisch von der Universität Nanterre. Du wirst ihn vergöttern«, sagte eine Krankenschwester mit einem Hauch von Ironie.

Benjamin erblickte die mit blauem Filzstift geschriebenen Schriftzüge, die Stirn und Arme des Neulings bedeckten. Das gesamte medizinische Personal hatte sein Nickerchen ausgenutzt, um auf seiner Haut zu unterschreiben. Ein Initiationsritus. Und nach der Anzahl der Unterschriften und dem weit offen stehenden Mund Juniors zu urteilen, musste er tief ins Land der Träume entrückt sein.

»Schläft er schon lange so?«

»Seit gut zwei Stunden. Wir haben gewettet, dass er nicht vor Mittag aufwachen wird. Der Einsatz beträgt zwei Dollar. Bist du dabei?«

»Ich glaube, da habt ihr verloren, Leute«, schimpfte Benjamin, während er sich anschickte, den jungen Assistenzarzt zu schütteln.

Die Krankenschwester schob sich freundlich dazwischen und hielt ihm einen Zettel hin.

»Lass den Armen doch schlafen, er ist gerade erst angekommen. Du weißt doch, wie der erste Tag hier ist.«

»Dein gutes Herz wird dich noch zugrunde richten«, gab er klein bei, »aber wenn er in einer Stunde nicht wach ist, dann komm ich ihn holen, und ich brumme ihm eine Woche Dienst bei den Durchfallkranken auf.«

Er nahm den Filzstift und unterschrieb rasch auf der Wange des jungen Mannes, der das Gesicht verzog, ohne indes aufzuwachen. Er richtete seine Aufmerksamkeit auf die Notiz. Angehörige der Mambila aus dem Kamerun waren vom Roten Kreuz aufgegabelt worden. Insgesamt sieben Familien auf der Flucht. Nur noch Haut und Knochen. Die Gruppe war auf zwei Hilfsorganisationen aufgeteilt worden. MSF hatte zwölf Erwachsene erhalten, die Symptome von Infektionskrankheiten und Dehydrierung zeigten. Die Kinder waren ohne eingehendere Untersuchung in die Abteilung für Ernährungsmedizin aufgenommen worden. Laut den Mitarbeitern des Roten Kreuzes war es ein Wunder, dass sie nicht nur Leichen gefunden hatten.

»Die Kinder wurden gestern Abend in der Abteilung für Ernährungsmedizin aufgenommen?«, fragte er. »Hat sie jemand gesehen?«

Eine der jungen Frauen im weißen Kittel stach in den Arm eines Neugeborenen.

»Ja, ich, kurz nach Mitternacht, als das Rote Kreuz sie abgeliefert hat. Werden uns ziemlich auf Trab halten, sag ich dir.«

»Wie viele sind es?«

»Gut dreißig. Bei zwölf haben wir eine Infusionstherapie mit Nährstofflösung begonnen. Drei Kinder sind innerhalb von zwei Stunden nach ihrer Ankunft gestorben, und fünf sind noch immer in einem kritischen Zustand.«

Vom anderen Ende des Saals rief ein Krankenpfleger aus Quebec, ein Spaßvogel und Kraftprotz, dem ehemaligen Militärarzt etwas zu, während er nicht aufhörte, mit seinen Pranken an einem winzigen Baby herumzuhantieren.

»He, Benji, eine Frau kommt zu ihrem Arzt und sagt: ›Doc, ich bin sehr beunruhigt. Ihr Kollege hat mir eine ganz andere Diagnose gestellt als Sie.‹ Darauf der Arzt: ›Ich weiß. Das ist immer so, aber die Autopsie wird zeigen, dass ich recht hatte.‹«

Benjamin lächelte, als er den Raum verließ. Hinter ihm fuhr der Quebecer mit dem gleichen Schwung fort: »Wissen Sie, woran man auf einem Ärztekongress einen Gynäkologen erkennt? Er ist der Einzige, der seine Uhr am Oberarm trägt.«

49

Benjamin schob den Vorhang zur Seite, der das Sprechzimmer in der Notaufnahme abteilte. Eine etwa zwanzigjährige junge Frau lag auf einer Liege, die notdürftig mit sterilem Papier bedeckt war. Sie hatte einen schmalen, langen Körper, und ihre dunkle Haut, die durch die strahlenden Farben ihres Kleides noch betont wurde, leuchtete im Morgenlicht.

Aber die Schönheit dieses Anblicks wurde durch Striemen an den Schultern und sternförmige oberflächliche Wunden auf Brust, Bauch und den Innenseiten der Schenkel entstellt. Die schlimmsten Verletzungen hatte sie im Gesicht, das ganz aufgequollen war. Die Nachtschwester hatte sie auf dem Behandlungsplan als vorrangigen Fall eingestuft. Laut dem Aufnahmebogen war das Mädchen eine Prostituierte, die am Ufer des Yobe River arbeitete. Ein Freier hatte sie schwer misshandelt, bis sie sich nicht mehr rührte. Eine ihrer Kolleginnen hatte sie in die Krankenstation gebracht. Benjamin krempelte seine Ärmel hoch und streifte sich Handschuhe über.

»Wie heißt du?«, fragte er, während er eine Kompresse mit einem Antiseptikum tränkte.

»Kesiah ...«, murmelte die junge Frau und wich instinktiv zurück, als er sich ihr näherte.

Benjamin hielt in seiner Handbewegung inne, ehe er sie flüchtig berührte, und setzte sich neben sie. Nachdem er fünfzehn Jahre lang in den Streitkräften extreme Notfälle medizinisch versorgt hatte, hatte sich bei ihm eine feste Überzeugung herausgebildet: Unabhängig von dem Schweregrad der Verletzung musste man ein Vertrauensverhältnis zu jedem Patienten aufbauen, wenn man eine Chance haben wollte, ihn angemessen zu versorgen. Ein widerspenstiger, verängstigter Kranker verschwendete zu viel Energie darauf, die Angst vor dem Arzt zu bekämpfen, anstatt sie darauf zu konzentrieren, seine Lebenskräfte zu stärken.

»Kesiah ist Yoruba, nicht?«

»Es bedeutet ›Schatz‹«, brachte sie mit Mühe hervor.

»Nun, Schatz, ich muss diese Schnittwunden säubern, damit sie dir später nicht noch mehr wehtun. Darf ich?«

Sie nickte, ein wenig beruhigt von der sanften Stimme Benjamins.

Behutsam betupfte er die Hautabschürfungen und Wunden mit der Kompresse, entfernte die Splitter und die Dreckklümpchen. Um die Augen bildete sich eine kleine Blutung. Mit den Fingerspitzen drückte Benjamin auf die Backenknochen und ertastete eine Spitze, etwas Abstehendes, was nicht da hingehörte unter die Haut der Wange. Als er etwas stärker auf den Knochen drückte, stöhnte Kesiah und wurde kreidebleich. Unter der Kuppe seines Zeigefingers spürte er deutlich, dass ein Stück vom Knochen abgesplittert war. Er griff nach einer Spritze und stach in den linken Nasenflügel und ihre hübsch geschwungene Lippe. Zwar waren die meisten einheimischen Pflegekräfte guten Willens, aber sie hatten nur eine oberflächliche medizinische Ausbildung erhalten, eher eine Art Erste-Hilfe-Kurs als ein Studium. Benjamin schrieb daher so leserlich, wie er konnte:

»Beim Abtasten: knochige Kerbe in Höhe des Jochbeins, verminderte Empfindlichkeit des Nasenflügels und der Oberlippe infolge einer Quetschung des Infraorbitalnervs. Kein Emphysem bei der Untersuchung. Fazit: Bruch des Jochbeins, ohne Eingriff Risiko von Komplikationen.«

Ohne Röntgenbild konnte er nichts Weiteres sagen. Das digitale Röntgengerät war seit fünf Tagen defekt. Er sterilisierte die schmerzunempfindlichen Zonen und nähte die tiefsten Wunden, wobei er sorgfältig den Linien folgte, die den Körper des Mädchens kartografierten. Dabei bemühte er sich, den Moment hinauszuschieben, wo er das Thema anschneiden musste, das ihm Kopfzerbrechen machte.

Der Arzt rollte mit seinem Stuhl zu einem Schrank und nahm einen kleinen Koffer heraus, ein Notfallset für gynäkologische Untersuchungen. Er legte die sterilisierten Instrumente auf einen Rolltisch und zeigte sie nacheinander seiner Patientin.

»Siehst du dieses Gerät, das einem Entenschnabel gleicht? Das nennt man Spekulum. Damit kann man feststellen, ob du innerliche Verletzungen hast. Bist du einverstanden?«

»Tut das weh?«

»Nein, aber es ist nicht sonderlich angenehm. Ich werde dich bitten, dein Gesäß vorzuschieben und die Beine anzuwinkeln.«

Die junge Frau kam der Bitte ohne Widerstreben nach. Der Arzt führte das Spekulum zwischen ihren Schenkeln ein und entdeckte lediglich streifenförmige oberflächliche Verletzungen an den Vaginalwänden.

»Eine letzte Frage: Hat dieser Kunde, der dich geschlagen hat, ein Kondom benutzt?«

Sie hob den Kopf und drückte die Schenkel zusammen.

»Das ist sehr wichtig, Kesiah.«

Sie schüttelte den Kopf. Genau das hatte er befürchtet. Er zögerte, ehe er fortfuhr, nach Worten ringend.

»Sie sagen mir nicht alles, Doc, oder?«

»Du musst dich ausruhen«, sagte er mit einem offenen Blick in ihre Augen. »Ich werde dir mehrere Medikamente verschreiben. Du gibst diesen Zettel der Krankenschwester. Sie wird dir die Medikamente besorgen, einverstanden?«

Kurzes Nicken. Benjamin hatte den Eindruck, dass sie zu ergründen suchte, worauf er hinauswollte.

»Du musst zunächst einmal unbedingt die Pille danach einnehmen. Du bekommst vielleicht Kopf- oder Bauchweh und hast kleinere Blutungen.«

Er klammerte sich an sein ärztliches Know-how und näherte sich ihr.

»Ich werde dir auch sogenannte antiretrovirale Medikamente verschreiben. Das ist eine vorbeugende Behandlung. In ein paar Tagen wird dir eine Krankenschwester Blut abnehmen, damit wir wissen, ob du diese Medikamente weiterhin nehmen musst. Wenn der Test positiv ausfällt ...«

»Dann heißt das, dass ich Aids habe, nicht wahr?«, unterbrach sie ihn schluchzend.

»Tut ... tut mir leid, Kesiah.«

Eine lebende Tote. Eine von mehr als zehn Millionen HIV-infizierten jungen Afrikanern. Er schrieb eine Reihe von Antibiotika auf das Rezept und öffnete eine Schachtel mit schmerzstillenden Tabletten. Er gab ihr zwei Tamadol und versuchte, sie anzulächeln, aber sein Gesicht verzerrte sich.

Er nahm sich vor, die Psychologin des Lagers zu bitten,

das Mädchen so schnell wie möglich an seinem Bett zu besuchen. Ihre Aufgabe wäre es, ihr Trost zuzusprechen. Das war das einzige Rezept, das er nicht unterschreiben konnte. Er hatte im Übrigen weder die Lust noch die Kraft dazu. Er warf die Handschuhe in den Mülleimer und zog den Vorhang auf.

50

Die Flügel des Ventilators schafften es nur, die feuchte Suppe und die in der Luft schwebenden Staubteilchen durcheinanderzuwirbeln. Das Büro des Missionsleiters von *Médecins Sans Frontières* war so eng wie die Kajüte eines Frachters. Die Wände hingen voller Landkarten, Statistiken, Terminkalender und Diagramme, die den Mauersalpeter und alte Geschosssplitter aus dem letzten Jahr verdeckten.

»Kaffee?«, fragte Jacques, ohne abzuwarten, bis Megan sich hingesetzt hatte.

»Ist er gut?«

»Scheußlich. Er jagt Ihnen Magenkrämpfe ein, die Sie den ganzen Tag wachhalten werden.«

Jacques stand von seinem Schreibtisch auf und goss heißes Wasser in zwei Tassen mit löslichem Kaffee. Megan nahm einen Schluck und verkrampfte sich, als sie das Gebräu hinunterstürzte.

»Sie haben nicht gelogen«, sagte sie, als sie die Tasse wegstellte.

»Das ist einer meiner Vorzüge: Ich kann nicht lügen«, sagte er lächelnd. »Wie lange bleiben Sie?«

»Ich fahre in zwei Tagen zum Tschadsee. Ich soll im Lauf des Abends das Krankenhaus von Baganako erreichen.«

»Wir haben ein Platzproblem. Wir haben kein freies Zimmer, in dem wir Sie heute Abend unterbringen können. Das bedeutet, dass Sie in der Krankenstation schlafen müssen ...«

»Kein Problem. Ich bin das gewohnt.«

Jacques Rougée riss ein Zündholz an und führte es an seine Zigarette, ehe er sich anders besann und es in den Aschenbecher warf, den sein Sohn modelliert hatte.

»Ich versuche aufzuhören«, hob er an. »Mein Sohn hat mich darum gebeten ... genauer gesagt seine Mutter, weil er noch ein wenig zu jung ist, um ganz allein daran gedacht zu haben ...«

Er nahm das Objekt aus Salzteig in die Hand und betrachtete es, als hätte er einen großen Kieselstein gefunden, in dem ein Goldklumpen versteckt ist.

»Ich habe ihm mein Pfadfinder-Ehrenwort gegeben, dass ich mich anstrengen würde, aber wenn man hier nicht irgendetwas hat, woran man sich festhalten kann ...«

»Das habe ich gehört.«

»Bitte verzeihen Sie«, sagte der Einsatzleiter, indem er den Aschenbecher genau an die Stelle zurückstellte, an der er gestanden hatte. »Ich hab das Gefühl, wie einer dieser Drill Sergeants zu sprechen, wissen Sie, die, die man in Kinofilmen sieht und die den Rekruten eine Moralpredigt halten, ehe sie an die Front geschickt werden.«

»Es hat ein bisschen was davon«, räumte Megan lächelnd ein.

Der MSF-Einsatzleiter begleitete sie zur Tür. Im Gang schlief der Fahrer, der sich auf einen Stuhl gelümmelt hatte, mit dem Kopf ganz nahe am Ventilator. Krankenpfleger trugen Kisten mit Medikamenten, die sie am Eingang abstellten.

»Ich kann Ihnen mein Büro überlassen, falls Sie sich ausruhen wollen ...«

»Geht schon, die Fahrt war für mich nicht so ermüdend wie für ihn«, log sie.

»Es ist Zeit für meine Visite, begleiten Sie mich?« Ein spöttisches Lächeln trat auf seine Lippen. »Das wird Ihnen einen Vorgeschmack auf das geben, was Sie erwartet.«

51

Der Schock war heftig, viel stärker, als sie es sich vorgestellt hatte. Und während der ersten zehn Minuten fragte sich Megan, ob es nicht der größte Fehler ihres Lebens gewesen war, nach Afrika zu kommen.

Als sie die Kinderstation betrat, schien es ihr, als wäre sie hier fehl am Platz. Sie fühlte sich sofort hilflos und inkompetent, zu schwach, um diese Prüfung zu bestehen. Die vier wackligen Zwischenwände, die das Dach aus Metallschrott mehr schlecht als recht trugen, begrenzten einen Raum, der etwa dreißig Betten und zwanzig Matratzen beherbergte. Drei Krankenschwestern waren dort zugange und versorgten kleine Kinder, die auf den Matratzen lagen. Wobei »Kinder« eigentlich ein unzutreffendes, beschönigendes Wort für diese hüstelnden kleinen Skelette mit fieberglänzenden Augen war, die wie in einem Sammelgrab nebeneinanderlagen. Knochen und etwas verdorrtes Fleisch, fast

Biltong – Trockenfleisch –, so gegerbt war die Haut von Wassermangel und Wüstenhitze. Der Hunger hatte ihre Stirn faltig gemacht und einen regelrechten Krater in Höhe des Brustbeins gegraben. Écorché-Figuren. Wandelnde anatomische Bildtafeln.

Sie hatten ihre Blicke auf Megan geheftet, beobachteten ganz genau ihre Reaktionen, als wüssten sie um ihr abstoßendes Aussehen, um die Traurigkeit, die sie einflößten. Die Krankenschwester bot dieser Armee kleiner Phantome, die bereits fast aus der Welt der Lebenden gelöscht waren, die Stirn. Sie hielt ihren Blicken stand und wurde nicht schwach. Nie hatte sie einen greifbareren Schrecken, eine himmelschreiendere Ungerechtigkeit gesehen.

Sie hatte Verärgerung und auch Zorn gespürt, als sie über dem Mäuerchen des Friedhofs, auf dem ihre Tochter beerdigt worden war, auf einem Poster die Schwarz-weiß-Aufnahme eines kleinen afrikanischen Kindes gesehen hatte, das in den Armen seiner Mutter gestorben war. Sie erinnerte sich an die kalte Wut, die sie bei dem Gedanken überkommen hatte, dass die Einwohner dieser Stadt, ja die ganze Welt, Zeugen des Leidens dieser Frau gewesen waren, während niemand etwas von ihrem Kummer mitbekam.

Aber in diesem engen Raum starrten sie keine zweidimensionalen Fotos an; diese ausgemergelten Gestalten erwarteten kein Mitleid; sie begnügten sich damit, einfach da zu sein, gleich weit vom Leben und vom Tod entfernt, so zierlich, dass Megan befürchtete, schon ein Luftzug könne sie zu Staub zerfallen lassen und sie in die Sandwüste, die sich am Horizont abzeichnete, fortwehen.

»Megan? Alles in Ordnung?«

Während sie mit einer Hand das Jo-Jo in ihrer Hosentasche umklammerte, nickte sie, fühlte sich aber noch zu schwach, um zu sprechen. Jacques ging langsam durch die Reihen.

»Nach Auskunft des Roten Kreuzes sind diese Kinder mit ihren Eltern aus dem Niger geflohen«, sagte er. »Diese Familien wurden von Fulbe aus der Region Tahoua verjagt. Sie haben nördlich von Sokoto die Grenze nach Nigeria überquert und sind anschließend entlang der Grenze bis nach Nguru gezogen. Dort hat das Rote Kreuz sie aufgegabelt.« Er hielt inne. »Wissen Sie, als ich zum ersten Mal ...«, hob er an, während er versuchte, die richtigen Worte zu finden. »Als ich zum ersten Mal eines dieser Kinder im Fernsehen sah, hielt ich es für ein Kinomonster, für einen Alien. Ich war vielleicht elf oder zwölf Jahre alt, und dieses Kind war gut fünf Jahre jünger, aber es wirkte auf eigenartige Weise älter, als hätte es schon ein ganzes Leben hinter sich ... Am Tag nach der Ausstrahlung hat unsere Lehrerin eine große Reissammlung organisiert, um diesen Kindern Reis zu schicken. Ich habe sechs Kilo in die Schule mitgenommen, so viel, wie ich tragen konnte, weil ich wollte, dass sich sein Aussehen verändert, verstehen Sie? Ich wollte, dass es wieder ein Mensch wird ...«

Er wandte seinen Blick von den Schatten ab, die auf den Matratzen lagen, und richtete ihn auf einen fernen Ort, den nur er sehen konnte.

»Erst als ich für *Médecins Sans Frontières* zu arbeiten begann, wurde mir klar, dass sie nie genug Wasser gehabt haben, um den gespendeten Reis zuzubereiten ...«

»Nicht genug Wasser«, wiederholte er, ohne etwas hinzuzufügen, und überließ es Megan, die Moral, die man dieser Anekdote entnehmen konnte, selbst zu interpretieren.

Irgendetwas zog Jacques' Blick auf sich – eine junge Frau, deren Gesicht von Blutergüssen ganz blau war und die neben einem Baby saß. Er schüttelte den Kopf, als wäre ihm ein Gespenst begegnet, und ging weiter. Aber er machte nur ein paar Schritte, ehe er stehen blieb.

52

Benjamin hatte in weniger als einer halben Stunde vier Patienten untersucht. Ein Arbeitsrhythmus, den er die folgenden zwölf Stunden durchhalten musste. Ein zu den Mambila gehörendes Paar aus Kamerun litt an Dehydrierung, der Knöchel eines Jugendlichen zeigte erste Anzeichen von Wundbrand, und ein dreizehnjähriges Mädchen wies alle Symptome einer extrapulmonalen Tuberkulose auf.

Benjamin wartete, bis seine letzte Patientin das Behandlungszimmer verlassen hatte, ehe er eine kleine Phiole aus Rauchglas aus der Tasche zog. Er nahm das Löffelchen aus Blech in die Hand, gab ein bisschen weißes Pulver darauf und hielt sich das linke Nasenloch zu. Er wiederholte die Geste. Das Kokain verbrannte ihm die Nasennebenhöhlen, ohne ihm die geringste Linderung zu verschaffen. Die Euphorie, die ihn überkam, dauerte nur eine Minute, vielleicht weniger. Er schloss die Augen in der Hoffnung, die Wirkung des Stoffs würde länger anhalten. Aber es geschah nichts.

»Doktor?«

Eine Krankenschwester steckte den Kopf durch die Tür des Behandlungszimmers und kam auch schon herein, die

Arme beladen mit Rollen sterilen Papiers. In ihrer rechten Hand hielt sie eine mit bunten Perlen bestickte kleine Handtasche aus Stoff.

»Nehmen Sie das! Ich hab sie im Gang gefunden.«

Benjamin machte die Tasche auf; er suchte, ohne große Hoffnung, nach Ausweispapieren. Er legte ein Päckchen Taschentücher, Kondomverpackungen, ein zusammengeknülltes Foto und eine ebenfalls mit Perlen bestickte Brieftasche auf den Tisch. Im Innern befanden sich einige Geldscheine und ein Pass.

»Kesiah Felidi«, las er mit lauter Stimme. »Ich weiß, wer das ist. Sie finden sie auf der Aufwachstation.«

Er übergab die Tasche der Krankenschwester. Er griff mechanisch nach dem Foto auf dem Tisch und sah das Gesicht eines Mannes, das einen unangenehmen Eindruck in ihm weckte. Er entfaltete das Foto, und der Eindruck wurde noch stärker, als er das Paar erkannte, das vor dem Objektiv posierte.

Getrocknete Blutschlieren verkrusteten das Foto, aber Benjamin achtete nicht weiter darauf. Er hatte nur Augen für Yaru Aduasanbi und Naïs. Er atmete schwer.

»Doktor? Alles in Ordnung?«

Er nickte, lehnte sich gegen den Tisch und atmete langsam ein. Nach der Befreiung aus der Gewalt seiner Entführer hatte er geglaubt, die Erinnerung an die Angst und die im Dschungel verbrachten Nächte rasch hinter sich lassen zu können. Sechs Monate lang hatte er Albträume gehabt, in denen ihn die Phantome des Deltas verfolgt hatten. Dann hatten die Panikattacken aufgehört. Nach nicht einmal einer Woche war er zu einem neuen Feldeinsatz aufgebrochen. Aber seit etwa einem Monat waren die Symptome wieder da und störten seine Nachtruhe. Selbst das Kokain linderte seine Träume nicht mehr.

»Ich kümmere mich darum«, sagte er und nahm die Tasche aus den Händen der Krankenschwester. Er verließ das Sprechzimmer und durchquerte die Krankenstation. Seine Kollegen riefen ihm etwas zu, aber er hörte sie nicht. Die Stimmen, das Weinen, der Heidenlärm, der von draußen ertönte, das unaufhörliche Kommen und Gehen der Kolonnen von Land Rovern und Lkws von MSF – keines dieser Geräusche erreichte ihn. Er ging zwischen den Betten hindurch und überprüfte die Namen auf den Clipboards.

»Wo ist sie?«, fragte er einen Krankenpfleger.

»Wer?«

»Die junge Frau, die in diesem verdammten Bett liegen sollte!«, regte er sich auf und zeigte mit dem Finger auf das leere Bett.

Der Krankenpfleger zuckte mit den Schultern.

»Keine Ahnung, Doktor.«

53

»Guten Tag, ich bin Jacques Rougée, der Leiter dieser Station. Wie heißen Sie?«

Die junge Frau starrte ihn mit weit aufgerissenen Augen an, als wäre sie bei einem Verbrechen ertappt worden.

»Kesiah.«

»Entschuldigen Sie meine Neugier, aber ich habe den Eindruck, Ihre Tochter schon einmal gesehen zu haben ... Es ist absurd, ich weiß, aber ...«

»Meine Tochter?«

Jacques öffnete den Mund, seinerseits überrumpelt, und runzelte die Stirn.

»Sie sind nicht die Mutter dieses Kindes?«

»Nein ... Aber ich ...«

Sie suchte nach Worten, während sie aufstand.

»Was machen Sie dann hier?«

Kesiah warf einen Blick in Richtung der Flügeltüren und wich zurück. Jacques versuchte, sie zu beruhigen.

»Ich will bloß wissen, ob Sie dieses Kind kennen.«

Die junge Frau antwortete nicht; der Gedanke, dass sie die Aufmerksamkeit des medizinischen Personals auf sich ziehen könnte, versetzte sie in panische Angst. Jacques wurde ungeduldig und rief einen Krankenpfleger.

»Schön, wir werden nicht den ganzen Tag damit verbringen. Bring sie raus.« Dann wandte er sich an alle: »Und in Zukunft sorgt bitte dafür, dass nur die Eltern hier reinkommen.«

Er wartete, bis Kesiah nach draußen geführt worden war, und setzte sich neben das kleine Mädchen. Megan sah ihn an, ohne sein Verhalten zu verstehen. Auch das Kind sah ihn an, und seine tiefschwarzen Augen schienen den Arzt auszuforschen.

»Das ist unmöglich ...«, flüsterte er.

54

»Du musst diese Patientin für mich finden«, sagte Benjamin. »Sie heißt Kesiah. Hast du's dir eingeprägt?«

»Kesiah«, wiederholte der Neuling.

Sein pausbäckiges Gesicht war an den Stellen, wo er gerieben hatte, um das Gekritzel zu entfernen, von roten Flecken überzogen. Er starrte seinen Vorgesetzten an.

»Sind Sie sicher, dass alles in Ordnung ist?«, fragte er.

»Ja, ein Anfall von Müdigkeit. In einigen Minuten wird es mir besser gehen.« Benjamin fuhr sich mit der Hand übers Gesicht und atmete ein. »Such diese Frau, das ist alles, worum ich dich bitte.«

Er trat aus der Krankenstation ins Freie und zündete sich hektisch eine Zigarette an. Am Horizont hatten die glühend heißen Winde des Sahel begonnen, über die Wüstenebenen zu wehen und riesige Säulen Staub und dürres Gras aufzuwirbeln. Eine Gruppe von Frauen hängte Tücher auf Ästen auf, die in den Boden gerammt worden waren, und schuf etwas Schatten, um sich vor der sengenden Sonne zu schützen.

Sobald der Schweiß über seinen Hals und seine Schläfen perlte, stürzten sich Dutzende von Fliegen auf Benjamin und umschwirrten ihn. Er ließ sie über seine Haut krabbeln. Es war zwecklos, sie zu verjagen.

Er begriff nicht recht, warum der Anblick dieses Fotos ihn derart verwirrt hatte. Er brachte es unwillkürlich mit der Gestalt in Verbindung, die er in der Nähe von Pater David gesehen hatte. Er ärgerte sich über sich selbst. Er verlor die Kontrolle über seine Gedanken.

Nach dem, was in den Zeitungen stand, versteckte sich Yaru Aduasanbi im Dschungel Hunderte Kilometer entfernt. Was sollte er hier tun? In einem Lager, das von der nigerianischen Armee überwacht wurde? Absurd.

Über die Meldungen der französischen Presseagentur AFP hatte er den Schlag gegen die MEND und die Flucht von Henry Okah bis zu seiner Festnahme in Angola aufmerksam verfolgt. Auch Umaru Atocha war von den Behörden verhaftet worden. Nur Aduasanbi war dem Netz entgangen. Journalisten behaupteten, er sei, lange bevor die Polizei die Gruppe zerschlagen habe, als Befehlshaber kaltgestellt worden. Diesen Quellen zufolge soll Henry Okah ihn für das Blutbad in der »Nacht der Macheten« verantwortlich gemacht und wahrscheinlich seine Ermordung in Auftrag gegeben haben. Die Polizei hatte diese Gerüchte dementiert und Zeugen dazu aufgerufen, sich zu melden. Nirgends war Naïs erwähnt worden.

Die beißende Hitze zwang ihn dazu, wieder hineinzugehen. Aber er machte nur ein paar Schritte, ehe er stehen blieb. Eine ungewöhnliche Stille herrschte in den Räumlichkeiten von MSF. Er bemerkte, dass seine Kollegen um ihn herum erstarrt waren. Ihre Blicke waren auf den Gang gerichtet, der zum Ruheraum führte.

»Was ist los?«, flüsterte er.

Ein Krankenpfleger bedeutete ihm zu schweigen. Er hatte noch den Finger auf seinen Lippen, als das Geschrei wieder einsetzte. Benjamin reagierte als Erster. Er ging in den Flur hinein, gefolgt von zwei Notärzten. Sie waren weniger als drei Meter von der Tür entfernt, als diese jäh aufsprang.

Er blieb stehen, als er eine Gestalt, deren Gesicht hinter einem Mundschutz verborgen war, aus dem Ruheraum herauskommen sah. Der Mann zeigte mit einem Skalpell in ihre Richtung und zwang sie dazu zurückzuweichen. Die Gestalt kehrte in das Zimmer zurück und zerrte eine junge Frau am Handgelenk heraus. Die Spitze des Skalpells an ihre Kehle drückend, zwang er sie, voranzugehen.

»Aus dem Weg!«, befahl Benjamin, bevor er die Krankenschwestern zurückstieß, die sich neugierig vordrängten.

Der Mann ging vorsichtig durch den Gang, die Geisel gegen seine Brust gedrückt, den Arm um ihre Kehle. Das weiße Licht der Neonröhren im Ruheraum beleuchtete sie von hinten, und ihre Schatten wurden auf dem Boden immer länger, je näher sie dem Ausgang kamen.

Benjamin fing den Blick der jungen Frau auf, als sie an ihm vorbeigingen, und erkannte Kesiah. Er bemerkte Blut auf ihrer Kleidung und Blutspuren hinter ihr. Als der Mann die Tür öffnete, flutete gleißendes Licht in den Raum, und eine Hitzewelle schlug ins Innere der Krankenstation. Die Tür schloss sich hinter ihnen.

Benjamin blinzelte, um sich erneut an das Halbdunkel zu gewöhnen. In diesem Moment erblickte er den Körper am Ende des Gangs. Im Türrahmen badeten die Füße eines Mannes in einer dunklen Lache.

55

Das Mädchen im Bett starrte die Krankenschwester und den Arzt an, dann wandte es seine Aufmerksamkeit einem anderen kleinen Mädchen zu, das mit dem Zipfel eines Stofffetzens spielte.

»Kennen Sie dieses Kind?«, fragte Megan.

»Ich glaube schon«, antwortete Jacques. »Aber das ist unmöglich, es ist kaum gewachsen.«

»Es leidet an Unterernährung, das könnte erklären, weshalb es sich kaum verändert hat.«

Megan strich über die rituellen Ziernarben um den Nabel, um zu überprüfen, ob sich die geheimnisvollen Symbole, die in die Haut eingeritzt worden waren, infiziert hatten. Sie überflog die Aufnahmeakte.

»Aurora.«

»Nein, sie heißt Naïs.«

Als das Mädchen seinen Vornamen hörte, wandte es Jacques den Kopf zu. Der Arzt nahm zärtlich seine Hand.

»Was machst du hier, kleiner Engel?«

Naïs stieß nur ein Brabbeln aus und drückte Jacques' Finger.

»Wer hat sie hierhergebracht?«, rief er über die Schulter.

Ein junger Arzt hob die Hand.

»Ich. Das Mädchen und sein Vater sind mit der Gruppe der Flüchtlinge angekommen, die das Rote Kreuz an der Grenze aufgelesen hat.«

»Sein Vater?«

»Ja, er hat das Anmeldeformular ausgefüllt.«

Jacques überlegte, was das zu bedeuten hatte.

»Dieses Kind wurde entführt. Wir müssen sofort die Polizei verständigen.«

»Ich kümmere mich darum«, sagte eine Pflegerin.

»Wenn Sie Doktor Dufrais sehen, sagen Sie ihm, er soll sofort zu mir kommen.« Er wandte sich dem jungen Arzt zu. »Sind dir irgendwelche merkwürdigen Symptome an ihr aufgefallen, seitdem sie hier ist?«

»Nein, sie litt an Oligurie und Dehydrierung. Wir verabreichen ihr zur Vorbeugung Plumpy'Nut.«

»Sonst nichts?«

»Nein. Ehrlich gesagt, andere Kinder waren schlechter dran als sie. Wieso?«

Jacques behielt das, was er über Naïs wusste, lieber für sich. Jetzt, wo er sie in aller Ruhe beobachten konnte, musste er einfach nach einem sichtbaren Symptom ihrer Krankheit suchen. Er erinnerte sich an die Worte Yaru Aduasanbis und an den irrsinnigen Preis, zu dem dieser das Mädchen verkaufen wollte.

Selbst nach seiner Rückkehr nach Paris hatte er nicht aufgehört, daran zu denken. Er hatte zahlreiche medizinische Fachzeitschriften durchstöbert, auf der Suche nach einem Anhaltspunkt, einer Spur, die das aberwitzige Interesse an Naïs erklären könnte. Er hatte geglaubt, sich der Wahrheit zu nähern, als er einen Artikel über das Gen Apobec3 gelesen hatte. Nach den Forschungen der Abteilung für Immunologie des Gladstone Institute produzierte dieses Gen Antikörper, die in der Lage sind, Retroviren zu bekämpfen. Die Wissenschaftler hatten bereits nachgewiesen, dass zwei Prozent der Europäer aufgrund einer Mutation im Gen CCR5 gegen HIV-1 immun sind. Seines Wissens war keine dieser Genmutationen in Afrika beobachtet worden. Jacques hatte die Möglichkeit in Betracht gezogen, dass Naïs die erste »Mutantin« des Schwarzen Kontinents war. Die Tatsache, dass sie ein Mischling war, hätte die Vererbung erklären können.

Er hatte seine Hypothese einem Genetiker am Pariser Institut Cochin mitgeteilt. Der Mann hatte bezweifelt, dass ein Pharmakonzern eine solche gigantische Summe bezahlen würde, auch wenn er einräumte, dass der Wille, den

Wettlauf um einen Aids-Impfstoff für sich zu entscheiden, zu Auswüchsen führen könnte.

»Ich will, dass sie überwacht wird«, ordnete er an. »Niemand darf sich ihr nähern. Vor allem nicht der Mann, der behauptet, ihr Vater zu sein.«

Er wollte noch ein paar Worte hinzufügen, aber er kam nicht mehr dazu. Sein Lächeln erstarb. Ein Ausdruck fast kindlicher Verblüffung entstellte sein Gesicht. Seine weit aufgerissenen Augen fixierten etwas hinter Megan.

Sie wandte sich um und bemerkte die Spannung, die in den anderen Räumen der Krankenstation herrschte. Als Megan die Oberschwester sah, die mit blutverschmiertem Kittel auf sie zugelaufen kam, spürte sie, wie das Adrenalin ihren Körper erhitzte.

»Er ... er ist verletzt«, schrie die Krankenschwester außer Atem.

»Wer?«

»Kommen Sie, bitte«, flehte sie und zog Jacques am Ärmel. Er packte sie an der Schulter.

»Wer? Herrgott noch mal, wer?«

»Der junge Doktor ...« Sie schluckte und sog so viel Luft ein, wie sie nur konnte. »Er wurde niedergestochen.«

56

Mit den Zähnen riss Benjamin ein Päckchen sterile Kompressen auf. Das Blut brodelte zwischen seinen Fingern, warm und zähflüssig. Der kupferartige Geruch brannte ihm in den Lungen. Die Wunde am Hals war tief, die Halsschlagader war verletzt. Drei weitere Verletzungen am Brustkorb, glatte Schnittwunden, die beinahe unsichtbar gewesen wären, wenn da nicht das ganze Blut herausgequollen wäre. Er legte eine Sauerstoffmaske auf das Gesicht des jungen Arztes und überprüfte den Blutdruckmesser. Der Blutdruck war im freien Fall.

»Bereiten Sie den OP vor!«

Drei seiner Kollegen stürzten in dem Moment aus dem Zimmer, als ihm eine Krankenschwester Frischblutkonserven brachte.

»Was ... Was soll ich damit machen, Doktor?«

»Einer von euch kümmert sich um die Transfusion!«

Jacques bahnte sich einen Weg in den Ruheraum und kniete sich neben dem Neuling nieder. Er bedeutete den beiden anderen Ärzten, Platz zu machen.

»Das reicht, ich übernehme.«

Megan, hinter ihm, nahm einen Beutel mit Erythrozytenkonzentrat aus den Händen der Krankenschwester und befestigte ihn am Schlauch des Transfusionsbestecks. Ihre Gesten waren präzise, zielgerichtet.

»Was ist mit seiner Blutgruppe?«, fragte sie.

»Das bringt nichts. Wir haben keine Zeit dafür«, antwortete Benjamin.

Jacques ertastete die Venen in der Armbeuge.

»Nadel.«

Er stach die Nadel hinein und fixierte den Schlauch, der mit der Blutkonserve verbunden war. Benjamin öffnete ein neues Päckchen mit Kompressen.

»Ich brauch eine Krankentrage!« An Jacques gewandt, sagte er: »Er wird abkratzen, wenn wir ihn nicht sofort operieren.«

Die Atmung des Assistenzarztes beschleunigte sich; trotz der Sauerstoffmaske wurde sie unregelmäßig, pfeifend. Jacques sah auf den Blutdruckmesser.

»Wir infundieren ihm zu viel Blut. Er wird ein Lungenödem entwickeln.«

Plötzlich begannen die Augen des jungen Arztes zu flattern, ehe er sie verdrehte. Ein immer stärker werdendes Zittern ging von seinem Magen aus. Sein Brustbein sank ein. Seine Halsmuskeln zogen sich zusammen. Er wölbte die Brust bogenförmig hoch.

»Er hat Krämpfe ... Wir werden ihn verlieren! Zehn Milligramm Lorazepam.«

»Lorazepam, schnell!«, schrie Megan, während sie den Mann zu Boden drückte.

Sie spürte die Knochen, die gegeneinanderstießen, sie hörte Schluchzen, die hastigen Schritte der Krankenschwestern, die Verwirrung.

»Halten Sie ihn stärker fest.«

»Ich werde ihm das Schlüsselbein brechen!«

»Das ist besser, als ihn sterben zu lassen!«

Sie drückte fester auf den Oberkörper und schloss die Augen, als sie ganz deutlich spürte, wie das Schlüsselbein unter ihren Fingern brach. Der Verletzte öffnete den Mund, aber das war kein Schrei, der da herauskam. Vielmehr erinnerte das Geräusch, das ihm entfuhr, an das Wimmern eines kleinen Tiers.

Die Lorazepam-Injektion wirkte quasi sofort. Der Körper fiel flach auf den Rücken, und die Krämpfe ließen nach. Der Lebensfunke in den Augen des jungen Arztes leuchtete stärker.

»Wo bleibt die verdammte Trage?«, schrie Benjamin.

Indian Summer

»Das Ende aller Weisheit ist, hoch genug zu träumen,
dass man auf der Suche danach den Traum nicht verliert.«
William Faulkner, *Sartoris*

57

Von der Decke ergoss sich ein Schauer grauen Lichts, in dem Nachtfalter tanzten. In der umgekehrten Richtung stieg Zigarettenrauch in großen, trägen Wirbeln nach oben.

In diesem stickigen Raum hatten sich fast sämtliche Mitarbeiter von *Médecins Sans Frontières* versammelt. Wie sie da so dicht zusammengedrängt standen, glichen sie den Überlebenden einer Katastrophe. Alle spähten ins Büro von Jacques Rougée und spitzten die Ohren, um aufzuschnappen, was dort geredet wurde, aber die Zwischenwände verschluckten die Stimmen. Ärzte, Krankenpfleger und -schwestern, alle zusammengeschweißt in ihrer Hilflosigkeit, sie alle suchten in den Augen ihres jeweiligen Nachbarn Trost, sahen darin aber nur das Spiegelbild ihrer eigenen Fassungslosigkeit.

Megan erblickte Doktor Dufrais, der sich mit den Ellbogen einen Weg ins Büro bahnte. Er blieb auf ihrer Höhe stehen, als die Tür aufging. Der Leiter der Mission trat hinter dem Anführer der Lagermiliz ein paar Schritte in den Raum hinein und ließ seinen Blick über die Versammlung gleiten. Der Kommissar der Kripo von Damasak marschierte am Ende der Reihe.

»Ich danke Ihnen, dass Sie sich hier versammelt haben …«, sagte Jacques und senkte den Kopf. »Wie Sie bestimmt wissen, wurde einer unserer Assistenzärzte schwer verletzt.«

Ein betroffenes Murmeln erhob sich und verstummte, als der Chefarzt aufsah.

»Gegenwärtig ist sein Zustand stabil, aber er bleibt besorgniserregend. Er hat gegen einundzwanzig Uhr das Bewusstsein wiedererlangt, doch das Morphium und die Folgen des Traumas haben eine teilweise Amnesie hervorgerufen. Bis jetzt hat er uns nichts zu dem Überfall auf ihn sagen können. Ich habe gerade mit Paris telefoniert, und wir haben beschlossen, ihn unverzüglich nach Frankreich auszufliegen.«

Ein erneutes Murmeln, diesmal ein zustimmendes, erhob sich von der Menge.

»Aber das wird die einzige Rückführung bleiben«, fügte er hinzu. »Wir haben mit den örtlichen Behörden diskutiert, und wir sind zu dem Schluss gekommen, dass es sich um einen isolierten Vorfall handelt, der unsere Arbeit hier nicht infrage stellt.«

»Warum haben Sie uns nicht nach unserer Meinung gefragt?«, meldete sich einer der Krankenpfleger in der vordersten Reihe zu Wort.

»Das hat jetzt keine Priorität«, antwortete Jacques frostig. »Jetzt geht es zuerst einmal darum, dass unser Kollege durchkommt.«

Benjamin kannte Jacques gut genug, um zu wissen, wann die Gefahr bestand, dass er vor Ärger und Wut außer sich geriet – er hatte diese eigentümliche Art, mit zusammengebissenen Zähnen zu atmen, wie wenn die Luft allzu schneidend wäre.

Doch der von seinen Kollegen ermutigte Krankenpfleger legte nach: »Und der Täter? Wo ist er?«

»Im Moment wissen wir noch nicht, wer der Angreifer war ...«

»Das heißt also, dass er noch immer auf freiem Fuß ist?

Dass er zurückkommen kann?«, fuhr eine Krankenschwester fort.

Der Chef der Miliz ergriff das Wort und breitete die Arme in einer gekünstelten, gespreizten Weise aus.

»Machen Sie sich keine Sorgen, meine Männer und ich, wir werden ihn finden«, beteuerte er.

Georges lachte hämisch und fuhr ihn an, ohne seine Verachtung zu verhehlen.

»Und wie? Indem Sie mit Ihren Ärschen auf Ihren Stühlen kleben, wie Sie es so gut können?«

Der Chef der Miliz wich auf linkische Weise zurück. Er warf einen Blick zum Ausgang, und in seinen Augen leuchtete die Lust, mit gesenktem Kopf ins Freie zu stürmen. Megan spürte förmlich, wie elektrische Funken in der Menge knisterten.

»Und die Polizei hat nichts?«, schrie eine Stimme über den Tumult hinweg. »Keine Spur?«

Der Kommissar trat einen Schritt vor und zeigte sich in keiner Weise von der kleinen Menge beeindruckt, die sich vor ihm drängte. Er zündete sich in aller Ruhe eine Zigarette an und ließ seinen Blick über die Versammelten schweifen.

»Wir wissen im Moment nur ...«, sagte er und klappte den Verschluss des Feuerzeugs zu, »... dass ein etwa dreißigjähriger Mann von schwarzer Hautfarbe eine Patientin überfallen hat, die heute Morgen aufgenommen wurde. Ihr Kollege ist dazwischengetreten und hat ordentlich was abbekommen.«

Die Plattitüden, die der Kommissar von sich gab, wurden mit Pfiffen und Buhrufen quittiert.

»Vier Messerstiche – das nennen Sie ›ordentlich was abbekommen‹?«, rief jemand von hinten.

»›Ein etwa dreißigjähriger Mann von schwarzer Hautfarbe‹, ist das Ihre Täterbeschreibung? Wollen Sie uns verarschen?«

»Meine Männer befragen weiterhin Zeugen«, fuhr der Polizist fort. »Wir hoffen, bis morgen früh ein Phantombild zu haben.«

»Und die Patientin?«, fragte der Krankenpfleger in der vordersten Reihe. »Wissen Sie, was mit ihr passiert ist?«

Der Kommissar ließ seine Zigarette fallen und trat sie mit dem Fuß aus.

»Nein, wir haben ihre Leiche noch nicht gefunden.«

58

Benjamin klopfte an die Tür des Büros. Keine Reaktion. Er blieb eine Zeit lang davor stehen, ehe er beschloss, sie aufzumachen.

»Jacques?«

Er entdeckte die Silhouette des Einsatzleiters von MSF. Sein Gesicht lag im Dunkeln, doch betrachtete er offenbar das Lager. Jacques zog eine Schachtel Zigaretten aus seiner Tasche und schien zu zögern, ehe er sich eine ansteckte.

»Nicht wirklich der Moment, um aufzuhören …«, sagte Benjamin und kam leise näher.

Jacques wandte, gedankenverloren, den Kopf in seine Richtung, und einen kurzen Moment lang schien er ihn nicht zu erkennen. Er lächelte Benjamin matt an und stand auf. Er öffnete den kleinen Kühlschrank, auf dem ein Aktenstoß lag, und hielt Benjamin, der gegenüber einer Reproduktion des Bildes »Monochrome bleu« von Yves Klein Platz nahm, ein Bier hin.

»Weißt du«, sagte Jacques, dessen Gesicht vom orangerosa Licht des Kühlschranks erhellt wurde, »ich glaube nicht, dass ich das noch durchstehen kann. Ich kann dieser Welt nicht mehr die Stirn bieten.« Jacques setzte sich auf einen Stuhl in der Nähe des Fensters und wartete, bis die Wörter dem Rhythmus seiner Gedanken folgten. »Alles verändert sich, Ben. Aber ich, ich passe mich nicht mehr so schnell an wie früher. Ich bin in einem Alter, in dem ich immer ein bisschen hinterherhinken werde, wie sehr ich mich auch anstrenge.«

Einen Moment lang schwiegen sie. In diesem Büro waren sie geschützt vor der Vergangenheit und vor dieser Zukunft, die, kaum dass sie vor die Tür treten würden, auf sie herabstürzen und deren Folgen sie erdrücken würden.

»Danke«, sagte Jacques schließlich.

»Danke wofür?«

»Dass du hergekommen bist.« Er seufzte und verjagte die schwarzen Wolken, die sein Bewusstsein verdüsterten. »Dieses Mädchen ...«

»Kesiah?«

»Ja. Hast du eine Idee, wer sie entführen wollte?«

»Sie ist Prostituierte. Vielleicht wollte ihr Zuhälter sie zurückhaben. Aber da ist noch etwas anderes«, sagte Benjamin, während er seine Zigarette ausdrückte. »Kesiah hatte dieses Foto in ihrer Tasche.«

Er legte das Bild von Yaru Aduasanbi auf den Tisch und schob es Jacques zu.

»Wenn ich dir sagen würde, dass ich sie heute gesehen habe ...«

»Was?«

»Ich bin mir sicher.«

Sein Zeigefinger tippte auf das Porträt von Naïs.

»Machst du Witze?«

»Ganz und gar nicht. Ich wollte dich gerade rufen lassen, als man mir sagte, der Neue sei niedergestochen worden.«

»Wo ist sie? Immer noch in der Krankenstation?«

Jacques machte eine Faust und blies darauf.

»Ausgeflogen«, sagte er und öffnete die Hand. »Ich habe angeordnet, sie zu überwachen. Aber in dem anschließenden Durcheinander hatte derjenige, der sich als ihr Vater ausgab, genügend Zeit, um sie zu holen.«

»Yaru Aduasanbi?«

»Was weiß ich? Ich bin Arzt, kein Detektiv.«

»Hast du das den Polizisten gesagt?«

»Ja. Und sie haben das Ministerium verständigt. Einer unserer alten Bekannten wird kommen und die Sache aufklären.«

»Wer?«

Jacques zündete sich eine Zigarette an und trank sein Bier aus.

»Forman Stona. Unser Schutzengel.«

Vor der Krankenstation von *Médecins Sans Frontières* schoben zwei junge Polizisten in Uniform Wache. Die beiden Wachposten standen im fahlen Licht und spähten in die Finsternis, die sich genau dort wie eine Mauer erhob, wo das Licht schwächer wurde.

»Können Sie nicht einschlafen?«

»Man kann nichts vor Ihnen verbergen«, antwortete Megan lächelnd.

»Ein gutes Gespür zu haben, gehört zu unserem Job«, sagte der zweite Polizist und zog an dem Joint, den sie sich teilten.

»Ist das während des Dienstes erlaubt?«, sagte sie mit einer ironischen Spitze. Der Polizist lächelte und blies auf den Joint, den er zwischen Mittelfinger und Daumen eingeklemmt hatte; die Spitze knisterte, und einige Funken lösten sich ab und erloschen in der Dunkelheit.

»Wollen Sie auch mal?«, fragte er und hielt ihr den Joint hin.

Megan nickte und pickte ihm den Joint aus den Fingern. Der Geschmack des Cannabis in Mund und Hals linderte ihre Ängste ein wenig.

»Was für ein verdammt langer Tag«, sagte der erste Polizist und setzte sich auf das Trittbrett eines Lkws.

Megan stimmte dem innerlich zu und ging vor bis zur Grenze zwischen Licht und Dunkelheit. Sie blieb einen Schritt vor der Finsternis stehen.

»Haben Sie die Befragung der Zeugen schon beendet?«, fragte sie.

»Nein, aber wir lassen ihnen Zeit, sich zu erholen«, antwortete der Polizist. Er deutete mit dem Kopf auf die Krankenstation. »Ich glaube, sie haben für heute genug gesehen.«

Der zweite Polizist näherte sich Megan und stellte sich neben sie; beide betrachteten das schlafende Lager.

»Arbeiten Sie schon lange hier?«

»Ich bin heute Morgen angekommen«, sagte sie, worauf sie den Joint an ihn weiterreichte.

»Was? Heute Morgen?«

Er lachte laut auf, und der Widerhall des Geräuschs blieb wie an unsichtbaren Fäden zwischen ihnen hängen. Sie kramte in ihren Taschen und fischte eine Zigarette aus ihrer Schachtel. Das zweite Mitglied des Duos hielt ihr sein Feuerzeug hin.

»Kommt Ihr Kollege durch?«

»Seine Vitalfunktionen sind schwach, aber er hat eine Chance, ja.«

»Schlimme Sache ...«, murmelte der Sergeant. »Er verlässt seine Heimat, wo er alles hat, was er will, und er kommt hierher, an den Arsch der Welt, um den Armen zu helfen. Er kommt, um Gutes zu tun, und ein Mistkerl hat nichts Besseres zu tun, als ihn niederzustechen.«

»Ja, das ist wirklich schlimm«, bekräftigte der zweite Polizist. »Dieses Land geht den Bach runter.«

»Nicht nur dieses Land«, seufzte Megan. »Vor zwei Jahren hatte ich in Chicago einen Patienten, der am helllichten Tag auf der Terrasse einer Bar totgeprügelt wurde. Und wissen Sie, warum? Weil er keine Zigarette rausrücken wollte.«

»Im Ernst? Wegen einer Kippe?«

»Ja, umgebracht wegen einer Zigarette«, sagte sie und betrachtete starr den glühenden Stummel, den sie zwischen ihren Fingern hielt.

Sie schwiegen und lauschten dem Summen der Insekten. Ein Rascheln in der Dunkelheit, irgendwo rechts von ihnen, zog die Aufmerksamkeit von Megan auf sich. Sie spähte nach dem, was sich bewegt hatte, und ihr Herz hüpfte in ihrer Brust, als sie, etwa zwanzig Meter entfernt, einen weißen Mann mit afrikanischen Gesichtszügen erblickte.

Der Albino starrte sie an und verschwand in dem Moment, in dem eine Schar von zerzausten, dreckigen Straßenkindern aus der Nacht auftauchte. Es waren etwa zehn Herumtreiber, in Lumpen gekleidet und barfuß, die sich zwischen den Zelten und den baufälligen Blechhütten, in denen Familien schliefen, hindurchschlängelten. Das Klirren der langen Messer, die an ihren Hüften baumelten und die sich wie die unheilvollen Glöckchen uralter Voodoo-Rituale anhörten, kündigte schon von fern ihr Kommen an.

Der Polizist neben Megan atmete langsamer. Seine Hand umfasste den Griff seiner Waffe, und mit gespannter Aufmerksamkeit musterte er die Gespenster, die schweigend durch die Finsternis schlichen, flüchtiger noch als Schatten. Eines der Kinder bemerkte Megan und blieb stehen, um sie zu beobachten, wobei es jedoch einen gebührenden Abstand wahrte. Die Dunkelheit verschluckte die untere Hälfte seines staubbedeckten Körpers, und es schien über dem Boden zu schweben, eine umherirrende böse Seele, die einem Jenseits entflohen ist, in dem der Mensch kein Mensch ist.

»Sie sollten zurückgehen«, riet der Polizist. »Die Nächte hier sind nicht sicher.«

60

Megan machte einen Rundgang durch den Ruheraum und überprüfte, ob die Tür verriegelt war. Die geröteten Augen verrieten ihre Müdigkeit, und die schnelle Dusche, die sie genommen hatte, verstärkte nur dieses Gefühl, ständig am Rand der Ohnmacht zu sein. Ihr Körper oder ihr Geist oder beide ließen nicht zu, dass sie sich auf dem Bett ausstreckte. Sie hatte mit dem hölzernen Jo-Jo gespielt, aber das hatte sie nur kurzzeitig beruhigt. Bei dem bloßen Gedanken, in dem Zimmer zu schlafen, in dem der Arzt niedergestochen worden war, drehte sich ihr der Magen um, und die Angst vor Albträumen verdüsterte die Atmosphäre.

An den mattbeigen Wänden waren noch die Scheuerspuren der Schwämme zu sehen, und die Chlorbleiche hatte den Putz an den Stellen, an denen die Blutspritzer weggewischt worden waren, leicht aufgehellt. Aber die Flecken waren nicht so gründlich entfernt worden, dass Megan hätte vergessen können, was sie gesehen hatte. Es war weder das Entsetzliche der Situation noch die Schwere der Verletzungen, sondern etwas anderes, das sie überforderte und Ängste in ihr wachrief, die sie nach dem Tod ihrer Tochter endgültig loszusein geglaubt hatte.

»Megan?«

Benjamin stand in der Fensteröffnung.

»Ich habe Licht gesehen. Ich wollte mich nur überzeugen, dass alles in Ordnung ist.«

»Geht schon. Ich habe nur keine Lust, hier zu schlafen.«

»Kommen Sie«, sagte er, »ich spendiere Ihnen eine Zigarette.«

Auf dem menschenleeren Parkplatz rauchte sie nervös, wobei sie die Arme an die Brust drückte, als würde sie die Milde der Nacht nicht erreichen.

Benjamin beobachtete sie schweigend aus einiger Entfernung. Er verfolgte ihre Bewegungen mit den Augen, so diskret wie möglich, aber sein Blick wandte sich niemals völlig ab.

»Denken Sie manchmal, dass Sie nirgendwo richtig hingehören?«, fragte Megan ihn überrumpelnd.

Benjamin fühlte sich von ihrem Blick in die Falle gelockt.

»Ja, ständig«, sagte er schließlich.

»Ich hatte mir viele Dinge über Afrika vorgestellt«, murmelte sie, während sie die Arme noch fester an ihre Brust drückte. »Ich dachte, mein Platz wäre hier. Aber jetzt bin ich mir nicht mehr sicher.«

»Ich glaube, dass manche Menschen niemals ihren Platz finden.«

Sie nickte, ohne dass Benjamin ihren Gesichtsausdruck deuten konnte. Sie erstarrte in der Betrachtung von etwas jenseits der klaren Luft, jenseits der Modulationen des Lichts, jenseits der Zeit und des Sagbaren.

Megan drückte ihre Zigarette aus und ging nah an ihm vorbei, so nah, dass er sich fragte, ob sie ihn gestreift hatte.

»Gute Nacht, Doktor Dufrais.«

»Gute Nacht, Megan.«

Er wandte sich um, weil er sehen wollte, wie sie die Krankenstation betrat, wie sie all diese Versprechungen von süßer Sanftmut und innerem Frieden, die sie gemacht hatte, ohne es zu ahnen, mitnahm. Er beobachtete sie und registrierte jedes Detail – ihre Art zu gehen, diesen Tick, sich eine Haarsträhne hinters Ohr zu streifen, ihre Stimme, die an ein Buschfeuer und die von den Flammen freigesetzten Pflanzenaromen erinnerte –, er prägte sich alles ein, weigerte sich, zu zwinkern, aus Angst, ihm könnte auch nur ein leichtes Beben ihres Nackens entgehen.

Als sie die Hand auf den Türflügel legte, sah er das kalte, seelenlose Zimmer, in dem sie übernachten müsste, dieses Zimmer, wo in allen Ecken Staub und Glassplitter kleine Häufchen bildeten, die er eines Tages zusammenfegen würde, wie er sich fest vorgenommen hatte.

»Ich habe Sie belogen«, rief er. »Ich meine: Ich habe Sie heute Morgen belogen.«

Megan drehte sich um und starrte ihn schweigend an.

»Sie hatten recht bezüglich der Artikel, die ich geschrieben habe. Die Epidemiologie in Kriegszeiten, die Ausbreitungswahrscheinlichkeiten verschiedener Viren, all dies. Aber mir wäre es lieber, wenn Sie das für sich behielten.« Er vertraute ihr, kurz entschlossen, seine Vergangenheit an, als wollte er ihre Neugierde wecken und durch diesen Trick dem Moment Dauer verleihen.

»Hier weiß niemand davon?«, fragte sie, während sie kehrtmachte.

»Niemand, außer Jacques. Natürlich haben einige einen Zusammenhang hergestellt, aber es schien ihnen so unwahrscheinlich, dass sie nicht nachgebohrt haben.«

»Unwahrscheinlich?«

Er lachte gezwungen, konnte damit aber kaum seine Verlegenheit kaschieren. Was konnte er ihr sagen? Dass er in den Augen der anderen zwei Seiten hatte: ein sympathisches Großmaul, wenn er getrunken hatte, und ein wortkarger Arzt, wenn er nüchtern war? Dass der erste

Eindruck, den er auf andere machte, der eines Mannes am Ende seiner Kraft war?

»Publizieren Sie weiterhin?«

»Nein, ich habe nach ... nach dieser Geschichte mit sämtlichen Forschungen aufgehört.«

Benjamin fischte sich eine Zigarette aus der Schachtel, die Megan ihm hinhielt, und bemerkte dabei, dass seine Finger zitterten. Er knipste das Feuerzeug an und umklammerte es in seiner Faust. Er hatte sich nicht darauf vorbereitet, dieses Kapitel seines Lebens anzuschneiden. Zum letzten Mal hatte er diese Episode vor zehn Jahren erzählt, und zwar in einer Kneipe unweit der Place de la Bastille, ganz in der Nähe des Pariser Stammsitzes von MSF. Jacques und eine Flasche Wodka waren die unfreiwilligen Zeugen seines Geständnisses geworden.

»Wenn man mir gesagt hätte, dass ich Ihnen hier über den Weg laufen würde, hätte ich es nicht geglaubt«, sagte sie mit einem Lächeln.

Er bemerkte, dass um sie herum die Dunkelheit weniger dicht war, dass im Osten das Blau bereits blasser wurde und dass Aurora schon bald die Horizontlinie mit Feingold bestäuben würde.

»Darf ich Sie auf ein Glas einladen?«

»Gibt es Bars, die noch geöffnet haben?«

»Ich meinte eigentlich mein Zimmer.«

Megan deutete ein Lächeln an.

»Warum nicht?«

Dieses »Warum nicht?« sollte noch lange, sehr lange in ihm widerhallen; offen gestanden, sollten dies sogar die allerletzten Worte sein, die ihm durch den Kopf gingen, ehe ihn der Tod dahinraffte. Als die Kugel, die mit seinem

Namen versehen war, seine Eingeweide zerfetzte, als das Hochgeschwindigkeitsgeschoss den Schlusspunkt unter die Erzählung seines Lebens setzte, sollte dieses »Warum nicht?« sogar noch die Reue auslöschen, die uns im Augenblick der Rückkehr ins Nichts überwältigt.

Forman Stona

»Someone nearly die. Someone just die. Police day come.
Confusion everywhere. Hey yeah!«
Fela Kuti, *Sorrow, Tears and Blood*

61

Die Sattelschlepper des Hilfskonvois lagen umgekippt quer über der Straße, die Reifen und die Radachsen waren gestohlen worden, der Motor auseinandergenommen. Einschusslöcher hatten die Karosserie und die Scheiben der Fahrerkabine durchsiebt. Etwa zehn Meter entfernt kokelten die herausgerissenen Sitze langsam vor sich hin, und die ringsherum züngelnden Flammen färbten den Staub rot.

Der Sergeant der Spezialkräfte näherte sich den Gerippen. Die Tanks der Lkws waren aufgerissen worden, um den Treibstoff abzuzapfen. Leere Flaschen türmten sich inmitten von aufgerissenen Kartons auf, und Patronenhülsen glänzten im Widerschein des Mondes. Der Mann zog die Flügeltüren des Sattelschleppers auf, ohne sich Illusionen zu machen.

Die gesamte Ladung war geplündert worden. Im Innern waren nur zerrissene Verpackungen, ein bisschen Mehl, das aus den Leinensäcken herausgelaufen war, und Fußspuren zurückgeblieben. Stona wusste aus Erfahrung, dass ohne Lebensmittelhilfe im Norden des Landes Unruhen ausbrechen würden.

»Wer hat den Konvoi überfallen?«, fragte er den jungen Polizisten neben ihm.

»Nach allem, was wir wissen, die Bewohner der Slums.«

»Und wo sind die Fahrer?«

»Wir wissen es nicht.«

Forman Stona ging neben dem Fahrerhaus des Lkws in die Hocke. Blutstropfen besprenkelten den Sitz und die zerbrochene Scheibe und verloren sich in der Savanne. Forman Stona hockte auf den Fersen und rührte sich nicht.

Der Mond zitterte über der Grenze zwischen Niger und Nigeria, sein graues Licht verwandelte noch den kleinsten Teil der Finsternis in einen schwarzen Faden über den blauen Felshügeln. Ein Schakal, der das Maul in die Eingeweide eines Vogels steckte, hob kurz den Kopf, seine langen Ohren zitterten, dann zog er den Kadaver in einen dunkleren Winkel.

»Schicken Sie zwei Ihrer Männer los, um sie zu suchen.«

»In Ordnung.«

Stona stand langsam auf und ging zu der Kolonne von Geländewagen, vor der etwa hundert Polizisten die weißen Wirbel und Lichthöfe betrachteten, die fern in der Ebene tanzten.

Ein dumpfes Grollen – Echos von Stimmen, Getrappel von Sandalen – stieg von der Grenze auf und wurde lauter, wie eine riesige Planierwalze, die Sträucher, Gehölz und wilde Kräuter zermalmte.

Forman Stona setzte den Feldstecher an die Augen. Die binokulare Vergrößerung enthüllte eine kompakte Menschenmenge, die sich auf der Piste drängte, welche sich zwischen den kleinen Tälern schlängelte. Er glaubte eine marschierende Armee zu sehen, ein mythisches Volk aus der Urzeit auf der Suche nach einem gelobten Land, das mit jedem Kilometer etwas unsichtbarer wurde.

62

Eine Salve aus einer Schusswaffe zerriss die Stille, und die Flüchtlinge erstarrten augenblicklich in ihren Bewegungen. Forman Stona, der auf der Motorhaube seines Autos stand, setzte das Megafon an seine Lippen.

»Ihr seid illegal in dieses Land gekommen. Das stellt eine Straftat dar ...«

Um ihn herum richteten Polizisten, die mit halbautomatischen MP5-Gewehren bewaffnet waren, superstarke Scheinwerfer auf die Felsspalte. Andere Polizisten, die etwas weiter weg auf der Straße standen, wiederholten die Worte des Kommissars wie ein düsteres Echo.

»... wir fordern die nigerianischen Staatsbürger auf, sich sofort bei den Behörden zu melden. Diejenigen unter euch, die nicht die nigerianische Staatsangehörigkeit besitzen, müssen einen Pass vorlegen. Diejenigen, die keine Ausweispapiere haben, werden abgeschoben. Ich wiederhole: Die nigerianischen Staatsbürger müssen sich unverzüglich bei den Behörden melden ...«

Die Vertriebenen, die von den Schüssen und den plötzlich aufleuchtenden Scheinwerfern in Angst und Schrecken versetzt worden waren, standen da wie vom Donner gerührt. Etwa zwanzig Polizisten schwärmten unter den Flüchtlingen aus und zwangen die Männer und Jugendlichen dazu, sich mit den Händen über dem Kopf hinzuknien. Drei andere Gruppen forderten die Frauen auf, sich in einer Reihe aufzustellen und ihr Gepäck abzusetzen.

Die Polizisten wateten durch den Schlamm, rissen die Plastikbeutel auf und schütteten den Inhalt von Bündeln und zerschlissenen Koffern aus. Sie verstreuten die Kleider, die Töpfe, die Lebensmittel, zertrampelten das Gepäck unter ihren Militärstiefeln und ließen noch den kleinsten Wertgegenstand in ihren Taschen verschwinden. Alles, was auch nur entfernt einer Waffe ähnelte – Messer, Gabeln, Eisenstäbe –, wurde in den Fluss geworfen. Im Süden löste eine Salve von einem Maschinengewehr eine kurze Panikreaktion aus.

»Herr Major?«

Stona sah zu dem Polizisten hinunter, der ihm ein Satellitentelefon hinhielt.

»Der Generalstab will Sie sprechen.«

Um sie herum wurden die Befehle mit Schreien und Tränen quittiert, aber der Wind schwächte die Geräusche zu einem kontinuierlichen Dröhnen ab.

»Major Stona«, meldete sich dieser, von der Motorhaube herunterspringend.

Stona krümmte sich unter den sandigen Böen und entfernte sich, um Schutz vor den Windstößen zu suchen.

»Sind Sie sicher, dass die Information stimmt, Herr Oberst? Und wo ist Umaru Atocha?«

Der Wind, der die Hitze des Sahel in sich aufgenommen hatte, hatte den für Afrika so typischen Geruch nach Asche. Stona lauschte aufmerksam den Befehlen seines Vorgesetzten.

»Gut. Ich breche sofort nach Damasak auf.«

Er legte auf und dachte nach. Die Polizisten setzten ihre Übergriffe fort, aber keiner der Flüchtlinge wagte es, sich auch nur zu rühren. Sie waren Tausende, und doch gelang es ihrem Zorn nicht, den Schrecken, den die Gewehre verbreiteten, zu überwinden.

Naïs und Yaru Aduasanbi wurden in einem Flüchtlingslager auf-

gespürt. Mitarbeiter einer Hilfsorganisation haben uns benachrichtigt. Offenbar gab es einen Zwischenfall.

Forman Stona kehrte zum Funker zurück und übertrug seinem Stellvertreter die Befehlsgewalt. Er nahm eine Landkarte und eine Notausrüstung. Der Weg würde vermutlich lang und eintönig werden, viele Kilometer Schotterweg, und am Ziel würde er doch nur bestätigt finden, was er bereits ahnte: Naïs und Yaru Aduasanbi mussten längst weit weg von Damasak sein, irgendwo auf den Straßen. Er hatte den Befehlen, die man ihm gegeben hatte, nicht widersprochen, dabei verstand er nicht, wieso man sich an ihn wandte. Umaru Atocha hatte den Auftrag erhalten, das Kind zu finden, aber offenbar vertraute ihm die Regierung nicht länger.

Stona nahm einen Benzinkanister und stellte ihn in den Kofferraum seines Geländewagens. Sein Vorgesetzter hatte ihm versprochen, dass ihn im Kommissariat von Damasak ein detaillierter Bericht erwarten würde. Bis dahin gäbe es nur ihn, die Straße und Fragen ohne Antwort.

Er stieg gerade in den Defender ein, als mehrere laute Knallgeräusche um den Geländewagen widerhallten. Tränengaswolken trieben im Wind und erzeugten chaotische Bewegungen innerhalb der Menschenmenge. Rosa, gelbe und schwarze Schleier, die den Himmel stellenweise überzogen. In weniger als zwanzig Sekunden verschwand die gesamte Landschaft im Nebel.

Verdammnis

»Als sie über die Brücke gegangen waren,
kamen ihnen die Geister entgegen.«
Friedrich W. Murnau, *Nosferatu*

63

Das am Ende des 19. Jahrhunderts erbaute Hochsicherheitsgefängnis von Abuja war eine gewaltige Festung, die etwa fünfzig Kilometer von der Hauptstadt entfernt inmitten einer Wüste aus scharfen Steinen und Unkraut errichtet worden war.

Die Legende erzählt, dass sich sein britischer Architekt von den Plänen Karthagos inspirieren ließ, ehe er aufgrund der schieren Größe der Baustelle den Verstand verlor. Als sich die Arbeiten ihrem Ende zuneigten, soll er dann seinen ursprünglichen Plan geändert haben, da er der Ansicht gewesen war, das Gefängnis sei weder hoch noch düster genug, um die Seelen der Sünder eingesperrt zu halten. Er war überzeugt, seine Pflicht auf Erden, seine Mission im Diesseits bestehe darin, ein Mausoleum zu erbauen, welches das Böse in sich einschließen und es daran hindern sollte, sich auszubreiten. Und dieser Wahnsinn hatte nach und nach um sich gegriffen und die Hunderte von Gefangenen angesteckt, die Tag und Nacht unter seinem Befehl gearbeitet hatten. Mit jedem verlegten Granitblock hatten sie gesehen, wie das monströse Gebäude, in dem sie für den Rest ihrer Tage vor sich hin vegetieren würden, höher wurde, und sich selbst ein wenig mehr eingeredet, durch diese Schufterei ihr Seelenheil zu erringen. Der Legende nach hat der Architekt, nachdem er das gusseiserne Gitter, das den Eingang zu diesem verfluchten Ort versperrte, hochgezogen hatte, die Gefangenen gezwungen, sich mit ihm lebendig im Fundament einzumauern. Ihre Schreie seien zehn Tage und zehn Nächte zu hören gewesen.

Henry Okah küsste den Jugendlichen in Mädchenunterwäsche auf den Mund und zwang ihn, die Lippen zu öffnen, damit er seine Zunge hineinstecken konnte. Er löste sich mit einem saugenden Geräusch von dem jungen Mann, dem er ein Raubtierlächeln schenkte. Dieser schlug sofort die Augen nieder und wischte sich den Speichel und die Schminke auf seinem Gesicht mit dem Unterarm ab.

»Jetzt, lächle schon! Ich will ein Lächeln auf deinem Gesicht sehen ...«, sagte er, während er ihm durch den aufgerissenen BH in die Brustwarze kniff. »Ich verspreche dir, dass sich meine Freunde gut um dich kümmern werden. Du weißt, dass sie alles für dich tun würden, dass sie einfallsreich sind ...« Sein Lächeln wurde breiter, als er den Schrecken in den Augen des Jugendlichen las. Er nahm sein Kopfkissen und seine zweimal gefaltete Decke und wandte sich den beiden Gefängniswärtern zu, die hinter den Eisenstäben der Zelle warteten.

»Wir können, die Herren.«

Der Schlüsselbund klirrte, und das Gitter glitt quietschend zur Seite, worauf Henry Okah seine ersten Schritte als freier Mann machte. Er stellte sich auf den grünen Streifen, der auf den Beton gemalt worden war, und ließ seine Halswirbel knacken. Vor ihm erstreckte sich der Gang von Trakt A, in dem sich Psychopathen, Mehrfachtäter, ausländische Söldner und politische Gefangene drängten. Die Regierung hatte gehofft, dass er, Henry Okah, hier krepieren würde; erst später war ihnen aufgegangen, dass sie ohne seine Hilfe aufgeschmissen waren.

Er atmete den Geruch des Gefängnisses tief ein und schwor sich insgeheim, dass es das letzte Mal wäre.

Im Vorübergehen grüßten ihn die Gefangenen respektvoll, einige skandierten seinen Namen und schlugen rhythmisch ihre Näpfe gegen die Stäbe. Was anfangs nur ein Murmeln war, wurde zu einem Dröhnen, und das Echo pflanzte sich von den Gängen in die Zellen fort. Schon bald sprach sich die Nachricht, dass er den Bauch des Untiers verlassen würde, wie ein Lauffeuer herum. Er spürte, wie in ihm Freude und Stolz aufstiegen, sein Herz schwellte vor neuer Kraft, als das ganze Gefängnis für ihn bebte und seinen Namen nicht bloß rief, sondern brüllte.

»Okah! Okah! Okah!«

Ein Gladiator betrat die Arena; ein Monarch musste bei seiner Krönung eine ähnliche Freude empfinden, sagte er sich mit geschwellter Brust, wobei er vom Kopf bis zu den Füßen zitterte. Er würdigte den Pöbel, der ihm zujubelte und der seine Arme durch die Gitterstäbe streckte, um ihn zu berühren, keines Blicks. Die Wärter, muskelbepackte Hünen in schwarzen Anzügen, hielten sich fern. Das schmutzige Licht der Scheinwerfer fiel durch die Glassteine der Decke und der Nordmauer und warf ein blaugraues Kaleidoskop auf den Boden, gleich Blütenblättern aus Licht, die auf seinen Weg gestreut wurden.

»Okah! Okah! Okah!«

Was hätte er sich mehr wünschen können?

Schon mit zehn Jahren hatte er gewusst, dass er nicht den anonymen Weg einschlagen würde, auf dem sich seine Eltern verirrt hatten. Sie hatten zweifellos Geld, eine angesehene gesellschaftliche Stellung, eine weiträumige und helle Villa, man schätzte ihre Gesellschaft, ihre Kultur und ihren

Geschmack, die in den bürgerlichen Kreisen, in denen sie verkehrten, gerühmt wurden, aber nichts davon genügte ihm.

Ihn hungerte nach etwas anderem, und dieser Hunger verzehrte ihn, nagte an ihm, hielt ihn ganze Nächte wach, in denen er sich Momente wie diesen vorstellte.

In seiner Jugend hatte sich dieser Hunger in einen eisernen Willen verwandelt, der seine Persönlichkeit geformt, seine Intelligenz geschärft, sein Ego gestärkt hatte. Mit fünfzehn Jahren war er sich sicher gewesen, dass er anders war und dass er, aufgrund eines dieser Zufälle, die Geschichte schreiben, in der Wiege auserwählt worden war, um in der Welt seine Spuren zu hinterlassen.

»Okah! Okah! Okah!«

Er hätte sich gewünscht, sein Vater wäre da und würde Zeuge dessen, was er vollbracht hatte.

64

Die gepanzerte Tür, die den Trakt A vom Besuchszimmer trennte, fiel hinter ihnen ins Schloss.

Henry Okah beschirmte die Augen mit der Hand, um sich gegen das allzu grelle Licht der Neonröhren zu schützen.

»Hier entlang, Herr Okah.«

Die beiden Wärter bedeuteten ihm, den langen Saal zu durchqueren, in dem etwa vierzig Käfige untergebracht waren, vor denen Stühle am Boden festgeschraubt waren. Das Besuchszimmer glich einem verlassenen Zoo. Und in gewisser Weise war es dies auch. Wenn ein Strafgefangener hier mit der Frau zusammentraf, die er liebte, oder mit seinen Kindern, erinnerten ihn diese Käfige, die von den vielen Tränen, die sie benetzt hatten, ganz rostig waren, daran, dass er hier als Tier vor sich hin vegetierte.

Der Wärter bat ihn, in einen Nebenraum mit gedämpftem Licht zu gehen. Eine alte Lampe mit Schirm tauchte das Zimmer in ein orangefarbenes Dämmerlicht. Die sechs Männer, die in der Nähe der Schließfächer Karten spielten, hielten inne, als der Schatten des Häftlings auf die Scheine und Münzen in der Mitte des Tischs fiel. Okah wusste nicht, ob sie Angst vor ihm hatten oder ob sie insgeheim der Ansicht waren, es sei ein Verbrechen, welches das ganze Ausmaß der Verrottung des politischen Systems zeige, einen Mistkerl wie ihn auf freien Fuß zu setzen. Okah lächelte.

»Ihre Kleidung ist da«, sagte einer der Wärter und deutete auf eine Hose und ein Hemd, die perfekt gebügelt und zusammengelegt waren.

Schweigend warf der Anführer der MEND sein Kopfkissen und seine Decke auf die Bank und zog seinen grauen Overall aus. Als er in den Spiegel über dem Waschbecken blickte, erkannte er sich nicht wieder. Er hatte zugenommen, seine Muskeln schienen dichter, kräftiger geworden zu sein und traten unter seiner Haut hervor.

»Was bedeutet es Ihnen, frei zu sein?«

»Die Freiheit ...«, sinnierte Okah, als er den Innenhof betrat. »Es sind nicht die Mauern, die sie dir wegnehmen. Die wahre Freiheit ist in deinem Kopf.«

Der Gefängniswärter sah ihn seltsam an, da er nicht wusste, ob Okah seinen Quatsch glaubte oder ob es dem unangebrachten Stolz zuzuschreiben war, den Knastbrüder empfinden, wenn sie entlassen werden. Aber er sah dem Anführer der MEND vergeblich in die Augen, er entdeckte dort nicht jenes kleine herausfordernde Funkeln, hinter dem sich für gewöhnlich die Angst vor dem verbirgt, was einen draußen erwartet.

Okah blähte die Brust und füllte seine Lungen mit der Nachtluft. Die Gerüche von Pollen und verdorrtem Gras, die ein Gewitter ankündigten, bissen ihn in der Nase. Was er gerade dem Wärter gesagt hatte, war genauso nichtssagend und sinnlos wie seine Ansprachen an die Guerilleros vor einem Kampf. Er wusste es. Aber er wusste auch, dass es nicht der Tiefsinn einer Rede ist, der auf die Zuhörer wirkt. Und er, Okah, besaß diese angeborene Fähigkeit, mit großer Eloquenz zu reden, sich an alle zu wenden, wobei er die Illusion vermittelte, jedem ins Ohr zu flüstern, und er ertappte sich selbst dabei, wie er idiotische Äußerungen mit einer solchen Überzeugungskraft von sich gab, dass sie wie Peitschenhiebe knallten.

»Was bedeutet es Ihnen, frei zu sein?«

Die Frage war genauso dumm wie seine Antwort. Zumal der Wärter nicht wusste, dass diese von der Regierung gewährte Freiheit nur eine Scheinfreiheit war, Sand, in die Augen der Öffentlichkeit gestreut, um die Vereinbarung, die sie geschlossen hatten, geheim zu halten. Indem er den Vorschlag, der ihm gemacht worden war, akzeptiert hatte, hatte er sich freiwillig die Leine um den Hals gelegt.

Aber einen Versuch war es wert.

Okah sah zum anderen Ende des Hofs und erblickte den Gefängnisdirektor, der einige Meter vom Eisengitter entfernt stand, ähnlich einem Wächter am Rand des Universums.

Der Mann war ungefähr sechzig Jahre alt und leitete diese Anstalt seit neunundzwanzig Jahren. Und jedes dieser Jahre hatte eine tiefe Falte auf seiner Stirn und um seinen Mund hinterlassen. Während seines Berufslebens hatte er mit nicht weniger als zwölf Meutereien und einhundertfünfzig Morden, darunter zwanzig Morden an Wärtern, zurande kommen müssen. Diese Vorfälle, aber auch eine fast zwanghafte moralische Strenge hatten ihn abgehärtet; als leidenschaftlicher Befürworter der Todesstrafe war er der Ansicht, ein Verbrecher müsse nicht nur bestraft, sondern gebrochen, reduziert auf den Zustand eines Wurmes, werden, und dies zum Wohl der Gesellschaft. Er gehörte zu der Sorte Menschen, für die es nur ein Gesetz gibt: jenes, das Gut und Böse voneinander scheidet.

»Sie sind gekommen, um sich von mir zu verabschieden, Herr Direktor?«, fragte Okah lächelnd.

Der Direktor presste die Kiefer zusammen und sah ihn verächtlich an.

»Danke«, sagte er zu dem Wärter. »Ich werde den Gefangenen selbst zur Pforte führen.«

»In Ordnung, Herr Direktor.«

Der Direktor schwieg und wartete, bis sich der Wärter entfernt hatte. Seine Fingernägel bohrten sich in das Klemmbrett, das er in der Hand hielt, und zerrissen die obere rechte Ecke des Entlassungsformulars. Er bebte vor Wut, und in seinem Blick vermischte sich diese Wut mit tiefer Verständnislosigkeit.

»Ich weiß nicht, was Sie ausgeheckt haben, und auch nicht, weshalb unsere Justiz diese Farce gebilligt hat, aber etwas sollten Sie wissen, Okah ...«

Der Direktor machte einen Schritt auf Okah zu und

näherte sich diesem so weit, dass Okah durch den Duft eines billigen Parfüms hindurch den Schweiß- und Essensgeruch, den sein Hemd angenommen hatte, riechen konnte.

»Das Rad dreht sich ... Und Sie können nicht ewig vor Ihren Verbrechen davonlaufen. Der Tag wird kommen, an dem Sie wieder hier vor mir stehen.«

Seine Stimme war heiser, und Okah musste abermals an die Moralpredigten denken, die der weiße Pfarrer im Garten seiner Eltern gehalten hatte, wenn er sich, nach der Messe, mit den anderen Honoratioren zur sonntäglichen Grillparty traf.

Der Direktor und der Geistliche teilten dieselbe Gewissheit, wonach eine kosmische Waage das Gleichgewicht der Kräfte regierte, das auf der Erde am Werk war.

»Es sind Tiere wie Sie, die diese Welt zu dem machen, was sie ist ...«, sagte er mit einem plötzlichen Überdruss.

Henry Okah hielt seinem Blick stand.

»... eine verabscheuungswürdige Welt.«

»Oh, oh ...«, stieß Okah lächelnd hervor. »Und was ist so verabscheuungswürdig an dieser Welt?«

»Sie ist abscheulich, weil es keine Ordnung und kein Recht mehr gibt. Sie ist abscheulich, weil Menschen wie Sie nicht bestraft werden. Ich spreche nicht nur von diesem Land oder diesem Kontinent ... Mit dieser Welt geht es seit Langem bergab, und Sie nutzen lediglich die Panik vor dem Untergang aus.«

In seiner Stimme schwang keinerlei Wut mehr mit. Er flüsterte beinahe, als ob das Kartenhaus, das er geduldig in seinem Gewissen errichtet hatte, gerade zusammengebrochen wäre.

Er öffnete die Gittertür und ließ ihn hindurch. Er blieb stehen und betrachtete das riesige Stahltor, wie Pandora wohl den Deckel der Büchse betrachtet hatte, ehe sie die Übel über die Welt ausschüttete. Okah spürte das Zögern des Direktors und seine Lust, den Wachen zu befehlen, ihre Magazine auf das Monster zu leeren, das er sich anschickte, auf freien Fuß zu setzen. Dann aber sah Okah, wie er den Entlassungsschein unterzeichnete und ihm hinhielt.

Henry Okah legte ihm die Hand auf die Schulter.

»Ich bin das Produkt dieser Welt, Herr Direktor«, flüsterte er, »nicht umgekehrt. Diese Welt ist, wie sie ist. Sie war schon lange vor mir so, und sie wird noch immer so sein, wenn Sie und ich längst unter der Erde vermodern.«

65

Nachts war im Stadtzentrum von Abuja kein Sterbenswörtchen zu hören. Die menschenleeren Bürogebäude ragten hoch über die Gehsteige auf, die so schmal waren, dass zwei Personen nicht nebeneinander gehen konnten.

Eingerahmt von den düsteren, seelenlosen Würfeln, zu denen sich im Morgengrauen die Beamten auf den Weg machten, vermoderte das eine oder andere Einfamilienhaus, eines jener eingeschossigen Häuschen aus den Achtzigerjahren, das erbaut worden war, ehe das Parlament hierher verlegt und Lagos, im Jahr 1991, seinen Status als Hauptstadt zugunsten von Abuja verloren hatte.

Der ehemalige Chef der Militärregierung, Murtala Ramat Mohammed, hatte diese menschenleere Region, diese grüne Savanne im Herzen des Landes ausgewählt, um eine Stadt von Grund auf neu zu errichten und so dafür zu sorgen, dass in Zukunft keine der drei größten Volksgruppen Nigerias mehr privilegiert sein würde. Murtala Ramat Mohammed hatte die Hoffnung gehegt, der Erde würde ein zweites Brasilia entspringen, das monumentale Symbol eines Nigerias, das der Zukunft zugewandt wäre.

Da er noch vor der Grundsteinlegung ermordet wurde, hatte der Staatschef das Scheitern seines Projektes nicht miterlebt. Wie Brasilia war auch Abuja eine ausgestorbene Stadt, von der aus das Land heute regiert wurde. Eine Geisterstadt. Nicht nur am Stadtrand zerfielen die Hochhäuser, und es setzte sich allmählich die Waagerechte wieder durch. So breiteten sich zu beiden Seiten der Autobahnen zunächst Schlafstädte aus, an die sich Elendsviertel anschlossen, die sich bis zum Horizont erstreckten.

Die Snackbar, vor der das Fahrzeug stand, war eine schwach beleuchtete kleine Insel inmitten von Straßen, von denen die einen dunkler waren als die anderen.

Im Innern zitterte ein Fixer-Pärchen dicht an der Schaufensterscheibe. Das blasslila Licht des äußeren Leuchtschildes fiel schräg durch die schmutzige Scheibe und hob ihre ausgemergelten Gesichtszüge und die Einstiche, die ihre Arme übersäten, hervor. An der Ecke der Theke warf ein verstörtes junges Mädchen flüchtige Blicke um sich, wie eine Schlafwandlerin, die an einem unbekannten Ort aufgewacht ist. Der Wirt, der eine soßenverschmierte Schürze trug, scheuerte lustlos den Grill. Er machte sich nicht einmal die Mühe, den Kopf zu heben, als Okah die Tür öffnete.

Er entschied sich für eine Bank mit Blick auf den Saal

und die Junkies. Als er sich hinsetzte, sah er auf die digitale Wanduhr, die in der Nähe des Fernsehers hing.

Sein Anwalt hatte Verspätung.

Okah rief den Wirt und bestellte kurz gebratene Hamburger, ehe er sich eine Zigarette anzündete. Zerstreut betrachtete er den Strom von Bildern ohne Ton, der über den Bildschirm oberhalb der Toilettentür flimmerte.

Tausende von Menschen zogen über eine staubige Piste und schoben Einkaufswagen vor sich her, die zum Bersten voll mit Kleidern, Reis- und Getreidesäcken, mit Küchenartikeln und Trinkwasserkanistern gefüllt waren. Andere trugen auf ihrem Rücken Berge von Trödelkram, die mit Plastikplanen bedeckt waren – alles an ihrem Oberkörper festgeschnürt, und sie wankten träge dahin wie Heilige, die zum Martyrium geführt werden. Regelmäßig fuhren Armeedefender die Seitenstreifen ab und zwangen, wie mechanisierte Hirtenhunde, die Menge dazu, auf dem steinigen Weg zu bleiben, der sie auf andere Pisten, zu weiteren Trostlosigkeiten führte.

Okah wandte die Augen ab. Er wollte diese Stadt jetzt so schnell wie möglich verlassen und zur Jagd aufbrechen.

Als er hörte, dass die Tür aufging, hob er den Kopf und warf dem jungen Mann in Jeans und weißem Hemd, der auf ihn zukam, einen missbilligenden Gruß zu.

»Könnte ich eine Zitronenlimonade haben?«, rief der Anwalt dem Wirt zu. »Ohne Eiswürfel.«

Bevor er sich hinsetzte, sah er sich flüchtig in dem Raum um; sein Blick wanderte zu der Ausreißerin an der Theke und dem Junkiepärchen.

»Schön«, sagte er, als er seinen Aktenkoffer auf den Tisch stellte. »Legen wir los?«

»Mein Kontaktmann bei den Spezialkräften hat mir das hier gemailt ...« Der Anwalt breitete Berichte und Satellitenaufnahmen auf dem Tisch aus. Okah nahm eine davon und hielt sie sich dicht vor die Augen. Das Gebiet war eingezäunt, und man sah deutlich weiße Zelte mit roten Kreuzen und ringsherum weitere, kleinere Zelte sowie Lkws, die sich am Eingang stauten.

»Ein Flüchtlingslager ...«

»Das von Damasak«, ergänzte der Anwalt. »Die Spezialkräfte vermuteten, dass Aduasanbi früher oder später durch dieses Lager kommen würde. Deshalb haben sie meine Kontaktperson als Leiter des Kommissariats eingesetzt ...«

»Immer schön der Reihe nach ... Woher wussten sie, dass Aduasanbi dieses Lager passieren würde?«

»Das habe ich sie auch gefragt, aber sie haben mich abblitzen lassen.«

Okah fischte sich eine Zigarette aus der Schachtel und drehte sie zwischen seinen Fingern.

Seltsam, sagte er sich. Seit er den Deal mit der Regierung geschlossen hatte, hatte sich diese sehr um Transparenz bemüht und alle Fragen seines Anwalts beantwortet.

Bis jetzt.

Der Anwalt räusperte sich.

»Meine Kontaktperson«, fuhr er fort, »ist überzeugt davon, dass Aduasanbi sich in diesem Lager versteckt hielt. Bis gestern.«

»Hat er ihn gesehen?«, fragte der Anführer der MEND mit leiser Stimme.

»Er hat ihn nicht förmlich identifiziert, aber mehrere Indizien lassen darauf schließen, dass Aduasanbi im Krankenhaus einer der im Lager tätigen Nichtregierungsorganisationen war.«

»Ist er verletzt?«

»Nach allem, was wir wissen, musste nicht er, sondern das Mädchen behandelt werden.«

»Naïs ...«, fluchte Okah – bei der bloßen Erwähnung dieses Namens sträubten sich ihm die Haare. »Mist, und was hat sie?«

»Aduasanbi und sie sind zusammen mit anderen Flüchtlingen eingetroffen. Nach Auskunft des Roten Kreuzes kamen sie aus Niger ...«

»Wie kommt es, dass die Polizisten sie am Checkpoint nicht erkannt haben?«

»... Naïs«, fuhr der Anwalt fort, »litt an Mangelernährung, als sie stationär aufgenommen wurde ...«

»Ist den Ärzten aufgefallen, dass sie nicht ... ganz normal war?«

Der Anwalt schüttelte den Kopf. Okah steckte sich die Zigarette an und schwieg. Im Fernsehen überquerten Flüchtlingskolonnen die Grenze zum Bundesstaat Sokoto. Er konnte sich mühelos vorstellen, wie Aduasanbi, der Naïs in seinen Armen trug, von dem anhaltenden Strom mitgerissen wurde.

»Warum hat deine Kontaktperson die Gelegenheit nicht genutzt, um Aduasanbi festzunehmen?«

»Er kam nicht dazu. Offenbar wurde einer der Klinikärzte niedergestochen. Aduasanbi dürfte im Schutz der Panik geflohen sein ... Und ich muss dir gestehen, dass mir das ganz recht ist. Ich weiß nicht, wie ich deine Freilassung so schnell hätte erreichen können, wenn mein Kontaktmann Aduasanbi vor dir gefasst hätte.«

»Hat dieser Zwischenfall, dieser Arzt, der niedergestochen wurde, irgendetwas mit Aduasanbi und der Kleinen zu tun?«

»Wir wissen es nicht. Dafür wissen wir, dass auch Umaru Atocha in Damasak war.«

Der Anwalt griff einen Bericht heraus und schob ihn Okah hin. Auf der ersten Seite das bleiche Gesicht Umarus. Seine roten Augen starrten ins Objektiv. Mit Naïs erhöhte dies die Zahl der Monster, die er zur Strecke bringen musste, auf zwei, dachte Okah.

»Die Polizei hat einen seiner Männer gefasst. Mein Kontaktmann hat ihn vernommen, aber das hat nichts gebracht. Zumindest hat er in den Dokumenten, die er mir geschickt hat, nichts davon erwähnt.«

»Aber er muss doch irgendetwas wissen ...«, murmelte Okah, während er seinen Zeigefinger über das Foto des Albinos gleiten ließ.

»Mit Sicherheit wissen wir, dass auch Umaru Atocha das Mädchen in seine Gewalt bringen will. Warum? Das wissen wir nicht.«

Okah überlegte und stand dann auf.

»Wohin gehen wir?«, fragte sein Anwalt, der es ihm gleichtat.

»Zu jemandem, der mir sagen kann, wo sich Aduasanbi versteckt hält.«

Die Sonne zitterte.

Im Morgengrauen enthüllten sich alle Details, und die Hässlichkeit der Häuser, in denen die Bourgeoisie von Abuja wohnte, wurde sichtbar. Dieser Cluster glich einer Karikatur, einem Vorzeigedorf für mittlere Führungskräfte mit perfekt gepflegten, einheitlich grünen Rasenflächen, Familienautos, die vor den Eingangstüren parkten, und Schaukeln aus hellem Holz in der Nähe der Zäune.

»Bist du dir sicher, dass sie noch hier wohnt?«, fragte Okah.

Der Anwalt atmete die trockene Luft ein, die nach frisch geschnittenem Gras und nach vom Tau feuchter Wäsche roch.

»Die Adresse wird in der Akte erwähnt ...«

Ein weißes Laken, farbige ärmellose T-Shirts und eine Latzhose, die an einer Wäscheleine hingen, verbargen die Ecke des Hauses, vor dem sie parkten. Hinter den Fliegengittern im Erdgeschoss warf ein blassrosa Licht ein Schattenspiel von Tieren und Sternen auf die Tapete, und von der Straße aus gesehen hatte dieses traumartige Bestiarium etwas Friedliches und Melancholisches.

»Von dieser Frau wirst du nichts erfahren, Henry ...«

»Lass das meine Sorge sein.«

»Die Polizei überwacht sie rund um die Uhr. Sie haben ihr ganzes Arsenal aufgefahren: eine telefonische Überwachung, die sich auf die gesamte Nachbarschaft erstreckt, Peilsender am Auto und sogar in den Lenkern der Fahrräder der Kinder. Das Gleiche bei den E-Mails, sie haben sämtliche Rechner im Umkreis von zehn Kilometern mit Spionageprogrammen infiziert.«

»Aduasanbi hat niemals aufgehört, an sie zu denken. Er wird gejagt, und ein Mensch, der gejagt wird, braucht seine Familie, um nicht verrückt zu werden.«

»Aber wie hätte er Kontakt zu ihnen aufnehmen sollen, ohne dass die Polizei dies mitbekommt?«

»Genau das werde ich seine Frau fragen.«

Der Anwalt lächelte gerührt, als er den Schattenriss eines Kometen sah, und seine Augen verschleierten sich.

»Wirst du sie foltern?«, fragte er leise. »Sie und die Kinder?«

»Wenn es sein muss.«

Das Gesicht des Anwalts war grau, er holte Luft und biss sich auf die Lippen. Seine Augen hefteten sich auf den Kometen, zweifellos in der Hoffnung, er würde ihn aus diesem Wagen mit sich forttragen.

»Es ... es tut mir leid, Henry, aber ich kann nicht. Ich habe nicht die Kraft, mir so was anzusehen ...«

»Das verlange ich auch nicht von dir.«

Als Okah das Schlafzimmer betrat, schien es ihm, als ginge er in das Zimmer eines jener Motels hinein, wie man sie in der Nähe des Flughafens von Lagos findet; in das Zimmer eines Menschen, der nur eine Nacht hier verbringt. Mit Ausnahme der Familienfotos auf einer Kommode war die Einrichtung kalt und unpersönlich, die Möbel waren funktional und zusammengewürfelt. Die hellblaue Tapete war seit Jahren nicht erneuert worden und ihr Farbton uneinheitlich – dort, wo das goldene Sonnenlicht an den Wänden leckte, war sie grün, dort, wo sich die Schatten hielten, war sie blasslila. Der ebenfalls stark abgenutzte weiße Teppichboden hatte die Geräusche seiner Schritte gedämpft, als er die Tür des begehbaren Kleiderschranks geöffnet hatte, ehe er zum Bett zurückgeschlichen war.

Dieses Zimmer bestätigte den Gesamteindruck, der sich ihm aufgedrängt hatte, als er über die Schwelle getreten war. Diese Familie schien bereit zu sein, jeden Moment aufzubrechen, aber dieser Moment würde niemals kommen. Hofften sie, Aduasanbi würde sie auffordern, sich ihnen anzuschließen? Fürchteten sie, die Regierung würde sie ausweisen oder eines Tages würden Männer wie er auftauchen?

Alles war hier darauf vorbereitet, auf den kleinsten Wink hin die Zelte abzubrechen. Die Gegenstände schienen keine Geschichte zu haben, und das Haus selbst hatte keine Seele. Bis auf die Spielsachen, die überall im Wohnzimmer verstreut lagen, und das Geschirr, das im Spülbecken der Küche badete, hätte man glauben können, dass die Familie diese Zimmer illegal besetzte. Die Koffer – wie vorbereitet zur Flucht – in einer Ecke.

In dem Flur, der zu den Schlafzimmern führte, hatte ihn vor allem die völlige Geruchlosigkeit verblüfft. Jede Wohnung, jedes Haus besitzt einen typischen Geruch, der alles bis auf die Mauern durchdringt. Die Bewohner nehmen ihn gar nicht mehr wahr, aber einem Fremden fällt dieser Geruch auf, sobald er den Fuß über die Schwelle der Eingangstür setzt. Dieses Haus war ein einziges Geruchsvakuum. Die Luft, die in diesen Zimmern zirkulierte, roch weder nach kleinen Kindern noch nach Reinigungsmitteln. Als beherberge dieses Haus Phantome. Stumm stand Okah vor dem Ehebett und zog seine Waffe.

Im Schlaf strahlte die Ehefrau Yaru Aduasanbis eine verlorene Glückseligkeit aus – zweifellos die Erinnerung an eine längst vergangene Zeit, in der ein Mann ihre Nächte geteilt hatte.

Sie war schöner, als Okah sie sich vorgestellt hatte. Sie mochte deutlich über vierzig sein, aber die Anmut ihrer Gesichtszüge war erhalten geblieben und durch ihren Kummer vielleicht sogar noch gesteigert worden. Ja, sehr viel schöner, dachte er, als er behutsam das Laken zurückzog, das sie bedeckte.

Als er ihren nackten Körper erblickte, ihre perfekt gerundeten Brüste, die sich im Rhythmus ihrer Atmung hoben und senkten, war er überrascht. Er kniete sich neben dem Bett nieder und betrachtete sie. Als sie seinen Atem spürte, runzelte sie die Stirn. Ihre Lippen öffneten sich einen Spaltbreit, und ein leises Wimmern entwand sich ihnen.

68

Kaum dass Okah der Gedanke durch den Kopf schoss, diese Frau sei ein echtes Rasseweib, sprang sie auch schon aus dem Bett. Er packte sie am Handgelenk und zog sie fest zu sich. Ihr Duft, die warme Geschmeidigkeit ihrer Haut, alles an ihr machte ihn schwindlig.

»Meine Kinder ...«, flehte sie.

»Ihnen geht es gut.«

Er ließ sie los und stieß sie heftig auf die Matratze zurück. Sie starrte ihn mit kalter Wut an.

»Was wollen Sie?«

»Ein paar Fragen stellen. Da, bedecken Sie sich«, sagte er und warf ihr das Laken hin.

»Ich will meine Kinder sehen.«

»Eine legitime Bitte, die ich Ihnen jedoch abschlagen muss. Bitte bedecken Sie sich.«

Sie schlang das Laken langsam um sich, wobei sie vor Trotz und Wut bebte, und sie schwiegen eine ganze Weile, denn beide zögerten, die Feindseligkeiten zu beginnen, als würden sie das Drehbuch der Szene schon kennen und nach seinen Schwachstellen suchen.

»General Okah ...«, fing sie an.

Er deutete ein müdes Lächeln an und flüsterte zu sich selbst: »Sie wissen, wer ich bin ...«

»Warum sind Sie hier? Sind Sie geflohen?«

»Meine Freilassung wurde ausgehandelt.«

Sie lächelte ihn hämisch an.

»Sie sind ein Verräter.«

»Ich bin vieles, wissen Sie ...«, seufzte er.

Er durchquerte das Zimmer und warf einen Blick durchs Fenster, wobei er das weiße Funkeln der Sonne in der Scheibe mit der Hand verdeckte.

Die Schreie hatten die Nachbarschaft nicht alarmiert. Die Straße blieb ruhig, wie ausgestorben. Der Wind bewegte die Wäsche im Garten und enthüllte die schwarze Silhouette des Geländewagens neben dem Gehsteig.

»Und wie nennen Sie den Mann, der Sie sitzen gelassen hat?«, fuhr er fort.

Sie lächelte verächtlich.

»Ich bin seine Frau, nicht sein Gewissen. Und ich respektiere die Entscheidung meines Mannes. Wenn er die Welt verändern will, warum sollte ich ihn davon abhalten?«

»Und warum helfen Sie ihm dann nicht bei diesem Vorhaben?«, sagte er und kehrte zu ihr zurück.

»Das habe ich getan. Ganz am Anfang, als er unter seinen Studenten Männer anwarb. Ich habe seine ersten Pamphlete gelesen und korrigiert, ich habe ihn unterstützt, als das Innenministerium ihn zu drangsalieren begann. Ich war da.«

»Aber?«

»Aber ich war nicht bereit, im Untergrund zu leben oder zu den Waffen zu greifen. Das war meine Grenze.«

»Es gibt keine Revolution ohne Blutvergießen.«

Sie lächelte und zog das Laken bis zum Kinn hoch.

»Das hat Yaru auch immer gesagt.«

Okah beobachtete sie aufmerksam. Diese Frau überraschte ihn. Sie zeigte keinerlei Anzeichen von Angst. Weder ihre Hände noch ihre Stimme zitterten. Ihre Augen waren weiterhin starr auf die Wand gegenüber gerichtet, aber dieser Blick war so statisch, dass er nicht natürlich sein konnte, als zwinge sie sich dazu, nicht nach rechts, zu der Zwischenwand zu blicken, die sie von ihren Kindern trennte. Okah spürte, dass sie vor ihm nicht nachgeben würde; dafür war ihre innere Kraft zu groß.

»Aber ich kann nicht nachvollziehen, wie man einen Menschen töten kann«, fügte sie hinzu.

»Nicht einmal aus Liebe?«

»Aus Liebe, aus Rache, für eine Idee – was ändert das schon?«

Okah starrte sie an. Sie wirkte aufrichtig, kategorisch in ihren Überzeugungen, und er dachte ein weiteres Mal, dass Aduasanbi Glück gehabt hatte, eine solche Frau für sich gewinnen zu können.

»Wenn ich Ihre Kinder umbringe, werden Sie also nicht ihm und mir den Tod wünschen?«

Die Frage lastete auf ihnen, die Worte entfalteten in der stickigen Atmosphäre des Zimmers ihre ganze Kraft. Okah sah das Zucken, das die Frau überkam. Das herausfordernde Funkeln in ihren Augen verblasste. Da wusste er, dass sie schwach werden würde.

»Wo ist Ihr Mann?«

»Yaru ... Yaru hat mich vor zwei Tagen kontaktiert ...«

»Wo ist er?«

»In einem Flüchtlingslager in Damasak ...«

Man brauchte kein Psychologe zu sein, um zu bemerken, dass sie ein bisschen zu schnell geantwortet, die Information mit einem allzu eindringlichen Mienenspiel preisgegeben hatte. Daraus folgerte Okah zweierlei: Aduasanbi hatte sie vor Kurzem kontaktiert, und sie wusste, wohin er unterwegs war.

»Wie tritt er mit Ihnen in Kontakt?«

»Über Prepaidhandys ...«

»Die Polizisten sind Idioten«, seufzte er kopfschüttelnd. »Aber Sie haben nicht auf die gestellte Frage geantwortet. Wo ist Ihr Ehemann?« Er hatte diesen Satz mit leichter Gereiztheit ausgesprochen.

»Ich ... Ich habe Ihnen doch gerade gesagt ... Ich ...«

Er hob die Hand, um sie zu unterbrechen.

»Er ist nicht mehr in Damasak. Wir wissen es, und Sie wissen es.«

»Ich höre es von Ihnen zum ersten Mal ...«

»Ersparen Sie uns bitte den ermüdenden Dialog, in dem Sie mir sagen, dass Sie nichts wissen, während ich Ihnen sage, dass Sie sehr wohl Bescheid wissen, und so weiter.«

»Dennoch es ist die Wahrheit: Ich weiß nicht, wo mein Mann ist.«

Okah wandte sich ab, in dem Bewusstsein, dass sie ihn nicht aus den Augen lassen würde, und näherte sich der Kommode, auf der Duftsträußchen und Familienfotos halbkreisförmig angeordnet waren.

»Ist es neueren Datums?«, sagte er, während er einen Rahmen ergriff, in dem ein kleiner Junge und eine Halbwüchsige lächelten. »Ihre Kinder sind für ihr Alter ziemlich groß ...«

»Ist das eine Drohung?«

»Eine einfache Feststellung.«

Er stellte den Rahmen vorsichtig zurück und wandte sich ihr zu.

»General Okah ...«, sagte sie mit trockener Kehle. »Meine Kinder haben nichts damit zu tun ... Ich schwöre Ihnen, dass ...«

Er hob gemächlich seine Waffe und zielte auf die dünne Zwischenwand, die die beiden Zimmer trennte.

»NEIN! NEIN! NEIN!«

»Ich habe Ihnen eine Frage gestellt«, murmelte er, während er den Abzug drückte.

Ohrenbetäubende Detonationen hallten wider und begleiteten die Schreie und die »Mama!«-Rufe. Gips- und Staubwölkchen schossen aus der Wand heraus. Die Kugeln rissen ganze Tapetenstücke herunter und wirbelten Mauersalpeter und Holzspäne auf. Die Ehefrau von Aduasanbi schrie sich die Lunge aus dem Leib.

»NEIN! NEIN! HÖREN SIE AUF!«

»MAMA!«

Glühende Hülsen und Tränen fielen lautlos auf den Teppichboden. Okah feuerte weiterhin unerschütterlich drauflos, bald nach rechts, bald in die Mitte, bald nach links, und die Löcher in der Mauer ähnelten immer mehr den punktierten Linien eines zornigen Freskos.

»MAMA!«

69

Der Anwalt von Henry Okah kauerte im Fond des Geländewagens und wäre am liebsten auf der Stelle verschwunden. Doch die geräuschlosen Blitze, die im Innern des Hauses aufflammten, hypnotisierten ihn. Die Schüsse und die Schreie gelangten nicht bis zu ihm. Er glaubte zu weinen, als er sah, wie die Tiere des Schattenspiels von den Kugeln fortgerissen wurden. Papiersterne flogen in alle Richtungen und schwebten langsam wie Federn auf den Boden herab. Am liebsten hätte er dem Fahrer gesagt, er solle den Motor starten, mit rauchenden Reifen losfahren und diese Siedlung verlassen.

Aber er hatte nicht die Kraft dazu.

Eine jähe Stille folgte dem Knattern des Schlagbolzens, der ins Leere schnellte.

Henry Okah ließ das Magazin auf den Boden fallen und stieß ein neues in den Griff hinein. Das gedämpfte Wiegenlied, das aus dem Nachbarzimmer kam, erinnerte ihn an jene Abende, an denen seine Mutter ihm ein Kinderlied vorgesummt hatte, dessen Worte er vergessen hatte. Er betrachtete das Zimmer, in dessen Mitte er stand.

Blassrosa Licht fiel durch die Löcher in der Wand und wob in der rauchgesättigten Luft ein dunstiges Spinnennetz. Staubschwaden wogten zwischen den Lichtstrahlen, die auf das Bett regneten und die inmitten der Patronenhülsen kniende Frau einhüllten. In den Krämpfen und Schluchzern, die ihren Körper erbeben ließen, wirkte sie seltsam alterslos; bei jedem Schluchzer zuckte ihre Wirbelsäule unter ihrer Haut. Mit den Fingern das Bettlaken umklammernd, wiegte sie sich vor und zurück, wobei sie unverständliche Worte vor sich hin stammelte.

Okah sah auf den Wecker, der auf dem Nachtschränkchen stand. Er trat ans Fenster, aber die Sonne blendete ihn, sodass er nicht erkannte, was auf der Straße geschah.

Die Frau schrie, als er sich auf sie stürzte und sie an den Haaren packte, um sie hochzuziehen. Er riss ihren Kopf so heftig nach hinten, dass die Wirbel knackten.

»Siehst du, wozu du mich gezwungen hast? Häh?«, brüllte er ihr ins Ohr.

Er schmetterte ihr Gesicht gegen die durchsiebte Wand und rieb seinen Bart an ihrer Wange.

»Siehst du es?«

Sie bohrte ihre Fingernägel in den Unterarm von Okah. Ihre weit aufgerissenen Augen schienen aus den Augenhöhlen hervorzutreten.

»Antworte! Siehst du es?«

Ihre Nasenflügel zitterten, aber ihre Atmung schien wie gelähmt.

»Ja ... ja ...«

Von ihren Mundwinkeln troff Speichel herunter.

»Ich frage dich jetzt noch einmal: Wo ist dieser Mistkerl von Adua...«

Er hielt inne, den Namen Aduasanbi auf den Lippen. Das Heulen eines Kindes verband sich mit dem Lied, das hinter der Wand ertönte.

Die Frau schlug derart heftig um sich, dass sie ein Büschel Haare in der Hand von Okah zurückließ. Sie drückte sich gegen die von Kugeln durchsiebte Mauer.

»Mama ...«

»Mein ... mein Schatz!«, schrie sie.

Sie wollte zur Tür stürzen. Okah packte sie an der Kehle und zog sie zurück. Trotzdem hatte sie flüchtig gesehen, wie ihr Sohn neben dem leblosen Körper ihrer Tochter in einer Blutlache stand.

»Zwing mich nicht dazu, ihn zu töten«, sagte Okah, während er den Lauf seiner Pistole gegen die Wand hielt.

»Der Tschadsee ...«

Er hörte sie kaum, sein Gehör war noch halb taub von den Echos der Wut, die in dem Zimmer widerhallten. Er lächelte sie traurig an.

»Mein Mann ...«

Sie wagte es nicht, seinen Namen auszusprechen, da dieses schlichte Wort ihren Verrat noch schmerzlicher gemacht hätte.

»Yaru will nach Kamerun ... er wird über den Tschadsee übersetzen ...«

»Warum der Tschadsee?«

»Das Mädchen, das bei ihm ist ... Es ist krank ... an der Grenze, in der Stadt Baganako, gibt es eine Klinik, die von einer Nichtregierungsorganisation betrieben wird ... Mehr weiß ich nicht.«

Der Abschied

»Lebe wohl, deiner Eurydike erinnere dich …«
Christoph Willibald Gluck,
Orpheus und Eurydike

70

Megan schlief noch, als er ans Fenster trat, um sich seine erste Zigarette anzuzünden. Durch die schmutzige Scheibe betrachtete Benjamin das graue und rosafarbene Morgenlicht einer Sonne, die zögerte, über dem Flüchtlingslager aufzugehen.

»Damasak …«, murmelte er.

Er hatte geträumt, er wäre woanders. Weder in Frankreich noch an einem idyllischen Strand des Indischen Ozeans, einfach woanders. Und dieser Traum vernebelte noch seine Gedanken, sein Unbewusstes wollte noch nicht loslassen, widersetzte sich noch ein wenig dem klaren Bewusstsein, das sich der Alltagswirklichkeit stellt.

Megan stöhnte im Schlaf und wälzte sich hin und her. Benjamin setzte sich an die Bettkante und betrachtete sie. Er konnte nicht glauben, dass die Nacht schon vorüber war. Er schlug das Betttuch ein wenig zurück, um ihre schön geschwungene Taille, ihre wohlgerundeten Brüste und die zarte Blässe ihrer Haut zu betrachten; diese Haut, deren Beschaffenheit und Farbton sich im Licht der aufgehenden Sonne veränderten, wenn man genau hinsah. Die Farbe der Haut, die an den Armen und im Gesicht Megans goldbraun war, wurde an den Schultern kupferfarben, fast braun am Hals und an Brust und Bauch sahnig weiß, ehe sie sich am Schamansatz verdunkelte.

Für einen Mann seines Alters besaß der nackte Körper einer dreißigjährigen Frau eine ganz besondere Schönheit, und Megan bildete keine Ausnahme von dieser Regel. Eine atemberaubende Schönheit, deren harmonische Ausgewogenheit beinahe etwas Beunruhigendes hatte.

Er beherrschte sich, um sie nicht zu berühren. Aber das Bedürfnis, sich davon zu überzeugen, dass sie keine Erscheinung war, veranlasste ihn dazu, seine Finger in Erwartung ihres nächsten Atemzugs nur wenige Millimeter über diesem Körper umherschweifen zu lassen.

Indem Benjamin mit Megan geschlafen hatte, war er der Frage ausgewichen, weshalb sie sich überhaupt für ihn interessierte. Danach hatten sie, unter dem Laken zärtlich umschlungen, diskutiert, bis sie das Gefühl gehabt hatten, dass ihre Körper schwer wie Steine geworden waren. Er hatte ihr auch von seiner Kindheit in Clichy erzählt, von den wenigen Frauen, die er kennengelernt hatte, und den noch weniger Frauen, die er geliebt hatte. Er hatte ihr Sarajevo und die Betondschungel dieser Stadt beschrieben; sie hatte ihm vom Ufer des Michigansees im Winter berichtet und von dem Haus in der Nähe des Golfplatzes, in dem sie aufgewachsen war. Sie hatte ihm von ihrer Ehe erzählt, ihren dunklen Tagen und von diesem endlosen Tunnel, in dem sich ihr Ehemann und sie verirrt hatten, ehe sie sich scheiden ließen.

Sie hatte den Kopf auf seine Brust gelegt und ihm anvertraut, dass in ihr seit dem Tod ihrer Tochter jede Nacht – und jedes Mal zur gleichen Stunde – die Erinnerung an ihr Kind hochkam.

»Ich sehe sie, bevor ich aufwache ... Das geschieht genau in dem Moment, in dem ich nicht mehr weiß, ob ich schon wach bin oder noch schlafe. Es ist seltsam, aber in diesem Moment erscheint mir alles, was mich umgibt, vollkommen real, und doch gibt es immer irgendetwas, was nicht stimmt: einen Gegenstand, der nicht an seinem Platz ist, oder die Farbe der Tapete, die sich geändert hat. Genau zu diesem Zeitpunkt betritt Alison das Schlafzimmer und kommt auf mich zu. Immer in einem anderen Kleid. Sie kommt, und ich nehme sie in die Arme, obwohl ich weiß, dass sie nicht wirklich da ist, aber das spielt keine Rolle.«

Er hatte sich damit begnügt, ihr über die Haare zu streichen, mit den Fingerkuppen flüchtig ihr ovales Gesicht zu berühren. Er hatte gewollt, dass sie seine Gegenwart spürte. Sie hatte ihre Wange an seiner Haut gerieben und seine Magengrube geküsst.

»Mein Psychotherapeut sagt, ich würde das träumen, weil ein Teil von mir sie vergessen will, während sich ein anderer Teil weigert. Aus diesem Grund würde sie jedes Mal in anderer Kleidung erscheinen.« Ein Ausdruck des Zweifels huschte über ihr Gesicht. »Ich halte das für dummes Zeug, und ich glaube, dass er schlichtweg nicht weiß, warum ich das träume.«

Vor dem Einschlafen hatte sie ein hölzernes Jo-Jo unter dem Kopfkissen versteckt, und Benjamin hatte nicht gewagt, sie zu fragen, was dieses Spielzeug für sie bedeutete.

Er hörte Megan ein weiteres Mal stöhnen. Er hätte ihr gern zugeflüstert, dass er sein Bestes täte, um diese klaffende Wunde in ihrem Gedächtnis zu heilen, und dass er ihr zu diesem Zweck, wenn nötig, jede Nacht zuhören würde, dass sie sich in seine Arme kuscheln und ihm zum hundertsten Mal erzählen könne, wie ihr das Schicksal Fleisch von ihrem Fleisch, ihre Hoffnung, einfach alles genommen hatte.

So schmerzlich diese Begegnungen im Reich der Träume auch sein mochten, so vermutete Benjamin doch, dass sie das schwache Band waren, das noch zwischen ihr und ihrem Kind bestand, zwischen ihr und dieser kleinen Alison mit ihren geblümten Kleidchen und ihrer Narbe in Form einer Münze auf der Stirn.

71

»Was hat dich überzeugt?«

»Wenn ich sage: deine Augen, ist das ein bisschen klischeehaft, oder?«, sagte sie, während sie die Tasse zum Mund führte.

Benjamin lächelte unergründlich und strich ihr über die Schulter.

»Ein bisschen«, gab er zu.

Das Laken bedeckte Megans Brust, aber nicht ihre Schenkel, und Benjamin durchrieselte ein wonniger Schauer, als er an die Hitze dachte, die ihn überkommen hatte, als sie die Beine um ihn geschlungen hatte. Sie stellte die Tasse wieder ab.

»Ich weiß nicht genau, warum ich mit dir gegangen bin«, sagte sie und betrachtete das Licht, das durch das Fenster fiel und die Umgebung unsichtbar machte.

»Ich weiß nicht genau, warum ich es dir vorgeschlagen habe.«

»Lügner …«

Er beugte sich zu ihr hin, um sie zu küssen, getrieben von dem starken Verlangen, ein weiteres Mal seine Lippen auf den ihren zu spüren, aber er hielt inne, wohl wissend, dass die Aura der Nacht sie nicht mehr schützen würde. Sie bemerkte sein Zögern, deutete ein Lächeln an und füllte so die Leere zwischen ihren Atemzügen.

»Wann fährst du weiter?«, flüsterte er.

Megan streichelte sein Gesicht.

»In ein paar Stunden.«

Sie schwiegen und lauschten dem Lärm draußen, der ihnen in Erinnerung rief, dass jede Minute, die verging, sie dem Moment der Trennung näher brachte. Megan schenkte ihm mit halb geöffneten Augen ein vages Lächeln.

Als sie zwischen den Zelten hindurchgingen, näherte sich Megan ihm und nahm ihn bei der Hand.

»Willst du wirklich wissen ...«

Die Kühle seiner Finger an ihrer Handfläche stieg ihren Arm hinauf bis zur Schulter.

»... warum ich mit dir mitgegangen bin?«

»Ja ...«, bekannte er flüsternd.

Er fing sich wieder und sprach lauter, damit sie ihn auch hörte.

»Ja.«

Megan blieb vor den Räumlichkeiten von MSF stehen und sah ihm in die Augen. Sie öffnete die Lippen einen Spaltbreit und lächelte über das, was sie gleich sagen würde, aber dann änderte sie ihre Meinung.

»Nein, ich werde es dir sagen, wenn wir uns wiedersehen.«

»Das ist sadistisch.«

»Das ist besser als ein Lebewohl, oder?«

72

Auf dem Rücksitz des Wagens konnte Megan dem Drang nicht widerstehen, sich umzuwenden, um zu sehen, wie sich der hohe Drahtzaun des Lagers entfernte und, ganz am Ende der Piste, rund wurde, als schmiege er sich an die Krümmung des Globus an.

Der rote Staub, der durch den täglichen Verkehrsstau am Checkpoint aufgewirbelt wurde, schoss aus der Erde empor wie ein umgedrehter Wasserfall und tanzte, den Gesetzen der Physik trotzend, immer höher im kobaltblauen Himmel. Pechschwarze Säulen stiegen aus Holzfeuern auf, die von den Flüchtlingen angezündet worden waren. Ein Schwarm Störche, der kaum zu sehen war im Tageslicht, überflog das Lager und verschwand zwischen den verwirbelten Rauchfahnen.

So wie der Geländewagen, der einer langen schnurgeraden Bahn folgte, die Kilometer verschlang, gab es nur noch die Mauer von Himmel und Erde.

Die Krankenschwester schmiegte sich in den Sitz und drückte ihre Schläfe gegen die Scheibe. Der Fahrer summte hinter dem Lenkrad die Melodie aus dem Autoradio mit; hin und wieder hupte er Kinder an, die auf Steinen am Rand der Piste hockten. Abgemagerte Hunde suchten im Schatten der Lehmmauern eines Bauernhofs Schutz, der bei einer Naturkatastrophe, an die sich niemand mehr erinnerte, größtenteils weggespült worden war.

Megan schloss die Augen. Die Melancholie der Landschaft und die extreme Abgeschiedenheit dieser Region erfüllten sie mit einem Gefühl der Traurigkeit und auch dem

Bedauern darüber, den Ort zu verlassen, wo sie hätte sein sollen, den Mann, bei dem sie hätte bleiben sollen.

Sie fuhren durch die Stadt Mongonu und dann Richtung Ngala, das an der Grenze nach Kamerun lag – sofern man dem verrosteten Verkehrsschild am Straßenrand Glauben schenken konnte. Megan döste vor sich hin, eingelullt von den Erschütterungen und dem Quietschen der Stoßdämpfer, als der Fahrer plötzlich das Radio lauter stellte.

Plötzliche Wende in Abuja …

Die Krankenschwester schreckte auf; der Journalist mit seiner näselnden Stimme schien ihr direkt ins Ohr zu sprechen. Der Fahrer warf einen Blick in den Rückspiegel.

»Entschuldigung, ich wusste nicht, dass Sie schlafen.«

»Ich auch nicht«, sagte sie und streckte sich.

Heute Morgen um neun Uhr hat der Justizminister die Freilassung des mutmaßlichen Anführers der MEND, Henry Okah, bekannt gegeben. Der Richter Mohammed Liman hat diesen Beschluss bestätigt und erklärt, die Freilassung erfolge im Rahmen eines Angebots an die Rebellen, die Waffen niederzulegen …

Megan hörte nur mit halbem Ohr zu und öffnete die Scheibe, um eine Zigarette zu rauchen. Die wohltuende Wirkung der Klimaanlage verflog in Sekundenschnelle. Vor den geschlossenen Fensterläden baumelten durch die Hitze zusammengeschrumpfte Spruchbänder, auf denen man in roten Buchstaben lesen konnte:

NEIN ZU DEN FLÜCHTLINGEN – NIGERIA IST KEIN ASYLLAND MEHR – RAUS MIT DEN AUSLÄNDERN.

Diese Freilassung wirft zahlreiche Fragen auf, und selbst innerhalb der Regierung wurde Protest dagegen laut. Der Sprecher des Justizministeriums widerspricht entschieden Vorwürfen, es handele sich um Rechtsbeugung.

»Die halten uns wirklich für Idioten ...«, stieß der Fahrer zwischen den Zähnen hervor.

Henry Okah, der am 14. Februar 2008 in Angola festgenommen wurde, sollte wegen Hochverrats, Terrorismus, illegalen Besitzes von Schusswaffen, Waffen- und Drogenschmuggel angeklagt werden. Wir konnten seinen Anwalt bis jetzt nicht erreichen. Erinnern wir uns daran, dass zwei weitere mutmaßliche Anführer der MEND, Yaru Aduasanbi und Umaru Atocha, noch immer flüchtig sind.

Der Fahrer schaltete mit einer wütenden Handbewegung den Ton aus und krümmte sich über das Lenkrad.

»Ja, für Idioten ...«, wiederholte er.

Megan suchte im Rückspiegel Augenkontakt zu dem Mann, um ein Gespräch mit ihm anzuknüpfen.

»Haben Sie das gehört?«

Sie lächelte, um ihm eine Freude zu machen und ihn so dazu zu bringen, sich ihr anzuvertrauen.

»Sie lassen Henry Okah frei und wollen uns weismachen, es hätte keine Mauscheleien gegeben«, seufzte der Fahrer kopfschüttelnd. »Ich bin der Meinung, ein Verbrecher muss im Gefängnis bleiben. Finden Sie nicht?«

»Doch, natürlich«, sagte sie, ohne wirklich über die Frage nachzudenken.

Sie fuhren durch ein Katastrophengebiet, wo Müllhalden und zerfallene Gebäude einen gespenstischen Archipel bildeten. Auf den mit Graffiti besprühten Gerüsten waren immer die gleichen Ermahnungen, die gleichen Hassbotschaften zu lesen, die sich an die Vertriebenen richteten. Nachdem sie dieses Niemandsland hinter sich gelassen hatten, entdeckte Megan die unermesslichen kargen Ebenen, die sich dem Auge darboten.

So weit man sah, nichts als verbrannte Erde von strahlender Weiße, ähnlich einer Salzwüste. Verdorrte Pflanzenreste und braune Sandgestöber peitschten dicht über dem Boden die Silhouette eines Maulesels, der genauso unbeweglich dastand wie der Fels, den er zu bewachen schien.

Sie fuhren lange, ohne einem einzigen Lebewesen zu begegnen – weder Mensch noch Vieh. Kein Vogel, keine Pflanze erhob sich zum Himmel. Nichts als nackte und flache Felsen und manchmal ehemalige Bewässerungskanäle, die seit Ewigkeiten ausgetrocknet waren.

Plötzlich tauchte in der Ferne am Rand der Piste eine Kapelle auf. Der Fahrer bremste ab, als er sich dem kleinen Gebäude näherte, das in dem Glast so stark zu zittern schien, dass es förmlich schwebte – durch irgendwelche unerklärlichen Erschütterungen über das Geröllfeld hinausgehoben.

Der Kalk der Fassade warf das Licht zurück wie eine zweite Sonne, die vom Himmel heruntergenommen worden war.

Inmitten dieses Flirrens erkannten Megan und der Fahrer ein verkohltes schwarzes Kreuz. Dieses Symbol hatte nichts Religiöses mehr, es besaß höchstens noch Ähnlichkeit mit einem Totem, einem Überrest eines vergessenen, fernen Zeitalters.

Megan dachte an die Kriege, die Muslime und Christen seit der Anwendung der Scharia in diesen Regionen gegeneinander geführt hatten. In den Nachrichten hatte sie die barbarischen Bilder der Zusammenstöße gesehen, die das Land verwüsteten. Die spektakulärsten davon hatten 2001 in Jos und 2004 in Yelwa stattgefunden.

Die Muslime hatten etwa dreißig Kirchen und mehrere Hundert Geschäfte, die Christen gehört hatten, in Brand gesetzt. Sechs Kinder waren bei lebendigem Leib verbrannt und Dutzende weitere mit Macheten zerhackt worden. In Onitsha, im Süden, waren die Gewalttätigkeiten durch die Ankunft eines Lkws ausgelöst worden, der mit den Leichen von Christen beladen war, die in Maiduguri getötet worden waren. Daraufhin hatten die dortigen Christen blutige Rache genommen.

Ja, sie erinnerte sich an diese Bilder, an diese Kämpfe aus einer anderen Zeit, an die Leichen, die im Licht von Baustellenscheinwerfern in Müllcontainern übereinandergestapelt und von einem Mann in weißer Soutane gesegnet wurden, aber vor allem erinnerte sie sich an die Menschenmenge, die vor den rauchenden Trümmern einer Kirche gejubelt, getanzt und gelacht hatte.

73

An die Mauer der Kapelle gelehnt, tupfte sich Umaru Atocha Stirn und Nacken ab. Die Wüste schimmerte, nur das Flirren über dem Boden störte die weiße Reglosigkeit. Im Norden verschleierten rote Haufenwolken, die zweifellos von einer durchziehenden Viehherde aufgewirbelt wurden, den Horizont wie ein mit dem Daumen verwischter Rötelstrich.

Bald sind alle Figuren auf dem Schachbrett aufgestellt, dachte er.

Da Naïs krank war, würde Aduasanbi als Nächstes ein Krankenhaus aufsuchen, denn dieses Kind war so wertvoll, dass alles andere abwegig war.

Die Frage war nur, welches Krankenhaus.

Er entfaltete eine Karte der Region. Er musste sich beeilen, wenn er eine Chance haben wollte, Henry Okah zuvorzukommen.

Als er am späten Vormittag von der Freilassung des Chefs der MEND erfahren hatte, hatte er sich nicht in Hypothesen verlieren müssen, um zu erraten, welche Abmachung die Regierung und Okah geschlossen hatten: seine Freiheit gegen Naïs, seine Freiheit gegen die Kugel, die er Aduasanbi in den Kopf jagen würde. Die bloße Erwähnung des Namens Henry Okah versetzte ihn Jahre zurück, genau in jenen Moment, wo Yaru Aduasanbi mit Naïs auf den Armen aus der MEND ausgestoßen worden war.

Er hatte so etwas nicht für möglich gehalten, aber er hatte eine alles entscheidende Tatsache außer Acht gelassen: Die Guerillakämpfer der MEND waren naive, abergläubische Bauern. Ihm wurde mit einem Mal klar, dass ihr Respekt für Aduasanbi nur oberflächlich ein natürliches Misstrauen kaschierte, das darauf zurückzuführen war, dass sie im Grunde nicht verstehen konnten, warum ein Intellektueller, ein Universitätsprofessor, alles aufgegeben hatte, um für ihre Sache zu kämpfen. Seit den Anfängen der Revolution war ihnen das Engagement von Aduasanbi suspekt erschienen – und dies trotz seiner Opfer und der täglichen Beweise seiner Loyalität.

Umaru erinnerte sich, wie niedergeschlagen Yaru Aduasanbi gewesen war, als sich die Männer, an deren Seite er gekämpft hatte, diese Männer, für die er sich eine bessere Zukunft, ein besseres Leben erträumt hatte, gegen ihn gewandt hatten. Am meisten aber hatte ihn erstaunt, dass Aduasanbi offenbar weder Groll noch Wut empfand.

Henry Okah hatte sie schließlich überzeugt, indem er die

Glut alter abergläubischer Überzeugungen anfachte, die Naïs umgaben. Umaru kannte die Gefahr dieser Anschauungen ganz genau. In der Schule hatten seine Klassenkameraden erzählt, er sei unrein zur Welt gekommen, da ihn seine Mutter während ihrer Periode empfangen habe, und dieses unreine Blut habe seine Augen gefärbt. Selbst seine Familie hatte ihn verdächtigt, ein böser Geist zu sein, ihn dann beschuldigt, Unglück zu bringen und ihren Ruin zu wollen. Seine Onkel hatten an Legenden erinnert, wonach die Arme und die Beine von Albinos, am Eingang einer Mine ausgelegt, Gold anziehen und ihre Finger an einem Angelhaken Fische, die Goldklumpen verschluckt haben, an die Oberfläche locken sollen. In Burundi und in Tansania wurden Menschen wie er zerstückelt, mitten auf der Straße abgeschlachtet und ausgeweidet, und aus ihren Organen stellten Hexer Glücksbringer her. Er erinnerte sich an Presseartikel, die das entsetzliche Martyrium jenes zehnjährigen Albinomädchens schilderten, das in Stücke gehauen wurde und dessen Leiche am Ortsausgang von Nyabitsinda einfach liegen gelassen wurde.

Naïs drohte das gleiche Schicksal wie Albinos in Burundi, wie Zwillingen im Volk der Ibo, die als Unheil bringend galten und nach der Geburt in verfluchten Wäldern ausgesetzt wurden, wie Pygmäen im Kongo, denen die Rebellen von Jean-Pierre Bemba das Herz herausrissen, um sich ihre Kraft und ihren Mut anzueignen.

Umaru verfolgte den Verlauf der Straßen, die von Damasak ausgingen. Er hatte von vornherein die Möglichkeit ausgeschlossen, dass Aduasanbi in den Niger zurückkehrte; die Hungersnot und die Zusammenstöße mit den Flüchtlingen gewährleisteten die Sicherheit von Naïs in keiner Weise. So blieb nur die Straße nach Maiduguri oder die zum Tschadsee.

Maiduguri würde sie gefährlich nahe an Abuja bringen, dachte er, aber es gab Nahrung und Krankenhäuser. Die Straße Richtung Tschadsee verlief durch gefährliche Gebiete, für einen Mann mit einem kranken Kind war es ein regelrechtes Kamikaze-Unternehmen, aber die Route führte auch zur Grenze nach Kamerun, wo sich Aduasanbi eine echte Chance bot zu verschwinden.

»Chef?«

Umaru sah von der Karte auf.

»Also? Wohin soll die Reise gehen?«

Der Albino zögerte. Er durfte sich nicht irren. Wenn das, was er vermutete, zutraf, war Henry Okah einige Stunden vor der amtlichen Bekanntgabe seiner Freilassung auf freien Fuß gesetzt worden. Und er war bereits auf der Jagd.

»Zum Tschadsee«, entschied er. »Zum Krankenhaus von Baganako.«

Baganako

»Der Preis dafür, dass man die anderen dazu bringt, die eigenen Menschenrechte zu achten, ist der Tod.«

Malcolm X

74

Das Krankenhaus von Baganako stammte aus den Sechzigerjahren und glich aus der Ferne dem Kontrollhäuschen einer Mautstelle am Eingang eines kleinen Slums – eine Ansammlung von Stroh- und Wellblechhütten, die zur Landschaft hin breiter wurde und sich bis nah ans Ufer des lehmigen Tschadsees erstreckte.

Das zweigeschossige Gebäude mit Flachdach war ein trostloser Komplex in Hufeisenform und ein typisches Beispiel für jenen schmucklosen funktionalistischen Baustil ohne Charme, der von europäischen Bewegungen inspiriert und bis Anfang der Neunzigerjahre en vogue gewesen war.

Im Osten, in der Nähe der Grenze, erhob sich das Stadtzentrum von Baganako mit seinen verlassenen Gebäuden. Am Ufer hatten Beamte, die gegen Ende ihrer Laufbahn hierher abgeschoben worden waren, ohne zu wissen, wieso und warum, so etwas Ähnliches wie ein Wohnviertel gebaut. Bewaffnete Wachposten, die ohne Vorwarnung auf Diebe und Halbwüchsige, die sich etwas zu nahe heranwagten, schießen sollten, vertrieben sich die Langweile damit, dass sie die Schwärme toter Fische betrachteten, die die Strömung an ihnen vorbeitrug.

Megan unterdrückte einen leichten Anflug von Angst und stieß die Türen der Krankenstation auf. Sie grüßte die diensthabende Schwester, eine etwa fünfzigjährige Frau aus dem Tschad, die auf einem Stuhl in einigem Abstand von den Patienten in einem Roman schmökerte.

»Sie fangen schon an?«

»Sieht ganz so aus«, antwortete Megan lächelnd.

»Einen kleinen Kaffee vielleicht?«

»Da sag ich nicht Nein ...«

Während die Tschaderin die alte Kaffeemaschine für ihre Korpulenz erstaunlich gewandt bediente, erzählte sie Megan, dass sie am staatlichen Krankenhaus von N'Djamena ausgebildet worden und nach den Kämpfen zwischen den Rebellen der Einheitsfront für den Wandel und den Regierungstruppen von Idriss Déby ins benachbarte Kamerun geflohen sei. Dort habe sie verschiedenen Nichtregierungsorganisationen ihre Dienste angeboten, ehe sie hier gelandet sei, wo sie seit fünf Monaten arbeite.

Megan betrachtete die mit Kinderzeichnungen bemalten Wände, die ein buntes Fresko bildeten.

»Die haben die Kleinen aus der ernährungsmedizinischen Abteilung gemalt«, erklärte die Tschaderin, »sie zeigen dir unsere Geschichte. Denn alles, was du da siehst ...« Sie seufzte, als sie die Kaffeekanne in die Hand nahm. »... glaub mir, sie haben nichts erfunden.«

Man sah viel rotes Gekritzel – Rot, das aus Gestalten emporquoll, die auf dem Boden lagen, oder das sich über die Landschaft ausbreitete, und schwarze Vögel, schlichte Haken, die am Himmel schwebten. Doch andere Zeichnungen waren heiterer, unbekümmerter und zeigten lachende Sonnen und geflügelte Fußbälle.

Die Krankenschwester hielt ihr einen glühend heißen Becher hin.

»Ich«, sagte sie, während sie sich schwer auf das Feldbett plumpsen ließ, »ich nehme ihn wie meine Männer: sehr schwarz und ohne Zucker.« Sie brach in lautes Gelächter aus und nippte an dem Kaffee. »Und du? Bist du verheiratet?«

»Geschieden«, sagte Megan und hielt ihre Hand ohne Ehering hoch.

»Wie kann ein Mann einem so hübschen Ding wie dir den Laufpass geben?«

Megan lächelte. Die gute Laune der Krankenschwester war ansteckend und brachte sie auf andere Gedanken.

»Eine komplizierte Geschichte«, gab sie zu, »so sagt man doch, oder?«

»Und seither?«

»Und seither, was?«

»Jetzt aber! Du bist doch keine Nonne, oder? Bei den Augen, die du hast, wäre es doch wirklich schade ...«

Megan lachte ihrerseits.

»Nichts Ernstes.«

Sie dachte an Benjamin, befürchtete jedoch, die bloße Erwähnung ihrer gemeinsamen Nacht könnte Unglück bringen.

»Du hast recht«, meinte die Krankenschwester, »in deinem Alter muss man seine Chancen nutzen. Du hast noch Zeit genug, einen guten Ehemann zu finden. Du weißt doch, meine Liebe, jeder Topf hat seinen Deckel. So ist es nun mal, der liebe Gott hat es so gewollt.«

»Und du?«

»Ich? Ach, das schreckt ja die Männer nicht gerade ab!« Sie schob die Hände unter ihre Brüste und schüttelte sie lachend. »Im Gegenteil. Aber mit den Jahren ist man nicht mehr so mit dem Herzen dabei ...«

Megan trank ihren Kaffee aus und sah auf die Wanduhr über den Zeichnungen.

»Danke«, sagte sie und stellte den Becher zurück.

»Nichts zu danken.«

75

Im ersten Stock waren die Zwischenwände eingerissen worden, um einen langen Gemeinschaftsraum zu schaffen. Durch die Fensterläden drang kaum etwas von dem Licht der Morgendämmerung. Es genügte, um Mütter zu enthüllen, die auf Matratzen lagen und in ihren Armen Kinder mit starren Blicken und abgezehrten Gliedmaßen hielten.

»Beim ersten Mal ist es hart«, sagte eine Stimme hinter ihr.

Megan drehte sich um und war überrascht, einen jungen Arzt zu erblicken, der vor seinem Schreibtisch stand.

»Sie sind Megan, nicht wahr? Wir sind uns gestern Abend begegnet …«

»Ja, ich erinnere mich«, sagte sie und gab ihm die Hand. »Sie leiten die Station, in der ich arbeite.«

Mit seinem schmalen, hageren Gesicht und seinen hinter den Brillengläsern versteckten Augen glich er einer Kopie jener Gespenster, die man auf alten Klassenfotos entdeckt und von denen man nichts mehr weiß, nicht einmal ihren Vornamen.

»Als ich vor einem Jahr aus der Niederlassung von *Médecins Sans Frontières* in Abuja hierhergekommen bin, sollte ich diese Mission schließen. Aber an jeder Straßenecke gab es unterernährte Kinder, und da und dort lagen Kinderleichen herum. Gemeinsam mit unserem Koordinator haben wir Paris davon überzeugt, das Krankenhaus unverzüglich wieder aufzumachen …«

Der Arzt hielt ihr ein gedrucktes Blatt hin.

»Da, das ist die aktuelle Patientenliste. Wir behalten nur Risikofälle hier, also diejenigen, bei denen die Unterernährung durch Infektionen oder andere Erkrankungen verschlimmert wird: Malaria, Lungenentzündung, Aids. Früher, als uns nur therapeutisches Milchpulver zur Verfügung stand, mussten wir alle bis zum Nachlassen der Symptome behandeln. Die Mütter mussten hierbleiben, um ihre Babys alle zwei Stunden zu füttern. Die meisten von ihnen haben vier oder fünf Kinder, und sie arbeiten auf dem Feld, um ihre Familie mit dem Nötigsten zu versorgen. Mit Plumpy'Nut haben wir dieses Problem zum Teil gelöst.«

Er öffnete einen Wandschrank und hielt ihr ein kleines luftdicht verschlossenes Beutelchen hin, das nicht größer als ein Snickers war.

92 Gramm, 500 Kalorien.

Ein Konzentrat aus Nährstoffen und Vitaminen. Ein Rettungsanker für Millionen Sterbende.

»Ich lasse Sie jetzt allein, damit Sie sich mit den Patienten vertraut machen können. Wollen wir in einer Stunde eine Bestandsaufnahme machen? Und schauen wir uns dann zusammen den Tagesplan an?«

»Ja, das passt.«

»Wenn Sie bis dahin irgendetwas brauchen«, stieß er noch hervor, ehe er die Tür wieder schloss, »wenden Sie sich bitte jederzeit an mich.«

Megan begann ihre Visite mit den schlimmsten Fällen, jenen, die nach medizinischem Ermessen die geringsten Überlebenschancen hatten. Sie blieb vor dem Bett eines kleinen Jungen stehen, der eine Infusion bekam. Laut den Einträgen in seiner Krankenakte war sein Vater während des Fußmarschs hierher gestorben, und seine Mutter hatte infolge der vielen Schicksalsschläge den Verstand verloren. Nach fünftägiger Behandlung über eine Nasensonde hatten die Ärzte versucht, dem Kind therapeutische Milch F-100 zu verabreichen, aber es wäre beinahe einem Malariaschub erlegen, sodass sie ihm erneut Nährstoffinfusionen verabreichen und Chinin spritzen mussten. Von dem Bett zu ihrer Rechten starrte Megan ein anderer kleiner Junge an. Sie setzte sich an sein Bett und legte die Hand auf seine Stirn.

»Kein Fieber ...«, sagte sie mit lauter Stimme. »Tut dir irgendetwas weh?«

Der kleine Junge antwortete nicht und schaute sie weiterhin unverwandt an, dabei hielt er einen Beutel Plumpy'Nut zwischen seinen Fingern, als wäre es eine Puppe. Die Krankenschwester überflog die Krankenakte. Der Junge, der bei seiner Aufnahme Symptome von Marasmus gezeigt hatte, wurde seit einem Monat behandelt. Er hatte zugenommen und war wieder zu Kräften gekommen, aber sein Blick behielt eine glasige Starre, die etwas leicht Verstörendes hatte.

Diagnose: Der Mangel an Vitaminen und Mineralsalzen hatte sein Gehirn schwer geschädigt. Folgen: Beeinträchtigung der kognitiven und motorischen Fähigkeiten. Prognose: Der Junge würde heranwachsen, mit etwas Glück sogar ein fortgeschrittenes Alter erreichen, aber er würde bis an sein Lebensende schwachsinnig bleiben.

»Lass mich los!«

Megan hörte Schreie von der Treppe.

»Lass mich los, sag ich, verdammte Hexe! Ich bin kein Dieb!«

Die Unruhe weckte Säuglinge auf, die zu weinen anfingen. Megan durchquerte den Gemeinschaftsraum im Laufschritt und wäre beinahe in die tschadische Krankenschwester hineingerannt, die einen etwa fünfzehnjährigen Halbwüchsigen fest am Kragen gepackt hatte.

»Was tust du hier?«, brüllte die Krankenschwester, »du Mistbengel, hä?«

»Nichts! Ich schwör's!«

Der Junge versuchte, sich dem eisernen Griff zu entwinden.

»Was ist los?«, fragte Megan, die dazwischentreten wollte.

»Ich hab diesen Schlingel beim Herumschnüffeln erwischt! Du hast Medikamente gesucht, um sie weiterzuverkaufen, nicht wahr? Wen wolltest du beklauen? Sie?«

Die Tschaderin bugsierte ihn zum Eingang des Gemeinschaftsraums. Der Junge ertrug den Anblick der ausgemergelten Körper nicht und wandte den Blick ab.

»Ich sag doch, dass ich nichts klauen wollte!«

»Ich glaub dir«, bemerkte Megan sanft. »Aber du musst mir sagen, warum du hier bist, sonst muss ich die Polizei anrufen ...«

»Und du wirst sehen, was sie mit Strolchen wie dir anstellen!«

Der Junge blickte die füllige Krankenschwester finster an und flüsterte Megan zu: »Wenn ich dir alles sage, lässt du mich dann gehen?«

»Versprochen.«

Der Jugendliche kratzte sich am Kopf und zögerte – er blickte nervös in Richtung der Kinderstation.

»Ein Typ hat mir zehn Dollar versprochen, wenn ich ihm

sage, ob hier ein Mann und seine Tochter sind. Er hat mir ihre Fotos gezeigt.«

»Und sind sie da oder nicht?«

Megan wandte sich langsam zu dem Bett um, auf das der Junge mit dem Finger zeigte.

Ihr Herz schlug nicht schneller. Nur ein Zittern verriet die Erschütterung, die sie überkam, als sie das Mädchen erkannte. Wenn sie ihre Erinnerung nicht trog, hatte Jacques sie Naïs genannt. Neben ihr saß ein Mann, der eine zerknitterte Zeitung in den Händen hielt. Plötzlich zuckten seine Schultern, dann begann sein ganzer Körper zu beben, und er brach in ein Schluchzen aus.

Megan blieb nicht die Zeit, um sich ihm zu nähern.

Jäh wie eine explodierende Splitterbombe ertönten das Kreischen von Bremsen und verzweifeltes Hupen vor dem Krankenhaus. Türen wurden zugeschlagen, und sofort drangen schrille Schreie von draußen herein, gefolgt von Hilferufen und Geräuschen hastiger Schritte.

Von panischer Angst ergriffen, kauerte sich der Junge zusammen. Die beiden Krankenschwestern erfassten binnen einer Sekunde, was da vor sich ging. Sie nahmen die Informationen mit Körper und Geist auf: Schreie von Ärzten, Bewegungen, Tränen. Gewöhnt an Situationen dieser Art, interpretierten sie diese instinktiv. Sie stürzten ins Erdgeschoss.

76

Vom Dach des Gebäudes aus beobachtete Henry Okah die Umgebung von Baganako. Die Vergrößerung des Fernglases erlaubte ihm, einen Umkreis von zwei Kilometern zu überprüfen. Jenseits davon verschwanden Menschen wie Tiere in den tief hängenden Dunstschwaden, die den Sonnenaufgang begleiteten.

Er schüttelte das Bein, um die Insekten zu verjagen, die in dichten Schwärmen über den Boden und seine Waden hinaufkrochen. In der Ferne sah er auch Bauern – Kameruner und Nigerianer –, die sich zu beiden Seiten der Grenze über den Lehmboden schleppten. Es war traurig, zu sehen, wie diese Schatten nur mühsam vorankamen und regelmäßig lange Stöcke in den rissigen Trockenschlamm steckten. Alle drei Schritte führten sie dieselbe Geste aus; sie suchten den kleinen Bereich an der Oberfläche, der etwas lockerer war – dort bohrten sie dann Löcher und legten einige Weizenkörner hinein.

Er setzte das Fernglas ab und sah sich um. Der Beobachtungsposten, den er ausgewählt hatte, erlaubte es ihm, die drei Hauptrouten zu überwachen, die nach Baganako führten, sowie die beiden Pisten, die die Zöllner bei ihren Patrouillenfahrten entlang der Grenze bevorzugten. Außer dem Auto, das die Ebene durchquert hatte, ehe es in die Stadt hineingefahren und dann Richtung Krankenhaus gerast war, hatte er kein weiteres Fahrzeug bemerkt. Im Westen hingen noch immer von dem Wagen aufgewirbelte gelbe Staubfahnen in der Luft.

Er ging bis an den Rand des Dachs vor und spuckte aus.

Die Straßen waren menschenleer, ebenso das Gebäude. Die Stille war unglaublich dicht. Er setzte sich auf das Backsteinmäuerchen, welches das Dach umfasste, hob das Fernglas wieder an die Augen und stellte es auf das Krankenhaus von MSF ein.

Er brauchte einige Sekunden, um den beweglichen Gestalten eine Funktion zuordnen zu können, sie aus dem Zusammenhang zu lösen, um den Sinn der Szene besser zu verstehen.

Zwei Männer, die er für Ärzte hielt, versuchten, einen Körper aus dem Fahrzeug herauszuziehen, das vor dem Eingang eine Vollbremsung hingelegt hatte. Ein weiterer Mann, vielleicht ein Krankenpfleger, bereitete eine Krankentrage vor. Der Fahrer des Fahrzeugs stand reglos einige Meter von der geöffneten Wagentür entfernt und betrachtete die Szene. Okah kniff die Augen zusammen, in dem Bemühen, seine Gesichtszüge zu erkennen, aber alles, was er sah, war seine weiße Haut. Einer der Ärzte beugte sich von der Rückbank nach draußen, um etwas zu rufen, seine Hände und sein weißes T-Shirt waren übersät mit granatroten Flecken.

Als Henry Okah hastige Schritte im Treppenhaus des Gebäudes hörte, legte er das Fernglas auf seine Knie. Er betrachtete den Tschadsee, der unter der Sonne glänzte, und sagte sich, dass Yaru Aduasanbi sich keine großartigere Kulisse zum Sterben hätte aussuchen können.

Die Tür, die zum Dach führte, wurde aufgerissen, und in der Öffnung erschien ein jugendliches Gesicht. Der Junge ging auf Okah zu, darauf bedacht, dem Rand des Daches nicht zu nahe zu kommen.

»Ist dir schwindlig?«

»Nein«, pfiff der Junge mit herausgestreckter Brust, »ich hab vor nichts Angst.«

Er zuckte mit den Schultern und kramte in seinen Taschen, aus denen er eine ganze Handvoll Zigarettenstummel zog, die er sorgfältig sortierte, ehe er sich für denjenigen entschied, der am wenigsten heruntergebrannt war.

»Du bist schnell zurückgekommen«, fuhr Okah fort und warf ihm ein Feuerzeug zu.

»Da drüben ist es echt ungemütlich, Chef ...« Der Junge zog an der Zigarette und schnaubte. »Dort ist eine Frau, die Blut pinkelt, und alle schreien!«

Henry Okah ließ seinen Blick erneut zum Krankenhaus schweifen. Noch immer waren mehrere Gestalten geschäftig rings um den Wagen zugange, das war die einzige Bewegung in der ganzen Stadt.

»Hast du herausgefunden, worum ich dich gebeten hab?«, fragte er und stand auf.

»Ja, ich hab sie gesehen. Sie sind im Krankenhaus.«

»Bist du sicher?«

»Ich bin mir sicher, dass sie es sind, Chef. Der Mann und das Mädchen ... Diejenigen, die du mir auf dem Foto gezeigt hast. Sie sind im ersten Stock, nahe am hintersten Fenster ...«

Okah verspürte ebenso viel Erleichterung wie Aufregung. An diesem Abend wäre alles vorbei.

»Hat dich der Mann gesehen?«

»Nein ...«

»Hat dich jemand anders gesehen?«

»Nein, Chef«, beteuerte der Junge und schlug unwillkürlich die Augen nieder.

»Lüg nicht.«

»Ich lüge nicht! Ich ...« Die Kippe fiel ihm aus den Fingern. »Ich schwöre, dass ...«

Okah näherte sich dem Jungen und baute sich drohend vor ihm auf.

»Ich frage dich ein letztes Mal. Hat dich sonst irgendjemand gesehen?«

Der Halbwüchsige wich zurück und warf einen Blick zur Tür, um die Entfernung abzuschätzen. Seine durchlöcherten Sohlen rutschten auf dem feinen Kies, der das Dach bedeckte. Aber der Mann, der ihn anstarrte, müsste nur den Arm ausstrecken, um ihm das Genick zu zermalmen, bevor er auch nur einen Schritt machen könnte.

»Die beiden Krankenschwestern ... Sie haben geglaubt, ich bin ein Dieb und ...«

»Und hast du ihnen gesagt, warum du da bist?«

Okahs Pranke packte seine Schulter und quetschte sie.

»Ich erklär's dir ...«, stammelte der Junge.

»Ich hab dir doch gesagt, dass ich meine Fragen nicht wiederhole.«

Der Junge schrie, als Henry Okah ihn zum Rand des Dachs schleuderte. Er stolperte und ruderte mit den Armen, um nicht in die Tiefe zu stürzen.

»Hör auf! Hör auf«, flehte er und hielt sich mit ganzer Kraft an der Hand fest, die ihn am Kragen gepackt hatte. »Ich hab es ihnen gesagt, aber nur, damit sie mich laufen lassen!«

Okah ließ ein wenig locker. Der Junge spürte, dass er gleich fallen würde, und umklammerte mit beiden Händen das Handgelenk von Henry.

»Ich werde tun, was du willst, Chef! Ich schwör's dir! Und ganz ohne Geld! Aber bring mich nicht um!«

Mit einer jähen Geste hob Okah den Jungen aufs Dach zurück. Der Junge brach auf dem Kies zusammen und konnte einen Moment lang nicht atmen. Henry Okah packte ihn am T-Shirt und zwang ihn dazu, wieder aufzustehen.

»Zieh Leine!«, flüsterte er ihm ins Ohr.

Okah wartete, bis er verschwunden war, ehe er sich wieder hinsetzte und seine Beobachtungen fortführte. Er sah dem Jungen nach, wie er durch die menschenleere Straße floh. Er schloss die Augen, und als er sie wieder aufmachte, war der Halbwüchsige nicht mehr da; er hatte sich zwischen den zerfallenen Häusern und den verwaisten Baustellen in Luft aufgelöst. Das Säuseln der im Wind wogenden Sträucher drang bis zu ihm, knapp gefolgt vom Plätschern des Wassers gegen die Rümpfe der Einbäume, die am Ufer festgemacht waren. In Baganako stand die Zeit still.

Er lehnte sich nach hinten und zog seine Reisetasche zu sich. Er nahm nacheinander einen schwarzen Griff aus Polyurethan, einen glatten Lauf, ein Röhrenmagazin und einen Vorderschaft heraus und legte sie geordnet auf den Kiesboden. Er riss eine Schachtel mit 70-mm-Patronen auf und verteilte die Munition überall. Der Fehler, den der Junge begangen hatte, zwang ihn dazu, seine Pläne schneller umzusetzen. Er wollte nicht das Risiko eingehen, dass ihm die Flüchtigen noch einmal entwischten. Er beobachtete das Krankenhaus, das Grab von Yaru Aduasanbi, und sah, wie Gestalten die Fahrtrage zur Notaufnahme schoben.

Ganz in diesen Anblick vertieft, bemerkte er nicht die Staubfahnen, die drei aus Norden kommende Fahrzeuge hinter sich herzogen. Und wenn er sein Fernglas auf den Wagen an der Spitze gerichtet hätte, dann hätte er vielleicht hinter der Windschutzscheibe das Gesicht des Albinos erkennen können.

77

Megan hielt den Atem an, als die Eingangstüren der Klinik gegen die Wände schlugen. Die Fahrtrage holperte durch den Eingang der Notaufnahme. Die darauf liegende Schwangere schrie sich die Seele aus dem Leib. Blut, viel Blut befleckte ihr Kleid auf der Höhe des Unterleibs. Der Missionsleiter und der junge Arzt mit Brille überprüften ihre Vitalfunktionen.

»Ihr Puls ist unregelmäßig! Wie heißt sie?«

»Hallo? Hallo? Hören Sie mich?«

»Wir müssen ihr eine Infusion legen!«

»Wir brauchen Blutkonserven! Schnell!«

»Bereiten Sie den OP vor!«

Die tschadische Krankenschwester eilte zum OP-Trakt, gefolgt von einem Pflegehelfer, der die Treppe hinunterrannte. Während Megan zur Trage eilte, nahm sie die Verwirrung, das Chaos in sich auf.

»Mist! Kann mir jemand sagen, was hier passiert ist?«, schrie der Einsatzleiter.

Megan hastete nach draußen und erblickte einen alten Ford mit geöffneten Türen, der davor parkte. Blutstropfen im Staub zeichneten eine ununterbrochene Linie bis zur Rückbank. In der Nähe des Autos fingerte ein alter Mann, der ganz offensichtlich unter Schock stand, nervös an einem hölzernen Rosenkranz herum.

»Haben Sie sie hergebracht?«, fragte die Krankenschwester.

Er wandte ihr sein schmales, von der Sonne zerfurchtes Gesicht zu.

»Ja, ich bin Pater David ...«

»Was ist passiert?«

»Sie heißt Haoua ... sie kam zur Missionsstation und bat uns um Hilfe ... Sie hatte Bauchschmerzen, aber keiner von uns ist Mediziner, wir wussten nicht, was wir tun sollen. Da haben wir ihr Medikamente gegeben ...«

»Welche Medikamente?«, unterbrach sie ihn.

»Spasfon und ...« Der Priester konzentrierte sich, um sich zu erinnern, aber die Blutflecken zogen seinen Blick geradezu magnetisch an. »... außerdem Ibuprofen ... aber sie begann zu bluten und ...«

»Wann hat die Blutung begonnen?«

»Ich hab sie sofort, als die Blutung eingesetzt hat, hierhergebracht ... Die Fahrt von der Missionsstation bis zur Klinik dauert eine Viertelstunde ...«

»Hat sie unterwegs viel Blut verloren?«

»Ja ... aber bitte sagen Sie mir, dass die Medikamente nicht dafür verantwortlich sind ...«

»Alles deutet darauf hin, dass sich ihre Plazenta abgelöst hat. Die Medikamente haben nichts damit zu tun.«

Seine Hand umklammerte den Rosenkranz fester.

»Mein Gott, armes Kind ...«

»Kennen Sie sie gut?«

»Ja, sie besuchte einige der Kurse, die wir geben.«

»Im wievielten Monat ist sie?«

»Warten Sie ...« Seine Augen verrieten panische Angst. »Sie müsste im achten Monat sein ...«

»Hat sie schon früher über Schmerzen geklagt? Hatte sie schon Blutungen?«

»Nein, nicht dass ich mich entsinne ... aber ...«

Megan ließ ihn nicht zu Ende sprechen, sie hastete zurück ins Krankenhaus.

Sie betrat den OP in dem Moment, wo der MSF-Missionschef und der junge Arzt die Frau anhoben und sie auf den OP-Tisch aus Edelstahl legten.

»Mist, kennt jemand ihren Vornamen?«

»Sie heißt Haoua«, sagte Megan und streifte sich einen Mundschutz über.

»Haoua, hören Sie mich? Geben Sie mir ein Zeichen, wenn Sie mich hören ...«

Die junge Frau nickte.

»Rufen Sie den Chirurgen an! Er muss sie sofort operieren!«

Die tschadische Krankenschwester legte den Telefonhörer auf.

»Der Chirurg ist noch nicht wieder zurück! Ihr Auto hatte eine Reifenpanne ...«

»Verdammt! Und wo genau sind sie?«, fragte der Chefarzt.

»Etwa vierzig Kilometer südlich von Kouloudia.«

»Schicken Sie sofort jemanden los, der ihn holt!«

»Aber ...«

»Wir brauchen einen Chirurgen! Sie wird eine Uterusruptur erleiden. Ohne Kaiserschnitt stirbt sie!«

Die Krankenschwester lief aus dem OP. Der Arzt mit der Brille tastete ihren Bauch ab.

»Das Kind ist nicht in Steißlage.«

»Im wievielten Monat ist sie schwanger?«

»Im achten Monat«, antwortete Megan.

Sie ließ sich von ihren Handlungsroutinen leiten und folgte der eingeübten Choreografie, nach der sich alle in diesem Raum richteten.

Wortlos und mit erstaunlicher Gewandtheit nahm sie Kompressen, Jod, Infusionen und Morphium heraus. Jede ihrer Handbewegungen war zielgerichtet und präzise, als hätten die langjährigen praktischen Erfahrungen in Chicago ihr Gehirn geprägt, ihre Bewegungsabläufe automatisiert. Keine Hast. Nicht die geringste Panik. Sie schien sich in vollkommener Übereinstimmung mit den Bedürfnissen der Mediziner zu bewegen, ihren Bitten zuvorzukommen, die nächste Handlung vorherzusehen und die kleinste Komplikation zu erahnen.

»Tief sitzende Plazenta oder retroplazentares Hämatom?«, fragte der junge Mediziner, während er die Gebärmutter mit den Fingern abtastete.

Die junge Schwarze schrie und bohrte ihre Fingernägel ins Metall.

»Meine Kurse in Geburtshilfe liegen lange zurück, weißt du«, antwortete der MSF-Missionschef.

Megan benetzte die Stirn der jungen Frau, während sie das CTG anschloss. Sie befestigte den Sensor am Bauch. Der Herzrhythmus des Fötus wies keine erkennbare Anomalie auf.

»Da ist zu viel Blut, verdammt!«, sagte der Arzt, während er mit dem Finger die Vaginalfalten abtastete. »Haoua?«

»Gott, erbarme dich, erbarme dich, erbarme dich …«, wiederholte die junge Frau.

»Haoua, Sie müssen sich beruhigen …«

»O mein Gott, ich bitte Sie, ich will nicht sterben, ich bitte Sie …«

»Mist! Mist! Ohne Chirurg weiß ich nicht, ob ...«

In diesem Moment schrillte der Überwachungsmonitor. Megan ließ sich, trotz der Katastrophe, die sie vorausahnte, nicht aus der Ruhe bringen und verkündete schlicht: »Herzrhythmusstörungen des Fötus. Es besteht Lebensgefahr.«

»Sie stirbt, wenn wir sie nicht aufmachen!«

Der MSF-Missionschef betrachtete die Patientin: Sie zitterte, ihre Lippen waren trocken, und sie verdrehte die Augen. »Hast du schon mal einen Kaiserschnitt gemacht?«, fragte er seinen Kollegen.

»Nein. Und du?«

Der Einsatzleiter antwortete nicht. Er war Allgemeinmediziner. Er konnte Wunden nähen, einen Abszess aufschneiden, aber keinen Schnitt durch die Bauchwand und die Gebärmutter einer zwanzigjährigen Frau durchführen. Der unregelmäßige Piepton erschien ihm wie ein Countdown des Todes und hinderte ihn daran, klar zu denken, er fühlte sich gefangen zwischen den Alternativen einer Entscheidung, die tödliche Konsequenzen haben konnte. Er spürte die ganze Verantwortung, die auf seinen Schultern lastete, und diese bleierne Last lähmte ihn.

»Megan, rufen Sie Paris an, und holen Sie die Erlaubnis zur Operation ein.«

Megan griff zum Satellitentelefon. Dreimaliges Anläuten. Die erschöpfte Stimme eines Koordinators am anderen Ende. Sie schilderte kurz die Lage und bestand auf einer unverzüglichen Entscheidung. Nach fünf Minuten hätte sie beinahe die Geduld verloren, aber professionell, wie sie war, nahm sie die Anweisungen widerspruchslos zur Kenntnis.

»Ohne qualifizierten Chirurgen lehnt er eine Operation ab.«

»Verdammt, ist der bescheuert, oder was? Gib ihn mir!«

Wütend streifte sich der junge Doktor die Handschuhe ab und griff nach dem Telefon.

»Ich glaube, Sie haben den Ernst der Lage nicht kapiert! Sie wird abkratzen, wenn wir nichts tun!«

Die Stimme des Koordinators rauschte im Lautsprecher des Telefons.

»Sie sind keine Chirurgen! Sie könnten sie umbringen.«

»Aber sie stirbt schon!«, schrie der Mediziner.

»Schaffen Sie sie im Krankenwagen ins nächstgelegene öffentliche Krankenhaus.«

»Sie verliert zu viel Blut! Wenn wir jetzt keinen Kaiserschnitt machen, stirbt sie und das Kind mit ihr!«

»Ich kann Ihnen nicht helfen, ich verstehe nichts davon! Ich werde versuchen, Sie mit einem Chirurgen zu verbinden, der Sie bei der Operation anleiten kann.«

»Scher dich zum Teufel!«, schnaubte er, als er auflegte. »Megan?«

»Ja.«

»Ich will Skalpelle und Klemmen, und richte mir ein steriles Areal her.«

Der Einsatzleiter wollte Einspruch erheben, aber er blieb stumm, ihm fehlte die innere Überzeugung. Seltsamerweise erleichterte ihn die Heftigkeit seines Kollegen, und der Adrenalinstoß gab ihm die nötige Energie, um den Kampf aufzunehmen.

Der melodische Ausdruck der Besorgnis, die in der Pariser Zentrale herrschen musste, das wiederholte Klingeln des Telefons, vermischte sich mit dem elektrischen Tamburin des Monitors, den Gebeten und den Schmerzensschreien der Gebärenden zu einer Geräuschkulisse.

»Wehen alle drei Minuten …«

Der Arzt führte seinen mit Gel beschmierten Handschuh ohne Zögern in die Vagina ein.

»Bereiten Sie die Kompressen vor.«

Megan hielt ihm eine Schachtel mit sterilen Kompressen hin, damit er die Blutung stillen konnte. Er führte eine Pinzette in die Vulva ein und klemmte den Gebärmutterhals ab.

»Sie bewegt sich zu sehr. Megan, verabreich ihr Ketamin.«

»Was? Ich … ich bin nicht in Anästhesie ausgebildet …«

»Stell keine Fragen!«

Sie gehorchte und bereitete die Spritze vor, aber vor Angst verkrampften sich ihre Finger.

»Los, wir fangen an.«

Megan überprüfte den Sitz des Katheters. Nachdem der MSF-Missionschef die Schamgegend rasiert und ein jodhaltiges Desinfektionsmittel auf den Unterleib aufgetragen hatte, grenzte er das Operationsfeld mit zusammengefalteten blauen Tüchern ein.

»Skalpell.«

Megan, die neben ihrem Chef stand, reichte ihm ein Skalpell. Er schien kein bisschen zu zögern, als er am Unterleib einen zehn Zentimeter langen Schnitt machte. In seinem Kopf ließ er medizinische Kurse in Zeitraffer Revue passieren; er erinnerte sich in sehr klaren Rückblenden an die Methode von Starck, die er in den allgemeinen Vorlesungen über Geburtshilfe gelernt hatte. Ein ungesicherter Sprung von der Theorie ins kalte Wasser der Praxis. Die Worte, die sein Professor vor den vierhundert Studenten im Hörsaal gesprochen hatte, wurden unter seinen Händen zu einer

Wirklichkeit aus Haut, Nerven und Muskeln. Mit angehaltenem Atem schnitt er die Gebärmutter auf – er selbst hätte in diesem Moment nicht sagen können, ob er völlig den Verstand verloren hatte oder, im Gegenteil, ausgesprochen verantwortungsvoll handelte – und tauchte bis zum Handgelenk in den Bauch der jungen Frau ein.

Der Kontakt mit den Organen, die diffuse Wärme, die er durch die Handschuhe spürte – all dies erschien ihm unwirklich, übersteigert.

Seine Finger berührten das Baby – zuerst seine Arme, dann seinen winzigen Oberkörper, ein verkleinertes anatomisches Modell – und packten es fest, um es aus seinem Fruchtwasserbad herauszuholen.

Der Einsatzleiter nahm es sofort an sich, und als das Kind zum allerersten Mal schrie, gab es einen Moment der Unentschlossenheit im OP, ein dem Schicksal abgetrotzter Augenblick, in dem das Ärzteteam in völliger Symbiose vor reiner Freude frohlockte, ein Glück von gnostischer Einfachheit, wo Leben und Tod zu zwei ebenso greifbaren wie absurden Wirklichkeiten wurden.

78

An der nördlichen Außenwand kletterte eine terrakottafarbene Eidechse empor und schlüpfte in eine der Spalten in der Fassade.

»Gibst du mir eine?«

Megan hielt dem jungen Arzt ihre Schachtel Zigaretten hin. Sie saßen vor der Notaufnahme und nutzten die Milde dieses frühen Vormittags, um innerlich zur Ruhe zu kommen, ehe sie wieder in den Kampf zogen.

Der alte Ford war immer noch da. Megan hielt vergeblich Ausschau nach seinem Besitzer und dachte, der Glaube dieses Missionars müsse sehr stark sein, wenn er das Auto derart weit offen stehen lasse, ohne zu fürchten, dass es geklaut würde.

Sie zog langsam an ihrer Zigarette, und ihr Blick glitt über die Straßen und den kleinen Slum, der die Krankenstation umgab. Oberhalb der Stadt sah man Ruinen ehemaliger Landwirtschaftsbetriebe, kleine Hügel aus Schutt und Eisen, die teilweise von den Dünen begraben waren. Weiter im Norden, kaum sichtbar, flirrte das Scharidelta in der Hitze – eine gigantische Lagune, in der Fischer, die von dem anhaltenden Kampf gegen Sand, Schlamm und Trockenheit zermürbt waren, mit ihren Familien vor sich hin vegetierten.

»Du hast mich beeindruckt«, sagte der Arzt, während er seine Brillengläser an seinem Oberschenkel abwischte. »Wirklich …«

»Das Gleiche kann ich von dir sagen.«

»Wenn man keine Wahl hat, muss man etwas riskieren, oder?«

»Vielleicht …«

Megan hörte das Weinen der Säuglinge, das aus der Kinderstation kam, und drückte ihre Zigarette aus.

»Wir müssen wieder rein«, sagte sie, ein müdes Lächeln auf den Lippen.

Als sie aufstand, tat es ihr der junge Arzt nicht gleich. Er kratzte sich am Kopf, als zögerte er, ein heikles Thema anzusprechen.

»Noch etwas, der Priester, der die Patientin hierhergebracht hat …«

»Pater David? Kennst du ihn?«

Der junge Mediziner nickte und setzte seine Brille wieder auf.

»Ja«, sagte er, während er auf seine Füße starrte, »mir wäre es lieb, wenn du ihn im Auge behalten würdest. Er sollte den Kindern nicht zu nahe kommen.«

»Ich bin mir nicht sicher, ob ich dich richtig verstehe«, sagte Megan und setzte sich wieder.

»Es kursieren Gerüchte über diese katholische Missionsstation, in der Pater David arbeitet …«

»Was für Gerüchte?«

»Er und andere Priester führten ein Waisenhaus in der Nähe von Owerri im Nigerdelta … das Waisenhaus der Petits Frères du Peuple, wenn ich mich recht entsinne. Im Jahr 2004 hat man ihnen vorgeworfen, Kinder misshandelt zu haben.«

»Wurden sie nicht festgenommen?«, erkundigte sich Megan.

»Sagen wir, die nigerianische Regierung hat unter dem Druck der Kirche die Augen davor verschlossen. Aber die Priester mussten trotzdem das Waisenhaus aufgeben. Sie sind hierhergekommen, um eine neue katholische Missionsstation aufzubauen und …«

Er verstummte, als er den Priester aus dem Elendsviertel heraus und auf sie zukommen sah. Megan stand gleichzeitig mit dem jungen Arzt auf.

»Willst du, dass ich mit dir komme?«, fragte der junge Arzt, als er ihr die Tür aufhielt.

»Nein, ist schon in Ordnung, ich kümmere mich darum.«

Sie musterte die Figur und das Gesicht des Mannes, der sich ihr näherte, und suchte unbewusst nach einem Anzeichen, das ihr erlauben würde, das Monster unter dem Priestergewand zu erkennen. Aber sie konnte nichts entdecken. Im Gegenteil. Seine vom Alter vertieften Gesichtszüge drückten Güte und Milde aus. Seine schmächtige, hoch aufgeschossene Gestalt wirkte zudem auf Anhieb sympathisch. Sie bemerkte, dass er einen kleinen funkelnden Gegenstand in der Hand hielt.

»Wie geht's Haoua?«, erkundigte er sich, als er auf gleicher Höhe mit ihr war.

»Sie hat viel Blut verloren«, antwortete die Krankenschwester kühl, »aber die Ärzte sind zuversichtlich. Auch dem Kind geht es gut.«

Ein Lächeln erhellte das Gesicht des alten Mannes.

»Kann ich sie sehen, sie und das Kind?«

»Im Moment nicht. Sie muss sich ausruhen.«

»Natürlich, natürlich ....«, wiederholte er, als erinnere er sich plötzlich an den Ernst der Lage. »Ich werde warten.«

»Wir werden sie einige Tage zur Beobachtung hier behalten. Sie brauchen nicht zu bleiben.«

»Doch, mir liegt daran«, sagte er mit sorgenvoller Miene, »ich habe ihr versprochen, bei ihr zu bleiben.«

Er hielt ihr unvermittelt das seltsame Objekt hin, das er bei sich trug.

»Sehen Sie mal, was ich gekauft habe.«

Es war eine Giraffe, die aus Dosenstücken und Draht zusammengebaut und auf Rollen montiert worden war – jene Art Spielzeug, wie sie Kinder in Slums basteln.

»Das ist für den Kleinen ... Wie finden Sie es?«

Er schien sie ernsthaft nach ihrer Meinung zu fragen,

und sie brachte es nicht übers Herz, ihm mitzuteilen, dass das Neugeborene sich an der Giraffe schneiden oder sich damit ein Auge ausstechen könnte.

»Ich bin mir sicher, dass er Freude daran haben wird«, antwortete sie.

Die tschadische Krankenschwester unterbrach sie.

»Du musst kommen«, sagte sie, an Megan gewandt, »der Doktor schickt mich. Es gibt ein Problem auf der Station für Ernährungsmedizin.«

Ohne zu wissen, worum es sich handelte, verband sie das Wort »Problem« mit Yaru Aduasanbi und dem kleinen Mädchen, das er entführt hatte.

»Ich komme.«

Sie wandte sich zu Pater David um.

»Sie müssen abreisen.«

Er war derart überrascht, dass er zurückwich.

»Wie bitte?«

Sie hatte nicht mehr die Zeit, ihn zu schonen.

»Wir wissen, was Sie getan haben«, sagte sie frostig.

»Ich weiß nicht, wovon Sie sprechen ...«

»In dieser Klinik werden Kinder behandelt, und wir können keinerlei Risiko eingehen.«

Auf diese Worte hin führte der alte Mann die Hand zu seiner Brust und ergriff das Holzkreuz um seinen Hals. Er schlug die Augen nieder, und ein Ausdruck des Schmerzes verzerrte sein Gesicht, als wäre ihm gerade ein Messer in den Leib gerammt worden.

»Es tut mir leid, aber Sie haben hier nichts mehr zu suchen.«

79

Das kleine Mädchen war allein.

Und nichts von dem, was um es herum geschah, schien es zu erreichen. Dem Fenster zugewandt, hörte es weder das Weinen der anderen Kinder noch den leisen Singsang der Mütter. Megan, die mit seiner Krankenakte in der Hand inmitten der Bettreihen stand, beobachtete das Mädchen dabei, wie es sich vor und zurück wiegte, in einer unauffälligen, kaum wahrnehmbaren Bewegung, und obwohl es seine Lippen verzog, brachte es kein Wort hervor, kam kein Laut aus seinem Mund.

Megan näherte sich behutsam; sie empfand eine ganze Reihe komplexer Gefühle – Neugierde, gemischt mit einer Art grundloser Angst. Sie fühlte sich benommen, obwohl das Blut in ihren Schläfen schneller pochte.

Vor dem Bett stieß sie mit dem Fuß gegen die zusammengeknüllte Zeitung, die Yaru Aduasanbi gelesen hatte. Tränen hatten die Druckerschwärze der Schlagzeile aufgelöst.

TOCHTER DES EHEMALIGEN MEND-CHEFS TOT AUFGEFUNDEN

Links von dem Artikel sah man ein Schwarz-Weiß-Foto der strahlend lächelnden Tochter von Yaru Aduasanbi. Sie wurde von einer jähen Empathie überwältigt. Für den Vater wie für seine Tochter.

Mit trockener Kehle setzte sie sich sachte neben Naïs. Diese beachtete sie allerdings nicht weiter.

»Erinnerst du dich an mich?«

Das Mädchen reagierte nicht, es schien isoliert in einer Blase, aus der alles andere ausgeschlossen war. Megan zögerte, ehe sie die Kleine berührte und sanft an der Schulter drückte, damit sie sich hinlegte. Das Mädchen ließ es, ohne zu murren, geschehen, als ihm die Krankenschwester das T-Shirt und die Windel auszog. Laut der Akte, die bei seiner Aufnahme angelegt worden war, hatte der Arzt weder Oligurie noch Diarrhö festgestellt. Dagegen war der Vitamin-, Eisen- und Natriummangel weiterhin besorgniserregend. Die Kleine lächelte seltsam, dann wandte sie den Blick ab und kratzte sich ungestüm am Nabel.

»Sachte ...«, sagte die Krankenschwester und nahm die Hände des Mädchens.

Mit ihren Fingernägeln hatte die Kleine die Narben an ihrem Bauch aufgeschürft und zwang Megan so dazu, nach einem Fläschchen mit antiseptischer Lösung und einer Kompresse zu greifen.

»Das könnte ein bisschen brennen«, flüsterte sie.

Als der Verbandsmull die Haut berührte, knirschte das Mädchen mit den Zähnen, und ein heiserer Laut entfuhr seiner Kehle.

»Pst ... ist schon vorbei ...«

Über den kleinen runden Bauch gebeugt, der infolge der Unterernährung gespannt war, musterte Megan die rituelle Hautritzung. Die Narbe erinnerte sie entfernt an ein ägyptisches Ankh-Kreuz, eine Schleife um den Nabel mit angesetztem Kreuz.

»Entschuldigen Sie ...«

Sie drehte sich um.

»Was machen Sie hier?«, fuhr sie den Priester an, der vor dem Bett stand.

»Ich wollte Ihnen sagen, dass ich nicht weiß, wieso Sie eben in diesem Tonfall mit mir gesprochen haben.«

»Ich dachte, ich hätte mich klar ausgedrückt: Sie haben hier nichts zu suchen.«

Der alte Mann ließ die Schultern sinken, mit seinen langen, knochigen Händen fingerte er an dem Spielzeug herum, das er gegen seinen Körper drückte.

»Ich …« Er sah ins Licht und wich dem Blick der Krankenschwester aus. »Ich lasse mich nicht in dieser Weise beleidigen. Sie wissen nichts.«

»Ich glaube, dass ich genug weiß. Bitte reisen Sie ab!«

»Sie irren sich … Sie können das nicht verstehen.«

»Was verstehen? Dass Sie die Hilflosigkeit dieser Kinder missbraucht haben? Kinder, die außer Ihnen niemanden hatten?«

Pater David wich einen Schritt zurück und schwieg einen Moment lang.

»Sie haben recht. Es ist besser, wenn ich abreise.«

Der Priester wandte sich ab und wankte zur Treppe. Nach einigen Schritten wandte er sich um und betrachtete das Spielzeug in seinen Händen.

»Würden Sie es ihr geben?«, fragte er und hielt ihr das Spielzeug hin.

Die Krankenschwester nickte, damit er so schnell wie möglich verschwand.

Als das Mädchen die Giraffe sah, streckte es die Arme danach aus.

»Nein, Engelchen, das ist nicht für dich«, sagte Megan und strich ihr über die Wange.

Der Priester sah auf das Mädchen hinab, lächelte es tief bekümmert an, und dieses Lächeln erstarrte. Er näherte sich dem Bett mit dem Ausdruck eines Mannes, dem man gerade bewiesen hat, dass Gespenster existieren.

»Naïs?«

Megan war so perplex, dass sie sich nicht mehr rührte. Das Mädchen warf dem Priester durchdringende Blicke zu; sie schien ihn ausforschen zu wollen und in ihm Dinge zu sehen, von denen er selbst nichts wusste. Plötzlich entspannten sich die Züge der Kleinen, und ein kindliches Lächeln erhellte ihr Gesicht.

Brooke

»Wir bitten hier für unsere Sünden um Vergebung, Dave.
Wir waschen uns rein.«
Dennis Lehane, *Mystic River*

80

Hinter einer Kurve sah er plötzlich den schimmernden Fluss und die Sandzungen. Der Widerschein des Mondes verlor sich inmitten der Stechginsterbüsche und Lampions, die an den Fischerhütten befestigt waren.

Der Mann parkte am Fuße einer kleinen Düne und stellte den Motor ab. Durch die Windschutzscheibe betrachtete er die wenigen Schatten, die gebeugt aus den Hütten herauskamen und mit schnellen Schritten ins Lager zurückkehrten, als fürchteten sie, gesehen zu werden. In der Nähe eines Holzfeuers überwachten drei Männer beiläufig das Kommen und Gehen, während sie auf einem alten Benzinkanister Craps spielten. Mit den Augen suchte er die Umgebung des Strandes ab und bemerkte die Silhouetten von Halbwüchsigen, die Wache hielten und pfiffen, um die Ankunft eines Neuankömmlings zu melden. Diese Jungs, die von den Zuhältern bezahlt und beschützt wurden, nutzten ihre Stellung aus, um Geld von den Freiern zu erpressen.

Der Mann öffnete die Tür, und Pfiffe rechts von ihm verrieten augenblicklich seine Anwesenheit. Die drei Männer unterbrachen ihr Spiel, und einer von ihnen richtete seinen Feldstecher auf den Eindringling. Der Mann erblickte eine Hyäne, die an einem Mauerstein festgebunden war. Auch sie sah in seine Richtung.

»Suchst du ein Mädchen?«, fragte eine Stimme neben ihm.

Der Mann drehte sich um und stand einem etwa fünfzehnjährigen schmächtigen Halbstarken gegenüber, dessen Gesicht von Pickeln gesprenkelt war.

»Nein.«

Der Junge kratzte sich mit den Fingernägeln die Wange auf und kaute einen Kaugummi.

»Was willst du dann hier?«

»Fragen stellen.«

Der Mann bemerkte das silberne Funkeln eines Springmessers. Er wich einen Schritt zurück und nahm die Hände hoch.

»Wir mögen hier keine Fragen.«

Der Mann schwieg und lächelte flüchtig, als Dutzende von Alarmpfiffen aus den Dünen erschallten. Der Halbstarke verrenkte sich den Hals, um den riesigen weißen Kreis wahrzunehmen, der sehr schnell am Horizont aufstieg. Die Huren stürzten aus ihren Löchern heraus und löschten die Laternen. Auf dem Kamm der Dünen wiegten sich die hohen Gräser, und die Jungs, die Schmiere gestanden hatten, rannten Hals über Kopf davon. Der Lärm von Sirenen und Motoren brach los wie ein Knall, dessen Echo sich überschlug.

Forman Stona nutzte den Überraschungseffekt, um dem Jungen einen Schlag gegen die Schläfe zu versetzen. Dieser machte noch ein paar Schritte, ehe er zusammenbrach. Die Scheinwerfer mehrerer Jeeps leuchteten plötzlich über ihnen auf. Die Lichtflut blendete sie und vermittelte die Illusion, die Nacht wäre nur eine Sonnenfinsternis gewesen.

»LEGT DIE WAFFEN NIEDER!«

Auf den Ladeflächen der Fahrzeuge standen Polizisten, deren Oberkörper über die Windschutzscheiben hinausragten, und zielten auf die Gestalten weiter unten. Ein Schuss verhallte in der Luft.

Forman Stona sah, wie die Zuhälter ihre Gewehre wegwarfen und die Hände hinter dem Kopf verschränkten, ehe sie sich niederknieten. Zwei Freier flohen nackt am Ufer entlang, sie waren schon weit weg. Er drehte sich um, als er hörte, wie sich der Kommissar von Damasak näherte.

»Sind Sie zufrieden?«, fragte der Polizist mit finsterer Miene.

»Schaffen Sie die Kerle aufs Revier«, antwortete Stona. »Ich will sie verhören.«

In der Nähe der Jeeps hatten zwei Polizisten einen bewusstlosen Jungen mit blutverschmiertem T-Shirt unter den Achseln gepackt und zogen ihn über den Boden, seine Beine hinterließen eine lange Spur im Sand. Am Ufer durchsuchten andere Polizisten die Hütten und hatten ihren Spaß daran, die Prostituierten herumzustoßen und die Buden auf den Kopf zu stellen. Der Zuhälter und seine Männer lagen in Handschellen auf dem Bauch. Ab und zu hörte man Schreie, die vom fernen Hang der Dünen kamen, und die gedämpften Schlaggeräusche von Knüppeln auf Körpern, gefolgt von Schweigen, manchmal von Schluchzen.

»Wir hatten eine Abmachung mit ihnen«, fuhr der Kommissar fort. »Wir haben sie in Ruhe gelassen, und sie haben uns im Gegenzug Informationen geliefert.«

»Das interessiert mich nicht«, versetzte Stona, während er seine Schachtel Zigaretten herauszog. »Ich bin hier, um Yaru Aduasanbi aufzuspüren, egal, wie. Egal, welche Absprachen Sie haben.«

81

Im hintersten Winkel seiner Zelle kauerte sich der Zuhälter zusammen und rang nach Atem. Blaue Schlagflecken überzogen seinen Körper, ein dunkler Blutstropfen trat an der Augenbraue aus und floss über seine Wange. Er neigte den Kopf auf die Seite und starrte die Gestalt an, die in der Mitte des Raumes stand.

»Warum interessierst du dich für Kesiah?«

»Ich will wissen, was ihr zugestoßen ist«, antwortete Stona.

»Offen gesagt, bist du nicht der Einzige.«

»Hast du sie nicht wiedergesehen?«

»Nein …«

»Also hast du sie nicht umgebracht?«

Der Zuhälter lächelte erschöpft.

»Wenn es so wäre, glaubst du, dass ich es dir sagen würde? Im Ernst? Du siehst dir zu viele Filme an …«, murmelte er zu sich selbst.

Forman Stona trat einen Schritt vor.

»Und du weißt nichts darüber, was in der Krankenstation passiert ist?«

»Ich weiß nur, dass ich einen Deal mit den Polypen hatte, Mann. Und dass es nicht gut fürs Geschäft ist, eine Absprache einseitig aufzukündigen.«

Stona hob die Eisenstange, die er in der rechten Hand hielt. Der Zuhälter krümmte sich noch etwas mehr zusammen.

»Ich weiß, dass du mir nicht alles sagst.«

»Ich schwöre dir, dass ich nichts weiß!«

Die Eisenstange sauste durch die Luft und traf den Gefangenen im Nacken.

Er öffnete den Mund und versuchte zu schreien, aber die Laute steckten in seiner Kehle fest.

»Ich habe deine Mädchen verhört«, fuhr Stona fort, während er sich langsam um sich selbst drehte. »Sie haben mir von einer Gruppe von Männern erzählt, die ihre Dienste in Anspruch genommen hat. Einer dieser Männer war ein Albino.«

»Ich ... ich erinnere mich nicht.«

»Dabei ist ein weißer Neger doch eine Besonderheit, die man nicht vergisst.«

Der Angehörige der Spezialkräfte hob seinen Arm ein weiteres Mal. Man hörte einen Schlag, gefolgt von Stöhnen und Schluchzen.

»Ich will wissen, wer diese Männer waren, ich will wissen, was sie dir gesagt haben, und ich will wissen, wohin sie gegangen sind. Nick mit dem Kopf, wenn du mich verstanden hast.«

82

Der Morgen dämmerte über dem Flüchtlingslager. Anders als in der vorhergehenden Nacht war kein kühler Wind gekommen, das drückende Gefühl zu vertreiben, dass die Sonne noch immer brennen würde. An den Fenstern der Krankenstation und auf den Glühbirnen draußen wimmelte es von – ungewöhnlich vielen – Stechmücken, die durch die Risse in den Mauern ins Innere einzudringen versuchten.

Benjamin ging zwischen den Zelten hindurch und betrachtete einen kläffenden Hund, der sich, gequält von den Mückenstichen, wie ein Verdammter um sich selbst drehte.

Er hatte geglaubt, die Einsamkeit ertragen zu können, und war sich sicher gewesen, dass die Gewohnheit die Erinnerung an Megan auslöschen würde. Weit gefehlt. Er hatte die ganze Nacht kein Auge zugetan und geglaubt, in dem Bemühen, diese Leere zu füllen, den Verstand zu verlieren. Er hatte sich gefragt, ob er sich in die junge Frau verliebt hatte, und war beim ersten Schimmer der Morgenröte zu dem Schluss gelangt, dass es tatsächlich so war. Er drückte die Türen zur Krankenstation auf und stieß zu seiner Verwunderung auf Georges, der gerade dabei war, das Schloss zum Lagerraum auszuwechseln.

»Hallo Ben.«

»Schon auf den Beinen.«

Georges legte den Schraubenzieher weg und betrachtete das Stiftschloss, das er in der Hand hielt.

»Dem Chef war es wichtig. Ich habe mir gesagt, dass ihn das in gute Laune versetzen wird, angesichts dessen ... nun angesichts dessen, was passiert ist.«

»Kommst du klar?«

»Nein, dieses Mistding ist zu alt«, sagte Georges.

Als ein Kind zu weinen anfing, blickte er zur Kinderstation hinüber. Er hörte der Krankenschwester zu, die an das Bett kam, um dem Kind ein Wiegenlied zu singen. Er kramte in seinen Taschen und hielt Benjamin ein Tütchen mit Kokain hin.

»Du hattest mich darum gebeten.«

»Danke. Ich werde es brauchen.«

»Hast du was von Kesiah gehört?«

»Nein. Nichts Neues. Hast du Jacques gesehen?«

»Ja. Er ist bei den Polizisten. Ich glaube, sie befragen Ihren Kollegen, ehe er ausgeflogen wird.«

Benjamin nickte und begab sich zu den Toiletten der Krankenstation. Nachdem er sich davon überzeugt hatte, dass er allein war, öffnete er das Tütchen und gab ein bisschen Pulver auf den Rand des Waschbeckens. Er atmete das gelbliche Pulver ein und schloss die Augen. Das Kokain war noch stärker verschnitten als sonst, und ein Geruch nach Heizöl brannte in seinen Nasennebenhöhlen.

»Dieser Scheiß wird dich noch ins Grab bringen«, sagte eine Stimme hinter ihm.

Jacques stand in der Tür und betrachtete ihn mit leicht geneigtem Kopf.

»Wir haben doch gesagt: keine Moralpredigten«, entgegnete Benjamin, als er den Wasserhahn aufdrehte. »Hat sich der Neuling denn an irgendetwas erinnert?«

»Er erinnert sich daran, dass er Kesiah gefunden und sie gebeten hat, mit ihm mitzukommen. Da sie unruhig gewesen sei, habe er sie in den Ruheraum fürs Personal geführt. Er erinnert sich, dass ein Mann mit Mundschutz den Raum betreten hat.«

»Sonst nichts?«

»Nein, sonst nichts.«

Benjamin machte sich das Gesicht nass und griff nach dem Handtuch, das auf dem Waschbecken lag. Er betrachtete sein Bild im Spiegel und erkannte sich nicht.

»Forman Stona ist in Damasak eingetroffen«, stieß Jacques hervor, als er die Toilette verließ. »Er will, dass wir ins Kommissariat kommen.«

»Wann?«

»Sobald der Hubschrauber, der den Verletzten abholt, wieder losgeflogen ist.«

Benjamin nickte und verharrte reglos. Vielleicht war es eine Wirkung des Cokes oder eine indirekte Folge der Schlaflosigkeit, aber er hatte sich noch nie so einsam gefühlt wie in diesem Augenblick.

83

Ein Teil der Mitarbeiter von MSF versammelte sich vor dem Krankenhaus, um auf den Rettungshubschrauber zu warten. Die knapp zehn Ärzte und Krankenpfleger zündeten sich Zigaretten an und spähten schweigend in den Himmel. In ihrer Nähe hatte sich bereits eine Schlange von Patienten gebildet, und einige überlegten, ob sie sich Hilfe suchend an die kleine Gruppe wenden sollten, aber der missmutige Ausdruck auf den Gesichtern schreckte sie ab.

Finger zeigten auf den Horizont, als der sandfarbene Eurocopter 145 als Punkt über der Ebene auftauchte. Benjamin, der eine Kühlbox aus Plastik hinter sich herschleifte, stieß zu der Gruppe, und alle klopften sich gegenseitig auf die Schulter und lächelten sich traurig an; trotz der entsetzlichen Hitze drängten sie sich dicht zusammen. Ein seltsames Zusammengehörigkeitsgefühl verband sie, dieselbe gemeinsame Ergriffenheit, die eine Gruppe von Freunden beim Betreten eines Friedhofs überkommt. Benjamin teilte die Bierdosen aus, aber sie warteten mit dem Öffnen, bis der Hubschrauber gelandet und der von den Rotorblättern hochgewirbelte Sand wieder auf den Boden zurückgesunken war. Der Rotor pfiff, und das riesige Gebläse wirbelte eine letzte Staubwolke auf, ehe er sich im Leerlauf drehte.

Die Türen der Krankenstation sprangen sperrangelweit auf, als die Fahrtrage herausgeschoben wurde. Jacques hielt die Hand des jungen Assistenzarztes, und er drückte sie fester, als die Rollen über Risse holperten, die sich infolge der Dürre gebildet hatten. Die übrigen Mitarbeiter scharten sich um sie, und jeder flüsterte aufmunternde Worte.

»Du wirst uns fehlen, Knabe«, sagte einer der Krankenpfleger und hob seine Dose.

»Ja, wer wird sich um die Ruhrkranken kümmern?«, übertrumpfte ihn ein Arzt, während er ihm die Hand auf die Schulter legte. »Alle wissen, dass ein Krankenhaus ohne Assistenzarzt ein bisschen wie ein Martini ohne Olive ist, hm?«

Einige lachten gezwungen, und die Pfleger erinnerten ihn an die Pennälerstreiche, die sie ihm gespielt hatten. Der junge Arzt spielte das Spiel mit und lächelte seinerseits tapfer, aber seine Blässe und die leichten Zuckungen in den Mundwinkeln täuschten niemanden.

»Zeit zu gehen«, flüsterte Jacques leise in sein Ohr.

Der Assistenzarzt nickte mehrmals, wobei er nicht aufhörte, diejenigen anzulächeln, die rings um ihn herumstanden, als wüsste er bereits, dass er sie nicht wiedersehen würde, aber als versuchte er dennoch, sich ihre Gesichter einzuprägen, für den Fall, dass in zwanzig oder dreißig Jahren einer von ihnen erneut seinen Weg kreuzen sollte.

Benjamin beobachtete diesen Abschied aus dem Hintergrund und schämte sich ein wenig bei dem Gedanken, dass, wenn der Zufall eines Tages den jungen Arzt und eines der anwesenden Mitglieder von MSF wieder zusammenführen sollte, nichts passieren würde. Sie würden vermutlich ein paar Banalitäten austauschen, sie würden sich Fotos ihrer Kinder zeigen und, um die Form zu wahren, zusammen ein Gläschen trinken. Aber das Gefühl brüderlicher Verbundenheit, das sie in diesem Moment erfüllte, wäre so weit weg, dass sie sich fragen würden, ob es wirklich existiert hatte. Sollte er eines Tages Megan wiedersehen, so dachte er, würde die junge Frau ganz ähnlich empfinden. Sie stießen gemeinsam an, wobei sie die Bierdosen gegen die Metallpfosten der Trage stießen, und berührten ein weiteres Mal seine Arme und Beine, um ihm ihre Freundschaft zum Ausdruck zu bringen.

Das medizinische Personal und die Bewohner des Lagers sahen den Krankenpflegern nach, die den jungen Arzt zum Hubschrauber schoben. Alle verharrten schweigend, als der Verletzte in die Kabine gehoben und dort festgeschnallt wurde. Die Rotorblätter drehten sich immer schneller, und der Helikopter hob ab, eingehüllt in eine Wolke braunen Staubs. Die Zeltleinwände knatterten, die Scheiben der Krankenstation bebten, und Wäschestücke, die an Leinen trockneten, flogen davon. Dann schwang sich der Hubschrauber plötzlich unter ohrenbetäubendem Dröhnen ins Azurblau hinauf.

Rings um Jacques und Benjamin tranken die Mitglieder des Teams ihre Bierdosen aus und zerstreuten sich in kleinen Gruppen, um ihre Arbeit wieder aufzunehmen.

84

Das Polizeirevier von Damasak war ein schimmelgraues Gebäude, es erinnerte an eine alte mexikanische Bank wie in einem Western. Im Innern gingen Polizisten umher, die Akten auf den Armen trugen und dabei einen dichten Nebel aus Kippen- und Zigarrenrauch verteilten.

In der Luft schwebte ein übler Gestank nach fauligem Fleisch, Chlorreiniger und modrigen Sägespänen. In der Mitte des Raums standen zwei Käfige. Hinter den Gitterstäben ruhten sich Trinker und Prostituierte aus, ausgestreckt auf Metallbänken, oder sie vertrieben sich die Zeit damit, Craps um Kippen zu spielen. Wärter hatten ein wachsames Auge auf sie, und in regelmäßigen Abständen schlugen sie mit ihren Schlagstöcken gegen das Eisengitter.

Benjamin und Jacques folgten einem Polizisten zum Büro des Kommissars. Sie kamen an zwei Prostituierten vorbei, die ihnen zuriefen und lachend ihre Brüste vor ihnen entblößten.

Als Benjamin das lang gestreckte Zimmer betrat, das für sich allein ein Viertel der Fläche des Erdgeschosses beanspruchte, musste er lächeln. Forman Stona erwiderte das Lächeln und ging auf sie zu, um ihnen die Hand zu reichen.

»Kommissar, Sie können gehen.«

Der Polizeibeamte gehorchte und zog die Tür hinter sich zu. Forman Stona bat die beiden Ärzte, ihm gegenüber Platz zu nehmen.

»Ich freue mich, Sie zu sehen, meine Herren.«

»Die Freude ist ganz unsererseits«, sagte Benjamin.

Sie hatten sich seit jener Nacht, in der das Blut das Wasser des Niger rot gefärbt hatte, weder gesehen noch miteinander gesprochen. Dieses Wiedersehen war verstörend, wie wenn das Band zwischen den drei Männern nicht in Worte gefasst werden könnte.

»Was machen Ihre Verletzungen?«

»Bei Wetterumschwüngen tun sie weh. Aber es ist zum Aushalten.« Stona schlug eine Aktenmappe auf und legte Berichte vor sich auf den Tisch. »Ich denke, Sie wissen, warum ich hier bin?«

»Naïs? Noch immer das Mädchen?«

»Noch immer.«

Benjamin zündete sich eine Zigarette an, worauf es ihm Forman Stona nachmachte.

»Alles, was ich weiß, habe ich bereits Ihren Kollegen gesagt«, sagte Jacques. »Ich habe sie im Krankenhaus wiedererkannt. Als ich dann zurückkam, war sie verschwunden.«

»Ich glaubte, an jenem Tag Yaru Aduasanbi gesehen zu haben«, meldete sich Benjamin zu Wort. »Aber ich war mir nicht sicher, ob er es war.«

»Haben Sie ihn mit jemandem sprechen sehen?«

»Ja, ich glaube, er hat mit Pater David gesprochen.« Fragen Stonas zuvorkommend, fügte er hinzu: »Pater David hielt seit einigen Monaten im Lager den Gottesdienst. Er arbeitete mit dem Roten Kreuz.«

»Und wo hält sich dieser Priester gegenwärtig auf?«

»Er hat das Lager verlassen, er wollte zur katholischen Missionsstation in Baganako zurückkehren.«

Forman Stona notierte diese Information und beugte sich über eine Fotokopie.

»Doktor Dufrais, haben Sie diese junge Frau namens Kesiah behandelt? Hat sie Ihnen etwas gesagt?«

»Nein, als ich sie untersucht habe, stand sie noch immer unter dem Schock des Angriffs. Aber ich habe in ihrer Tasche ein Foto von Yaru Aduasanbi und Naïs gefunden.«

»Glauben Sie, dass Yaru Aduasanbi versucht hat, sie umzubringen?«, fragte Jacques.

»Kesiah war eine Prostituierte«, meinte Benjamin. »Vielleicht hat ihr Zuhälter die Entführung von Naïs in Auftrag gegeben.«

Stona antwortete nicht. Benjamin lehnte sich in seinem Stuhl zurück.

»Ich weiß, dass diese ganze Geschichte hier nationale Sicherheitsinteressen berührt und daher topsecret ist – aber warum ist Aduasanbi hierhergekommen? Nach Damasak?«

»Aduasanbi ist aus der MEND ausgestiegen, weil er Naïs verkaufen will.«

»Um sich persönlich zu bereichern?«

»Nein, wir glauben, dass er eine neue terroristische Gruppe gründen und finanzieren will. Er wollte im Niger einen Käufer suchen. Er wäre beinahe geschnappt worden, aber in letzter Minute ist er entkommen.«

»Die Geschichte wiederholt sich«, spöttelte Jacques.

»Sie sagen es.«

»Und was Naïs betrifft?«, erkundigte sich Benjamin.

Forman Stona deutete ein Lächeln an, stand auf und signalisierte damit, dass die Unterhaltung beendet war.

85

»He, du!«

Benjamin blieb mitten in der Polizeidienststelle stehen und sah sich nach der Person um, die ihm zugerufen hatte. Er sah, dass ein Mann in einem der Käfige ihn zu sich winkte.

»Ich treff dich beim Auto«, sagte er zu Jacques.

Der Mann warf einen Blick in Richtung der Polizisten, die sich um einen Schreibtisch versammelt hatten, um der Übertragung eines Fußballspiels zu lauschen, und sprach mit leiser Stimme.

»Ich kenn dich. Du bist Arzt im Lager, stimmt's?«

»Ja.«

Er hob sein T-Shirt an und zeigte Benjamin die Blutergüsse, die seinen Oberkörper übersäten.

»Schau dir an, was sie mit mir gemacht haben, diese Schweine!«, zischte er und deutete auf die Polizisten. »Kannst du mir nicht helfen? Ich will die anzeigen, Mann!«

»Warum haben sie Sie geschlagen?«

Der Mann schüttelte den Kopf und spuckte in Richtung des Büros des Kommissars.

»Sie wollten, dass ich ihnen was über eine meiner Nutten erzähle.«

Benjamin starrte ihn an.

»Kesiah?«

»Kennst du sie? Hat dir dein Kumpel von ihr erzählt?«

»Nein, ich habe sie behandelt.«

»Kannst du mir nicht vielleicht ein Attest ausstellen, dass mich diese Hurensöhne gefoltert haben?«

»Dafür bin ich nicht zuständig.«

»He, Doc! Du musst mir helfen«, flehte er.

Er wurde durch einen Schlag mit dem Knüppel gegen die Stäbe des Käfigs unterbrochen.

»Lass den Doktor in Ruhe!«

Ein etwa sechzigjähriger Polizist, der die Abzeichen eines Hauptmanns trug, deutete ins Innere der Zelle. Der Zuhälter warf ihm einen bösen Blick zu und setzte sich auf den Boden. Der Polizist legte die Hand auf Benjamins Schulter und schob ihn sanft zum Ausgang.

»Lassen Sie sich nicht von diesen Tieren einwickeln, Doktor. Sie erzählen Ihnen die größten Lügen, um ihre Haut zu retten«, fügte er augenzwinkernd hinzu.

Benjamin verließ das Polizeirevier und ging dicht an drei Polizisten vorbei, die im Schatten des Gebäudes vor sich hin dösten.

Irgendetwas schwirrte in seinen Gedanken umher. Irgendetwas, wie eine Information, der man keine Beachtung schenkt, die einem plötzlich, wie ein knallender, heftiger und dennoch kaum merklicher Peitschenschlag wieder einfällt. Er konzentrierte sich und brachte diese Information intuitiv mit Georges in Zusammenhang. Er erinnerte sich sofort an ihn, wie er an der Tür zum Ruheraum gestanden hatte, mit dem Schloss in der Hand, aber dieses Bild war nicht von Bedeutung.

Nein, entscheidend war das, was ihm Georges gesagt hatte.

Er hatte Kesiah bei ihrem Vornamen genannt ...

Dieses Detail an sich besagte nichts weiter. Georges hätte zufällig ein Gespräch zwischen Jacques und ihm mit anhören können oder die Worte einer der Krankenschwestern, die Zeugin des Dramas geworden war, aufschnappen können. Aber dieses Detail störte ihn, es ärgerte ihn, wie ein Puzzleteil, mit dem man nichts anzufangen weiß.

Er blieb stehen und machte kehrt.

»Haben Sie was vergessen?«, fragte der Hauptmann.

Er antwortete nicht und näherte sich dem Käfig. Der Zuhälter sah zu ihm auf.

»Sie haben gesagt, ein Freund von mir würde Kesiah kennen«, drang Benjamin in ihn.

»Mhm, mehr als kennen, er ist ihr treuester Kunde, Mann. Er wollte sie sogar heiraten, wie sie mir gesagt hat.«

»Wer?«

»Der Schwachsinnige. Ich hab dich mit ihm gesehen, sah so aus, wie wenn ihr Freunde wärt. Weißt du, wen ich meine?«

»Ja«, flüsterte er.

Sein Herz schlug so schnell, dass er das Klopfen bis in die Schläfen spürte.

»Wie im Film.«

86

Die Schützen hatten Stellung bezogen.

Etwa zehn Meter von der Tür entfernt, warteten drei Polizisten hinter einem Jeep versteckt auf die Befehle von Forman Stona. Zu beiden Seiten des Fensters kauerten zwei weitere Polizisten, und ein dritter stützte sich in einiger Entfernung vom Gebäude auf eine Motorhaube, um das Zielfernrohr eines Gewehrs vom Typ Zastava M76 zu justieren.

Um die Sicherheitszone herum bildete sich ein Menschenauflauf, und die Flüchtlinge des Lagers von Damasak begannen, sich nach den Gründen für diesen Großeinsatz der Sicherheitskräfte zu fragen. Stona befahl seinen Männern, die kleine Menge in aller Stille zu zerstreuen.

Auf seiner Uhr war es fünf vor sieben. Der Himmel war von einem reinen, erhabenen Blau, und die Sonne begann ihren schwindelerregenden Aufstieg. In wenigen Minuten würde die Neuigkeit zwischen den Zelten und auf dem Markt von Mund zu Mund gehen, und es wäre nicht mehr möglich, den Ansturm der Neugierigen in geordnete Bahnen zu lenken, ohne die Aufmerksamkeit des Verdächtigen auf sich zu ziehen.

Er unterdrückte ein ungeduldiges Murren, als er Jacques und Benjamin auf sich zulaufen sah. Widerwillig bedeutete er seinen Untergebenen, die beiden Ärzte durchzulassen, und empfing sie kühl.

»Sie haben hier nichts zu suchen.«

»Hören Sie«, sagte Jacques außer Atem, »Sie können nicht einfach dieses Gebäude stürmen ...« Er warf einen panischen Blick auf die Polizisten, die allmählich unruhig wurden. »Georges Ikki arbeitet seit Langem für mich und ...«

»Dieser Mann«, unterbrach ihn Forman Stona, »wird des versuchten Mordes und der Entführung verdächtigt. Ich sage es also noch einmal: Sie haben hier nichts verloren.«

»Sie wissen nicht, ob er der Täter ist«, betonte Jacques, »und ich versichere Ihnen, dass Georges nicht gefährlich ist ...«

»Dies zu entscheiden ist ganz allein meine Sache. Was seine mutmaßliche Täterschaft anbelangt, so ist das eine

Information, die von Doktor Dufrais stammt, der mich davon überzeugt hat.«

»Gerade deshalb bitte ich Sie, mich reingehen zu lassen«, mischte sich Benjamin ein.

Jacques wandte sich verblüfft zu ihm um, aber Benjamin ließ ihm nicht die Zeit, den Mund aufzumachen.

»Lassen Sie mich mit ihm reden. Er vertraut mir, er wird mit mir kommen. Und wenn er wirklich der Täter ist, werde ich ihn überreden, ein Geständnis abzulegen ...«

Stona fuhr sich mit der Hand übers Kinn, während er nachdachte.

»Ein Geständnis?«

»Ich werde es von ihm bekommen.«

»Ich gebe Ihnen zehn Minuten«, ließ sich Forman erweichen. »Aber wenn Georges Ikki nach diesen zehn Minuten nicht mit erhobenen Händen rauskommt, befehle ich meinen Männern, ihn zu holen, selbst wenn Sie noch drin sind. Habe ich mich klar ausgedrückt?«

»Sonnenklar.«

87

Benjamin ging bis zur Tür des Unterstands und wartete, bis sich die Polizisten zurückgezogen hatten, ehe er klopfte. Eine leichte Angst, verbunden mit Müdigkeit, lastete auf seinen Schultern. Er kannte Georges seit fast einem Jahr, und dennoch rechnete er damit, dass diese Tür aus vertrocknetem Holz aufgehen und ein Unbekannter dahinter auftauchen würde.

Es ist verunsichernd und erschreckend, dachte er, der Tatsache ins Auge sehen zu müssen, dass wir einen anderen Menschen niemals richtig kennen und dass jeder Mensch den anderen nur eine Facette von sich zeigt. Und es gelang ihm nicht, Georges mit der Vorstellung in Verbindung zu bringen, die er sich von einem Mörder machte, nein, trotz der Enthüllungen des Zuhälters war der Zweifel noch immer stärker als der Verdacht.

Jacques hatte ganz ähnlich reagiert, sogar noch entschiedener und alle Beschuldigungen rundweg für Unsinn erklärt. Es hatte Benjamin verblüfft, wie sehr die Einfühlung in einen Menschen Urteilsfähigkeit und Denkvermögen beeinträchtigen konnte. Er wischte seine feuchten Hände an seiner Hose ab und klopfte dreimal kurz. Er nahm Bewegungen in seinem Rücken wahr und hörte gedämpfte Geräusche aus dem Innern des Zimmers, dann erneute Stille.

»Georges? Ich bin's, Benjamin.«

Keine Reaktion.

»Ich muss mit dir reden ...«

Er glaubte, die Bewegung hinter ihm deutlicher zu spüren, und drehte sich um, um dem Kommissar zu bedeuten, noch zu warten, aber er sah niemanden. Eine Dunstwolke, die im Widerschein der Sonne strahlend weiß schimmerte, verhüllte das Lager.

»Ben? Was willst du?«, fragte Georges durch die Tür.

»Mach auf, ich muss mit dir reden.«

»Ich bin kaputt, Doc, und ich fang erst in zwei Stunden an ...«

»Mist, du wirst mich doch hier nicht wie einen Idioten vor deiner Bude stehen lassen, oder?«

Er hörte ein langes Seufzen und das Klirren eines Schlosses. Georges steckte den Kopf durch den Spalt und beschirmte sich die Augen mit der Hand. Als er ihn sah, wusste Benjamin, dass ihre Freundschaft in diesem Moment zu Ende war, ganz gleich, ob Georges nun der Täter war oder nicht. Wenn er der Täter war, stellte sich die Frage nicht mehr, und wenn sich seine Unschuld herausstellen sollte, würde er Benjamin niemals verzeihen, ihn zu Unrecht beschuldigt zu haben.

»Im Ernst, konnte das nicht warten?«, fragte der junge Mann und gähnte. »Was ist denn los?«

»Bittest du mich nicht rein?«

»Mein Zimmer ist nicht aufgeräumt, Doc ...«

»Meines auch nicht«, beteuerte Benjamin, während er einen Schritt vortrat, um reinzugehen. Georges zog ein verärgertes Gesicht und versperrte ihm den Durchgang.

»Ich hab dir doch gesagt, dass es nicht geht ...« Sein Tonfall hatte sich geändert – er war bestimmter geworden. »Also sagst du mir, was los ist, sodass ich mich wieder aufs Ohr legen kann?«

Der Arzt ließ nicht locker. Er wusste, dass Forman Stona seine Männer nicht mehr sehr lange zurückhalten würde.

»Ich kapier nicht, warum du mich nicht reinlässt.«

»Und ich kapier nicht, warum dir so viel dran liegt«, zischte Georges und runzelte die Stirn.

Sie schwiegen, und Benjamin wusste nicht, ob es das morgendliche Licht war, das die Gesichtszüge des jungen Schwarzen hart machte, oder die Verärgerung und ein Anflug von Angst.

Sie erstarrten beide, als ein dumpfes, kaum hörbares Stöhnen aus dem Innern des Zimmers drang.

»Was war das?«, stieß Benjamin hervor.

Georges' Augen funkelten kurz panisch. Er wich einen Schritt zurück und schloss die Tür etwas mehr.

»Nichts ... Das war nichts ... Hör zu, Doc ...«

»Du bist nicht allein?«, unterbrach ihn der Arzt.

»Ja ... ja«, stammelte Georges, ehe er sich wieder fing. »Du hast's kapiert.«

Benjamin schob seinen Fuß in den Türspalt und sagte schnell:

»Jetzt hör mir mal gut zu. Hinter mir warten zehn Polizisten auf dich.«

»*Was?!*«

»Lass mich ausreden. Ich habe sie überredet, nichts zu unternehmen, wenn du mich reinlässt, damit wir miteinander reden. Du hast also die Wahl ...«

»Wo sind sie?«, rief Georges und verrenkte sich den Hals. »Ich seh sie nicht!« Seine Augen versuchten, den Vorhang aus blendendem Licht zu durchdringen. »Warum sind sie da? Was wollen sie von mir?«

»Sie glauben, dass du es warst, der versucht hat, den Assistenzarzt zu ermorden.«

Georges riss den Mund weit auf und versuchte, einen klaren Gedanken zu formulieren, aber es kam nur ein dünnes, verschrecktes Wimmern heraus, das in ein Seufzen überging. Da wusste Benjamin, dass er sich nicht getäuscht hatte und dass der Mann, der ihm gegenüberstand, versucht hatte, einem anderen Menschen das Leben zu nehmen. Aber entgegen dem, was er geglaubt hatte, empfand er weder Abscheu noch Wut, sondern nur unendliches Mitleid.

»Ich kann dir helfen ... Lass mich rein«, sagte er und drückte gegen die Tür.

Der junge Mann schien in einen langen Tunnel zu spähen und keinen Ausgang zu sehen. Seine Hand verkrampfte sich am Türrahmen.

»Das ist unmöglich, Doc ...«

Georges beendete den Satz nicht, da er von einem erneuten Stöhnen aus dem Zimmer abgelenkt wurde.

Diese Sekunde der Unaufmerksamkeit genügte.

Mit der Schulter stieß der Arzt die Tür auf, sodass der Mechaniker gegen die Wand zu seiner Rechten geschleudert wurde. Benjamin schlüpfte in dem Moment ins Innere, als Georges mit gesenktem Kopf auf ihn losging. Er wich dem Stoß ungeschickt aus und steckte den Schmerz in seinem Rücken, so gut es ging, weg. Seine Brust fiel ein, und er schnappte nach Luft.

»Verschwinde!«, schrie Georges.

Er wollte seinen Angriff wiederholen, als er die Verblüffung und Verständnislosigkeit auf dem Gesicht Benjamins sah. Letzterer hatte einen Schritt zur Seite, Richtung Fenster, gemacht, um einem neuen Stoß auszuweichen. Jetzt konnte er das ganze Zimmer übersehen. Kein Detail entging ihm. Weder das zerwühlte Bett noch die auf dem Boden verstreuten Lebensmittelpackungen und Dosen.

Er sah das Gepäck, das Georges für seine Flucht vorbereitet hatte.

Nein, nichts entging ihm.

Nicht einmal das Mädchen, das unter dem Waschbecken angebunden war.

88

»Kesiah ... mein Gott ...«

Benjamin stürzte sich auf das Mädchen, aber Georges schlug die Tür zu, versperrte ihm den Weg und stieß ihn mit dem Ellbogen zurück.

Die Klinge eines Skalpells blitzte matt in der Hand des jungen Schwarzen. Die Art, wie er die Klinge auf den Hals von Benjamin richtete, verriet alles andere als kalte Entschlossenheit, denn die Metallspitze zitterte in seiner Faust. Dennoch war die Bedrohung da, so nahe, dass ein Luftzug genügt hätte, um die Klinge über seine Haut gleiten zu lassen und ein Lächeln auf seine Kehle zu zeichnen.

Das nun einsetzende Schweigen kam ihm endlos vor – unterbrochen wurde es nur vom heiseren Stöhnen Kesiahs. Die Sonnenstrahlen drangen in den Raum und ließen die Limonadedosen auf dem Boden und das flache Wasserbecken glänzen, unter dem die junge Frau – die Arme auf dem Rücken gefesselt und einen Knebel im Mund – die weit aufgerissenen Augen verdrehte.

»Du hältst mich für ein Monster, was?«

Georges senkte das Kinn, ein trauriges Lächeln zeigte sich auf seinen Lippen. Benjamin bewegte sich einen Zentimeter, in der Hoffnung, flink genug zu sein, um die Waffe zu packen, doch der junge Mann sah seine Geste voraus, wich nach links aus und setzte das Skalpell an die Halsschlagader. Benjamin erstarrte, der Atem stockte ihm.

»Ich bin kein Mörder, Ben ... Ich musste es tun ...«

»Einen Arzt niederzustechen und dieses Mädchen als

Geisel festzuhalten, nein, wirklich, ich begreife beim besten Willen nicht, was einen dazu zwingen könnte.«

»Ich wollte den Arzt nicht verletzen«, rief Georges. »Aber ich hatte keine Wahl. Ich musste Yaru beschützen«, sagte Georges zu sich selbst.

Benjamin runzelte die Stirn, er war sich nicht sicher, ob er richtig gehört hatte.

»Yaru Aduasanbi?«

Georges Ikki sah mit einem Ausdruck naiven Erstaunens zu ihm auf.

»Das ist ein großer Mann«, beteuerte er mit leiser Stimme, »Männer wie er werden dieses Land verändern ... er hat bereits so viel für die Nigerianer getan ...«

»Augenblick mal ... habe ich richtig verstanden: Du hast Yaru Aduasanbi in der Krankenstation beschützt?«

»Ich konnte sie doch nicht einfach gewähren lassen. Sie hätten ihn umgebracht, wenn ich ihm nicht geholfen hätte ...«

Er ließ das Skalpell fallen und wischte sich die Hand am Laken ab.

»Weißt du, Doc, ich bin Ijaw«, seufzte er, »das ist meine Ethnie, die Wurzeln meiner Familie ...« Er sah Benjamin an, als erwarte er, dieser würde nach draußen stürzen. »Mein Vater war Bauer im Nigerdelta, und eines Tages kamen Männer einer Erdölgesellschaft, und sie haben ihm gesagt, dass er wegziehen muss, dass die Felder, die er bestellte, nicht mehr ihm gehörten, die Felder, auf denen er seine Eltern begraben hatte ... Die Regierung sagte ihm, seine Eigentumsurkunden seien gefälscht, und wenn er nicht fortgehe, käme er ins Gefängnis ... Mein Vater hat das nicht verkraftet, er ist zwei Monate später gestorben. Wir – meine Mutter, meine Brüder und ich – sind weggezogen, wir haben alles verlassen ... Meine Mutter und mein jüngster Bruder haben die Reise nicht überlebt ... deshalb hat man mich ins Waisenhaus gebracht.«

Er hatte ohne Unterbrechung gesprochen, sein Herz ausgeschüttet, und jedes seiner Worte war ihm schwergefallen.

»Ich weiß, dass du nicht verstehen kannst, weshalb ich das getan habe ... aber Yaru Aduasanbi kämpft für Leute wie meinen Vater, er kämpft für uns, für das nigerianische Volk, für unsere Würde ...«

Benjamin atmete mehrmals tief ein. Die Angst und der Wunsch zu fliehen waren immer noch da – gebieterische Gefühle, die ihn zur Tür zurückweichen ließen, ohne dass er sich dessen bewusst war. Er warf einen Blick zum Waschbecken. Auch Kesiah versuchte, die Schwäche ihres Kerkermeisters auszunutzen, um zum Ausgang zu kriechen.

»Sag mir, was wirklich passiert ist ...«

»Schon an dem Tag, an dem ich sie zum ersten Mal sah, habe ich mich in sie verliebt.« Er deutete auf die junge Frau, die sich nicht mehr von der Stelle rührte. »Ich habe sie häufig besucht, und einmal hat sie mir ein Foto von Aduasanbi und einem kleinen Mädchen gezeigt. Sie wollte wissen, ob ich sie gesehen hätte ...«

Der Mechaniker sackte in sich zusammen, ähnlich wie ein Automat, dessen Räderwerk plötzlich stehen bleibt. Er strauchelte zum Bett, und seine Beine ließen ihn im Stich, sodass er ungewollt schnell auf die Matratze plumpste.

»Als das Rote Kreuz vor ein paar Tagen Flüchtlinge hierhergebracht hat, hat man mich benachrichtigt, unter ihnen sei auch Aduasanbi. Er hatte sich einen anderen Namen zugelegt, um nicht der Polizei in die Hände zu fallen. Da bin ich zu ihm gegangen, um ihm zu sagen, er soll nicht hierbleiben, weil Männer nach ihm suchten.«

»Als ich dann Kesiah in der Krankenstation aufnahm ...«, kam ihm Benjamin zuvor.

»... war mir klar, dass ich etwas tun musste, dass ich sie daran hindern musste, Aduasanbi zu verraten ...« Georges versteckte sein Gesicht in seinen Händen. »Ich wollte sie überreden, nichts zu sagen, mit mir fortzugehen, aber sie hatte Angst ... ich hatte keine andere Wahl, als ... als ...«

»Sie umzubringen?«, fragte Benjamin behutsam.

»Wer bin ich, dass ich mein persönliches Glück über die Zukunft eines Landes stellen könnte?« Seinen Lippen entrang sich nur noch ein Murmeln. »Als ich den Ruheraum betrat, bat ich den Doktor, hinauszugehen, mich mit ihr allein zu lassen, aber er weigerte sich ... Ich wollte ihn nicht verletzen ...«

»Und sie? Weshalb hast du es nicht durchgezogen?«

»Ich hab's dir doch gesagt: Ich bin kein Mörder, Doc ...«

»Aber du hattest keine Skrupel, sie hier einzusperren.«

»Es tut mir leid ... ja, es tut mir leid, aber ich liebe sie, und ich hätte ihr nie ein Haar gekrümmt. Ich ... ich glaube, dass ... Er hat mir gesagt, alles würde danach gutgehen.«

»Wer hat dir das gesagt?«, bedrängte ihn Benjamin. »Wer hat dir mitgeteilt, dass Aduasanbi im Lager eintreffen würde?«

»Nein, das kann ich nicht sagen. Ich musste ihm schwören, nicht über ihn zu reden.«

»Und Naïs? Was weißt du über sie?«

»Ihre Fähigkeit ist Geld wert, viel Geld. Aus diesem Grund sind alle hinter ihr her.«

»Das weiß ich alles. Aber was für eine Krankheit hat sie?«

»Ich weiß es nicht, Doc. Yaru sagte, in Amerika gäbe es ein Mädchen, das an der gleichen Krankheit leidet.«

»Welches Mädchen?«

»Yaru sagte, dass sie Brooke Greenberg heißt.«

Holzsplitter und Gipswolken flogen durch das Zimmer, als die Polizisten die Tür einschlugen. Der ohrenbetäubende Lärm ging der Explosion der Fensterscheiben voraus. Gleichzeitig mit den Sonnenstrahlen drangen Schreie und Gestalten in den Raum. Der Arzt sah nichts kommen. Ihm wurden die Beine mit einer Kraft weggeschlagen, der er keinen Widerstand entgegensetzen konnte. Er hatte sehr kurz das Gefühl, in der Luft zu schweben, ehe er mit seinem ganzen Gewicht auf den Boden knallte. Der Schmerz in seinem Rücken strahlte bis in seinen Schädel aus, und die Befehle der Polizisten, der Tumult, die gezückten Waffen, alles, was sich in dem Zimmer abspielte, schien ihm weit, sehr weit weg zu sein.

Ehe er ohnmächtig wurde, konnte er noch erkennen, dass Georges ebenfalls ausgestreckt dalag, einen Armeestiefel auf dem Gesicht. Die Lippen des jungen Schwarzen bewegten sich, aber Benjamin schnappte nur die Worte »Es tut mir leid« auf.

89

»Bist du dir sicher, dass es geht?«

»Nicht wirklich«, sagte Benjamin und stützte sich auf Jacques' Schulter. »Kümmere dich um Kesiah. Sie braucht einen Arzt.« Er verzog das Gesicht vor Schmerzen.

»Du auch …«

»Aber ich kann warten.«

Der Einsatzleiter nickte und machte kehrt, um ins Innere des Zimmers zurückzukehren. Benjamin blieb einige Sekunden vor der Tür stehen und humpelte dann zu den Polizisten, die Georges in einen der Jeeps stießen.

»He! Warten Sie!«, schrie er, während er die Hand auf sein Kreuz drückte. »Ich muss mit ihm reden …«

Er fluchte, als er sah, dass ihm Stona den Weg versperrte.

»Tut mir leid, Doktor Dufrais. Ich bin jetzt für den Mann verantwortlich.«

Benjamin wollte nicht klein beigeben, aber ihm fehlte die Kraft. Der Schmerz in seinem Rücken riss ihn entzwei, und er hatte das Gefühl, seine Nerven würden von Holzsplittern durchbohrt. Forman Stona schob seine Hand unter Benjamins Achsel.

»Immer mit der Ruhe …«

Er stützte ihn, bis er sich wieder aufgerichtet hatte. Der Arzt atmete langsam, und eine Stimme in seinem Kopf flüsterte ihm zu, er habe sich beim Sturz einen Wirbel gebrochen.

»Hat er Ihnen gesagt, weshalb er diese Verbrechen begangen hat?«, fragte Forman Stona, auf den Jeep zeigend.

»Er wollte Yaru Aduasanbi beschützen und ihm bei der Flucht helfen.«

Sie sahen gemeinsam zu Georges hinüber. Der junge Schwarze hielt den Kopf gesenkt und war kaum zu erkennen – nur ein verschwommener Fleck hinter den Spiegelungen im Fenster. In kleinen Gruppen zusammenstehende Flüchtlinge zeigten mit dem Finger auf ihn und flüsterten ihren Nachbarn etwas ins Ohr. Kinder hatten einen LKW erklommen und verrenkten sich die Hälse, um zu sehen, was geschah.

»Was werden Sie mit ihm machen?«

»Ihn vernehmen, anschließend wird er in ein Gefängnis gebracht, bis sich ein Richter mit dem Fall befasst.«

Ein Laken um die Schultern gehängt, setzte Kesiah zaghaft einen Fuß vor den anderen. Sie beschattete ihre Augen mit der rechten Hand, während ihre Linke den Unterarm des Einsatzleiters von MSF umklammerte. Ihr Erscheinen löste einen jähen Stimmungsumschwung aus. Das Tuscheln in der Menge wurde lauter.

»Jacques wird sie ins Krankenhaus fahren«, sagte Benjamin.

»Ich muss sie befragen.«

»Nein«, entgegnete Benjamin in festem Ton. »Sobald sie untersucht wurde, können Sie ihr in aller Ruhe Fragen stellen. Aber nicht vorher.«

Stona antwortete nicht. Er beobachtete reglos, wie Jacques Kesiah wegführte. Im Innern des Jeeps rutschte Georges nervös hin und her, und einer der Polizisten schlug mit der flachen Hand aufs Dach des Jeeps, um dem Fahrer zu bedeuten loszufahren.

Das Polizeiauto fuhr auf die Menge zu, die sich widerwillig teilte. Fußtritte gegen die Wagentüren und das Bespucken der Scheiben antworteten auf das wiederholte Hupen, und Benjamin konnte nicht sagen, ob sie dem Gefangenen oder den Männern in Uniform galten.

Er sah flüchtig das Gesicht von Georges, das sich ihm, Kesiah und diesem früheren Leben zuwandte, welches sich unwiderruflich in dem Maße entfernte, wie der Jeep beschleunigte. Und bald spiegelten sich nur noch weiße und gelbe Schemen im Verbundglas der Scheiben. Der Trubel des Lagers verflog, kaum dass der Wagen den Checkpoint passierte, die Spannungen erloschen von selbst, und das Gemurmel verstummte.

90

»Halt still ...«

Eingesperrt ins Sprechzimmer, erreichte sie die Unruhe auf den Gängen der Krankenstation nur in Form mehr oder minder starker Schockwellen – hier herrschte ein ähnliches Gedränge wie bei der Ausgabe von Lebensmittellieferungen.

Jacques, der auf einem Stuhl mit Rollen saß, lokalisierte die schmerzempfindliche Zone der Halswirbelsäule, legte die linke Hand auf Benjamins Schulter und setzte die Spritze an. Benjamin, der in der Unterhose auf der Matratze lag, verzog das Gesicht, als er den Kopf wandte.

»Mist, wie kann man nur so kalte Hände haben ...«, brummelte er mit belegter Stimme.

Der MSF-Einsatzleiter seufzte und stach die Nadel mit einer sicheren Handbewegung zwischen die Halswirbel. Diese Kortisonspritze sollte, in Verbindung mit der intravenösen Injektion von Ketoprofen, die verfluchten Rückenschmerzen lindern. Zwischen seinen Schulterblättern spürte Benjamin ein Gefühl der Hitze, das nicht so stark wie bei einer Verbrennung, aber genauso schmerzhaft war.

»Das wirkt erst in einem Tag, aber das Ketoprofen wird dir bis dahin helfen«, sagte Jacques, während er die Spritze auf das Tablett aus Edelstahl legte.

Sobald er den Verband angelegt hatte, stützte sich Benjamin auf die Ellbogen, um sich aufzurichten, und unterdrückte ein Stöhnen.

»Du solltest liegen bleiben …«

»Ich werde verrückt, wenn ich mich nicht bewege.«

Jacques reichte ihm eine Flasche Wasser und lehnte sich im Stuhl zurück.

»Du siehst ziemlich fertig aus«, bemerkte Benjamin und führte die Flasche an seine Lippen.

»Ich bin's«, murmelte der MSF-Missionschef.

Benjamin gelang es mühelos, die Beine von der Liege zu schwingen und sich an die Bettkante zu setzen.

»Wohin gehst du?«

»Rauchen, essen und versuchen, ein wenig zu schlafen. In dem ganzen Durcheinander.« Ehe er durch die Tür ging, wandte er sich noch einmal um. »Weißt du, wer Brooke Greenberg ist?«

»Nein. Warum, sollte ich?«

»Georges hat mir gesagt, dass Naïs und sie dieselbe Krankheit haben.«

91

»Heute Abend.«

Umaru Atocha drückte seine Zigarette an der Tür des Pick-ups aus.

»Gleich nach Einbruch der Dunkelheit.«

Seine Männer nickten schweigend, den Blick auf die Stadt und das Krankenhaus gerichtet. Der Jüngste zog seine

Schirmmütze aus und tauchte sie in das faulige Wasser eines ehemaligen Bewässerungskanals, ehe er sie wieder aufsetzte. Die Trockenheit hatte Brände entfacht, und von den Flammen verwüstete Getreidefelder verwandelten die Landschaft vor ihnen in eine undurchdringliche graue Fläche.

Das Thermometer stieg und stieg. Umaru verfolgte mit den Augen die Bauern, die bereits die Felder verließen, um Schatten zu suchen. Die Elendsviertel von Baganako verhießen eine noch schlimmere Hölle als die aus dem Osten kommende Hitze. Und irgendwo in dieser Stadt beobachtete sie Henry Okah. Er spürte es.

Heute Abend würde jeder von ihnen endlich erfahren, was das Schicksal für ihn bereithielt.

»Bist du bereit?«, fragte er.

Der Jüngste der Söldner nickte und zog sein T-Shirt aus. Er machte einen Schritt vor und riss den Kopf jäh zur Seite, dass die Halswirbel knackten. Die vier anderen Männer stellten sich um ihn herum.

»Ich werde Sie nicht enttäuschen, Chef.«

Umaru lächelte ihn an.

»Das weiß ich.«

Seine Kameraden klopften ihm freundschaftlich auf den Rücken und warteten darauf, dass er ihnen ein Zeichen gab. Der junge Mann atmete schnell durch die Nase, einen Boxer nachahmend, der durch die Seile eines Rings steigt. Mit ausgebreiteten Armen und nacktem Oberkörper starrte er eine ganze Weile in die Sonne, hielt die Luft an und schloss die Augen.

Der erste Schlag traf ihn mit so großer Wucht unter dem rechten Auge, dass er die Wange aufplatzen ließ, gefolgt von einer Geraden, die ihn unter den frei endenden Rippen traf. Der junge Mann stieß ein heiseres Grunzen aus, seine Knie zitterten. Die vier Söldner, die um ihn herumstanden, beugten sich zu ihm hinunter, um ihn zu fragen, ob alles in Ordnung sei, ob er die Schläge noch aushalte. Sich vor Schmerzen krümmend, forderte er sie durch ein Winken der Hand auf weiterzumachen.

Umaru sah ihnen dabei zu, wie sie hemmungslos auf diesen schmalen, langgestreckten Körper eindroschen, bis Blut aus der Augenbraue spritzte und sein Körper von den Fausthieben gezeichnet war. Lautes Stöhnen ging dem flüchtigen Knacken von Knochen voraus. Die Wange des Jungen war bereits auf das Doppelte ihrer ursprünglichen Größe angeschwollen, als er das Gleichgewicht verlor und in den Staub stürzte.

»Das reicht.«

»Ich kann weitermachen, Chef ...«, keuchte der junge Mann.

Er spuckte Blut und griff nach der Hand, die ihm einer der Söldner hinhielt, um ihm aufzuhelfen.

»Du musst einsatzfähig bleiben.«

Umaru trat an ihn heran und musterte zufrieden die Wunden. Sie waren oberflächlich, aber die Ärzte würden ihn über Nacht dabehalten. Er ging seinen Plan noch einmal durch und schätzte ein letztes Mal die Risikofaktoren ab.

Henry Okah würde nicht am helllichten Tag zuschlagen, vermutete er, was ihnen genügend Zeit ließe, um ihm zuvorzukommen. Mit einem Mann in der Krankenstation wären sie im Vorteil. Aber dieser Vorteil war zu schwach, als dass sie sich einen Fehler leisten konnten.

»Du weißt, was du zu tun hast?«

Der Junge hob seine Mütze aus dem Staub auf, schlug sie gegen den Oberschenkel und starrte seinem Chef direkt in die Augen.

»Bis zum Sonnenuntergang verhalte ich mich ruhig. Anschließend stelle ich den Strom im gesamten Gebäude ab und warte auf euch.« Er biss die Zähne zusammen. »Ich sage es Ihnen noch einmal, Chef: Ich werde Sie nicht enttäuschen.«

Umaru wandte den Blick ab und ließ ihn zu der Geisterstadt schweifen, in der das Schicksal entscheiden würde, wer am Leben bliebe und wer sterben würde. Ein Anflug von Traurigkeit überkam ihn, als er an die Ärzte und Pflegekräfte dachte, die sich zwischen Naïs und ihn stellen und daher den nächsten Tag nicht erleben würden.

»Also gut«, sagte er zu seinen Männern, »ihr könnt ihn ins Krankenhaus bringen.«

92

Vom anderen Ende des Raumes aus beobachtete Yaru Aduasanbi den Priester und die Krankenschwester. Durch seine Finger floss kein Blut mehr, so fest umklammerte er den Griff seiner Waffe. Er war sich unschlüssig, wie er weiter vorgehen sollte.

Wenn er schießen würde, müsste er seine Flucht fortsetzen, die Grenze überschreiten und versuchen, in den Tschad und nach N'Djamena zu gelangen. Naïs war zwar wieder etwas zu Kräften gekommen, aber nicht so sehr, dass sie eine neue Irrfahrt durchstehen würde – in dieser

Hitze würde sie nicht überleben. Er selbst war sich nicht sicher, ob er durchhalten würde.

Jedes Wort, das er in den Zeitungen gelesen hatte, hatte ihm mehr Schmerzen bereitet, als es Dolchstöße hätten tun können. Der Tod seiner Tochter war ein Ereignis von grausamer Sinnlosigkeit, das ihn am Boden zerstörte. Er versuchte sich einzureden, es sei nur eine Lüge, eine List, die ihn aus seinem Versteck herauslocken solle, aber der Schock war derart brutal gewesen, dass der Zweifel an ihm nagte.

Er bekam keine Luft. Er konnte keinen Kontakt mehr zu seiner Frau aufnehmen. Zu gefährlich. Er ließ die Waffe los und stützte sich gegen die Wand, um nicht umzufallen. Das Kind neben ihm sah ihn erstaunt an, es fragte sich bestimmt, warum dieser Mann so sehr zitterte.

Yaru Aduasanbi unterdrückte sein Schluchzen. Er musste weiterkämpfen, aber er war nicht mehr so fest vom Sinn seines Kampfes überzeugt. Er musste sich sogar daran erinnern, wofür er sich entschieden hatte, sich selbst sagen, dass ein Mann seine Überzeugungen konsequent umsetzen müsse und sein Leben andernfalls nicht lebenswert sei.

Aber auf seiner Flucht hatte ihm so vieles gefehlt – das Lächeln seiner Frau und die Zärtlichkeit ihrer Gesten, das Tuscheln seiner Kinder und ihr Atem in seinem Nacken –, so viele Dinge, die ihm egoistisch erschienen waren und die er im Namen der Revolution geopfert hatte. Er war der Ansicht gewesen, er zahle mit seinem Glück einen geringen Preis, aber in diesem Zimmer hatte er erkannt, wie egoistisch es gewesen war, seine Familie um ihr Glück zu bringen.

»Megan?«

Die Krankenschwester wandte ihr angsterfülltes Gesicht der Treppe zu, und Yaru Aduasanbi trat einen Schritt zurück, als er, auf der obersten Stufe, den Arzt bemerkte, der Naïs behandelt hatte.

»Ich brauch dich im Erdgeschoss.«

»Nicht jetzt.«

»Es ist dringend.«

Sie sah zuerst den Priester, dann Naïs an und zögerte, sie allein zu lassen.

»Was ist los?«, fragte sie, während sie sich vom Bett entfernte.

»Ein junger Mann, der zusammengeschlagen wurde. Er ist gerade eingetroffen. Die Verletzungen sind oberflächlich, aber er ist sehr erregt ...«

Aduasanbi wartete, bis sie verschwunden waren, und ging auf den Missionar zu. Der Mann konnte den Blick nicht von Naïs abwenden, und Yaru verstand, besser als irgendjemand sonst, die merkwürdige Faszination, die von dem Mädchen ausging.

»Guten Tag, Pater ...«

Die Augen des Priesters funkelten seltsam.

»Ich habe Sie erwartet«, sagte Pater David und reichte ihm die Hand.

93

Henry Okah überprüfte die Spanngurte, die den Kindersitz an der Rückbank befestigten.

Alles war vorbereitet.

Er machte die Tür wieder zu und verriegelte den Wagen. Ein magerer Hund mit schwarzem Fell humpelte mitten auf der menschenleeren Straße und wandte seine Schnauze Okah zu. Dieser las einen Kieselstein auf und zielte auf den Hund. Der Stein hüpfte zwischen den Beinen des Tieres, das aufheulte und sich ins Innere eines leer stehenden Gebäudes trollte.

Okah schnallte das Doppelholster um seinen Oberkörper und steckte die beiden Glock 21 hinein.

Sobald die Sonne unterging, würde er zuschlagen. Er nahm sein Telefon und wählte die Nummer seines Anwalts.

»Du kannst die Papiere vorbereiten«, sagte er, ohne ein Lächeln unterdrücken zu können. »Ich werde vor Mitternacht ein freier Mann sein.«

»Hast du sie gefunden?«

Okah ging, das Handy am Ohr, in das Gebäude hinein.

»Die Frau von Aduasanbi hatte nicht gelogen. Sie sind im Krankenhaus von Baganako.« Er tastete seine Taschen nach Zigaretten ab. »Und was gibt's Neues bei dir?«

»Ich habe sauber gemacht«, seufzte der Anwalt. »Der Mord an dem Mädchen hat ziemliche Wellen geschlagen, aber die Regierung deckt dich weiterhin. Das Problem ist nur, dass Frau Aduasanbi die Presse informiert hat.«

»Ich hab das gelesen«, sagte Okah und kaute auf dem Filter seiner Kippe herum. »Hat sie meinen Namen erwähnt?«

»Ja, aber das Ministerium hat sich rechtzeitig eingeschaltet. Die Polizei hat erklärt, es gebe keine Spur, und sie haben sie in eine geschlossene Anstalt eingewiesen.«

»Arme Frau ...«

Er starrte einen Moment lang die Flamme des Feuerzeugs an.

»Außerdem gibt es ein Problem mit den Typen der MEND; die meisten weigern sich, ihre Waffen niederzulegen.«

»Gib den Behörden ihre Namen.«

»Bist du dir sicher?«

Okah blieb auf dem Treppenabsatz der ersten Etage stehen. Bauschutt und Regenplanen aus Plastik, die durch die extreme Hitze spröde geworden waren, verwandelten den Raum in ein fremdartiges Labyrinth, ein Gitter aus Licht und Schatten.

»Ich habe dir doch gesagt, dass ich vor Mitternacht ein freier Mann sein werde, und ich schwöre bei meiner Seele, dass ich alle umbringen werde, die sich mir in den Weg stellen.«

94

Megan desinfizierte die Wunde und legte den letzten Verband an. Der junge Mann war noch immer nervös und drehte sich in einem fort zu der Wanduhr um, die über dem Eingang hing.

»Sie müssen sich ausruhen«, sagte sie.

Sie hatte den Eindruck, dass er sie nicht hörte, weil er seine ganze Aufmerksamkeit auf die Bewegungen der Zeiger gerichtet hatte. Er hatte keine schmerzstillenden Medikamente einnehmen wollen, auch eine Lokalanästhesie hatte er abgelehnt und sich so dazu gezwungen, die Schmerzen auszuhalten, als der Arzt ihn genäht hatte. Sie ging von ihm weg, beobachtete ihn aber aus den Augenwinkeln.

»Hast du auch das Gefühl, dass mit diesem Jungen irgendetwas nicht stimmt?«

Im angrenzenden Raum war einer der Krankenpfleger

damit beschäftigt, den Vorrat an Kathetern und Spritzen zu kontrollieren.

»Man könnte meinen, dass er jemanden erwartet«, meinte Megan.

»Mhm, oder dass er irgendein Ding drehen will ... Knallharter Bursche jedenfalls. Er wurde übel zugerichtet.«

Megan nickte nur. Während der gesamten Dauer der Behandlung des jungen Mannes war sie nicht richtig bei der Sache gewesen. Die Anwesenheit des Priesters inmitten der Kinder beunruhigte sie.

Aber das Mädchen hat gelächelt, als es ihn sah ...

Nein, nicht, als es ihn sah. Als es hörte, wie er seinen Namen aussprach: Naïs.

Sollte er sich doch nicht geirrt haben? Sollte er dieses Kind tatsächlich kennen?

Ein kalter Schauer durchrieselte sie, als sie Yaru Aduasanbi die Treppe, die zur Kinderstation führte, hinuntersteigen sah. Er kam mit festen Schritten auf sie zu und lächelte sie an.

»Entschuldigen Sie ... Ich habe eine leichte Migräne, und wenn das möglich wäre, hätte ich gern etwas dagegen.«

»Ich ...« Sie zwang sich dazu, nichts von der Unruhe zu zeigen, die sie beschlich. »Ja, natürlich, kommen Sie mit mir, ich werde Ihnen Ibuprofen geben.«

Mit zitternden Händen öffnete sie den Arzneischrank und stellte sich dabei so ungeschickt an, dass Medikamentenschachteln zu Boden fielen. Tabletten und Gelkapseln lagen verstreut auf dem Boden.

»Mist!«

Yaru Aduasanbi bückte sich, um ihr beim Aufsammeln zu helfen.

»Sie sind zu nervös«, sagte er in aller Ruhe.

»Der Tag ist lang ...«

»Ich verstehe Sie.« Er hob den Kopf zur Decke. »Sie weinen zu hören, ist eine echte Qual ... Ich frage mich immer, was ich für sie tun könnte.«

»Ihrer Tochter wird es bald besser gehen«, beteuerte sie, während sie aufstand. »Nach einer Woche hier werden Sie sie nicht mehr hören.«

»Das wollte ich damit nicht sagen ... Ich möchte, dass sich dieses Land verändert, damit diese Kinder keinen Grund mehr zum Weinen haben.«

Megan lächelte ihn verständnisvoll an.

»Nehmen Sie zwei Tabletten ein und in drei Stunden zwei weitere, wenn Sie immer noch Beschwerden haben.« Sie hielt ihm eine kleine Schachtel hin. »Ist das Ihr einziges Kind?«

»Nein ... ich habe einen Sohn und eine ...«, sein Blick verschleierte sich kurz, »... eine zweite Tochter.«

Sie hätte ihm gern gesagt, dass sie ihn verstand, dass sie diesen herzzerreißenden Kummer kannte, aber sie hatte nicht die Zeit dazu. Pater David, der die Treppe hinunterrannte, kam in ihr Blickfeld.

»Pater!«

Der Priester warf einen kurzen Blick in ihre Richtung, ohne anzuhalten.

»Pater! Warten Sie!«

Der alte Mann stürzte zum Ausgang der Krankenstation.

»He! Was ist denn das für ein Radau?«, stieß ein Arzt aus, der aus dem Ruheraum kam.

»Ich hab keine Ahnung ... Ich glaube, dass ...«

Ihre Stimme versagte bei der Vorstellung, dass der Priester ihre Abwesenheit dazu benutzt hatte, den Kindern zu nahe zu kommen.

»Megan? Was ist los?«

Sie antwortete nicht. Eine elektrische Spannung durchzuckte ihre Adern. Und diese Spannung trug sie bis zum Eingang der Notaufnahme. Das spätnachmittägliche Sonnenlicht zwang sie dazu, sich die Hand vor die Augen zu halten. Etwa fünfzehn Meter entfernt, nahm Pater David hinter dem Lenkrad des Fords Platz und schlug die Tür zu. Megan hatte die Übelkeit hervorrufende Gewissheit, dass sie sich nicht geirrt hatte. Als sie auf den Wagen zulief, fuhr der Priester an. Der alte Ford geriet ins Schleudern, drehte sich und wäre beinahe umgekippt, ehe er sich wieder stabilisierte und eine dichte Staubwolke aufwirbelte.

Unmittelbar bevor das Fahrzeug die Piste mit hundert Stundenkilometern hinunterraste, sah Megan hinter der Windschutzscheibe das Gesicht des Priesters, das panische Angst verriet, als wollte ihm der Teufel an die Kehle springen.

95

Umaru Atocha suchte mit den Augen die Hügel ab, über die die Grenze verlief, und fragte sich, ob er die richtige Wahl getroffen hatte. Ob er kein besseres Leben hätte haben können.

»Chef, da tut sich was …«

Einer der Männer hatte das Fernglas nach Norden gerichtet und zeigte mit dem Finger aufs Krankenhaus.

»Gib her!«

Umaru stellte das Fernglas auf den Wagen ein, der gerade die Notaufnahme verließ und dabei eine Staubwolke hinter sich aufwirbelte. Er runzelte die Stirn. Das Fahrzeug raste mit halsbrecherischer Geschwindigkeit über die Piste, die zwischen den Elendsquartieren hindurchlief. Es schien, als würde da jemand aus dem Krankenhaus fliehen.

»Holt eure Waffen!«, befahl er.

»Aber, Chef, die Sonne steht noch hoch …«

»Ich will nicht das Risiko eingehen, dass sie uns wieder entwischen.« Er zeigte auf drei Männer. »Ich will, dass ihr diesem Wagen folgt. Ihr bleibt dran, egal, was passiert, ist das klar?«

Die Söldner nickten und stürmten zum Pick-up. Umaru räusperte sich und spuckte aus. Er ging zum Kofferraum des Geländewagens und öffnete diesen, wobei etwa zehn Faustfeuerwaffen zum Vorschein kamen. Er nahm eine Maschinenpistole Heckler & Koch mit kurzem Lauf, zog den Reißverschluss einer schwarzen Sporttasche auf und nahm mehrere Strumpfmasken heraus.

Während seine Männer ihre Waffen luden, wanderte sein Blick zum Himmel, und ein Gefühl der völligen Leere überkam ihn. Ein breites Lächeln erhellte sein Gesicht.

Kleines Luder, dachte er.

Naïs begann, mit ihrem Schicksal zu spielen.

96

»Megan!«

Sie hatte gerade den Hauptraum des Krankenhauses betreten. Sie drehte sich um und sah den Einsatzleiter von MSF mit fahlem Gesicht auf sich zulaufen.

»Gerade hat mich die Polizei angerufen.« Ihm war nicht bewusst, dass er schrie. »Sie glauben, dass wir in Gefahr sind. Mist, was ist das für eine Geschichte?«

Megan bemerkte, dass sich der verletzte junge Mann plötzlich für die Worte des Arztes interessierte.

»In welcher Gefahr?«

»Dieser Mann, dessen Foto in den Zeitungen zu sehen ist, den die Polizei sucht.« Aufs Äußerste bestürzt, hob er die Hände. »Sie haben mir gesagt, er wäre hier.«

Die Krankenschwester antwortete nicht. Irgendwo draußen bellten Hunde. Die Verwundeten und die Kranken tuschelten miteinander, in einer Sprache, die sie nicht verstand.

»Wusstest du Bescheid?«, brüllte der Arzt. »Und du hast uns nichts gesagt? Du hast die Polizei nicht informiert?«

Sie wusste, dass sie einen Fehler gemacht hatte. Ihr Mitleid mit dem Schicksal von Yaru Aduasanbi, ihr Mitgefühl mit einem Mann, der gerade seine Tochter verloren hatte, wandte sich in Sekundenschnelle gegen sie.

»Was ist nur mit dir los? Wo ist er?«

»Gerade war er noch da ...«

»Wo ist er?«, schrie er.

»Er muss oben sein, bei ...«

Die Stimme versagte ihr. Auch die Kranken verstummten. Alles in diesem Raum erstarrte, als wäre die Zeit plötzlich stehen geblieben.

Eine massige Gestalt war gerade in der Tür erschienen und betrachtete das Schauspiel. Ein schwarzer, strahlender Blick, geprägt von einer unendlichen Gelassenheit.

Der Mann lud seine Pumpgun durch und zielte auf die Decke. Der Schrot riss ein Stück Gips aus dem Putz. Weiße Krümel fielen zu Boden, und eine Staubwolke schwebte in der Luft. Der Mann wartete, bis der letzte Widerhall des Knalls verklungen war, ehe er mit monotoner Stimme sagte: »Ich suche jemanden.«

97

Unter seinen Füßen hatte der Boden gebebt.

Schreie stiegen vom Erdgeschoss auf. Um ihn herum beeilten sich von panischer Angst ergriffene Mütter, ihre Kinder in die Arme zu nehmen.

Yaru Aduasanbi sah aus dem Fenster, die Stirn an die Scheibe gelehnt. Ärzte und Patienten flohen aus dem Krankenhaus, zerstreuten sich wie ein aufstiebender Schwarm Vögel. Die Gestalten drängten sich, fielen in den Staub, und als Aduasanbi sah, wie sie dem Tod die Stirn boten, empfand er ein tiefes Mitgefühl.

Ein zweiter Schuss ertönte. Diesmal näher bei ihm.

Yaru Aduasanbi hob ein Spielzeug auf – eine Giraffe aus Blech –, das in der Nähe des Nachtschränkchens lag, und stellte es auf ein Kissen. Er näherte sich langsam der Zone des Fußbodens, die durch den Schuss durchsiebt worden war. Lichtstrahlen fielen durch etwa dreißig winzige Löcher senkrecht durch den Boden, und darunter erblickte er den Körper einer Frau im Kittel einer Krankenschwester, die zwischen den Betten in einer Blutlache lag. Um sie herum eilten Leute geschäftig hin und her, man versuchte, eine Herzmassage bei ihr durchzuführen, er hörte die Gebete dieser Menschen, und er unterdrückte ein Stöhnen, als ihm bewusst wurde, dass diese Frau, genauso wie seine Tochter und so viele andere, durch seine Schuld gestorben war. Er ging zur Treppe, wo ihm in der allgemeinen Verwirrung zu Tode erschrockene Schatten entgegenstürzten, die die Stufen hinuntereilten. Er öffnete die Klappe, die auf das Flachdach des Krankenhauses führte.

Der Tschadsee schimmerte im Licht der Abenddämmerung, und dieses Bild aus roten Farbtönen erinnerte ihn an einen riesigen Vulkan, der nur auf ein Beben wartete, um Flammengarben auszuspucken und alles zu verschlingen.

Wie schön die Welt doch ist, dachte er.

Den vermummten Männern, die sich zwei Stockwerke tiefer einen Weg durch die Menge bahnten, schenkte er ebenso wenig Beachtung wie der Person, die hinter ihm stand.

»Guten Abend, Yaru ... lange her, nicht wahr?«

98

Neben der tschadischen Krankenschwester kniend, wusste Megan, dass es zwecklos war, die Blutung zu stillen, dass es nichts mehr brachte, den Reanimationswagen zu holen, dass es keine Hoffnung mehr gab. Dennoch führte sie alle rettenden Gesten aus, wiederholte sie unermüdlich, und wenn der Arzt sie nicht weggezogen hätte, dann hätte sie noch stundenlang so weitergemacht.

Schwankend stand sie auf, aber sie konnte den Blick einfach nicht von diesem leblosen Körper abwenden.

Der Schuss hatte ihrer Kollegin die Kehle aufgerissen, und mit dem Blut waren Knochensplitter und Fleischfetzen aus der klaffenden Wunde gespritzt. Die Augen hatten sich verschleiert. Der aus der Decke herausgesprengte Gips hatte ihr Gesicht, ihre Lippen gepudert.

Als sie das Leben ausgehaucht hatte, waren weiße Partikel, getragen von dem letzten Atemzug der Sterbenden, einige Zentimeter über ihrem Mund geschwebt, ähnlich einem Dampffähnchen in einer Winternacht.

Megan verstand nicht.

Warum war die Krankenschwester auf den Mann zugegangen? Warum hatte sie der Drohung mit der Waffe getrotzt? Und warum hatte der Mann geschossen?

Sein Gesicht war völlig ausdruckslos gewesen, selbst die Augen hatte er kaum zusammengekniffen, um den Rückstoß des Kolbens abzufangen.

Das Geschrei der Patienten und das Klirren einer eingeschlagenen Scheibe ließen sie den Kopf heben. Drei schwarz vermummte Männer standen am Eingang, ein vierter stieg durch das Fenster am Ende des Raumes. Die vom Chrom der Waffen zurückgeworfenen Sonnenstrahlen zeichneten keilschriftartige Zeichen, Abstraktionen aus reinem Licht auf die Wände.

Als der junge Mann, den Megan behandelt hatte, sie sah, sprang er auf. Die Krankenschwester packte ihn am Handgelenk.

»Halt, sie werden Sie töten!«

»Ich gehöre zu ihnen«, sagte er mit sanfter Stimme. »Ich gehöre zu ihnen …«

Er humpelte zu den drei Männern, die ihm eines der Schnellfeuergewehre hinhielten, die sie umgehängt trugen. Der Jugendliche sprach denjenigen an, der den Saal durchquerte und vor dem die Kranken zurückwichen: »Chef, ich habe ihn gesehen, er hat die Treppe genommen. Sie sind oben.«

Der Mann blieb neben Megan stehen und starrte sie an.

Als Umaru Atocha seine Strumpfmaske abnahm, bekreuzigten sich einige, andere murmelten erschrocken.

99

Die Blechgiraffe rollte über das Dach des Krankenhauses bis vor die Füße von Yaru Aduasanbi.

»Wo ist sie?«, fragte Henry Okah.

Er richtete die Pumpgun auf die Knie des ehemaligen Chefs der MEND.

»War sie in dem Auto, das gerade wegfuhr?«

»Im Ernst, Henry«, seufzte Aduasanbi, während er sich zum Tschadsee wandte, »glaubst du, dass ich dir das sagen werde?«

Okah senkte den Lauf.

»Nein, ich weiß, dass du nichts sagen wirst«, sagte er und blickte ebenfalls zum Horizont. »Aber du weißt, dass ich sie finden werde, nicht wahr?«

Yaru Aduasanbi antwortete nicht. Er konnte sich nicht

entschließen, zu seiner Waffe zu greifen, sein Glück zu versuchen, denn was würde er tun, nachdem er Okah getötet hätte? Seine Flucht fortsetzen? Bis wann? Er war zu müde, zu erschöpft. Naïs war bei dem Priester in Sicherheit, das wollte er sich jedenfalls einreden. Aber dann? Was würde nach seinem Tod passieren? Er hatte geglaubt, durch die Entführung dieses Kindes die Regierung zum Nachgeben bewegen zu können.

Als er mit Naïs geflohen war, hatte er gehofft, eines Tages wieder an die Spitze der Revolution zu treten, den Kampf fortsetzen zu können und irgendwann den Sieg davonzutragen. Er hatte geglaubt, dass er mit der Drohung, Naïs aus dem Weg zu räumen, die Regierung dazu bringen könnte, seinen Forderungen nachzugeben, und dass er zunächst das Nigerdelta, dann Lagos, dann ganz Nigeria unter seine Kontrolle bringen könnte. Auf dieser mehrmonatigen Flucht, auf der er Hunger, Sonne und Angst getrotzt hatte, hatte er sich dabei ertappt, davon zu träumen, wie er das nigerianische Volk in ein neues Zeitalter, ein Zeitalter der Aufklärung und der sozialen Gerechtigkeit führen würde, er hatte von Frieden und Eintracht geträumt. Er hatte sich glühend verehrt gesehen wie ein Nelson Mandela, ein Ernesto Guevara, geliebt und bewundert, er hatte den Stolz in den Gesichtern seiner Frau und seiner Kinder gesehen.

»Kann ich dir eine Frage stellen?«, sagte er.

»Klar ...«

»Was hat dir die Regierung dafür versprochen?«

Henry Okah zuckte mit den Schultern.

»Meine Freiheit für Naïs. Meine Freiheit für das Ende der MEND.« Er sah Aduasanbi direkt in die Augen. »Meine Freiheit für deinen Tod.«

»Ich würde sagen, das ist ein anständiger Deal.«

»Du lügst«, sagte Okah lächelnd. »Ich kenne dich, Yaru, du glaubst, dass es nur eine kollektive Freiheit gibt, aber das ist ein Hirngespinst. Das Volk wird nie frei sein. Die Welt von heute ist genauso wie die von gestern, und weder du noch ich hätten dies ändern können.«

»Du irrst dich, Henry«, widersprach Aduasanbi schwach.

Henry Okah hob wieder sein Gewehr, und die Achse des Laufs beschrieb eine unsichtbare Kurve bis zum Herzen Aduasanbis.

»Es ist Zeit zu beten, Herr General.«

»Nicht so«, murmelte Yaru Aduasanbi.

Er drehte sich um und ging langsam bis zum Rand des Dachs. Als er den Abgrund unter seinen Füßen erblickte, umklammerte seine Hand den Griff seiner Waffe. Er wusste, dass er weder schnell noch treffsicher genug war, um Okah zu erschießen, aber er weigerte sich, zu sterben, ohne die Geste gemacht zu haben, ohne die Absicht – wenigstens die Absicht – gehabt zu haben, den Tod seiner Tochter zu rächen.

Das sollte seine letzte Tat auf Erden sein.

Er drehte sich um und zog seine Waffe.

100

Umaru Atocha hob die Faust, um seine Männer aufzuhalten. In der Kinderstation war es still, die Mütter und die Kinder drängten sich in einer Ecke des Zimmers.

»Sind sie oben?«, fragte er die Frauen.

Eine von ihnen hob einen zitternden Finger zur Decke und nickte.

Umaru dankte ihr schweigend und winkte seinen Männern, ihm zu folgen. Henry Okah und Yaru Aduasanbi – die maßgeblichen Gestalten seiner Vergangenheit und seiner Gegenwart – waren da, ganz nah, am Ende dieser Treppe. Er setzte den Fuß auf die dritte Stufe der Treppe, die aufs Dach führte, als zwei Schüsse krachten. Ein Schatten draußen löschte kurz die Sonnenstrahlen aus. Es hatte nur einen Herzschlag gedauert, aber alle hatten es gesehen. Es hätte ein Vogel sein können, der die Fassade streifte, ein vom Wind fortgewehtes Leintuch.

Ein Körper, der in die Tiefe fiel.

Umaru blieb stehen, die Holzlatten knarrten unter seinem Gewicht. Sein Handy vibrierte an seinem Gürtel.

»Ich höre«, flüsterte er und drückte den Hörer ans Ohr.

Das Rauschen in der Leitung übertönte immer wieder die Stimme am anderen Ende.

»Chef, das Mädchen ist nicht in der Klinik ... Ich wiederhole: Sie ist nicht in der Klinik ... Sie ist hier ...«

»Wo seid ihr?«

»Sieht aus wie eine katholische Missionsstation ... Naïs ist bei einem Priester ... Ich habe gesehen, wie er mit ihr aus dem Wagen ausgestiegen ist.«

Umaru lächelte. Dieser alte Fuchs Aduasanbi hatte sie ein weiteres Mal überlistet.

»Seid ihr sicher, dass sie es ist?«

»Ich bin sicher, Chef.«

»Schickt mir die Koordinaten und überwacht sie weiter.«

Er wandte sich seinen Männern zu. Draußen wurde das

Bellen der Hunde mittlerweile von den Sirenen der Polizeiautos übertönt, die auf das Krankenhaus zurasten.

»Wir verkrümeln uns und kommen zu euch«, sagte er und legte auf.

101

Der Aufprall war nicht so heftig, wie er es befürchtet hatte. Der vom Sturz ausgelöste Adrenalinschub hatte den Schmerz gelindert, als er mit dem Hinterkopf auf dem Boden aufgeschlagen war. In diesem Moment hatte er deutlich den tiefen Ton einer aufplatzenden Wassermelone gehört. Dieser Ton hallte wie eine ferne Schwingung in seinem Kopf nach.

Über ihm ragte die Fassade des Krankenhauses steil in den Himmel, und er glaubte am Rand des Daches den Schatten von Henry Okah zu erkennen, der zu ihm hinuntersah. Gesichter hinter Fenstern betrachteten ihn, Gestalten umgaben ihn, er erkannte ihre Bewegungen am Rand seines Gesichtsfeldes, hörte aber keine Stimme.

Alles, was er über diesen Moment gelesen oder gehört hatte, war falsch. Weder wurde er von weißem Licht eingehüllt noch schwebte er schwerelos wie ein Kosmonaut in der Luft. Er hatte erwartet, eine arktische Kälte zu empfinden – aber diese kam nicht. Zu spüren, wie das Leben langsam aus ihm entwich, versetzte ihn auch nicht in einen rauschhaften Zustand.

Das, was ihn in diesem Moment am meisten erschreckte, war das Warten. Wie lange würde sein Todeskampf dauern?

Er sah sich an der Universität Abuja, wie er mit seinen Studenten die Empörung teilte, die in ihm gärte. Seit er das Elend im Nigerdelta entdeckt hatte, hatte nichts seine Wut dämpfen können. Nicht einmal die Drohung der Polizei, als er begonnen hatte, Sympathisanten um sich zu scharen und die Sache der Bauern und der Fischer des Deltas in der Presse zu verteidigen. Die Ölkonzerne hatten versucht, ihn zu bestechen, und als Reaktion darauf hatte er zu den Waffen gegriffen.

Diese Entscheidung hatte ihn in Kontakt mit Henry Okah gebracht. Dem Mann, der gerade zusah, wie er starb.

Ein junger Professor hatte ihm von diesem Nigerianer erzählt, der es in Südafrika zum Millionär gebracht hatte. Nach Aussage dieses Professors machte Henry Okah keinen Hehl aus seiner Verachtung für die nigerianische Regierung und schrieb unter dem Pseudonym *Jomo Gbomo* E-Mails, die die Bevölkerung zu einem Staatsstreich aufstachelten.

Yaru Aduasanbi war eigens nach Johannesburg in Südafrika gereist, um ihn zu treffen. Er erinnerte sich daran, dass er ihm die Lage im Delta geschildert und seinen bitteren Ärger darüber zum Ausdruck gebracht hatte. Im Garten der Luxusvilla von Okah hatten sie lang und breit über seinen Plan, eine Revolution anzuzetteln, gesprochen, und Henry Okah hatte sich bereit erklärt, sich ihm anzuschließen und das Abenteuer zu finanzieren.

Ohne Okah wäre es ihm nie gelungen, aus der MEND eine schlagkräftige, organisierte Gruppe zu formen.

Ohne Okah hätte er niemals den Sieg ins Auge fassen können.

Ohne Okah würde er heute nicht sterben.

Die Erinnerungen an seine ersten Tage im Dschungel fielen ihm wieder ein, aber er erlebte sie nicht, sie zogen an ihm wie an einem unbeteiligten Beobachter vorüber. Er sah sich im Schlamm waten, bei prasselndem Regen Kisten mit Waffen tragen, und er glaubte sogar, die Feuchtigkeit dieser Nächte zu spüren.

Er flehte, man möge ihm den Gnadenstoß geben, als das Bild des familiären Glücks, vor dem er geflohen war, die Bilder von den Ufern des Niger verjagte. Seine Frau starrte ihn an, etwa zehn Meter von ihm entfernt, und ihre Finger strichen über die Haare ihres Sohnes und ihrer Tochter. Ihre Gesichter waren verschwommen, aber er war sich sicher, dass sie es waren. Schwarze Flecken überlagerten ihre Körper und füllten den Raum zwischen ihm und seiner Familie; als sie sich auflösten, waren seine Ehefrau und seine Kinder verschwunden. Es blieb nur ein kleines Mädchen mit merkwürdigen Hautritzungen am Bauch. Naïs lächelte, und ihre Augen funkelten spöttisch und grausam.

102

Umaru Atocha ging neben der Leiche in die Hocke und schloss ihr die Augen.

Yaru Aduasanbi hätte nicht so sterben sollen, dachte er. Nicht hier, nicht vor diesem Krankenhaus. Seine sterblichen Überreste hätten vom nigerianischen Volk getragen werden müssen, weitergereicht von Arm zu Arm. Der Weg zu seinem Grab hätte mit Tausenden von Blumen bestreut sein sollen.

Er sah zum Dach des Krankenhauses auf, wo er erwartete, Henry Okah zu erblicken. Aber er sah nur den weiten Himmel und den Mond, der den Einbruch der Dunkelheit ankündigte. Die streunenden Hunde von Baganako näherten sich mit erhobener Schnauze und folgten dem Blutgeruch.

Umaru stand auf und richtete seine Waffe auf ihre Schatten; diese einfache Geste hielt sie in respektvollem Abstand vom Tod. Er suchte ein Fenster nach dem anderen mit den Augen ab, denn er wusste, dass ihn Henry Okah irgendwo beobachtete, die Kimme seines Gewehrs zwischen seine – Umarus – Augen gerichtet. Der Albino spürte, dass die Anwesenheit seiner Söldner die Mordgelüste des ehemaligen MEND-Generals abkühlen würde. Falls Okah auf ihn schießen würde, würden die vier Männer nicht zögern, das Krankenhaus mit Kugeln zu durchsieben, es in Schutt und Asche zu legen.

Umaru breitete die Arme aus, um ihn zu provozieren.

»Jetzt sind nur noch wir beide übrig, Henry!«, schrie er.

Der Wind trug das Echo seiner Stimme davon. Die Polizeisirenen kamen näher.

»Jetzt heißt es: du oder ich!«

Der rotbraune Widerschein der untergehenden Sonne in den Scheiben verdeckte die Gesichter dahinter, aber Umaru erahnte die verängstigten Gestalten, die beteten, er möge schnellstens verschwinden. Er zog sein T-Shirt aus, kniete sich nieder und verhüllte das Gesicht Yaru Aduasanbis. Er zog seine Maschinenpistole aus dem Holster und legte sie auf dessen linke Brustseite, auf das Herz. Anschließend legte er die Hände des Anführers der Revolution auf die Waffe.

»Ruhen Sie in Frieden, Herr General.«

Auf der Ladefläche des Pick-ups sitzend, sah Umaru Atocha die Sterne nicht, die nacheinander über dem See aufgingen. Auch nicht den Sternschnuppenschauer im Nordwesten, der für einen kurzen Moment das Firmament glutrot entflammte. Die katholische Missionsstation würde bald am Horizont auftauchen. Er würde endlich Naïs in seine Gewalt bringen. Es war nur noch eine Frage von Minuten.

Er betrachtete seine Männer. Söldner. Vorbestrafte. Verbrecher. Mörder.

Seine verdammten Seelen ...

Sie brannten darauf, endlich Naïs aus Fleisch und Blut zu sehen. Umaru hatte ihnen so viel von diesem Kind und von dem gigantischen Lösegeld erzählt, das sie für es verlangen würden. Er hatte ihnen ihren zukünftigen Reichtum in den leuchtendsten Farben ausgemalt, und kraft dieser betörenden Vision ließen sie sich am Gängelband führen. Dabei hatte er jedoch sorgfältig darauf geachtet, ihnen nicht alles zu verraten. Hätte er ihnen das wirkliche Alter des Mädchens gesagt, dann hätten seine Männer es womöglich aus schlichtem Aberglauben umgebracht, so seine Befürchtung. Ihm selbst fiel es schwer, an dieses Wunder der Evolution zu glauben. Um sich selbst davon zu überzeugen, las er sich hin und wieder noch einmal Artikel über das amerikanische Mädchen durch, das an demselben Syndrom litt.

Die Kugel

»Die Barrikaden sind die Stimmen derjenigen,
die nicht gehört wurden.«
Martin Luther King

103

Im Hof machten sich drei junge Polizisten einen Spaß daraus, sich mit dem Leichnam von Yaru Aduasanbi zu fotografieren. Sie hatten das weiße Tuch über seinem Gesicht heruntergezogen und posierten mit einem Knie auf dem Boden und gehobenem Daumen, wobei sie lächelten wie Fischer, die den größten Fang ihres Lebens aus dem Meer geholt haben.

Rote Polizeilichter und Blitze von Fotoapparaten enthüllten im Hintergrund eine Gruppe von Straßenkindern, die auf einem Haufen Bauschutt saß. Die Kinder in zerrissenen Trikots der *Super Eagles* beobachteten das Treiben der drei Polizisten und reichten untereinander einen Joint herum.

Megan, die sich an die Tür zur Notaufnahme lehnte, erblickte Einwohner von Baganako, die sich mit den Armen auf dem Fensterbrett aufstützten, um ebenfalls etwas von dem Spektakel mitzubekommen.

»Sie haben ihn identifiziert«, sagte der junge Arzt und zeigte auf die Leiche, »offenbar ist es ein Terrorist, hinter dem sie seit Jahren her waren …«

»Ich weiß.«

Gleich nach dem Überfall war die Krankenschwester nach oben geeilt, um bestätigt zu finden, was sie schon geahnt hatte: Naïs war nicht mehr da.

Etwas abseits, bei einem Polizeijeep, diskutierte der Missionschef von MSF mit dem Kommissar der Stadt. Die Worte flogen heftig zwischen ihnen hin und her. Der Kommissar, der einen verstockten Gesichtsausdruck hatte, sah den Doktor verächtlich an und schüttelte regelmäßig den Kopf.

»Was sagen sie?«, fragte Megan und deutete mit dem Kinn auf die beiden.

»Die Polizisten glauben, es wäre ein bewaffneter Überfall gewesen, bei dem Medikamente gestohlen wurden. Sie lassen sich nicht davon abbringen.«

»Aber wir sind mindestens zwanzig Zeugen.«

»Das hat man ihnen gesagt, aber es ist ihnen egal. Sie wollten nur, dass eine erneute Bestandsaufnahme der Medikamente in der Apotheke gemacht wird.«

Megan betrachtete die drei Polizisten bei der Leiche voller Verachtung.

»Und er? Wie erklären sie seinen Tod?«

»Selbstmord. Sie glauben, er hätte sich aus Angst vom Dach gestürzt.«

Absurde Schlussfolgerungen. Schlampige Ermittlungen. Die Polizisten wollten etwas vertuschen. Und sie war sich sicher, dass das etwas mit Naïs zu tun hatte.

»Ich muss mit ihm reden.«

Der junge Arzt legte seine Hand auf ihren Arm.

»Das bringt nichts. Egal, was du sagst, in ihrem Bericht wird ›Selbstmord‹ stehen.«

Der Einsatzleiter war wohl zum gleichen Schluss gelangt, denn er beendete jäh das Gespräch, um ins Innere des Krankenhauses zurückzukehren. Der Kommissar lächelte zufrieden und befahl seinen Männern, die Leiche wegzuschaffen.

»Megan? Ist alles in Ordnung?«

Sie blinzelte, um in die schweißnasse Wirklichkeit Afrikas zurückzukehren. Der junge Arzt starrte sie besorgt an.

»Ja …«, sagte sie widerstrebend. »Ich bin nur ein bisschen erschöpft …«

Ihre zu drei Vierteln heruntergebrannte Zigarette verriet ihr, dass sie eine ganze Weile in ihre Erinnerungen versunken gewesen war. Die Polizisten hatten den Leichnam von Yaru Aduasanbi schließlich in einen der Jeeps gelegt. Als die Wagen losfuhren, verloren die Kinder das Interesse an dem Spektakel und verschwanden in der Dunkelheit. Die Laternen in den Hütten erloschen nacheinander.

»Was hast du dir erhofft, als du hierhergekommen bist?«, fragte Megan.

»Ich verstehe nicht.«

Die Krankenschwester wandte die Augen ab und zitterte.

»Ich will wissen …«, fuhr sie mit einer abwesenden Stimme fort, »*was* du dir erhofft hast, als du dich entschlossen hast, für eine humanitäre Organisation zu arbeiten.«

»Ich weiß nicht«, sagte er. »Ich glaube, ich erhoffte mir, meinen Platz zu finden.«

Er wunderte sich selbst über seine Antwort.

»Ich habe mich nirgends zu Hause gefühlt«, fuhr er zögernd fort. »Ich glaube, der Kontakt mit dem Tod, der Einsatz für die Anliegen, um die wir uns kümmern, hat mir erlaubt, eine Art Ersatzidentität zu finden.«

Als sich die Krankenschwester in Schweigen hüllte, fühlte er sich gezwungen hinzuzufügen: »Hört sich blöd an, ich weiß …«

Er stockte, als die Türen des Krankenhauses aufgingen. Ein Krankenpfleger im Kittel näherte sich ihnen und sah den sich entfernenden Blaulichtern nach.

»Der Boss hat mir gesagt, dass ich euch holen soll. Er hat eine sofortige Mitarbeiterversammlung einberufen.«

104

»Der Tod einer Kollegin ist immer ein schwerer Schlag …«

Die Worte des Einsatzleiters von *Médecins Sans Frontières* wurden mit ratlosem Schweigen aufgenommen.

»Leider können wir uns keine Ruhepause gönnen. Wir sind bereits personell unterbesetzt, und wir sind darauf angewiesen, dass jeder sein Bestes gibt …«

Die Mitarbeiter des Krankenhauses von Baganako drängten sich in dem Ruheraum – einige saßen auf Stühlen, andere lehnten sich, auf der nackten Erde sitzend, gegen die Mauer. Niemand von den Ärzten oder Pflegekräften, von denen manche in ihre Kaffeebecher vertieft waren, hatte sich seit Beginn der Versammlung zu Wort gemeldet.

»Das, was heute Nachmittag passiert ist, zwingt mich dazu, Sie zu fragen, ob jemand von Ihnen abreisen will …« Seine Stimme wurde heiser. »Ich glaube, dass ich schnell einen Plan für die Rückholung von Mitarbeitern erstellen kann. Wir müssen MSF Paris lediglich die Zeit lassen, um Ersatz für die Mitarbeiter zu finden, die in ihre Heimatländer zurückkehren wollen …«

Erneutes Schweigen. Megan klebte die Zunge am Gaumen. Sie hatte Lust davonzulaufen, sofort und für immer. Aber dann fand sie es beschämend und feige, einfach alles stehen und liegen zu lassen.

Noch immer schwiegen alle, jeder hoffte, ein anderer würde sich vor ihm zu Wort melden.

»Ich will zurück«, sagte einer der Krankenpfleger.

Es wurden verlegene Blicke gewechselt, und einer der Ärzte hob ebenfalls die Hand.

»Es tut mir leid, aber ich glaube nicht, dass ich das durchstehe.«

»Ich will ebenfalls zurück«, flüsterte die Apothekerin. »Wie du weißt, habe ich einen Sohn, und ich will nicht ...«

Sie setzte ihren Satz nicht fort, da es ihr peinlich war, sich zu rechtfertigen. Zwei Krankenschwestern zögerten und hoben dann doch die Hand. Der Missionschef schlug die Augen nieder, und tiefe Falten durchzogen seine Stirn. Ihm wurde mit einem Mal klar, dass das, was er aufgebaut hatte, am Zusammenbrechen war. Er hatte die letzten fünf Jahre damit verbracht, dieses Krankenhaus wiederherzurichten, er hatte sich größte Mühe gegeben, es zum Funktionieren zu bringen. Das war sein Traum, sein Leben gewesen, und in nur fünf Minuten hatte sich alles in Luft aufgelöst. Er schrieb die Namen in sein Notizbuch.

»Gut. Die Beisetzung findet morgen bei Tagesanbruch statt«, waren seine einzigen Worte.

105

Megan hatte sich nicht entscheiden können. Ihr war bewusst geworden, dass sie nicht stark genug war, und trotzdem hatte sie etwas zurückgehalten. Es war nicht der Wille, zu beweisen, dass sie der Herausforderung gewachsen war, nein, es war etwas Intuitives, was sich nicht verstandesmäßig erklären ließ; eine Gewissheit, aber welche?

Sie hatte versucht, Benjamin anzurufen, um eine Antwort zu finden. Aber im Lager von Damasak hatte niemand abgehoben. Benjamin fehlte ihr. Sie wünschte sich, er würde sie in seine Arme schließen und sie lieben, stumm und brutal. Sie schloss die Tür zu ihrem Zimmer ab und betrachtete den Koffer, den sie noch nicht ausgepackt hatte. Es genügte, das zusammengerollte T-Shirt, das am Fußende des Betts lag, aufzuheben, ihren Kulturbeutel in den Koffer zu stecken, den Reißverschluss zuzuziehen und abzureisen. Drei Handgriffe, und alles wäre erledigt.

Sie räumte den vollen Aschenbecher weg, der auf dem Kopfkissen stand, und setzte sich auf die Matratze. Das Zimmer erschien ihr leerer und unpersönlicher als bei ihrer Ankunft. Die Stockflecken an der Decke schienen noch größer, die Schmutzflecken an der Wand zum Bad noch zahlreicher geworden zu sein. Sie schmiss ihre Schuhe ans andere Ende des Zimmers und schaltete die Nachttischlampe an. In der grauen Beleuchtung glich der Raum einer schäbigen Zelle, wie ein Sinnbild ihrer Einsamkeit.

Mit einer wütenden Handbewegung warf sie die Lampe um. Die Glühbirne flackerte knisternd, ehe sie erlosch. In der Dunkelheit zog Megan das Jo-Jo aus ihrer Tasche und sah das Spielzeug traurig an, ehe sie es mit aller Kraft gegen die Wand warf. Die beiden Holzscheiben brachen auseinander, und der weiße Faden wickelte sich auf dem zerschlissenen Teppichboden ab.

Sie ließ sich auf den Rücken fallen und legte den Arm über ihr Gesicht. Das Rauschen draußen, die Schreie von Fischern, die Netze auf den Strand zogen, lullten sie ein.

Das Ticken des Weckers erinnerte die junge Frau daran, dass sie in einer halben Stunde ihren Nachtdienst antreten musste. Sie zog sich aus und beschloss, sich zum zweiten Mal an diesem Tag zu duschen, in der Hoffnung, das kalte Wasser auf ihrer Haut würde ihr Erleichterung bringen.

Durch das Fenster sah sie flüchtig den Mond, der reglose Himmelskörper löste in ihr ein Gefühl des Entsetzens aus, das sie sich nicht erklären konnte. Und so betrachtete sie, nackt inmitten ihres Zimmers stehend, die weiße Scheibe und lauschte dem Atem einer Welt, von der sie nicht mehr wusste, ob sie sie noch liebte.

Als sie die Tür zum Bad aufmachte, achtete sie weder auf den Geruch noch auf den dunklen Fingerabdruck auf dem Schalter. Die Neonröhre über dem Spiegel knisterte in dem Moment, wo ihre Füße in eine warme, klebrige Pfütze rutschten. Ihr Herz pochte. Als sie den ranzigen Geruch, der ihr in der Nase brannte, mit dem in Verbindung brachte, was sie sah, glaubte sie zu ersticken.

Medikamentenschachteln waren wutentbrannt aufgerissen und ihr Inhalt auf den Fliesen verstreut worden. Das Waschbecken und die Klosettschüssel quollen über von blutgetränktem Toilettenpapier. Nagelscheren und ihre Epilierpinzette waren in einen Plastikbecher eingetaucht. Über der Stange des Duschvorhangs baumelte ein blutverschmiertes Badehandtuch, und rote Rinnsale liefen über den Kunststoffvorhang und flossen zusammen zu einer Rinne, in der Megan watete.

Sie wollte einen Schrei ausstoßen, aber ihr versagte die Stimme. Instinktiv bedeckte sie ihre Brust und ihre Scham.

Es war nicht der Anblick des Blutes, der ihre Schläfen pochen ließ. Nein, das, was den Schweiß in ihrem Rücken perlen ließ, war die zusammengekauerte Gestalt, deren Schatten sie hinter dem Vorhang erblickte.

106

Der Metallfaden knisterte leise, und das warme Licht der Halogenröhre spiegelte sich in der roten Pfütze wider, die sich langsam auf den Fliesen ausbreitete. Stechmücken schwirrten um die Neonröhre, andere setzten sich auf ihre Haut. Verwirrt von der zusammengekauerten Silhouette hinter dem Vorhang, spürte Megan ihre Stiche nicht.

Ein Luftzug streichelte ihren nackten Körper.

Sie trat einen Schritt zurück, lehnte sich gegen die Wand, um nicht auszurutschen, und verharrte reglos. Der Schatten machte eine Bewegung in ihre Richtung. Sie hörte einen Atemzug, ein gedämpftes Rasseln, und sah, wie sich hinter dem Vorhang die Silhouette eines Menschen aufrichtete.

Sie stürzte in ihr Zimmer und knallte die Badezimmertür hinter sich zu. Der plötzliche Lichtwechsel verwirrte sie. Sie blinzelte, um ihre Kleidung zu erkennen, sah aber nur Schwarz auf Schwarz. Sie machte einen Schritt, stolperte.

Ihre Hände griffen in gähnende Leere.

Sie schlug mit der Schläfe auf dem Boden auf. Ein stechender Schmerz durchzuckte ihren Kiefer und ihren Nacken. Außer Atem drehte sie sich in dem Moment um, in dem zwei Schattensäulen den Lichtstreifen unterbrachen, der unter dem Türflügel hindurchschien. Die Tür ging auf, und Megan brauchte nur ein paar Sekunden, um den Mann zu erkennen, der vor ihr stand.

»Ich brauche Ihre Hilfe ...«, flüsterte er.

107

Henry Okah betrat, auf den Lauf seines Gewehrs wie auf eine Krücke gestützt, das Zimmer und schleppte sich zum Bett. Er hatte das linke Bein seiner Hose in Höhe der Leiste aufgeschnitten, und ein blutgetränktes Kopftuch war fest um seinen Schenkel gebunden. Er unterdrückte ein Stöhnen und setzte sich auf die Matratze, wobei er die Waffe auf die junge Frau richtete.

»Zwingen Sie mich nicht dazu, zu wiederholen, was ich gesagt habe …«

Megan stand langsam auf, verdeckte mit dem Arm ihre Brust und blieb in der Mitte des Zimmers stehen.

»Ziehen Sie sich an!«, sagte Henry Okah, ohne sie anzusehen.

Er band das Tuch auf, das er um den Oberschenkel geschlungen hatte. Blut spritzte aus einer kleinen runden Wunde und lief seine Wade herunter. Er beugte sich vor, um die Wunde zu untersuchen; vorsichtig tastete er die Ränder ab. Rötlich-violette und grüne Streifen verzweigten sich um den Krater, und einige verliefen im Zickzack bis zum Knie. Um das Loch herum – dort, wo das Projektil die Haut versengt hatte – hatten sich kleine Blasen gebildet.

»Ist die Zimmertür abgeschlossen?«

»Ja«, antwortete Megan und streifte sich eine Jeans und ein T-Shirt über.

Die Zähne zusammenbeißend, packte Okah sein Bein mit beiden Händen und legte es aufs Bett.

»Sauerei!«, schimpfte er in dem Moment, in dem der Schmerz einen Muskelkrampf auslöste.

Der Krampf ließ mehr Blut aus der Wunde strömen, als das Tuch aufnehmen konnte. Der Oberschenkelmuskel begann, seltsam zu zucken, als ob der Muskel und die Bänder versuchten, sich vom Knochen loszureißen. Okah schwieg eine lange Minute mit halb geschlossenen Augen, den Kopf an die Wand gelehnt.

»Sie müssen mir diese Kugel entfernen …«

»Ich bin keine Ärztin.«

Megan sah sich in dem Zimmer um und schätzte ihre Chancen ein, ungeschoren davonzukommen, falls sie fliehen würde. Sie stieß gegen die umgestürzte Nachttischlampe auf dem Boden.

»Ich … ich kann das nicht …«

»Ich werde Ihnen sagen, was Sie tun müssen«, entschied er. »Gehen Sie ins Bad, und holen Sie das, was Sie brauchen.«

»Das ist unmöglich, ich habe keine Zange und kein Tetracyclin … wie soll ich …«

»Ich habe gesagt: Gehen Sie in dieses verdammte Bad, und holen Sie, was Sie brauchen.«

Er richtete sich behutsam auf, wobei er sich auf die Ellbogen stützte, und zog das Gewehr zu sich. Er schloss die Augen und ertrug die Schmerzen ohne einen Laut.

»Und wenn Sie sich der Tür nähern …«, er klopfte leicht auf den abgesägten Lauf, »… dann braucht es mehr als einen Arzt, um den ganzen Schrot zu entfernen, der Ihren Bauch durchsieben wird.«

Er wartete, bis die junge Frau im Nebenzimmer verschwunden war, dann lehnte er seinen Kopf an die Tapete. Ihm war schwindlig vor Erschöpfung.

Dass er sich von Yaru Aduasanbi in dieser Weise hatte

überraschen lassen, würde ihn noch weit mehr kosten, als nur bis ans Ende seiner Tage zu humpeln. Dieser verdammte weiße Neger hatte bereits die Verfolgung von Naïs aufgenommen, vielleicht trug er sie in diesem Moment sogar schon in seinen Armen.

Er war zum dritten Mal angeschossen worden, aber diese Kugel verbreitete ein besonders bitteres Gift – das des Misserfolgs – in seinem Geist. Aduasanbi hatte nur einmal in seine Richtung schießen können, ehe er in die Tiefe stürzte, aber dadurch, dass er ihn verletzt hatte, hatte er ihn davon abgehalten, seinen Auftrag zu erfüllen.

Nachdem Okah das Gewehr in seine Jacke eingewickelt hatte, war es ihm gelungen, aus dem Krankenhaus zu fliehen und sich unter die Menge panischer Patienten zu mischen. Torkelnd wie ein Betrunkener und geschüttelt von heftigem Zittern, war er dicht an den Mauern entlanggegangen, als die Polizeiautos mit heulenden Sirenen vorfuhren.

Er hatte mit dem Segen der Regierung gehandelt, aber er hatte befürchtet, dass die Polizisten übereifrig wären und ihn allzu lange aufhielten. Er bedauerte diese Entscheidung. Die Polizisten hätten einen Arzt rufen und ihn behandeln lassen können.

Es schien ihm, als hätte er eine Strecke von mehreren Kilometern zurückgelegt, ehe er diese Tür aufgemacht hatte; doch als er das Schloss unter den leeren Blicken einer Schar Kinder mit dem Dietrich geöffnet hatte, hatte er die von Rundumlichtern erhellte Fassade der Klinik gesehen. Seine Kräfte hatten ihn verlassen, als er versucht hatte, die Kugel zu entfernen. Er war in der Duschwanne ohnmächtig geworden, dann hatten ihn Träume heimgesucht.

Henry Okah öffnete die Augen, als er die junge Frau ins

Zimmer zurückkommen hörte. Die Arme mit Kompressen und Fläschchen beladen, näherte sie sich dem Bett und ließ alles auf die Matratze fallen. Sie starrten sich schweigend an, beide regungslos, und dachten, dass keiner von ihnen beiden heute hier wäre, wenn nur eine einzige Sekunde ihres Lebens anders verlaufen wäre.

Megan öffnete ein Fläschchen Wasserstoffperoxid und setzte sich neben Okah.

»Das wird wehtun.«

Er lächelte traurig, während er gedankenversunken zum Fenster blickte.

»So viele Dinge tun weh«, sagte er zu sich.

108

Als Kind hatte Okah eine Mittelohrentzündung gehabt, und er erinnerte sich an die lange Nadel, die der Arzt in sein Ohr eingeführt hatte, um den Abszess aufzustechen, aber er hätte nicht genau sagen können, wie alt er gewesen war, und auch nicht, ob sein Vater bei ihm gewesen war und ihm die Hand gehalten hatte oder ob er im Wartezimmer geblieben war. Auch das Gesicht des Arztes hätte er nicht mehr beschreiben können.

Die einzige Gewissheit, die ihm von diesem Moment geblieben war, war der Schmerz. Dieser stechende, unerhörte Schmerz, der in seinem Schädel explodiert war. Nie wieder hatte er einen solchen Schmerz verspürt. Bis heute.

Er biss sich auf die Lippe, und seine Eckzähne bohrten sich ins Fleisch, als die junge Frau die Epilierpinzette tiefer in die Wunde schob. Das metallische Knirschen der Pinzette an der Kugel tat ihm in den Ohren weh. Eispfeile schienen seine Knochen zu durchbohren, unsichtbare Fangzähne den Schenkel zu zerfleischen, und das Zimmer begann, sich um ihn herum zu drehen.

»Ohne Betäubung kann ich nicht weitermachen«, sagte Megan.

Okah beugte den Kopf nach hinten und öffnete den Mund. Die Luft, die er einsog, brannte ihm in den Lungen, trotzdem fand er die Kraft zu murmeln: »Machen Sie es ...«

Die Krankenschwester zog die Kugel langsam heraus, wobei sie das Blut, das aus dem Loch strömte, abwischte. Okah schrie in der Sekunde, in der das Projektil aus dem Fleisch herausgezogen wurde. Megan goss sofort Wasserstoffperoxid auf die Wunde. Dann legte sie Kompressen auf und umwickelte den Oberschenkelmuskel mit Heftpflaster, um die Blutung zu stillen.

»Wasser ...«

Er trank den Becher, den ihm Megan hinhielt, in einem Zug aus. Die Augen auf die Decke geheftet, schwieg er etliche Minuten. Die junge Frau schob ein Kopfkissen unter seine Wade, um das Bein leicht erhöht zu halten.

Sie setzte sich auf die Ecke der Matratze, wischte sich den Schweiß ab, der ihr in den Augen brannte, und sprang dann unvermittelt auf, um ins Bad zu stürzen und sich zu übergeben.

109

»Zeigen Sie sie mir«, bat Okah kaum hörbar.

Auf die Ellbogen gestützt, richtete er sich auf, um die verschwommene Gestalt am anderen Ende des Zimmers anzusehen.

»Zeigen Sie mir die Kugel.«

Megan gelang es nicht, ihren Blick von der Eingangstür abzuwenden. Sie war nur zwei Meter weg, und diese Entfernung erschien ihr dennoch bald lächerlich, bald unüberwindlich. Sie wusste nicht, ob der Mann auf dem Bett die Zeit und die Kraft hätte, das Gewehr auf sie zu richten und zu schießen. Würde er nach dem, was sie für ihn getan hatte, zögern?

»Machen Sie keine Dummheiten!«, murmelte Henry Okah und zog den Kolben des Gewehrs zu sich.

Megan blieb stehen, ihr Herz hämmerte in ihrem Brustkorb. Viel mehr als der Lauf des Gewehrs, der auf sie gerichtet war, erschreckte sie die Ruhe dieses Mannes. Als sie in seinem Oberschenkel herumgestochert hatte, hatte er nicht zu Gott gebetet, ja nicht einmal gefleht, der Schmerz möge aufhören. Er hatte die Schmerzen einfach stoisch ertragen und wie beim Niederschießen der tschadischen Krankenschwester keinerlei Regung gezeigt. Er strahlte eine Willenskraft, eine Entschlossenheit aus, die ihr noch bei niemandem begegnet waren.

Sie ging zum Bett, hob die Kugel auf und ließ sie in seinen Handteller fallen. Er betrachtete die zwölf Gramm Kupfer und Blei, erstaunt darüber, dass ein so kleines Objekt ein Leben derart grundlegend verändern konnte.

»Helfen Sie mir, aufzustehen.«

»Sie müssen sich ausruhen.«

Okah schüttelte den Kopf und setzte den Kolben seines Gewehrs auf den Boden.

»Keine Zeit ...«

Sich mit beiden Händen am Lauf festklammernd, stürzte er neben dem Bett zu Boden.

Megan glaubte, ja hoffte inbrünstig, er würde in Ohnmacht fallen, aber Henry Okah hielt stand und richtete sich wieder auf, wobei er sich auf die Schulter der Krankenschwester stützte. Er humpelte zum Fenster, lehnte die Stirn an die kühle Scheibe und wartete, bis sein Blick die Finsternis durchdrang.

»Kennen Sie den Priester, der vor dem Angriff auf die Klinik geflohen ist?«

»Ja.«

»Woher kam er?«

»Es gibt eine katholische Missionsstation ... nördlich des Sees ...«

Okah schwieg, in die Betrachtung der Finsternis versunken, als verberge sich in diesem Gewirr von Schatten ein Rätsel, das er niemals ergründen würde.

Er war sich praktisch sicher, dass Yaru Aduasanbi Naïs diesem Priester anvertraut hatte. Was versprach er sich davon? Wollte er Naïs wirklich verschwinden lassen? Wollte er, dass sie fern der Welt aufwuchs?

Er schloss die Augen und massierte sich die Lider mit Daumen und Zeigefinger. Als er sie wieder öffnete, hob er die Pumpgun und richtete sie in Hüfthöhe auf die junge Frau.

Megan wich zurück, wobei sie gegen den offenen Koffer stieß, denselben Koffer, den sie beinahe genommen hätte, um weit weg von dieser Stadt und diesem Krankenhaus zu fliehen. Ihr Mund wurde trocken. Ihr dröhnte der Kopf.

»Ich bitte Sie, nein …«, stammelte sie.

Henry Okah lächelte. Die Angst – in all ihren Formen – bewegte die Welt, sie trieb die Menschheit um und stürzte sie in ihr Verderben.

Die Angst und nichts anderes.

110

»Mein Gott … was ist hier passiert?«

Der Arzt des Krankenhauses von Baganako stand in der Tür des Zimmers. Megans Sachen lagen verstreut um das Bett herum, aber am erschreckendsten waren die vielen Blutflecken auf der Matratze und dem Boden. Seinem Gedankengang folgend, jagte sein Kollege einen Schwarm Fliegen auf und betrachtete das Badezimmer, in dem noch Licht brannte.

»In der Duschwanne und im Waschbecken ist genauso viel … Pass auf, wo du hintrittst!«

»Mist!«

Der Missionschef betrachtete seinen linken Schuh, der in einer klebrigen roten Lache stand.

»Es ist noch nicht ganz getrocknet«, sagte der Arzt.

Als er die Sohle aus der Pfütze herauszog, gab es ein Geräusch wie von einem abgelösten Saugnapf, und er hüpfte auf einem Bein vom Bett weg.

»Und keine Spur von Megan?«, fuhr er fort, während er sich mit einem Taschentuch die Stirn abwischte.

»Keine ... Sie erschien nicht pünktlich zu ihrem Nachtdienst. Da wollte ich nachsehen, ob alles in Ordnung ist, und habe das Zimmer in diesem Zustand vorgefunden ...«

Der junge Arzt wandte sich ab und verließ den Raum. Er versuchte, sich eine Zigarette anzuzünden, aber seine Hände zitterten zu sehr. Der Mond überstrahlte die Sterne. Ein heller Lichthof umgab das Gestirn. Die Menschen in dieser Gegend erzählten sich, es seien Phantome, die den Weg ins Jenseits suchten.

Der Einsatzleiter stieß zu ihm.

»Glaubst du, dass sie versucht hat, sich umzubringen?«

»Dann hätten wir die Leiche gefunden.«

Der Verantwortliche von MSF nahm ihm die Zigarette aus den Fingern, zündete sie an und gab sie ihm zurück. Er betrachtete die Einbäume, die in der Ferne dicht am Ufer entlangfuhren, und kratzte sich am Hinterkopf, sichtlich überfordert von der Wendung der Ereignisse.

»Nicht unbedingt, vielleicht hat sie sich bis zum See geschleppt, um dort Schluss zu machen.«

»Nein, sie war zwar mit den Nerven am Ende, aber deswegen gleich eine solche Dummheit zu begehen ...«

»Was dann?« Er breitete die Arme aus und drehte sich um sich selbst. »Wo ist sie?«

»Ich weiß es nicht.«

Der junge Arzt wusste, dass die Worte, die er gleich aussprechen würde, die Schließung des Krankenhauses bedeuteten.

»Aber wir müssen MSF Paris informieren und die Polizei verständigen, damit sie eine Suchaktion einleitet.«

Schweigend sahen sie sich gegenseitig an, wussten, dass diese Entscheidung eine Kettenreaktion auslösen würde.

Unentschlossenheit

»Besser Not als Tod, denken wir Menschenkinder.«
Jean de La Fontaine, *Der Tod und der Holzfäller*

111

Jacques legte auf, ohne ein Wort gesagt zu haben.

Er saß an seinem Schreibtisch und bemerkte, dass seine Hand zitterte, dabei empfand er keine Erschütterung oder irgendwelche besonderen Gefühle. Er drehte seinen Bürostuhl und betrachtete das Lager von Damasak hinter dem Fenster. Er musste das Fenster nicht öffnen, um den Geruch von Gewürzen und auf Wellblech geschmortem Fleisch zu riechen. Schon in wenigen Stunden wäre das Wildfleisch unter der Junisonne verfault, würden sich die im Schlamm des Yobe River gefangenen wenigen Fische von selbst abschuppen, und ihr weißes Fleisch würde sich gelb verfärben. Und das Summen schwarzer Fliegen würde dem Vorrücken der Zeiger den Rhythmus vorgeben, Sekunde für Sekunde, wie wenn jemand an einem alten Transistorradio herumfummelte und ewig nach einer Frequenz suchte, die er niemals finden würde.

»Jacques?«

Die Stimme Benjamins riss ihn aus seinen Gedanken. Er fragte sich, wie lange er in dieser Position verharrt war und gelauscht hatte, wie das Leben draußen verging. Er atmete tief ein.

»Ich habe schlechte Neuigkeiten«, sagte Jacques.

»Wann ist das passiert?«

»Am späten Abend.«

Benjamin hatte das Gefühl, jemand habe ihm mit einem Knüppel einen Schlag auf den Solarplexus versetzt. Er wusste nicht mehr, wo ihm der Kopf stand, und er konnte die Informationen nicht mehr sinnvoll ordnen.

»MSF Paris hat den Evakuierungsplan eingeleitet«, fuhr Jacques fort. »Sie fliegen das Personal des Krankenhauses aus.«

»Und wer sucht nach Megan?«

Jacques schlug die Augen nieder und schwieg. Benjamin sah ihn ratlos an; er wartete darauf, dass er antworten und ihm ein wenig Hoffnung schenken würde.

»Sie glauben, dass sie tot ist, nicht wahr?«

»Sie wissen es nicht. Aber das Blut, das sie in ihrem Zimmer gefunden haben, lässt das Schlimmste befürchten.«

»Ich muss dorthin.«

»Das wäre ziemlich unklug«, seufzte Jacques.

»Und was würdest du machen, wenn es deine Frau wäre?! Würdest du nicht suchen?«

»Nein, würde ich nicht.«

Benjamin ballte die Faust. Er spürte, wie sein Leben ins Wanken geriet. Er hätte es nicht erklären können, aber er spürte ganz deutlich, dass etwas in ihm geborsten war.

Jacques stand auf, ging um seinen Schreibtisch herum und suchte nach Worten.

»Wir sind Ärzte, Benjamin«, fuhr er versöhnlich fort. »Wir sind weder Polizisten noch Detektive.«

»Ja und?! Was soll ich tun?«

»Warten.«

Er legte die Hand auf die Schulter seines Freundes. So verharrten sie eine ganze Weile.

Draußen zerfetzten große Hunde ein Autowrack, sie bissen auf den Reifen herum und rissen mit den Fangzähnen den Schaumstoff aus den Bänken heraus. Die Not hatte sie zu halb wahnsinnigen Allesfressern gemacht, diese Hunde kläfften ohne Grund und ohne Freude.

Goodbye Babylonia

»Man muss bereit sein, sich der Angst in der gleichen Weise zu stellen wie dem Tod, der wahre Mut liegt in dieser Bereitschaft.«
Georges Bernanos, *Les Dialogues des Carmélites*

113

Megan betätigte die Kupplung und trat das Gaspedal durch. Die Dieseldämpfe und das Prasseln der Kieselsteine, die gegen die Scheiben geschleudert wurden, sorgten dafür, dass sie sehr wachsam blieb.

Beschienen vom Mond, fuhr der Geländewagen durch eine sich schier endlos erstreckende urwüchsige Landschaft von wilder Harmonie.

Nachtfalter prallten gegen die Windschutzscheibe und türmten sich zu einer wogenden Hülle auf, die von den Scheibenwischern mit einem Geräusch wie von zerbröselnden Keksen zerschnitten wurde. Von den Scheinwerfern überrascht, erstarrten Zwergantilopen im hohen Gras zu Schattenfiguren und stoben dann jäh in der Finsternis auseinander. Kein einziges Dorf, keine menschliche Spur im Umkreis von x Kilometern.

Nichts als das Sternenzelt und der halbkreisförmige Horizont. Sogar die Piste aus gestampfter Erde schien nicht den Schweiß von Arbeitern oder Zwangsarbeitern gekannt zu haben, die gezwungen gewesen wären, Hindernisse zu beseitigen und den Staub festzuklopfen.

Auf dem Beifahrersitz ruhte sich Henry Okah aus, sein Kopf wackelte hin und her und schlug gegen die Tür, als würde sein Nacken, befreit von allen Spannungen, das Gewicht seines Schädels nicht mehr tragen können.

Megan fragte sich, ob sie dadurch, dass sie akzeptiert hatte, sich ans Steuer zu setzen, das bittere Ende nur hinausgezögert hatte. Würde er sie umbringen, sobald er Naïs gefunden hatte? Wahrscheinlich.

Sie blickte in den Rückspiegel, wo sie jedoch nicht die erhofften Blaulichter sah, sondern nur die Dunkelheit und die Sterne, die so tief am Himmel standen, dass sie glaubte, sie müsste nur die Hand ausstrecken, um sie zu pflücken. Es kam ihr vor, als hätte sie zwischen Chicago und diesem unermesslichen Nirgendwo mehrere Leben durchstreift, aber keines gelebt.

114

Nach einer Kurve blinzelte Megan, überzeugt davon, ein Trugbild zu sehen.

Zwischen den dunklen Massen der Hügel erhob sich eine orangefarbene Kuppel am Horizont, und rötliche Leuchtfäden schwebten ringsherum, um sich unvermittelt zu langen Spiralen zu vereinigen. Der Geländewagen bremste ab, als er sich diesem Nordlicht näherte.

Henry Okah richtete sich auf, streckte sein Bein und biss dabei die Zähne zusammen. Seine blutverschmierten Handflächen wischte er am Sitz ab.

»Schalten Sie die Scheinwerfer aus«, befahl er.

Megan gehorchte, und der Lichthof am Ende der Piste leuchtete stärker. Er war mittlerweile so rot, dass sie erahnte, was es war.

»Stellen Sie das Auto am Straßenrand ab.«

Sie waren weniger als hundert Meter von dem Feuer entfernt, als sie die Türen öffneten. Megan stapfte durch das hohe Gras. Okah ging hinter ihr und hielt das Gewehr auf ihren Rücken gerichtet. Ascheflocken gingen auf den nackten Armen der Krankenschwester nieder und hinterließen dort graue Spuren. Von ihrem Beobachtungsposten aus sahen sie, wie die Feuersbrunst die katholische Missionsstation verwüstete. Das Gebäude ging auf einen großen Hof, in dessen Mitte ein riesiges Kreuz brannte. Dort loderte das Flammenmeer. Funken stoben über Strohdächern empor, angesaugt von den heißen Luftströmungen, ehe sie im Himmel erloschen und träge auf die umliegende Wüste herabfielen. Die Flammen schlugen aus den Fenstern des südlichen Flügels, umrankten den Kirchturm und fielen über das her, was von der Kirche noch übrig war.

Raffiniert, dachte Okah. Indem Umaru die Missionsstation in Brand steckte, kaschierte er den Angriff. Alle würden an eine weitere Vergeltungsaktion zwischen Christen und Muslimen glauben. Weder die Presse noch die Polizei würde es genauer wissen wollen.

Mit den Augen suchte er die Savanne nach einem Lebenszeichen ab. Abgesehen von dem rasenden Tanz der Flammen, regte sich nichts. Im Hof der Missionsstation schien keine Leiche zu liegen, es gab keine Hinweise auf eine Exekution.

Er nahm sein Satellitentelefon heraus und wählte die Nummer seines Anwalts. Das Rauschen in der Leitung überdeckte das ferne Prasseln des Holzes und das Heulen der Fackeln.

»Ich bin's. Es läuft nicht wie geplant.«

Er hörte das Echo seiner eigenen Stimme, dann eine Stille, die durch einen Atemzug gestört wurde.

»Hast du Aduasanbi entwischen lassen?«

»Nein, ich habe ihn getötet. Aber das Mädchen habe ich nicht. Umaru Atocha und seine Männer sind mir zuvorgekommen.«

»Aber wie war das möglich?«

»Das ist nicht die Frage.« Seine Stimme wurde härter. »Die Polizei soll auf sämtlichen Straßen nördlich von Baganako Straßensperren errichten, für den Fall, dass ich sie nicht einhole.«

»Die Polizei ist überfordert mit ...«

»Das ist nicht mein Problem«, schnitt er ihm das Wort ab. »Sag ihnen einfach, dass ihnen nichts anderes übrig bleibt, wenn sie Naïs wiederhaben wollen.«

Er legte auf und betrachtete die Ebene. Umaru hatte genug Zeit gehabt, um zu fliehen, aber nicht weit genug, um ihm zu entwischen. Wenn die Polizei so reagierte, wie er hoffte, würde er noch vor dem Morgengrauen sein Magazin in den Körper des weißen Negers entleeren. Er warf einen Blick auf die Krankenschwester, die in der Dunkelheit fröstelte. Auch sie würde den Tagesanbruch nicht erleben.

»Los!«

Megan schloss die Augen und hielt den Wunsch zurück, einfach davonzulaufen, bis sie außer Atem wäre, vor Erschöpfung zusammenbräche oder durch eine Schrotkugel getötet würde. Okah packte sie am Handgelenk und zog sie zum Wagen, wobei er ihr den Lauf des Gewehrs gegen die Hüfte drückte. Sie ließ es geschehen. Die Drohung war unnötig, denn die Angst lastete schwer auf ihren Muskeln und raubte ihr alle Kräfte.

Sie setzte sich ans Steuer und schnallte sich an. Ihre Bewegungen wirkten wie unwillkürliche Reflexe. Sie heftete ihren Blick auf die Piste und fragte sich, wann diese Nacht zu Ende ginge, während in der Ferne das brennende Kreuz noch immer die nächtliche Landschaft erhellte. Sie drehte den Zündschlüssel, und die bläulichen Lichtkegel der Xenonscheinwerfer schnitten tief in die Finsternis.

Ihr Herz hüpfte in der Brust.

Zwei flüchtige Schatten hatten gerade ihr Blickfeld durchquert.

Für Tiere waren sie zu groß.

Für eine bloße Sinnestäuschung waren sie zu langsam.

Auch Okah hatte sie gesehen oder, genauer gesagt, *gewittert*, ehe das bläuliche Scheinwerferlicht ihre Bewegungen verraten hatte. Er schluckte ein wenig Speichel und lud sein Gewehr.

»Fahren Sie los!«, schrie er.

115

Megan kam nicht dazu, den Gang einzulegen. Fünf knallrote Lichtfäden kreuzten sich bei den Beifahrersitzen und ließen das Verbundglas der Windschutzscheibe hell aufleuchten. Vom Wind aufgewirbelte Staubkörnchen enthüllten Laserstrahlen, zwirndünne Lichtlinien in der klaren Luft der Savanne, und am Ende jedes Glühfadens sah man eine menschliche Silhouette, die kaum von einem Busch zu unterscheiden war.

Das fahle Mondlicht schimmerte auf den Waffen, nichts rührte sich. Die Natur und die Menschen waren erstarrt, eingelullt von dem Surren des Motors im Leerlauf, von dem leisen Säuseln des Windes in den Gräsern.

Weiße Lichter am Ende der Piste wurden allmählich größer. Sie flackerten, durchgerüttelt von Unebenheiten in der Piste, und fuhren an der brennenden Kirche vorbei. Die dunklen Umrisse der drei Pick-ups schimmerten rötlich im Widerschein des Feuers. Irgendwo in der Ebene flog ein Vogelschwarm auf und wurde sofort von der Nacht verschluckt.

Henry Okah schwieg. Je näher die Fahrzeuge kamen, umso tiefer wurde der Abgrund in seiner Brust, den die Bitterkeit grub. Wie früher, als er in den Augen seines Vaters diese seltsame Mischung von bedingungsloser Liebe und Traurigkeit erblickt hatte.

Die Pick-ups reihten sich nebeneinander auf, und die Männer auf den Rückbänken stützten sich auf die Dächer der Fahrerhäuser, um auf den Geländewagen zu zielen. Die roten Strahlen der Laserzielgeräte kreuzten sich in der Luft in einer langsamen und unheilvollen Choreografie. In der Ferne war das Kreuz völlig heruntergebrannt.

Megan glaubte, ihnen komme ein Gespenst entgegen.

Umaru Atocha schlug die Tür zu und ging zwischen seinen Männern hindurch bis zur Motorhaube des Geländewagens.

»Steig aus, Henry. Bringen wir es hinter uns.«

116

Der Anblick der Waffen erschreckte Megan zu Tode, und sie hörte nur noch das Flattern ihres Herzens. Sie klammerte sich derart fest ans Lenkrad, dass sie ihre Finger nicht mehr spürte. Sie sah, wie sich Henry Okah im hohen Gras hinkniete und wie Umaru Atocha die Pumpgun mit dem Fuß wegschubste. Er sah den Mann vor sich an und, jenseits dieses Mannes, die Natur und die Nacht.

Er fühlte sich einsam und niedergeschlagen, wie jedes Mal, wenn eine Seite seiner Lebensgeschichte umgeblättert wurde.

»Ich hätte nicht gedacht, dass es so einfach wäre, Henry ...«

Okah hielt den Kopf in einer herausfordernden Haltung erhoben. Der Albino bemerkte, dass Blut seinen Schenkel rot färbte.

»Ich hätte nicht gedacht, dass du dich kampflos ergibst«, fuhr er fort.

»Kämpfen?«, sagte Okah lächelnd. »Wenn ich eine Chance – die kleinste Chance – hätte, würde ich sie ergreifen, das kannst du mir glauben.« Er sah zu den Männern von Umaru, die auf den Bänken der Pick-ups standen. »Aber in manchen Situationen muss man den Tatsachen ins Auge sehen ... Wenn ich versucht hätte zu fliehen, hätten mich deine Männer abgeknallt. Wenn ich das Feuer erwidert hätte, hätte ich vielleicht ein paar umgelegt, vielleicht wäre es mir sogar gelungen, dich umzubringen.« Sein Lächeln wurde breiter. »Aber ich wäre trotzdem tot. Wozu also?«

»Du hast recht«, sagte Umaru, als er die Mündung seiner Waffe zwischen die Augen Okahs setzte.

»Ich habe dich unterschätzt«, räumte Okah ein. »Eine letzte Frage: Was hat dir die Regierung als Gegenleistung für Naïs versprochen?«

Umaru wandte sich zu den Fahrzeugen um, und Okah folgte seinem Blick. Er glaubte, hinter einer Scheibe ein kleines Gesicht zu erkennen, das aus dem Halbdunkel herausragte und draußen die Nachtfalter beobachtete, die an den Scheinwerfern klebten.

»Man hat mir eine neue Identität versprochen und die Möglichkeit, dieses verdammte Land zu verlassen.«

»Und warum hast du's dir dann anders überlegt?«

»Weil ich zu viel weiß. Mir wurde klar, dass sie mich niemals gehen lassen würden. Dass sie niemals das Risiko eingehen würden, mich abtauchen zu lassen. Sie werden mich beseitigen. Und bei dir ist es genau das Gleiche.«

»Also wirst du ihnen Naïs nicht geben ...«

»Nein. Ich habe andere Pläne. Und dazu gehört auch, mir eine Zukunft zu sichern ...«

Henry Okah zog den stechenden Geruch ein, der typischerweise die Morgenröte ankündigte. Es war, als hätten sich alle Duftnoten der Savanne beim Herannahen der ersten Sonnenstrahlen plötzlich intensiviert. Er fixierte die blitzende Waffe.

»Sie werden dir auf den Fersen bleiben, wo immer du bist«, murmelte er. »Du wirst ein Phantom sein, genauso wie ich.«

»Ich weiß. Aber du wirst mir helfen. Dafür lass ich dich laufen.«

117

»Was soll ich tun?«

»Die Wahrheit sagen. Die ganze Wahrheit.«

Henry Okah blickte zu dem Albino mit dem Monstergesicht auf. Er sah kalte Entschlossenheit in seinem Blick und, dahinter, einen Schmerz, den er seit seiner Kindheit in sich zu tragen schien.

»Was soll das heißen?«

»Ich will, dass du der Presse alles erzählst«, sagte Umaru Atocha. »Dass du die Geschichte in all ihren Einzelheiten enthüllst. Ich will, dass du eine Feuersbrunst entfachst, der die Regierung nicht mehr Herr wird.«

Okah bemerkte ein leichtes Lächeln auf den Lippen von Umaru Atocha, ein Lächeln, das ihm unangenehm war, wie wenn er eine unbekannte Facette seiner Persönlichkeit sehen würde.

»Aber du wirst nur über die MEND reden, nicht über Naïs.«

»Wenn ich das tue, werden mich die Spezialkräfte beseitigen. Ich werde für den Rest meiner Tage auf der Flucht sein ...«

»Du hast mir gesagt, dass du jede Chance nutzen wirst, um deinen Kopf aus der Schlinge zu ziehen. Wenn du vor die Wahl gestellt wirst, entweder hier und jetzt zu sterben oder wenigstens eine kleine Chance zu haben, mit dem Leben davonzukommen, dann zögerst du wirklich?«

Sie schwiegen, und die Nacht umschloss sie noch enger. Um sie herum war die Zeit zum Stillstand gekommen. Die Söldner, die zu Salzsäulen erstarrt waren, lehnten sich mit auf den Boden gerichteten Waffen an die Pick-ups; abgesehen von dem Wind, der ihre T-Shirts flattern ließ, bewegte sich im Umkreis von Kilometern nichts. Die junge Frau hinter der Windschutzscheibe war ebenfalls erstarrt.

»Was bringt dir das?«, fragte Okah.

»Das bringt mir eine Ablenkung und folglich Zeit«, sagte Umaru nachdenklich.

»Du solltest das *Galgenfrist* nennen. Solange du ihnen Naïs nicht auslieferst, bist du der Staatsfeind Nummer eins. Sie werden dich nie in Ruhe lassen.«

»Ich weiß. Aber wenn ich ihnen Naïs übergebe, bringen sie mich auch um.«

»Wenn du nicht mit dem Leben davonkommst, was erhoffst du dir dann?«

Umaru schwieg, ehe er fragte: »Wer hat gesagt, dass ich nicht davonkommen kann?«

»Und wie willst du das anstellen?«

»Das, Henry, möchte ich lieber für mich behalten.« Der Albino deutete auf den Oberschenkel von Okah und den größer werdenden roten Fleck. »Meine Männer werden dich behandeln. Anschließend werden wir dich vor der nächstgelegenen Stadt absetzen.«

Er wandte sich der Gruppe von Söldnern zu, die den Geländewagen im Auge behielten.

»Holt sie raus«, befahl er und zeigte auf die Krankenschwester.

Hinter der Windschutzscheibe glaubte Megan, einen frostigen Luftzug in ihrem Rücken zu spüren. Sie hatte nur Fetzen von dem Wortwechsel zwischen den beiden Männern aufgeschnappt, so groß war ihre Angst, dass sie sie umbringen würden, sobald sie aufhörten, miteinander zu sprechen.

Atochas Männer gehorchten und näherten sich dem Fahrzeug wie Raubvögel. Megan zählte drei, alle waren bewaffnet.

Ihre Hand griff langsam nach dem Zündschlüssel.

Die bläulichen Lichtkegel der Scheinwerfer erhellten die staubige Piste, die eine Fluchtlinie bis zu den rauchenden Ruinen der katholischen Missionsstation zog.

»He!«, sagte einer der Söldner und klopfte mit dem Lauf seiner Waffe gegen die Scheibe. »He, du, aussteigen.«

Der Mann zerquetschte eine Stechmücke in seinem Nacken und zog an dem Türgriff. Er seufzte, als er feststellte, dass sie verschlossen war.

»Madame, zwingen Sie mich nicht …«

Er schlug mit der Faust gegen die Scheibe.

Der Stoß ließ Megan zusammenzucken. Sie schloss die Augen. Die anderen Söldner versuchten, die Türen auf der Beifahrerseite zu öffnen. Sie traten gegen die Karosserie. Sie beschimpften sie. Die Geräusche hallten im Fahrzeug wider.

Umaru Atochas Lippen bewegten sich, doch sie hörte nicht, was er sagte. Im Rückspiegel sah sie, wie einer der Männer mit dem Ellbogen ausholte und zuschlug.

Die Scheibe zersplitterte. Die Glassplitter peitschten ihren Nacken und verteilten sich auf der Rückbank.

Megan drehte den Zündschlüssel und stieg aufs Gas. Die Reifen des Geländewagens drehten für einen kurzen Moment durch und schleuderten schaufelweise Erde und Gräser in die Nacht. Als die Reifen wieder griffen, schrie sich der Mann vor der Motorhaube die Kehle aus dem Hals. Die Scheinwerfer verwandelten ihn in eine Wachspuppe. Der Frontschutzbügel traf ihn mit voller Wucht am Bauch, sein Kopf knallte gegen das Blech. Der Defender hüpfte, als er über den Körper fuhr, und die Reifen brachen ihm die Beine.

Ein Gebrüll dröhnte Megan in den Ohren, und alles, was sie umgab, verschwand in einem Augenblick. Gesichter, die vor Überraschung verzerrt waren. Die Gestalt des knienden Okah. Die Söldner in den Pick-ups. Sie sah nur eine gleichmäßig tiefschwarze Fläche, eine in Finsternis gehüllte Weite, die so undurchdringlich war, dass sie ins Nichts zu rasen glaubte.

118

Der Motor war überhitzt, und die Radaufhängungen kreischten. Sie hatte das Gefühl, dass sich die Landschaft auflöste.

Äste zerkratzten die Karosserie, rissen den Außenspiegel ab. Sie fuhr zu schnell. Auf der holprigen Piste wurde der Wagen durchgerüttelt, die Erschütterungen übertrugen sich über das Steuer auf ihre Hände und Handgelenke, wie wenn sie einen Presslufthammer bediente. Der Geländewagen geriet ins Schleudern, der rechte Kotflügel knallte gegen einen Fels, was Megan dazu zwang, die Bremse durchzutreten.

Die grellen bläulich-weißen Lichtkegel eines Scheinwerferpaars beleuchteten sie von hinten. Im Rückspiegel erkannte sie den schwarzen Schattenriss eines Pick-ups, der sie verfolgte. Das Geräusch des Fahrzeugs, das Heulen der Zylinder gelangte nicht bis zu ihr.

Was sie hörte, war weit schlimmer.

Ein langer Knall hallte durch die Nacht, unmittelbar gefolgt von einem Fauchen, das sich in der riesigen Steinwüste verlor. Ein weiterer Schuss in der Ferne ließ einen Schwarm Raben auffliegen.

Reflexartig warf sich Megan der Länge nach auf den Beifahrersitz. Sie unterdrückte einen Schrei, als sie das Blut von Okah, das den Textilstoff getränkt hatte, an ihrer Wange verspürte. Weniger als eine Sekunde verging, ehe die Kugel mit einem dumpfen, leisen Klirren die Windschutzscheibe durchschlug.

Tränen rannen ihr über die Wangen. Sie drückte die Hand auf den Mund, um das Schluchzen zu ersticken und das heftige Pochen ihres Herzens zu dämpfen. Durch den Tränenschleier hindurch sah sie über sich das winzige Loch in der Windschutzscheibe.

Der Motor surrte noch immer, und sie hätte nur aufs Gaspedal treten müssen, um ihre Flucht fortzusetzen. Aber wie vielen Kugeln konnte sie noch ausweichen? Sie hatte erst einen Kilometer zurückgelegt, doch schon hatte sie das Gefühl, ans Ende der Welt gefahren zu sein, vielleicht darüber hinaus. Der Pick-up kam näher, jetzt hörte sie ihn. Seine Scheinwerfer glänzten stärker auf den Chromteilen des Armaturenbretts. Megan wollte sich aufrichten, in sich jene Kraftreserven mobilisieren, die einem Beutetier erlauben, weiter und weiter zu fliehen. Aber sie konnte nicht mehr.

Als Umarus Männer die Tür öffneten, fanden sie sie zusammengekrümmt, von Krämpfen durchzuckt und mit fiebernasser Stirn. Sie zogen sie aus dem Fahrgastraum heraus, ohne ihr Gewalt anzutun. Sie ließ sich ins Gras legen und mit Kunststoffkabeln fesseln. Der schwere Geruch der Erde raubte ihr den Atem, der der wilden Kräuter benebelte sie.

Wie ein Sack Zement wurde sie aufgehoben und auf die Ladefläche des Pick-ups gelegt. Der Erdgeruch verflüchtigte sich, an seine Stelle trat der stechende Geruch nach Rost. Die bewaffneten Männer setzten sich um sie herum und sahen sie seltsam an. In ihren Augen funkelte eine eigenartige Mischung aus Wut und Mitleid. Sie fragte sich, ob man so empfand, bevor man jemanden umbrachte. Sie vermutete, dass es so war.

119

Eingelullt von der Brise, warteten sie schweigend. Die Sohle eines Stiefels drückte die rechte Schläfe Megans gegen den Boden der Pritsche und schränkte ihr Gesichtsfeld dadurch auf schwarze Stiefelpaare und Gewehrkolben ein. Über ihr schwebte der Rauch des Joints, den die Söldner von Hand zu Hand gehen ließen. Einer von ihnen summte eine Melodie, die vom Knattern der Motoren unterbrochen wurde.

Türen wurden zugeschlagen. Umarus Männer packten sie an der Schulter und zwangen sie dazu, sich aufzurichten. Sie sah, wie der Albino mit einer Waffe in der Hand aus dem Wagen stieg. Hinter ihm, auf der Rückbank, erkannte sie Naïs und einen weißen Mann, dessen Gesicht vom Halbdunkel verschluckt wurde.

»Ihr Verhalten enttäuscht mich«, sagte Umaru und kam langsam näher. Megan schlug die Augen nieder, sie konnte den Anblick der Waffe nicht ertragen. Er blieb auf ihrer Höhe stehen.

»Schauen Sie mich an.«

Der Söldner zu ihrer Linken packte ihr Kinn und zwang sie dazu, den Kopf zu heben. Sie biss die Zähne zusammen, als sie spürte, wie sich die Fingernägel in ihre Wangen bohrten. Umaru blickte sie eine ganze Weile an, ehe er den Arm hob. Die Waffe stoppte zwischen Megans Brauen. Sie starrte auf den Lauf und zitterte am ganzen Körper, dann setzte der Albino die Mündung der Glock vorsichtig auf ihre Haut.

Der Schuss zerriss ihr das Trommelfell. In ihrem Schädel hallte der Knall als ein dumpfes Brummen wider.

Hervorschießende Tränen trübten ihre Sicht. Ein warmes Gefühl im Unterleib. Schwarze Blitze hinter den Augen. Sie hörte fernes, gedämpftes Gelächter, und das warme Gefühl wanderte ihre Schenkel und Waden hinab.

Umaru Atocha beobachtete sie mit nach oben gestrecktem Arm. Seine Männer lachten höhnisch über die junge Frau und den Urinfleck auf ihrer Hose.

»Das nächste Mal ziele ich nicht in die Luft«, sagte der Albino. »Blinzeln Sie, wenn Sie mich verstanden haben.«

Der Söldner, der sie gegen seinen Oberkörper drückte, ließ sie los. Sie verlor das Gleichgewicht und fiel auf die Seite. Das Gelächter wurde lauter.

»Was haben Sie mit mir vor?«

»Sie werden bei uns bleiben und sich um Naïs kümmern. Pater David wird Ihnen dabei helfen.«

Die ersten Strahlen des Morgengrauens erhellten das Gesicht des alten Mannes, der im Fond des Wagens saß und betete.

»Sie werden sie pflegen«, fuhr Umaru fort. »Sie werden sie ernähren. Sie werden sie schützen und sie lieben, als wäre sie Ihre eigene Tochter.« Er entfernte sich und gab seinen Männern das Signal zum Aufbruch. »Noch etwas«, sagte er, sich zu ihr umwendend, »wenn Naïs leidet, leiden Sie auch ...«

Megan fragte sich, wie der Priester noch an Gott glauben konnte.

»Und wenn sie stirbt, dann sterben Sie auch.«

1. August, FREE DELTA NEWS

Erste offizielle Erklärung von Henry Okah seit seiner Freilassung!

»Der nigerianische Staat beabsichtigte, die MEND zu instrumentalisieren.«

3. August, AFP

Nigeria: Eine Krankenschwester von MSF gilt als vermisst

Die Botschaft der USA berichtete gestern vom Verschwinden einer Amerikanerin.

1. September, FREE DELTA NEWS

Ausweisung von Flüchtlingen

Die letzten Flüchtlinge wurden von nigerianischen Truppen ins Nachbarland abgeschoben.

19. Oktober, PARIS MATCH

Brooke Greenberg – ein Studienobjekt von Genetikern Auf dem Weg zur ewigen Jugend?

Warum hat Brooke Greenberg die Zähne eines achtjährigen Kindes? Weshalb altern ihre Organe in einem anderen Tempo? Diese ungeklärten Fragen werden vielleicht bald beantwortet werden. Jedenfalls hofft das der Biologe Dr. Richard Walker von der Universität Florida, der ihren

Fall seit 2005 studiert. Und der dem Mädchen vor etwa zwei Wochen Blutproben entnommen hat, um die Ursache seiner ewigen Jugend aufzuklären.

Der Vater des Kindes, das nicht altert

Howard Greenberg ist überzeugt davon, dass die Anomalie seiner Tochter kein Zufall ist, kein unerklärliches medizinisches Phänomen, sondern dass sie »aus einem besonderen Grund« geboren wurde. Er sagt, sie berge »ein Geheimnis« in sich, das, wenn es aufgeklärt würde, einen großen Schritt nach vorn für die Menschheit bedeute.

»Es gibt auf der Erde Tausende von Kindern, die nicht wachsen. Brooke ist der einzige Mensch, der nicht altert, das gibt es auf der Welt kein zweites Mal.«

20. Oktober, FREE DELTA NEWS

Nigeria: Die Geiseln sind am Leben

Gestern Morgen erhielt unsere Redaktion eine anonyme Mitteilung: »Wir halten die amerikanische Krankenschwester und den französischen Priester gefangen.«

Dem Brief war das Foto einer jungen Frau und eines älteren Mannes beigefügt. Das französische und das amerikanische Außenministerium haben noch nicht bestätigt, dass es sich tatsächlich um die beiden Personen handelt, die in der Nähe von Baganako entführt wurden.

3. November, ABUJA MIRRORS

Neuer Eklat

Henry Okah, der Exchef der MEND, wirft der nigerianischen Regierung vor, sie hätte ihn unter der Bedingung freigelassen, dass er Yaru Aduasanbi ermordet.

3. November, FREE DELTA NEWS

Kann man Henry Okah glauben?

»Okah ist erledigt, und er will so viele Leute wie möglich mit sich in den Abgrund reißen«, erklärte der Innenminister. »Es handelt sich um schwerwiegende Vorwürfe. Falls sie sich bewahrheiten sollten, werden wir den Rücktritt der Regierung verlangen«, sicherte der Oppositionsführer seinerseits zu.

JANUAR 2010
Mickey

»Wer von euch verdient schon das ewige Leben?«
Michel Houellebecq, *Die Möglichkeit einer Insel*

120

»Ja, man hat Ihnen die Wahrheit gesagt.«

»Sind Sie sicher?«, bohrte Benjamin nach.

Der Direktor der Abteilung für Entwicklungsgenetik des Klinikums Cochin lächelte höflich. Er setzte sich hinter seinen Schreibtisch und bat den Arzt, ihm gegenüber Platz zu nehmen.

»Als ich das erste Mal von Brooke Greenberg hörte, glaubte ich auch an eine Fälschung, wie beim Piltdown-Menschen.« Als er die hochgezogene Augenbraue von Benjamin bemerkte, faltete er die Hände. »Ein wissenschaftlicher Betrug, der Anfang des 20. Jahrhunderts viel von sich reden machte. Ein englischer Anwalt behauptete, den Schädel des ältesten Menschen gefunden zu haben, des fehlenden Zwischenglieds zwischen Affe und Mensch. In Wirklichkeit waren die Knochen mit Kaliumdichromat gefärbt worden, der Kiefer stammte von einem Orang-Utan, und die Zähne waren abgefeilt worden, um den Eindruck zu erwecken, sie wären die eines Menschen.«

»Und was lässt Sie heute glauben, Brooke Greenberg wäre kein Betrug?«

»Ich verhehle Ihnen nicht, dass ich noch immer Zweifel habe. Ich habe dieses Mädchen nie mit eigenen Augen gesehen. Ich habe lediglich Zugang zu Studien über ihren Fall gehabt. Ich hatte den Eindruck, dass sie sorgfältig durchgeführt wurden und glaubwürdig waren. Aber das ist noch nicht alles …«

Der Direktor drückte auf seine Computertastatur. Das Bild, das auf dem Bildschirm erschien, wurde auf die weiße Wand zu ihrer Rechten projiziert. Ein missgebildeter Mensch, der eine Baseballkappe in die Stirn gezogen hatte, lächelte in die Kamera. Seine Haut war von einer durchscheinenden Blässe, und er hatte sehr tief liegende Augen.

»Wie Sie wissen, ist die Progerie, auch Hutchinson-Gilford-Syndrom genannt, eine äußerst seltene Erbkrankheit. Etwa eines von acht Millionen Kindern ist davon betroffen. Das auffälligste Anzeichen dieser Krankheit ist eine vorzeitige Alterung, die mit der Geburt einsetzt. Mickey Hays, den Sie in diesem Film sehen, ist vierzehn Jahre alt.«

Benjamin konnte nicht recht glauben, dass das an die Wand projizierte Gesicht das eines Jugendlichen war. Er wollte sich das Martyrium dieses Kindes und seiner Eltern nicht einmal vorstellen.

»Die erkrankten Kinder leiden an Haarausfall und Gelenkschmerzen«, fuhr der Genetiker fort. »Ihre Haut ist – wie die von Mickey – sehr dünn und haarlos. Weitere Symptome sind kardiovaskuläre Störungen und ein extrem langsames Wachstum.«

»Und ihre geistigen Fähigkeiten?«

Der Mann klickte auf »Abspielen«, und Mickey Hays wurde lebendig, lächelte traurig und sagte dann: *»I'm not a freak ...«*

Der Arzt bemerkte keinen Sprachfehler. Mickey hatte die Stimme eines Heranwachsenden, der noch nicht im Stimmbruch war, als wären die Stimmbänder der einzige Teil seines Körpers, der nicht beschleunigt alterte.

»Seine kognitiven Fähigkeiten sind völlig normal ...« Der Genetiker hielt den Film an einer Stelle an, an der zu sehen war, wie der Junge mit seiner Großmutter spazieren ging. »Die Lebenserwartung eines Patienten, der an Progerie leidet, beträgt gegenwärtig im Schnitt zwölf bis dreizehn Jahre. Mickey gehörte zu den Patienten, die am längsten lebten – er ist mit zwanzig Jahren gestorben.«

»Hat man herausgefunden, was die Krankheit auslöst?«

»Ja, im Jahr 2003. Eine französische Forschergruppe hat die mutierte Variante eines Gens entdeckt, das auf Chromosom 1 liegt. Wenn die Mutation auftritt, erzeugt dieses Gen ein verstümmeltes Protein, das Progerin. Dieses Protein bleibt in der Membran des Zellkerns verankert. Dort sammelt es sich an. Und dies führt schließlich zu den Missbildungen und Funktionsstörungen.«

Benjamin schüttelte den Kopf.

»Wenn ich Sie richtig verstehe, weist Brooke Greenberg eine ähnliche Anomalie auf. Ihre Krankheit wäre in gewisser Weise das Gegenteil der Progerie. Während die an Progerie erkrankten Kinder zu schnell altern, würde Brooke ewig jung bleiben?«

»Das ist eine der Theorien, die diskutiert werden«, bestätigte der Forschungsdirektor. »Aber im Fall von Brooke Greenberg findet keine kognitive Entwicklung statt. Kurz gesagt, ihr Gehirn bleibt das eines neun Monate alten Mädchens. Ihr Körper ebenfalls, aber ihr Knochenalter ist das eines achtjährigen Mädchens. Im Moment weiß man nicht viel mehr. Den Genetikern gelingt es nicht, das mutierte Gen zu identifizieren.«

»Und wenn sie es identifizieren? Was wird dann passieren?«

»Darüber wird viel spekuliert … Wenn es gelingt, das Alterungsgen zu isolieren, könnte die Menschheit womöglich ihre Evolution selbst steuern. Aber das ist bloß eine Hypothese.«

Benjamin verzog das Gesicht.

»Wie in einem schlechten Science-Fiction-Roman.«

»Ja, es hat ein bisschen was davon«, räumte sein Gesprächspartner lächelnd ein. »Aber täuschen Sie sich nicht, Doktor Dufrais. Das bedeutet nicht, dass der Mensch – wenn es ihm eines Tages gelingen sollte, dieses Gen zu isolieren – das Geheimnis der ewigen Jugend entdecken wird.«

»Aber das glauben manche?«

»Zahlreiche Forscher halten das grundsätzlich für möglich. Oder zumindest rechnen sie damit, den Alterungsprozess verlangsamen zu können. Sie können sich denken, dass die Pharmakonzerne das sehr aufmerksam verfolgen.«

»Das heißt?«

»Es gibt zwei verschiedene Einstellungen gegenüber seltenen Krankheiten. Die einen halten diese Forschungen für eine Geld- und Zeitverschwendung, da nur eine geringe Anzahl von Patienten betroffen ist. Die anderen sind der Meinung, diese Forschungen ebneten mitunter den Weg zu neuartigen Behandlungsansätzen für häufigere Krankheiten.« Der Mann befeuchtete sich die Lippen. Er hatte Benjamins Fragen bereitwillig beantwortet, aber er schien immer weniger zu verstehen, warum dieser eigentlich an seine Bürotür geklopft hatte.

»Rein finanziell gesehen, sind einige dieser Forschungsprojekte durchaus interessant«, gab er zu. »Weil diese Krankheiten so selten sind, gibt es keine nennenswerte Konkurrenz zwischen den Pharmakonzernen. Daher erlangt der Hersteller eines neuen Medikaments sehr schnell eine Monopolstellung auf einem Markt, der zwar nur ein begrenztes, aber dafür langfristig gesichertes Umsatzvolumen hat. Hinzu kommt oftmals eine öffentliche Finanzierung. Letztlich ist es zwar nicht so lukrativ wie ein Grippeimpfstoff, aber für einige Pharmafirmen dennoch sehr einträglich. Und in einem Fall wie dem von Brooke Greenberg ...«

»Das eröffnet die Aussicht auf ein Monopol für ein Jugendelixir«, spöttelte Benjamin.

»Ganz genau.«

»Sie haben gesagt, dass es mehrere Theorien über das Syndrom gibt, an dem Brooke leidet ...«

»Ja, nach einer anderen Theorie stellt Brooke Greenberg eine Etappe in der Mutation der Menschheit dar. Es ist bemerkenswert, dass die Lebenserwartung der Weltbevölkerung steigt. Selbstverständlich lässt sich dieses Phänomen mit Umweltfaktoren erklären, aber einige meiner Kollegen interpretieren diese Daten als ein Symptom der Überanpassung unserer Spezies. Sie glauben, Brooke Greenberg könnte die erste genetische Manifestation dessen sein.«

Der Arzt bemerkte einen verächtlichen Unterton in der Stimme seines Gesprächspartners.

»Glauben Sie das nicht?«

Der Genetiker lachte laut auf.

»Nein, das ist eine mystische, um nicht zu sagen aberwitzige Erklärung, die nichts mit einer wissenschaftlichen Theorie zu tun hat.« Er zuckte mit den Schultern. »Seit ich diese Arbeit mache, bin ich auf alle möglichen genetischen Zufallsmutationen gestoßen, und einige davon hätten im Sinne einer evolutionären Höherentwicklung interpretiert werden können. Aber man muss sie als das betrachten, was sie sind: Zufälle oder Krankheiten. Außerdem ist der Fall dieses Kindes einzigartig, sodass man daraus keine allgemeingültigen Schlüsse ziehen kann.«

Benjamin verdrehte die Augen, er zögerte, Naïs zu erwähnen. Er war hierhergekommen, weil er verstehen wollte, wieso so viel Aufhebens um dieses Mädchen gemacht wurde, und bis jetzt konnte er es sich noch immer nicht richtig erklären.

»Und was wäre, wenn ein anderes Kind das gleiche Syndrom wie Brooke hätte?«

Der Genetiker zog eine Braue hoch.

»Ist das eine Hypothese?«

»Sagen wir: ja.«

Der Direktor der Abteilung stand auf und wandte Benjamin den Rücken zu. Einige Sekunden lang betrachtete er reglos den fallenden Regen.

»Wenn ein anderes Kind tatsächlich an *genau* der gleichen Krankheit leiden würde, würde dies die Arbeit der Forscher erleichtern. Es wäre sehr viel leichter, das Gen zu entdecken, das von der Mutation betroffen ist. Daher könnte man kurz- bis mittelfristig mit Ergebnissen rechnen.«

»Dieses andere Kind besäße also einen ökonomischen Wert?«

»Konsequent zu Ende gedacht und ausgehend von gewissen Theorien, die ich dargelegt habe, würde ich dies absolut bejahen ...«

»Und wie groß wäre dieser Wert?«

»Offen gesagt, könnte man diesen Wert nicht genau beziffern.« Er hob die Hände und sah Benjamin unverwandt an. »Wenn ein solches Studienobjekt existierte, würden gewisse Personen vor nichts zurückschrecken, um seiner habhaft zu werden. Ich weiß, das hört sich nach einer

James-Bond-Räuberpistole an, aber glauben Sie mir, Doktor Dufrais, ich übertreibe nicht.«

Benjamin lächelte ihn gezwungen an.

»Sie wissen nicht, wie wahr Sie sprechen.«

121

Als Benjamin aus dem U-Bahn-Ausgang ins Freie trat, überraschten ihn die Farben der Nacht. Über der Säule auf der Place de la Bastille nahm der Himmel die Farbe von schmutziger alter Baumwolle an, die von pechschwarzen Flecken gesprenkelt war. Die Rinnsteine waren hier und da von Raureif überzogen, und in den Eiskristallen auf den kahlen Ästen der Bäume spiegelte sich das bunte Blinken der Weihnachtsbeleuchtung wider.

Er band den Schal fester um seinen Hals und legte einen Schritt zu. Er stieß gegen Schatten und Silhouetten. Die Kälte und die Einsamkeit gingen ihm durch und durch und zwangen ihn dazu, leicht gebeugt zu gehen. Als er die Räumlichkeiten von MSF betrat, versuchte er, nicht zu den Plakaten an den Wänden aufzublicken, aber der Wunsch, Megan zu sehen, sich ein weiteres Mal in ihrem Blick zu verlieren, war stärker. Er sah zu dem Gesicht der jungen Frau auf.

»Was machst du da? Alle warten auf dich ...«

Benjamin wandte sich zu Jacques um, der mit einem Becher Rotwein in der Hand auf ihn zuwankte. Hinter ihm hallten Musik und lautes Stimmengewirr in den Gängen wider. Jacques warf einen Blick auf das Porträt von Megan und legte den Arm um die Schulter seines Freundes. Sein Atem stank nach einer Mischung aus Alkohol und billigen Petits Fours. Benjamin deutete auf den Becher, dessen Inhalt Jacques beinahe auf seine Schuhe verschüttet hätte.

»Das ist Nummer wie viel?«

»Das ist die Nummer, die Glück bringt«, antwortete Jacques und trank den Inhalt seines Bechers in einem Zug aus. »Ich hasse Geburtstage.« Jacques verzog das Gesicht und strauchelte so sehr, dass er sich an der Wand festhalten musste. »Ganz besonders meinen eigenen ...«

Benjamin half ihm, gerade zu gehen.

»Tu wenigstens so«, flüsterte er, »sie haben sich mit dem Geschenk große Mühe gegeben.«

Fast alle Büros waren von Ärzten, Krankenschwestern und ehrenamtlichen Mitarbeitern besetzt. Die Tische und die Computer waren nach hinten geschoben worden, und eine mit einem Papiertischtuch bezogene Anrichte war in die Mitte des Raums gestellt worden. Stücke von Dreikönigskuchen lagen auf Papptellern, und Becher, in denen Kippen schwammen, standen herum. Zwei Praktikanten gingen mit Tabletts, auf denen Cocktailwürstchen und Käsewürfel angerichtet waren, zwischen den Gästen umher. Ein Spruchband, auf das mit Filzstift »Herzlichen Glückwunsch zum Geburtstag, Jacques« geschrieben war, baumelte unter dem grellen Licht.

Benjamin wollte sich gerade unter die Gäste mischen – und sich vielleicht in den gleichen Zustand wie Jacques versetzen –, als jener ihn am Ärmel zog.

»Da, du musst das aufsetzen«, sagte er und drückte ihm einen spitzen Hut mit aufgeklebten kleinen Goldsternen in die Hände. Widerwillig streifte Benjamin das Gummiband über sein Kinn, angefeuert von dem Beifall und den Pfiffen der anderen Ärzte. Jemand drehte die Stereoanlage lauter, und aus den Boxen ertönte ein alter Rockabilly-Song.

An ein Schränkchen gelehnt, trank Benjamin einen großen Schluck Bier und betrachtete das Spruchband über der Anrichte. Die Feuchtigkeit in dem Zimmer löste die Tinte auf, und der Schriftzug begann zu zerlaufen. Er schenkte sich ein drittes Glas ein, wobei er den Kopf im Rhythmus der Musik hin und her bewegte. Er kam nicht in den Genuss der leichten Euphorie der Trunkenheit, da sein Verstand nicht losließ, sondern immer wieder die Informationen des Genetikers und die Folgerungen, die sich daraus ergaben, durchging. Yaru Aduasanbi hatte Naïs entführt, um Druck auf den nigerianischen Staat auszuüben und sie zu verkaufen. Er hatte diesen Plan mit seinem Leben bezahlt. Umaru Atocha war von der Regierung damit beauftragt worden, sie aufzuspüren, aber er hatte es sich anders überlegt und verfolgte jetzt eigene Pläne mit dem Mädchen. Henry Okah, die letzte Figur auf dem Spielfeld, hatte als Gegenleistung für das Mädchen und die Ausschaltung Aduasanbis und des Albinos seine Freiheit ausgehandelt.

Benjamin seufzte. Er hatte das Gefühl, ein bloßer Statist bei einem jener Raubüberfälle zu sein, bei denen jeder Räuber die Beute für sich haben will. Der einzige Unterschied, dachte er, bestand darin, dass der Koffer voller Geld hier ein krankes Kind war.

Ein Kind, das nicht alterte ...

Dieser schlichte Satz entlockte ihm ein nervöses Lachen. Jedes Mal, wenn er daran dachte, blinkten die Wörter »grotesk« und »absurd« irgendwo in seinem Kopf. Er fragte sich, ob es eines Tages jemandem gelänge, dieses mutierte Gen in der DNS von Naïs oder von Brooke zu isolieren, und, wenn ja, ob dann Geburtstage weiterhin gefeiert würden. Wäre es wirklich ein Segen, wenn dem Menschen die Qualen des Alters erspart blieben? War die Menschheit geistig so weit fortgeschritten, dass sie das ewige Leben verdiente? Nach seinen persönlichen Erfahrungen zu urteilen, lautete die Antwort Nein. Benjamin nahm einen Stuhl und setzte sich darauf. Um ihn herum verabschiedeten sich bereits die ersten Gäste; sie gaben vor, ihre Kinder abholen zu müssen oder zu einem wichtigen Abendessen eingeladen zu sein. Das Fest hatte nicht länger als eine Stunde gedauert. Er wühlte in seinen Hosentaschen und zog das Jo-Jo heraus, das mit den anderen Sachen Megans vom Krankenhaus in Baganako zurückgeschickt worden war. Jacques ließ sich neben ihn fallen.

»Ist das dein Geschenk?« Benjamin beugte sich vor, um den nagelneuen Radiowecker zu betrachten, den Jacques auf dem Schoß hatte. »Originell …«

»Darf ich dich um einen Gefallen bitten?«

»Klar.«

»Kann ich heute Nacht bei dir pennen?«

»Was ist los?«

Jacques fuhr sich mit der Hand übers Gesicht und atmete tief ein.

»Maëlle hat dich vor die Tür gesetzt, nicht?«, riet Benjamin.

»Ich wäre seit meiner Rückkehr nicht mehr derselbe.« Jacques nickte. »Sie bräuchte Zeit, um nachzudenken …«

»Ich hatte keine Ahnung, dass es zwischen euch so schlecht läuft.«

»Ich auch nicht.« Er hob eine Schachtel Zigaretten auf, die auf einem Tisch lag. »Wie immer.«

»Und dein Sohn?«

»Wir haben ihm noch nichts gesagt. Maëlle will zuerst eine Entscheidung treffen.«

»Hat sie von Scheidung gesprochen?«

»Sagen wir, dass ihr das Wort entschlüpft ist.«

»Mist, tut mir leid, Alter.«

»Ich weiß nicht, wer von uns mehr Mitleid verdient ... Ich, der nach fünfundzwanzigjähriger Ehe sitzen gelassen wird ...« Er warf einen Blick auf das Jo-Jo in den Händen Benjamins. »Oder du, der in eine Frau verliebt ist, die deine Tochter sein könnte.«

»Du vergisst, dass ich außerdem nur eine einzige Nacht mit ihr verbracht habe ...«

Jacques zündete sich eine Zigarette an, und ein Rauchschleier zog an seinen Augen vorüber.

»So habe ich mir das Älterwerden nicht vorgestellt«, flüsterte er. Benjamin strich mit der Spitze des Zeigefingers die Scheibe des Jo-Jos entlang. Er hatte das Spielzeug sorgfältig zusammengeflickt, aber es fehlten Stücke. Er hatte begonnen, dieses Objekt als Ebenbild seines Lebens zu betrachten: eine Abfolge von erfüllten und leeren Momenten.

Zu viele Momente der Leere.

122

»Mein Name ist Megan Clifford, und ich möchte meinen Eltern sagen, dass ich sie liebe. Falls mein Leichnam jemals gefunden wird, will ich auf dem Mount-Olivet-Friedhof in Chicago beigesetzt werden, in der Nähe des Grabes meiner

Tochter ... Eine Trauerfeier will ich nicht.« Sie schwieg einige Sekunden lang und wiederholte: »Nein, keine Trauerfeier ...«

Vor der Kamera zog Megan ihr T-Shirt nach unten, um ihren Slip zu verbergen. Die Zugluft in dem Haus strich über ihre nackten Schenkel, und der säuerliche Geruch nach Urin und Schimmel brannte ihr in der Nase. Seit Monaten dachte sie darüber nach, was sie sagen würde, wenn man ihr die Möglichkeit gäbe, sich frei zu äußern. Doch sie hörte die Worte, die sie eingeübt hatte, zwar in ihrem Kopf, aber ihren Lippen gelang es nicht, sie auszusprechen. Manche Gefühle entziehen sich der Sprache, Emotionen, die ein Satz nicht ausdrücken kann, ohne sie ihres Sinns zu berauben.

Megan sah einen von Umarus Männern zurückkommen und verkrampfte sich. Angst strömte durch ihre Adern, als sie Billy Bob erkannte.

Von all den Vorbestraften, die zu der Bande von Umaru Atocha gehörten, war Billy Bob der Brutalste, der nur für zwei Dinge lebte: das Lösegeld, das ihm der Albino versprochen hatte, und das Leid, das er in der Zwischenzeit anderen Menschen zufügen konnte. Ihm verdankte Megan die Striemen auf ihren Armen und die ständigen Albträume, die sie in den Nächten quälten.

»Noch eine Minute ... ich flehe Sie an«, murmelte sie.

Billy Bob räusperte sich und spuckte aus, ehe er die Kamera ausschaltete. Er fuhr sich mit der Zunge über die Lippen, während er das dunkle Band, das ihr Schamhaar unter dem Slip zeichnete, anstarrte.

»Los, komm her, meine Schöne ...« Er sprach einen anderen Mann im Nebenzimmer an: »Bring den Priester her, er ist jetzt dran.«

Er packte Megan am Arm und stieß sie in das heruntergekommene Wohnzimmer, in dem überall Pizzaschachteln und Bierdosen herumlagen. Eine der Prostituierten, die Umaru für seine Männer bezahlte, lümmelte auf einem Ecksofa herum und zog an einer Crackpfeife. Der Lärm der Stadt hinter den zugezogenen Vorhängen zerfiel in tausend verschiedene Geräusche – das Hupen von Sammeltaxis, die Schreie von Straßenhändlern, das Lachen von Kindern, die auf dem Basketballfeld in der Nähe des Hauses spielten –, doch wenn man aufmerksam hinhörte, schienen diese Geräusche zu einem einzigen zu verschmelzen, einer Stimme mit unendlichen Modulationen.

Gestützt von einem der Söldner Umarus, verließ Pater David das Zimmer, das er mit Megan bewohnte. Mit unsicheren Schritten schlurfte er durchs Wohnzimmer. Seit über einer Woche litt er an einem schweren Malariaanfall, seine Temperatur schnellte alle zwei Tage in die Höhe, um dann jäh zu fallen. Starke Schweißausbrüche und Schüttelfrost ließen ihn nachts wach liegen, und er hatte rötlichviolette Schatten unter den Augen.

Billy Bob wartete darauf, dass der Priester das Nebenzimmer betrat, und strich mit der Hand über Megans Gesäß.

»Du solltest ein bisschen was futtern«, feixte er. »Du wirst noch so dürr, dass ich keinen Steifen mehr kriege.«

Sie schloss die Augen und versuchte, in sich Geist und Körper zu trennen, aber der Druck war hartnäckig. Sie verharrte vollkommen reglos, da sie wusste, dass sie keine Chance hätte, sich gegen ihn zur Wehr zu setzen. Wie jeder Junge seines Alters zeigte auch Billy eine übersteigerte Neugierde für die weibliche Anatomie. Das enge Zusammenleben mit Megan, das Dope und die Hormone machten ihn dauergeil. Sie biss sich auf die Innenseite der Wangen, als er mit der Hand über ihre Brust strich.

»Lass sie in Ruhe, du Monster«, zischte die Prostituierte und entzündete ihre Pfeife an der Flamme des Feuerzeugs.

Billy Bob ließ Megan los.

»Was hast du gesagt?«, brüllte er.

Sie starrte ihn an und kaute einen imaginären Kaugummi.

»Ich hab gesagt: Lass sie in Ruhe.« Sie zog ihren Rock mit einer lasziven Geste weit an ihren Oberschenkeln hoch. »Nimm lieber mich ... Es sei denn, du lässt dir noch immer lieber von Typen einen blasen ...«

Billy Bob wurde blass. Man spürte, wie sich eine irrsinnige Anspannung in seinem Körper aufbaute. Megan hatte Brocken von Gesprächen aufgeschnappt, die sich um Billys Vergangenheit drehten, Gerüchte, wonach er an den Stränden von Lagos auf den Strich gegangen war, ehe er wegen schweren Diebstahls eingebuchtet wurde. Und offenbar lag ihm sehr viel daran, diese Gerüchte zum Schweigen zu bringen. Er ging langsam mit erhobener Faust auf die Prostituierte zu. Zu bekifft, um die Gefahr zu erkennen, lachte diese laut auf.

»So ist's gut, Bulle, Herzchen, Bulle!«, lachte sie. »Du weißt, dass mir das gefällt ...«

»Halt's Maul!«

Billy Bob zielte auf die Nase. Ein kurzes Geräusch wie von einem Keks, der zerdrückt wird, ging dem Gluckern des Blutes voraus, das auf das Sofa spritzte. Die Prostituierte schrie, im selben Moment benetzten Tränen ihre Wangen. Sie ließ die Kifferpfeife fallen und fasste sich mit den Händen ins Gesicht. Das Blut sprudelte zwischen ihren Fingern hindurch und lief ihre Unterarme hinunter. Irgendwo im Haus kläffte ein Welpe, und das Weinen eines Kindes antwortete dem der Frau, die sich wie ein Fötus zusammenkauerte.

»Scheiß Crackhure ...« Er wandte sich mit weit aufgerissenen Augen Megan zu. »Und du, worauf wartest du, hä? Hörst du nicht, dass sie flennt?«

Die junge Frau gehorchte sofort. Sie stürzte in Naïs' Zimmer, verfolgt von dem Stöhnen, das aus dem Wohnzimmer kam. Das Mädchen saß auf seinem Bett und drückte die Decke an sich. Der Welpe, den ihr Umaru geschenkt hatte, zog an der Leine, die am Fuß des Bettgestells festgebunden war.

»Ich bin da, mein Engel«, flüsterte Megan und nahm sie in die Arme. »Alles ist gut ...«

Sie spürte Naïs' Tränen auf ihre Oberschenkel fallen. Sie umarmte sie fester. Der Hund – ein Mischling, der einem Malteser glich – sprang auf die Decken und leckte die nackten Beine Megans.

Naïs zitterte und klammerte sich mit den Fingern am T-Shirt der Krankenschwester fest. Ein heiseres, asthmatisches Ächzen entfuhr ihrer Kehle. Ihr Herz schlug zu schnell. Megan strich ihr lange zärtlich übers Haar, sprach mit ihr, um sie zu beruhigen. Sie nahm ein Päckchen Plumpy'Nut aus der Schachtel am Fuß des Bettes. Sie riss die Verpackung mit den Zähnen auf und drückte ein bisschen von der Paste auf ihren Zeigefinger. Als ihm der Geruch der Erdnussbutter in die Nase stieg, hörte das Kind auf zu schluchzen. Behutsam schob Megan ihren Finger zwischen die Lippen von Naïs, die anfing, daran zu saugen wie an einer Brust.

»Schon gut ... es ist vorbei ...«

Ihre freie Hand stützte den Kopf des Mädchens. Sie blickte um sich – auf das heruntergekommene Zimmer mit den Wänden, die aufgrund der unerträglich hohen Feuchtigkeit, in der das Haus vermoderte, ganz verrottet waren.

Hinter den Zeitungsblättern, die die Sicht versperrten, färbte sich der Himmel glutrot. Die Strahlen der untergehenden Sonne vergilbten das an die Fensterscheiben geklebte Zeitungspapier, und plötzlich erfüllte ein diffuses goldbraunes Licht den Raum. Wie jeden Tag zur gleichen Stunde spürte Megan die Wärme der Sonne auf ihrer Haut. Sie fragte sich, wie viele Abenddämmerungen, wie viele Nächte sie wohl noch erleben würde.

Mit einer mechanischen Geste gab sie erneut ein wenig Paste auf ihren Finger. Nur wenn sie dieses Kind am Leben hielt, würde sie selbst überleben, und dieses Bemühen glich einem rituellen Akt, der selbst ihre Erinnerungen und ihre Gefühle beherrschte. Sie vergaß immer häufiger, dass sie ein anderes Leben gehabt hatte, wie wenn ihr Unterbewusstsein sie beschützen wollte, indem es jede Hoffnung, sie könnte eines Tages hier herauskommen, erstickte.

Sie sah zu der Prostituierten auf, die sich an den Türrahmen lehnte und sie beobachtete. Die Frau schluchzte und hielt sich ein blutverschmiertes Taschentuch an die Nase.

»Er wird Sie noch umbringen«, sagte Megan.

Die junge Frau zuckte mit den Schultern.

»Wer, Billy Bob? Er schlägt wie ein Mädchen.« Sie betastete ihre Nase. »Und außerdem hab ich ein dickes Fell ... Aber er hat recht. Du musst essen.«

Megan nickte und fuhr fort, Naïs zu füttern.

»Du magst diese Kleine, nicht?«

»Ich hab nicht wirklich eine andere Wahl.«

»Hast du selbst Kinder?«

»Nein.«

»Ich, ich hab zwei Kinder. Ein Mädchen und einen Jungen. Mein Mann kümmert sich um sie.«

»Arbeitet er nicht?«

»Ich merk schon, worauf du hinauswillst. Du denkst: Ein Typ, der seine Frau auf den Strich gehen lässt, ist entweder ein Perverser oder ein Faulenzer, nicht wahr?« Ein vages Lächeln schwebte auf ihren Lippen. »Du täuschst dich, meine Liebe. Mein Mann ist ein prima Kerl. Und die prima Kerle sind in der Welt von heute nicht dort, wo sie hingehören.«

Sie stand auf und machte einige Schritte im Zimmer, wobei sie darauf achtete, gebührenden Abstand von Naïs zu halten. Der Albino hatte sich diesbezüglich sehr klar ausgedrückt: Bis auf die Krankenschwester und den Priester darf sich niemand dem Mädchen nähern – wer dies doch tut, wird umgebracht. Aber das Bedürfnis zu sprechen schien stärker zu sein als die Angst vor einer Kugel im Kopf.

»Er hat Platten verkauft«, fuhr sie fort, »und er spielte auch Saxofon. Er ist in der Republik Kalakuta aufgewachsen ...« Sie verstummte für einen Moment und starrte Megan an. »Du weißt nicht einmal, wovon ich rede, oder?«

»Tut mir leid ...«

»Die Republik Kalakuta, so hat Fela Kuti sein Haus genannt. Weißt du wenigstens, wer Fela ist?« Als sie den fragenden Gesichtsausdruck von Megan sah, schüttelte sie den Kopf. »Mist, ihr Einfaltspinsel seid wirklich zum Schießen, ihr kommt hierher und habt keine Ahnung von diesem Land. Fela Kuti ist der größte Sänger aller Zeiten. Er hat gegen die Diktatur gekämpft, er ist dafür sogar in den Knast gegangen. Um der Regierung eins auszuwischen, hat

Fela eines Tages Mauern um seinen Garten hochgezogen und sein Haus »Republik Kalakuta« genannt. Er lebte dort mit seiner Familie und seinen Freunden. Und mein Mann ist dort aufgewachsen. Fela hat ihm sogar beigebracht, Saxofon zu spielen.« Ihre Gesichtszüge wurden hart. »Und dann sind die Soldaten gekommen, tausend Soldaten, stell dir mal vor! Und die haben alles niedergebrannt, sie haben die Frauen vergewaltigt und geschlagen, und Felas Mutter haben sie sogar umgebracht. Und alles nur deshalb, weil Fela Kuti gesungen hat, was alle insgeheim dachten ...«

Megan half Naïs, sich auszustrecken und das Gesicht aufs Kopfkissen zu legen. Der Hund rollte sich an den Füßen des Mädchens ein. Megan wandte sich zur Tür, während sie weiterhin sanft über die Haare des Mädchens strich.

»Mein Mann«, fuhr die Prostituierte fort, »hat den Kampf von Fela fortgesetzt ...« Traurigkeit und Wut verschleierten ihre Augen. »Aber die Musik ist zu schwach gegen sie. Die Musik kann dir viele Dinge bewusst machen, aber Kugeln kann sie nicht stoppen.«

»Was ist passiert?«

»Eines Nachts stand die Polizei vor unserer Tür, und sie haben auf ihn und auch auf unsere Kinder geschossen ... Seitdem passt er dort oben auf sie auf.« Sie betrachtete die Decke und sah nur große, dunkle Stockflecken. »Aber es ist nicht so wichtig, wo sie sind ...«

Die Frau biss sich auf die Unterlippe und zog die Nase hoch. Sie kramte in ihrer Tasche und nahm ein Tütchen mit kristallisiertem Kokain heraus.

»Mhm, nicht so wichtig, wo sie sind«, wiederholte sie und schickte sich an, zurück ins Wohnzimmer zu gehen, um sich erneut einen Trip reinzuziehen.

»Ich habe vorhin gelogen«, sagte Megan. »Ich habe eine Tochter gehabt. Sie ist tot.«

Die Prostituierte blieb mit dem Rücken zu der jungen Frau stehen.

»Dann weißt du ja, wie das ist ... Billy Bob kann uns verdreschen, wie er will, das tut niemals genauso weh.«

123

Es war vermutlich gegen zehn Uhr abends, als Megan erlaubt wurde, sich zu duschen. Unter dem warmen Wasserstrahl seifte sie sich lange ein und schrubbte sich die Haut, bis das brennende Gefühl nachließ. Im Erdgeschoss grillten Umarus Männer, und der Fleischgeruch drang durch das Lüftungsrohr ins Badezimmer. Sie hielt die Augen geschlossen und versuchte sich vorzustellen, sie wäre an einem anderen Ort, weit weg von dem mit Kesselstein und Scheiße beschmutzten Klosettbecken, weit weg von den angeschlagenen Fliesen, weit weg von diesem Haus, dieser Stadt, diesem Land.

Aus der Kanalisation drangen Geräusche wie von einem abgesoffenen Motor, und der Duschkopf spuckte lehmbraune dünne Wasserstrahlen aus, sodass Megan den Wasserhahn zudrehen musste. Einen Moment lang verharrte sie reglos. Die heftigen, erregten Stimmen von der unteren Etage drangen bis zu ihr, durch die Rohrleitungen waren sie verzerrt und unverständlich.

In den ersten Tagen hatte sie das Ohr so lange und so fest gegen das Drahtgitter unter dem Waschbecken gepresst, dass es ganz wund geworden war – nur um ihre Gespräche aufzuschnappen. Sie hatte versucht, ihre Absichten zu erraten, sich ihrer Überwachung zu entziehen und vielleicht sogar zu fliehen. Sie hatte weniger als eine Woche gebraucht, um einzusehen, dass ein Fluchtversuch aussichtslos wäre.

Weder über ein Dachfenster noch über ein Oberlicht gelangte man auf das Dach. Das Erdgeschoss war auf Höhe der Treppe verriegelt, und die Fenster hatten keine Griffe. Sie hatte in Erwägung gezogen, eine Scheibe einzuschlagen und um Hilfe zu rufen oder zu springen. Sie hatte es sogar versucht. Einige Leute auf der Straße hatten aufgemerkt und sich umgesehen, um herauszufinden, von wo diese Schreie kamen, aber die Männer des Albinos waren schneller gewesen. Die Strafe, die sie ihr auferlegt hatten, nahm ihr ein für alle Mal jegliche Lust, ihr Glück ein weiteres Mal zu probieren. Der Knochen war wieder zusammengewachsen, aber aufgrund der Hammerschläge würde sie nie wieder normal gehen können. Die Möglichkeit, aus dem Fenster zu springen und davonzulaufen, war in dem Moment gestorben, als man ihr das Schienbein gebrochen hatte.

Sie massierte ihre Wade, ehe sie ihre Hände unter den Oberschenkel schob und langsam ihr rechtes Bein anhob, um es aus der Duschwanne herauszubekommen. Als ihr Fuß den Boden berührte, durchzuckte sie der Schmerz bis zur Hüfte. Sie wickelte sich in ein Badehandtuch ein, machte die Glühbirne an der Decke aus und setzte sich auf den Rand des Waschbeckens.

In der linken Ecke des Fensters war die Scheibe gesprungen, die frische Nachtluft drang durch den Spalt und strich über ihre Haut. Sie beugte sich vor und betrachtete die menschenleere Straße. Auf den am Gehsteig abgestellten Wagen wurden die Schatten länger; hin und wieder leuchteten auf den Etagen der Häuser Lichtvierecke auf; Phantome durchquerten sie und verschwanden. Am Ende der Straße drängten sich Gestalten, die in ein blasses Grau gehüllt waren, um eine Bar – den Babylone Club, wie sie entzifferte –, andere saßen auf der Motorhaube eines Pick-ups und ließen einen Joint von Hand zu Hand gehen. Gelächter und Kinderschreie hallten, näher bei ihr, von rechts wider.

Megan entdeckte unterhalb ihres Fensters ein Schwimmbecken in dem verwilderten Garten eines kleinen Motels. Ein Drahtzaun umgab den nierenförmigen Swimmingpool, und verrostete Gartenstühle und Müllsäcke waren ins Wasser geworfen worden. Zwei Kinder badeten inmitten des Abfalls und bespritzten sich lachend. Ihre Lebensfreude und der kristallene Klang ihrer Stimmen rührten das Herz der jungen Frau an. Sie lächelte und legte ihre Hand auf die Scheibe.

Da sie das Schauspiel des Lebens draußen ganz gefangen nahm, hörte sie nicht, wie die Tür einen Spaltbreit aufging. Sie bemerkte die Person hinter sich erst, als der Schatten von Billy Bob ins Badezimmer schlüpfte.

Sie hatte keine Zeit zu schreien. Der junge Mann packte sie und zog sie an sich. Er drückte seinen Unterarm gegen ihren Mund und löste mit der freien Hand ihr Badehandtuch.

»Es bringt gar nichts, wenn du schreist ...«, flüsterte ihr Billy ins Ohr. »Du weißt doch, dass die anderen Male auch niemand gekommen ist.« Megan versuchte, ihm zu entkommen; sie verrenkte sich, damit er sie losließ. Sie warf die auf dem Waschbecken stehenden Becher um, und es gelang ihr, sich aus seiner Umklammerung zu befreien und Luft zu holen.

»Stopp!«

Billy Bob biss ihr so fest ins Ohr, dass Megan glaubte, er hätte ihr die Ohrmuschel abgerissen. Tränen trübten ihre Sicht.

»Auf die Knie!«, befahl er und stieß sie Richtung Klosett.

»Nicht heute Abend ... Nein ...«

»Ich hab jetzt Bock. Auf die Knie!«

Er packte sie an den Haaren und drückte sie auf die Knie, sodass ihre Brust gegen das Klosettbecken gequetscht wurde. Mit den Füßen spreizte er ihre Beine. Sie bekam keine Luft mehr, als Billy Bob seinen Gürtel öffnete. Die Musik von der Straße und das fröhliche Lachen der Kinder im Schwimmbad drangen verzerrt und wie von fern an ihr Ohr.

»Streif ein Kondom drüber ...«, flehte sie ihn an.

»Was?!«

»Ein Kondom ... bitte ...«

Die Gürtelschnalle klirrte, als sie auf die Fliesen fiel.

»Tut mir leid, meine Süße.« Er kniete sich hinter sie. »Ein Kondom verdirbt den Spaß.«

Er legte seine Hände auf ihre Hüften, als die Tür plötzlich aufsprang. Das Licht des Wohnzimmers durchflutete das

Badezimmer, und die Silhouette von Umaru Atocha zeichnete sich in der Tür ab. Geblendet warf Billy Bob den Kopf herum.

»Besetzt!«, brüllte er.

»Raus hier, Billy.«

»Hau ab!«

»Raus hier, Billy«, wiederholte Umaru kalt.

Der Junge schlug mit der Faust auf die Fliesen. Er stand auf und schnallte den Gürtel wieder um, wobei er seinem Chef den Rücken zuwandte. Megan rollte sich zur Seite, zog das Handtuch zu sich und bedeckte ihre Brust. Sie schluchzte immer heftiger.

»Was ich mit ihr mache, geht dich nichts an!«

Umaru packte ihn am Arm und zog ihn aus dem Badezimmer hinaus.

»Ich will nicht, dass du sie anrührst.«

Durch ihre Tränen hindurch sah Megan ihre Schatten auf der Wand des Wohnzimmers, und von dort, wo sie war, glichen diese Schatten zwei ausgerissenen großen Flügeln.

»Ach ja? Na, wenn du nicht willst, dass ich sie anrühre, dann gib mir gefälligst meinen Anteil«, keifte Billy Bob. »Denn solange ich und die anderen unsere Knete nicht haben, werde ich mir das, was mir zusteht, auf meine Weise holen.« Sein Schatten näherte sich auf der mit obszönen Graffiti beschmierten Tapete dem von Umaru und zeigte aufs Badezimmer. »Und wenn ich sie dafür ficke, dann geht dich das nichts an, *Boss*«, blaffte er, das letzte Worte betonend.

»Du wirst deine Knete kriegen, Billy Boy.«

»Und wann, *Boss*? Ich stelle mir nämlich Fragen, viele Fragen …«

»Sag sie mir.«

Der Tonfall von Umaru war eisig, er verriet weder Zorn noch Furcht. Die Gesprächsfetzen von unten waren verstummt. Megan streifte sich ihr T-Shirt und ihren Slip über und schürfte sich die Knie auf, als sie sich der Tür näherte.

»Wir sind drei Monate lang hinter dem Mädchen her gewesen, und du hast uns versprochen, wir wären reich, sobald wir sie erwischt haben.« Billy Bob zog die Nase hoch und strich sich mit der Hand durch die Haare. »Aber mich stört, dass wir noch immer hier sind, und nimm's mir nicht übel, *Boss*, aber das hier ist nicht gerade der Buckingham Palace.«

»Worauf willst du hinaus?«

»Ich würd' gern wissen, was *konkret* abgeht ... Und sicher sein, dass du uns nicht reinlegst, indem du mit dem Geld abhaust.«

»Solche Verhandlungen brauchen Zeit.«

»Das hast du mir schon vor vier Monaten gesagt.«

»Und heute sage ich es dir noch einmal. Unsere Mittelsmänner stehen in Verbindung mit dem Konsulat der Vereinigten Staaten und dem französischen Außenministerium. Sie wollen nicht zahlen ...«

»Was?!«

Megan reagierte genauso wie der Halbstarke. Ihr Herz schlug plötzlich schneller, und sie bekam einen trockenen Mund.

»... im Moment«, fuhr Umaru unbeirrt fort. »Sie wollen neue Garantien bezüglich der Geiseln. Aus diesem Grund haben wir sie gefilmt.«

»Neue Garantien?! Und was sonst noch?!« Der Schatten von Billy Bob entfernte sich in Richtung Treppe, und er war nur noch ein dünner schwarzer Faden, als er sich umdrehte.

»Hör mir gut zu, Boss, wenn sie in einem Monat nicht gezahlt haben, bring ich den Priester, dieses Miststück von Krankenschwester und das Mädchen um. Und dann machen wir es unter uns aus. Verstehst du? *Zwischen dir und mir*«, fügte er hinzu, ehe er die Tür hinter sich zuschlug.

Umaru verharrte reglos im Wohnzimmer und wartete, bis die Geräusche der Schritte im Treppenhaus verhallten. Megan sah seinen Schatten schwanken wie den eines Mannes, der den Halt verliert und der weiß, dass er fallen wird. Dieses Zögern dauerte nur eine Sekunde, aber es genügte, um sie erahnen zu lassen, dass alles verloren war.

Die Vereinigten Staaten würden das verlangte Lösegeld nicht zahlen. Das Fünkchen Hoffnung, an das sie sich geklammert hatte, hatte sich von einem Moment auf den nächsten in Luft aufgelöst. Sie ermaß nicht voll und ganz, was das bedeutete. Etwas in ihr verschloss sich dieser Einsicht. Sie sah zu dem Albino auf, der sie mit einem Ausdruck tiefer Traurigkeit ansah.

»Alles in Ordnung?«, fragte er.

Die junge Frau antwortete nicht. Wie ein Roboter stand sie auf und ließ sich in ihr Zimmer zurückbegleiten.

Pater David, der auf der schäbigen Matratze saß, die ihm als Bett diente, drückte seine Zigarette aus. Die Neonröhren des Hotels gegenüber blinkten und warfen einen matten Lichtschein in das Zimmer.

»Megan ...«

Sie bedeutete ihm zu schweigen und brach in Tränen aus.

Spät in jener Nacht fasste Megan einen Entschluss.

Naïs hatte sich an ihre Brust gekuschelt, und beide atmeten im gleichen Rhythmus. Die Wärme dieses Kinderkörpers weckte in Megan sehr schmerzliche Erinnerungen, aber auch eine Zärtlichkeit, ähnlich der Liebe einer Mutter zu ihrem Kind.

»Pater, wir müssen fort von hier«, sagte sie mit lauter Stimme, den Blick auf die Decke geheftet.

Es trat eine lange Stille ein, auf die das Knistern einer Zigarette folgte.

»Du weißt genauso gut wie ich, dass das unmöglich ist.«

Megan senkte das Kinn und betrachtete die schlafende Naïs. Das Mädchen schien in der heimeligen Geborgenheit ihrer Arme tief und fest zu schlafen. Megan hätte ihr gern gesagt, wie leid ihr das tat, was sie jetzt vorhatte. Sie wäre auch gern sicher gewesen, dass sie es sich eines Tages verzeihen würde.

»Ich wüsste vielleicht einen Weg ...«

125

Das geräumige Büro im zweiten Stock am Quai d'Orsay bot eine unverbaute Aussicht auf die Seine. Ausflugsdampfer durchfurchten den träge dahinströmenden bronzegrünen Fluss. Eine dicht über das Wasser wehende Brise kräuselte die Oberfläche, und im Abendlicht wirkte die Stadt, als wäre sie einem Brand entgangen. Im rot tapezierten Büro des persönlichen Referenten des Ministers war es trotz der hohen Decken und der erlesenen Pracht von Zierleisten und Täfelungen stickig. Drei Computer, die auf einem langen Tisch standen, übertrugen unaufhörlich die aktuellen Nachrichten aus aller Welt – Bilder von Aufständen und

Naturkatastrophen. Im hinteren Teil des Zimmers bildeten Akten- und Dokumentenstapel eine Mauer aus Papieren, die direkt einem kafkaesken Albtraum entsprungen zu sein schien. Benjamin blickte zu dem Referenten und dann erneut auf den an der Wand befestigten Flachbildschirm. Dort sah man einen von vorn gefilmten älteren Mann, der vom Schlafmangel ganz verquollene Augen hatte und in der Mitte eines heruntergekommenen Zimmers auf einem Stuhl saß. Benjamin erkannte auf Anhieb Pater David, aber er konnte sich nicht konzentrieren, weil ihm die vorangehende Videosequenz noch nachhing.

»Wann haben Sie das bekommen?«, fragte er.

»Vor drei Tagen.«

Ein neben ihm sitzender Offizier der Spezialeinheiten musterte ihn aufmerksam. Er trug eine makellose, mit Tressen besetzte Uniform und löste bei Benjamin sofort Befürchtungen aus, wie sie von Männern hervorgerufen werden, die fest davon überzeugt sind, auf der Seite des Guten zu stehen und in seinem Namen zu agieren. Zweifellos gehörte dieser zu denjenigen, die glaubten, dass es auf der Welt nur zwei Sorten von Menschen gibt – die Guten und die Bösen.

»Der Film wurde an die gleiche unabhängige Zeitung geschickt, die am 20. Oktober letzten Jahres das Kommuniqué und die Fotos erhalten hat.« Der Referent griff nach einem Blatt und setzte seine Brille auf, um es zu lesen. »*Free Delta News*. Offensichtlich benutzt Umaru Atocha diese Zeitung als Vermittler.«

»Haben Sie etwas herausgefunden?«

»Ja. In Anbetracht des Ortes der Entführung dachten wir, die Geiseln befänden sich irgendwo im Norden des Landes, vielleicht sogar im Niger. Aber die Analyse der Tonspur dieses Videos hat ergeben, dass sie sich in einer Stadt aufhalten.«

»In welcher Stadt?«

»Das können wir Ihnen leider nicht sagen.«

»Sagen Sie mir wenigstens, worum es bei den Verhandlungen geht.«

Der Oberst neigte sich vor und stützte die Ellbogen auf seine Knie.

»Sie müssen wissen, dass diese Operation der Geheimhaltung unterliegt. Da Sie selbst Soldat gewesen sind, muss ich Ihnen nicht erklären, was das bedeutet.«

»Sie vergessen eine Kleinigkeit: Ich weiß, dass Umaru Atocha ein Mädchen in seiner Gewalt hat, das alle Symptome einer sehr seltenen Krankheit aufweist, die ökonomisch höchst interessant sein könnte. Und man muss kein Hellseher sein, um zu ahnen, dass es bei den Verhandlungen hauptsächlich um dieses Mädchen geht.«

»Wenn es so einfach wäre ...«, seufzte der Referent und lehnte sich in seinem Sessel zurück.

Benjamin starrte die beiden Männer an.

»Ich will wissen, was Sie unternehmen wollen, um Megan Clifford und diesen Mann freizubekommen. Falls es um Geld geht: *Médecins Sans Frontières* hat eine schwarze Kasse, Sie brauchen uns nur die Kontonummern mitzuteilen ...«

»Es ist keine Frage des Geldes«, versetzte der Oberst.

Der Referent stand auf und streckte sich, ehe er eine Flasche Wasser auf einem Tablett holte.

»Umaru Atocha fordert Straffreiheit für seine Verbrechen. Außerdem will er eine neue Identität, die französische und die amerikanische Staatsbürgerschaft sowie eine monatliche Rente. Kurzum, er lässt seine Geiseln frei, wenn er dafür ein neues Leben bekommt.«

Der Arzt starrte die beiden Männer an und ahnte, was sie wirklich dachten.

»Und Sie haben nicht die Absicht, ihm dies zu gewähren ...«

»Wir sind im 21. Jahrhundert, Doktor Dufrais«, mischte sich der Oberst ein. »Und Umaru Atocha ist nicht Arthur Rudolph.«

Benjamin zog eine Braue hoch, aber er hatte nicht die Zeit, zu fragen, wer Arthur Rudolph war.

»Sie müssen verstehen, dass der Schutz der französischen Interessen in Afrika eine unserer Prioritäten ist«, sagte der Referent, ehe er aus der Flasche trank.

»Sie wollen sagen, es geht um Gas und Erdöl? Nicht wahr?«

»So ist's«, räumte er ein. Nachdenklich spielte er kurz an dem Verschluss herum.

»Sie wissen bestimmt, dass Umaru Atocha ein aktives Mitglied der MEND gewesen ist, die von der nigerianischen Regierung und unserem Land bekämpft wird.«

»Sie haben gerade gesagt: ›von unserem Land bekämpft wird‹. Inwieweit ist Frankreich darin verwickelt?«

»Genau das versuche ich Ihnen zu erklären. Es gibt Grundsatzabkommen zwischen Nigeria und Frankreich bezüglich des Umgangs mit terroristischen Gruppen, insbesondere der MEND«, erklärte der Referent. »Der nigerianischen Regierung hat es nicht gerade gefallen – und glauben Sie mir, das ist noch gelinde ausgedrückt –, dass Umaru Atocha den Auftrag, mit dem er betraut worden war, nicht erfüllt hat.«

»Naïs aufzuspüren ...«

»Ganz genau. Noch weniger hat ihnen gefallen, dass er beschlossen hat, dieses Kind als Geisel zu behalten.«

»Ich erkenne noch immer keinen Zusammenhang zwischen der Vergangenheit dieses Mannes und der Tatsache, dass Frankreich ihm nicht das gewährt, was er verlangt.«

»Die diplomatischen Beziehungen, die wir zu Nigeria unterhalten, erlauben uns dies nicht.«

Benjamin schloss für etwa zehn Sekunden die Augen, um diese Informationen zu verarbeiten.

»Wenn ich Sie richtig verstehe ...«, fuhr er langsam fort, »kann Frankreich nur innerhalb gewisser Grenzen frei mit Umaru Atocha verhandeln. Werden diese Grenzen durch die Abkommen zwischen unserer und der nigerianischen Regierung festgelegt?«

Es trat erneut Schweigen ein. Draußen fielen ein paar Regentropfen auf die Straßen, und manchmal brach ein dünner Sonnenstrahl durch die Wolkendecke, kaum ein weißer Strich auf einem grauen Ozean.

»Monsieur Dufrais ...«

Benjamin hob die Hand, um den Referenten zu unterbrechen. Er räusperte sich und spürte, wie die Wut in ihm hochkochte.

»Nur um sicherzugehen, dass ich Sie richtig verstanden habe: Frankreich ist der Schutz der Interessen seiner Ölkonzerne in Afrika wichtiger als die Rettung von Geiseln? Sehe ich das richtig?«

»Das ist eine etwas verkürzte Sicht der Dinge ...«

»Verkürzt?! Wir werden sehen, was die Presse darüber schreibt«, sagte er im Aufstehen. »Ich sehe schon Schlagzeilen wie *Françafrique immer wieder* oder *Das Gespenst von Jacques Foccart hält Frankreich davon ab, Geiseln zu befreien.«*

Der Oberst stand nun seinerseits auf.

»Es stehen hier Dinge auf dem Spiel, von denen Sie keine Ahnung haben, Doktor Dufrais. Und es wäre nicht besonders klug von Ihnen, wenn Sie mit den Medien darüber sprechen würden. Ich sage das im Interesse der Geiseln, aber auch im Interesse der Organisation, der Sie angehören. Einigen ihrer Förderer werden Ihre Unterstellungen gewiss nicht gefallen.«

»Ist das eine Drohung?«

»Nein, ich sage das *nur, um sicherzugehen, dass Sie verstanden haben …*«, fügte der Offizier hinzu, wobei er die Stimme des Arztes nachahmte.

126

»Weißt du, wer Arthur Rudolph ist? Oder Rodolph?«, rief Benjamin Richtung Küche.

Jacques, der eine Schürze trug, umfasste den Stiel des Topfes mit kochendem Wasser mit beiden Händen und ging vorsichtig zur Spüle. Er schüttete alles ins Sieb und fluchte, als ihm die heiße Dampfwolke ins Gesicht schlug.

»Rudolph«, korrigierte er ihn, als er die Hände an der Schürze abwischte. »Wenn ich mich recht entsinne, war das einer der Naziwissenschaftler, die die Vereinigten Staaten bei Kriegsende angeworben haben.«

Benjamin zündete sich eine Zigarette an und machte es sich auf dem Sofa bequem.

Auf dem Couchtisch im Wohnzimmer, inmitten leerer Dosen und Pizzaverpackungen, hatte Benjamin die Dokumente ausgebreitet, die er in den letzten Monaten zusammengetragen hatte – ein komplexes Puzzle mit vielfältigen Verästelungen, das er in seiner Gesamtheit noch immer kaum durchschaute. Er blätterte zerstreut das Notizbuch durch, in das er die Zeitungsausschnitte klebte. Auf Dutzenden von Seiten hatte er akribisch die Folge der Ereignisse protokolliert, an deren Ende die Entführung Megans stand.

Die Unterredung am Quai d'Orsay hatte einen bitteren Nachgeschmack bei ihm hinterlassen, die gleiche Niedergeschlagenheit, die er bei der Evakuierung des Lagers in Damasak empfunden hatte. Einmal mehr fühlte er sich ohnmächtig den höheren Instanzen, der Macht der Nationen, den widerstreitenden geoökonomischen Interessen der Staaten ausgeliefert. Und diese Ohnmacht zerbrach ihn. Sein ganzes Leben lang hatte er sich daran gerieben. Aber in seinem Innern änderte sich etwas. Er spürte es. Seine Empörung, seine Wut waren noch nie so stark gewesen. Er wollte nicht, dass Megan das x-te anonyme Opfer eines Systems wurde, das seines Erachtens dem Untergang geweiht war.

»Sie hatten das Operation Paperclip genannt«, sagte Jacques, während er die Schürze auszog. »1945 hat die CIA Nazis mit hervorragenden Fähigkeiten auf unterschiedlichen Gebieten in die USA gebracht.«

Mit zwei dampfenden Tellern und zwei Flaschen Bier, die er unter die Achsel geklemmt hatte, verließ er die Küche. Mit dem Ellbogen knipste er das Licht aus.

»Und was hat dieser Arthur Rudolph genau getan?«

»Er leitete eine Waffenfabrik in Deutschland. Er arbeitete

für die NASA, und er gilt als der Vater der amerikanischen Saturn-V-Rakete.« Jacques reichte Benjamin einen tiefen Teller. »Überraschung des Küchenchefs: Nudeln mit Butter und Gruyère …«

»Es geht nichts über das Singledasein«, sagte Letzterer, während er seine Zigarette im Aschenbecher ausdrückte.

»Amen, mein Bruder.«

Sie machten sich über das Nudelgericht her und sahen nebenbei fern. Sie kommentierten lustlos die Nachrichten und beendeten die Mahlzeit genau in dem Moment, in dem eine Sendung über einen Mann anfing, der sich in den Geist einer ehemaligen Mieterin verliebt.

»Ich glaube, wir brauchen mehr Bier, um das bis zum Ende durchzustehen, Alter«, sagte Jacques.

Benjamin kam mit einem Sechserpack aus der Küche, als die Klingel läutete. Er blieb stehen.

»Erwartest du jemanden?«

»Nein …« Benjamin ging mit schlurfenden Schritten zur Tür. »Vielleicht ist es deine Frau, die dich bittet, ihr zu verzeihen?«

»Das wäre zu schön, um wahr zu sein.« Jacques öffnete eine Bierflasche. »Ich hoffe, du hast keinen solchen Mist geredet, dass das Ministerium uns ein paar Handlanger schickt.«

»Damit sie uns aus dem Fenster werfen und es als Selbstmord hinstellen?«

»Angesichts des Zustands, in dem sich deine Wohnung befindet, würde selbst ich das glauben.«

Benjamin schüttelte lächelnd den Kopf und drückte auf die Taste der Sprechanlage.

»Doktor Dufrais?«

»Ja.«

»Guten Abend, ich bin Pater Jean, der Beauftragte der Kirche in der Geiselaffäre. Tut mir leid, dass ich so spät komme, aber ich würde gern mit Ihnen reden. Es ist wichtig.«

127

Pater Jean war ungefähr so alt wie Jacques, aber anscheinend in schlechter körperlicher Verfassung. Ein asthmatisches Rasseln entrang sich am Ende jedes Satzes seiner Brust.

Er zog seine zur Hose passende Kordjacke aus und legte sie hinter sich.

Benjamin setzte sich neben ihn und hielt ihm sein Feuerzeug hin. Der Kirchenmann beugte sich vor, um seine Zigarette anzuzünden.

»Sie haben mir gesagt, die Geiseln seien am Leben«, sagte er, während er den Rauch ausstieß. »Weiter wollten sie mir nichts sagen. Aus Nigeria selbst habe ich keinerlei Informationen erhalten. Aus diesem Grund bin ich hier. Ich habe gehofft, Sie wüssten mehr.«

»Ich habe nur herausbekommen, dass sie nicht mit den Entführern verhandeln wollen.«

»Haben sie Ihnen gesagt, warum?«

»Nur andeutungsweise. Immerhin habe ich erfahren, dass Nigeria und Frankreich gemeinsam gegen die MEND kämpfen, und weil die Gruppe französische Erdölkonzerne angreift, will Frankreich nicht riskieren, die nigerianischen Behörden gegen sich aufzubringen.«

»Die MEND?«, fragte der Priester. »Sie haben einen Zusammenhang mit der Geiselnahme hergestellt?«

»Ich kann Ihnen nicht folgen … welchen Zusammenhang?«

»Den zwischen Pater David und der Revolution.«

Benjamin starrte ihn mit gerunzelter Stirn an.

»Wovon reden Sie?«

»Ich habe schon zu viel gesagt, haben Sie bitte Verständnis …«, sagte der Priester verlegen.

»Wir sitzen im selben Boot, Pater. Da haben wir doch auch einen Anspruch darauf, zu erfahren, warum es sinkt, oder?«

Pater Jean zögerte, sein Blick wanderte von Benjamin zu Jacques und dann wieder zurück zu Benjamin.

»Sie haben zweifellos recht …« Er zog an seiner Zigarette und drückte sie halb heruntergebrannt aus. »Sie müssen wissen – das ist wichtig –, dass Pater David ein roter Priester ist. Er ist überzeugt davon, dass die sozialistische Revolution für den Menschen der einzige Weg zum irdischen Heil ist. Bis zum Jahr 2004 leitete er ein Waisenhaus in der Region Owerri …«

»Die Petits Frères du Peuple, oder? Man hat ihnen Misshandlungen vorgeworfen …«

»Moment, Moment, Sie überspringen da eine Etappe.« Er öffnete die Hände, wie wenn er Ordnung in seine Erinnerungen bringen wollte. »Pater David war der Direktor der Anstalt, als er uns eine Reihe ärztlicher Dokumente, die ein medizinisches Wunder bescheinigten, zukommen ließ. Er hat uns geschrieben, einer der Zöglinge des Waisenhauses, ein Mädchen …«

»Würde nicht altern?«

»Ja, er hat uns auch gebeten, zu helfen, dieses Kind nach Europa in Sicherheit zu bringen und ihm eine europäische Staatsbürgerschaft zu verschaffen. Aber die Untersuchungskommission des Vatikans kam nach gründlicher Prüfung dieser Unterlagen zu dem Ergebnis, es sei nicht zweifelsfrei erwiesen, dass Pater David die Wahrheit gesagt hat. Er konnte die Geburtsurkunde des Mädchens nicht vorlegen.«

»Woher wusste er dann, dass sie nicht altert?«

»Ein DNA-Test ... Er hat diesen Test in Lagos gemacht, um zu beweisen, dass er der Erzeuger des Mädchens ist.«

Als der Priester das Erstaunen auf ihren Gesichtern las, lächelte er sie verlegen an.

»Und er hat gestanden, dass er vor etwa zehn Jahren mit der Mutter dieses Mädchens geschlafen hat. Sie können sich denken, dass die Kommission, als sie dies erfuhr, die Akte sehr schnell geschlossen und begraben hat. Alle haben gedacht, dass er seine Tochter nach Europa bringen wollte, indem er diese Geschichte erfand.« Er verstummte, um seinen rasselnden Lungen eine kurze Erholungspause zu gönnen. »Entschuldigen Sie ... Weniger als zwei Monate später hat ein ehemaliger Zögling Pater David und die anderen Priester angezeigt.«

»Aus diesem Grund hat die Regierung also das Waisenhaus dichtgemacht, oder täusche ich mich?«

»Nein, das stimmt. Das war eine schwierige Zeit, insbesondere für Pater David. Er hat immer beteuert, unschuldig zu sein und niemals ein Kind geschlagen zu haben.«

»Und glauben Sie ihm?«, schaltete sich Benjamin ein.

Die Frage schien den Priester aus der Fassung zu bringen. Sein Gesichtsausdruck wurde weicher.

»O ja, David war ein freier Geist innerhalb der Kirche. Er war rebellisch, aber auch wenn er seine kleinen Schwächen hatte, war er ein zutiefst redlicher Mensch.«

»Wie erklären Sie sich dann diese Anschuldigungen?«

»Das ist tatsächlich ein Rätsel«, gab er zu. »Nach Aussage von Pater David wollte ihn die nigerianische Regierung loswerden. Zu diesem Zweck hätten sie diesen Skandal frei erfunden. Das Problem ist, dass man nicht recht weiß, wieso sie ihn rausschmeißen wollten. Selbstverständlich hat die Kirche David und die anderen Priester unterstützt, aber niemand hat jemals verstanden, was die Regierung in dieser Angelegenheit gewinnen konnte.«

»Naïs«, erklärte Jacques. »Sie war der Gewinn.«

Der Geistliche drehte sich mit erstaunter Miene zu ihm um.

»Ohne Ihr Urteilsvermögen in Zweifel ziehen zu wollen, Doktor, halten Sie das denn für glaubhaft? Alles nur wegen eines Mädchens?«

»Glauben Sie uns«, beteuerte Jacques, »wir haben mit eigenen Augen gesehen, wozu einige Leute bereit waren, um sie in ihre Gewalt zu bringen.«

Benjamin nickte zustimmend und versuchte, das Gespräch in eine neue Richtung zu lenken:

»Und die Verbindung zur MEND, von der Sie gesprochen haben?«

»Darauf komme ich jetzt. Im Jahr 2005, nach dieser schmerzlichen Episode, hat David beschlossen, unweit des Tschadsees, nahe der Grenze zu Kamerun, eine katholische Missionsstation zu gründen. Ich komme gerade nicht auf den Namen der Stadt ...«

»Baganako?«

»Baganako, genau. Wie Sie bestimmt wissen, ist dies eine muslimische Region, die für Christen *sehr* gefährlich ist. Die Kirche hat das Projekt wegen der Risiken zunächst abgelehnt. Aber Pater David war nicht davon abzubringen. Er hat sogar nachdrücklich den Standpunkt vertreten, die Christen müssten angesichts des Vordringens des Islam in Afrika weiterhin entschlossen Widerstand leisten ...« Er fischte sich eine neue Zigarette aus der Schachtel, zögerte aber, sie anzuzünden. »Die Kirche hat zu spät erkannt, dass sein Projekt nicht viel mit der Verteidigung des Glaubens zu tun hatte. Priester, die mit David zusammenarbeiten, haben uns davon in Kenntnis gesetzt. Sie haben uns enthüllt, dass der Chef der MEND und David miteinander in Verbindung stehen und dass die katholische Mission in Baganako in Wirklichkeit als verdecktes Lager für Waffen aus Kamerun und dem Niger dient.«

Die beiden Ärzte wechselten einen entgeisterten Blick.

»Mit Verlaub, Hochwürden«, meldete sich Jacques zu Wort, »wollen Sie uns verschaukeln?«

»Keineswegs. Das ist die reinste Wahrheit«, verteidigte sich der Priester. »Pater David beschaffte einen Teil des Geldes und der Waffen für die Revolution von Yaru Aduasanbi. Er war fest entschlossen, sich an der Regierung zu rächen. Die Unterstützung der MEND stand voll und ganz in Einklang mit seinen Überzeugungen.«

»Mist ...«, murmelte Benjamin und lehnte sich auf dem Sofa zurück. »Ihn wollte Yaru Aduasanbi also in Baganako treffen. Pater David sollte ihm helfen, über die Grenze zu kommen ...«

»Es kann gut sein«, versetzte Jacques, »dass er der MEND von Naïs erzählt hat. Ich meine: Er hätte von dem Waisenhaus und von dem, was der Staat geheim halten wollte, berichten können, oder?«

128

Nachdem der Priester gegangen war, blieb Benjamin noch etliche Stunden wach. An seinem Schreibtisch sitzend, las er seine Aufzeichnungen wieder und wieder durch. Draußen ging der Regen in Graupel über, und der Wind ließ den Weihnachtsschmuck über den Straßen tanzen.

Jacques schlief in seinem Bett, das Bettzeug über den Kopf gezogen. Benjamin betrat leise das Zimmer und zog die Schublade der Kommode auf. Ein leichtes Quietschen weckte seinen Freund auf.

»Maëlle?«, fragte er im Halbschlaf.

Benjamin lächelte. Nach fünfundzwanzig Jahren Ehe träumte er noch von seiner Frau. Vielleicht hätte sie ihn nicht verlassen, wenn sie das gewusst hätte.

»Ich bin's«, flüsterte er.

»Ben?« Jacques richtete sich auf den Ellbogen auf. »Mist, wie spät ist es?«

»Drei Uhr. Schlaf weiter.«

Jacques gähnte mit sperrangelweit aufgerissenem Mund und schüttelte den Kopf, als er sah, dass Benjamin Kleidungsstücke aus einer Schublade herausholte.

»Was treibst du denn da?«

»Ich packe. Ich fliege dorthin zurück.«

Jacques schaltete die Nachttischlampe an und betrachtete Benjamin mit verstörtem Gesichtsausdruck. Nach einer langen Minute stieß er einen Seufzer aus und ließ seine Beine über den Rand der Matratze gleiten.

»Was hast du vor?«

»Was glaubst du? Du willst doch nicht allein losziehen, oder?«

FEBRUAR 2010
Entfliehen

»Aber ein Mensch, dem ihr alles genommen habt – der ist euch nicht mehr untertan, der ist wieder frei.«
Alexander Solschenizyn, *Der erste Kreis der Hölle*

129

Die Prostituierte sammelte die Abfälle auf, die auf dem Boden herumlagen, die leeren Flaschen und die Crackpfeifen, die zu verkohlt waren, um wiederverwendet zu werden, und stopfte alles in große Müllbeutel, die sie in der Nähe der Tür aufstapelte. Sie schniefte und betastete ihre Nase. Sie hatte zwei blaue Augen, und ihr Nasenrücken glich einer Kartoffel, die allzu lange in der Sonne gelegen hat.

Megan vergewisserte sich, dass sie tatsächlich allein waren, dann betrat sie das vom Grau dieses späten Vormittags nur matt erhellte Wohnzimmer. Pater David schlief noch – ein schwerer Fieberanfall hatte ihn niedergestreckt. Auch Naïs hatte eine unruhige Nacht gehabt, in der sie von Albträumen gequält worden war, und sie war erst in den Armen der Krankenschwester zur Ruhe gekommen, den Kopf auf ihrer Brust.

Die Prostituierte lächelte die junge Frau an.

»Schon auf, meine Liebe? Du kannst mir sagen, was du brauchst, ich muss heute einkaufen gehen.«

Megan ließ sich nichts anmerken, aber ein warmes Prickeln durchrieselte sie. Sie hatte sich also nicht verkalkuliert, als sie genau diesen Tag ausgewählt hatte, um ihren Plan in die Tat umzusetzen. Der Markttag, der einzige Tag der Woche, an dem die Prostituierte, die als Mädchen für alles diente, das Haus verlassen durfte. Trotzdem spürte sie einen Anflug von Angst. Ihr Plan war weder besonders raffiniert noch risikolos. Tatsächlich hatte er für sie sogar etwas von einem Mikadospiel, einem instabilen Gewirr von Stäbchen, und wenn sie nicht geschickt genug wäre, um den richtigen Moment und die richtige Person auszuwählen, würde das ganze Vorhaben scheitern.

»Sie haben mir nicht gesagt, wie Sie heißen«, sagte sie, während sie einen Müllsack aufhob.

»Amelie.« Die junge Frau blieb stehen und sah ihr dabei zu, wie sie die Aschenbecher in den Sack leerte. »Warum willst du das wissen?«

»Nur so.«

»Niemand will einfach *nur so* etwas wissen.«

Megan ignorierte die Bemerkung und half ihr weiter beim Aufräumen. Draußen wurde ein Gettoblaster lauter gestellt, und Dr Dre, Ice Cube und N.W.A. stimmten *Dope Man* an.

»Ihre Nase ...«, sagte sie, während sie auf Amelie zuging. »Haben Sie einen Arzt aufgesucht?«

»Einen Arzt?« Sie verzog das Gesicht. »Die Ärzte hier behandeln Leute wie mich nicht.«

Megan trat an sie heran.

»Darf ich mir das mal ansehen, Amelie?«

Die Frau zuckte zusammen, als sie ihren Vornamen hörte, aber sie ließ Megan ihre Backenknochen abtasten und die leichte Verkrümmung der Nasenhöhle überprüfen.

»Das muss desinfiziert werden. Kommen Sie mit.«

Sie ging vor ihr her ins Badezimmer, forderte sie auf, sich aufs Klosettbecken zu setzen, und leerte den Inhalt einer der Schubladen ins Waschbecken. Zwischen den Spritzen und Kondomverpackungen fand sie eine Schachtel Kleenex und eine Flasche Eosin. Sie tränkte ein Taschentuch mit dem Desinfektionsmittel und tupfte die Wunde behutsam ab.

»Ich möchte Sie um einen Gefallen bitten, Amelie ...«

Die Prostituierte kicherte kurz.

»Das musste ja mal kommen ...« Sie starrte Megan in die Augen. »Wenn du so viele Nummern geschoben und so vielen Freiern für fünf Dollar einen geblasen hast wie ich, weißt du schließlich, wie das auf dieser Erde läuft. Ich nehme dir das nicht übel, du hast recht, es zu versuchen. Also sag schon, was du von mir erwartest.«

Megan hatte das Gefühl, schon einmal Lebensweisheiten einer philosophierenden Hure gehört zu haben. Aber sie erinnerte sich nicht mehr, ob sie Derartiges in einem Roman gelesen oder in der Notaufnahme von Sexarbeiterinnen gehört hatte, als diese in aller Herrgottsfrühe auf Krankentragen eingeliefert worden waren.

»Da Sie rausgehen, um einzukaufen«, hob sie mit leiser Stimme an, »möchte ich Sie bitten, eine Nachricht für mich zu überbringen.«

»Was für eine Nachricht?«

»Sagen Sie der Polizei, sie sollte in den kommenden Stunden die neu aufgenommenen Patienten in den Krankenhäusern der Stadt überwachen.«

Die beiden Frauen musterten sich schweigend.

»Das kann ich nicht, meine Hübsche ...«

»Das ist alles, worum ich Sie bitte ...«

»Hast du nicht kapiert?«, unterbrach sie die Prostituierte mit leiser Stimme. »Wenn ich die Polizei verständige, wenn ich ihnen diese Nachricht überbringe, dann werde ich sterben.«

»Glauben Sie mir, die werden Sie beschützen.«

»Mich beschützen? Die Bullen werden schnurstracks hierherkommen ...« Sie legte ihre Hand auf Megans Handgelenk. »Du weißt genauso gut wie ich, was passieren wird. Du weißt es, nicht wahr?«

Megan öffnete den Mund, aber es kam kein Ton heraus. Die Frau stand auf und drückte noch immer Megans Handgelenk.

»Gib's auf, meine Hübsche, das kann ich nicht tun.«

Megan sah ihr nach, wie sie sich entfernte; es überraschte sie kaum, dass ihr Kartenhaus auf diese Weise einstürzte. Hoffnungen sind manchmal kurzlebig. Sie hatte gewettet und verloren. Merkwürdigerweise war sie darüber erleichtert, als müsste man in diesem Misserfolg einen Wink des Schicksals sehen.

Als sie wieder allein im Bad war, setzte sie sich auf den Rand der Duschwanne und massierte sich das Bein.

»Hat's nicht geklappt?«

Sie sah zu Pater David auf, der in der Tür stand, und lächelte ihn traurig an.

»Nein«, flüsterte sie.

Der Priester ging auf sie zu und drückte ihr sanft die Schulter.

»Machst du mir ein bisschen Platz?«

Er setzte sich neben sie.

»Und was willst du jetzt tun?«, fragte er.

Sie starrte auf das Dachfenster und spürte ein wenig frische Luft an ihren Wangen. Der Wunsch, aus diesem Haus zu fliehen, war stärker als die Enttäuschung, mächtiger als die Angst. Es hungerte sie nach Freiheit, sie hatte das dringende Bedürfnis, diesem Rattenloch zu entkommen, sich lebendig zu fühlen und sich an der Welt zu reiben. Zum ersten Mal seit dem Tod ihrer Tochter brodelte es wieder in ihr, es war wie ein glühender Strom, der jene Zonen ihres

Innern erwärmte, die durch die Erinnerungen taub und kalt geworden waren.

»Noch einmal mein Glück versuchen.«

130

»Was für ein Scheißtag«, ärgerte sich Benjamin, als er am Flughafen von Port Harcourt aus dem Flugzeug stieg. Er wartete, bis Jacques seinen Koffer vom Gepäckband genommen hatte, dann gingen sie gemeinsam Richtung Ausgang.

In Paris waren sie gestartet, in Casablanca hatten sie eine Zwischenlandung, und nach der Ankunft auf dem Murtala-Mohammed-Flughafen in Lagos waren sie noch mit einem Charterflugzeug über den Golf von Benin und die Deltaregion geflogen. Während der aufeinanderfolgenden Flüge hatte keiner der beiden ein Auge zugetan.

Auf der Strecke Casablanca–Lagos waren sie neben einer Gruppe französischer Auswanderer gesessen, die unentwegt herumgegrölt und die Flugbegleiterin angemacht hatten. Der jüngste von ihnen – für den es offensichtlich der erste Aufenthalt in Schwarzafrika war – hatte sich reichlich an den von der Fluggesellschaft angebotenen Schnapsfläschchen bedient. Vielleicht um die Beklommenheit zu betäuben, die ihn bei dem Gedanken überkam, die nächsten Jahre seines Lebens eingesperrt in einem dreißigstöckigen Hochhaus zu verbringen und nur aufbereitete Luft zu atmen, oder vielleicht auch nur deshalb, weil ihn der Alkoholkonsum enthemmte. Benjamin hatte diese Möglichkeit nicht ausgeschlossen, denn der junge Mann schien über ein unerschöpfliches Repertoire peinlicher Witze zu verfügen. Er hatte den Steward angesprochen und ihn gefragt: »Weißt du, wie man einen Schwarzen mit einer Knarre nennt?«

Der Mann, ein etwa vierzigjähriger Nigerianer, hatte höflich gelächelt und den Kopf geschüttelt.

»Man nennt ihn: Monsieur.«

»Ist das alles?«

»He, bleib da!« Er hatte den Steward am Ärmel gepackt. »Das ist ein Witz ... Komm, nur noch einer, der wird dir gefallen ...«

»Bitte!«

»Weißt du, warum ihr Schwarzen es nicht fertigbringt, einen anständigen Politiker zu wählen?«

»›Weil sie dazu einen Weißen wählen müssten‹«, schnitt ihm Jacques, der sich auf seinem Sitz umgedreht hatte, gereizt das Wort ab. »Weißt du, mein Junge, in einer Stunde landen wir in Lagos, und weißt du, wie man die rassistischen weißen Scheißer in Lagos nennt? Man nennt sie die *zehn Schritte* ...«

Die Franzosen hatten sich gegenseitig angesehen. Der Jüngste hatte mit den Augen geblinzelt, als versuchte er vergeblich, die Wirkungen des Alkohols zu vertreiben.

»*Zehn Schritte?*«, hatte er mit belegter Stimme gesagt. »Warum *zehn Schritte?*«

»Weil sie so viele Schritte machen können, ehe sie ausgeraubt, von Schutzgelderpressern entführt oder umgebracht werden.« Jacques lächelte mitfühlend. »Weder elf noch zwölf, sondern genau *zehn Schritte.*«

Der junge Mann hatte ihn spöttisch angestarrt, aber ein flüchtiges Zittern seiner Lippen hatte einen Zweifel verraten, der größer werden würde, bis er in einem Taxi säße und die Türen verriegelt wären.

Benjamin hatte sich zu Jacques' Ohr gebeugt.

»Wo hast du denn diese Geschichte her?«

»Ich habe sie gerade erfunden. Aber es hat gewirkt, jedenfalls wird dieser Blödmann bis zur Landung die Klappe halten.«

Die Flügeltüren des Passagierterminals gingen auf, und die von Abgasen gesättigte feuchte Luft – die für Port Harcourt typische Feuchtigkeit – schlug ihnen entgegen wie lauwarme Suppe, die man ihnen ins Gesicht geschüttet hatte. Benjamin atmete die Gerüche Afrikas tief ein. Er fühlte sich gut.

»Und jetzt, wo wir da sind, Sherlock?«, sagte Jacques und schirmte seine Zigarette mit einer Hand gegen den Wind ab, um sie anzuzünden.

»Steigen wir in einen Danfo ...«

»So weit wird es nicht allzu schwierig sein«, meinte Jacques und kramte in seinen Taschen nach Münzen.

Benjamin schlug die Zeitung auf, die er gerade gekauft hatte, und suchte die Adresse der Redaktion.

»Wir werden dem Chefredakteur der *Free Delta News* einen kleinen Besuch abstatten. Herrn ...« Er hielt die Zeitung dicht an seine Augen, um die Unterschrift unter dem Leitartikel zu entziffern. »Herrn Nicholas O. Ekkipetio.«

Jacques winkte einen Kleinbus heran, der bereits brechend voll mit Fahrgästen war.

»Ich denke an einen Trick, falls der klappen sollte ... Ich meine, wenn es uns gelingt, herauszufinden, wo sich die Geiseln aufhalten, könnten wir uns doch umschulen lassen, oder?«

»Zu Detektiven?« Er wandte sich an den Fahrer: »Fahren Sie ins Zentrum?«

Der Fahrer des Kleintransporters lächelte ihn breit an und nickte, ohne auch nur zu hören, was Benjamin sprach. Dieser fragte sich, warum er die Frage überhaupt gestellt hatte, da doch bekannt war, dass die Sammeltaxis jeden auflasen, der am Straßenrand die Hand hob, und dass sich alle fröhlich zusammendrängten, bis sich die Arme der einen unentwirrbar mit den Beinen der anderen verschlangen.

»Ich habe immer davon geträumt, eine Dienstmarke zu besitzen«, sagte Jacques, während er seinen Nachbarn wegschubste und über einen ganzen Berg von Gepäckstücken kletterte, um sich hinzusetzen. »... oder ein Abzeichen, solchen Blödsinn.«

»Wir können unsere Äskulapstäbe herausholen, wenn dir das Spaß macht.«

Jacques belästigte seine Nachbarn, als er den Arm ausstreckte, um ein imaginäres Spruchband in der Luft zu entrollen.

»Rougée und Dufrais: Ärzte und Detektive ohne Grenzen ... Das sähe doch super aus, oder?«

131

»Das ist heller Wahnsinn. Ohne Hilfe von außen schaffen wir das nie.«

»Bitte«, flüsterte Megan, »du musst mir vertrauen.«

Pater David sah die schlafende Naïs aufmerksam an,

schüttelte den Kopf und wiederholte: »Das ist heller Wahnsinn.«

»So wie die Dinge stehen, tust du entweder das, was ich dir sage, oder aber wir kommen hier nie weg.« Megan trat an das Fenster des Zimmers. »Es wird bald hell werden. Gib mir das Medikament ...«

Pater David zog die Nachttischschublade auf und nahm ein Fläschchen Halfan heraus. Er starrte einige Sekunden lang gedankenverloren auf den Flakon mit dem Malariamittel in seiner Hand und hielt diesen dann der jungen Frau hin.

Megan setzte sich neben Naïs und strich ihr zärtlich übers Haar. Das Mädchen schlug die Augen auf und lächelte, als es das Gesicht sah, das sich über es beugte. Megan erwiderte sein Lächeln, aber offenbar fehlte es dem Gesichtsausdruck an Ehrlichkeit oder Zärtlichkeit, denn Naïs wich zurück, und ihr plötzlich undurchdringlich gewordener Blick ergründete die Krankenschwester. Megan ignorierte die Stimme in ihrem Kopf, die sie von ihrem Entschluss abzubringen versuchte, und goss eine Dosis Halfan in den Schraubverschluss. Sie führte das Medikament an die Lippen des Kindes.

»Trink ...«

Naïs machte den Mund nicht auf, ihre schwarzen Augen sahen die junge Frau fragend an.

»Du wirst sie vergiften«, sagte Pater David.

»Du weißt so gut wie ich, dass wir keine Wahl haben.« Dann wandte sie sich an das Mädchen: »Es tut mir leid, mein Engel ...«

Sie hielt ihm die Nase zu. Der flehende Blick von Naïs tat ihr weh, er zerriss ihr das Herz, aber sie blieb standhaft und zwang das Mädchen dazu, den Mund zu öffnen. Pater David half ihr, als Naïs um sich schlug, und Megan wunderte sich über den großen Schmerz, der das Gesicht des Priesters entstellte.

»Wie lange dauert es, bis die Wirkung eintritt?«, fragte er und hielt das Kinn des Mädchens fest, damit es die Flüssigkeit hinunterschluckte.

»Bei einem Gesunden wirkt Halfan ziemlich schnell. In weniger als einer Stunde könnte bei ihr Kammerflimmern auftreten. Es ist besser, wenn wir Atocha sofort verständigen.«

Pater David ging quer durchs Zimmer und trommelte an die Tür.

»HILFE!«

Megan wurde bleich, als sie sah, wie Naïs das Gesicht verzog und sich mit den Händen an den Bauch fasste.

»Es tut mir wirklich leid«, sagte sie und schüttete den Rest des Fläschchens aufs Bett.

»HILFE!«

Das Geräusch von hastigen Schritten im Treppenhaus, das Klirren von Schlüsseln und das Quietschen von Schlössern.

»Sie kommen«, rief Pater David.

Megan steckte das Halfan-Fläschchen in die Hände von Naïs und atmete tief ein.

»Was ist los?!«, schrie Umaru Atocha, als er das Zimmer betrat.

»Naïs hat das Malariamittel getrunken ... es ist ...«

»Haben Sie sie zum Erbrechen gebracht?«, fiel ihr der Albino ins Wort.

»Nein ...«

Er stürzte ans Bett der Kleinen und riss ihr die Flasche aus den Fingern.

»Das genügt nicht«, mischte sich Megan ein.

Umaru hörte ihr nicht zu und steckte seinen Zeigefinger in den Hals von Naïs. Sie stöhnte auf, ihr Bauch zog sich ein, und ihr ganzer Oberkörper wand sich in Krämpfen. Speichel und Reste von Plumpy'Nut quollen aus ihrem Mund auf das Laken.

»Selbst wenn wir Aktivkohle finden«, fuhr Megan fort, »braucht sie eine Magenspülung! Und das geht nur in einem Krankenhaus!«

Umaru legte das Mädchen auf die Seite, damit es nicht erstickte. Wieder steckte er seinen Zeigefinger in den Mund von Naïs, und dem Mädchen entrang sich ein dumpfes Wimmern, ehe es sich erneut übergab.

»Eine Magenspülung«, sagte Umaru und wandte sich an Megan, »haben Sie das schon mal gemacht?«

»Ja …«

»Dann tun Sie es.«

»Sie verstehen nicht.« Megan wich zurück und stieß gegen den Nachttisch. »Eine Chininvergiftung wird sie umbringen! In weniger als achtundvierzig Stunden wird sie eine künstliche Beatmung, eine Volumensubstitution und eine intravenöse Infusion von Thiopental-Natrium brauchen.«

»Sie kann nicht ins Krankenhaus.«

»Wenn Sie wollen, dass sie am Leben bleibt, muss sie.«

Megan spürte, wie ihre Stimme schwächer wurde. Sie hatte diesen Plan ausgeheckt, ohne in Betracht zu ziehen, dass er für das Mädchen tödlich enden könnte. Als sie sah, wie sich die Kleine vor Schmerzen wand, überkamen sie plötzlich schreckliche Gewissensqualen.

Umaru Atocha stand auf und blieb wie angewurzelt vor dem Bett stehen; er zitterte vor Angst und Wut. Dann drehte er sich um und warf das Medikament aus dem Fenster. Der rötliche Schein der Morgendämmerung überflutete das Zimmer. Umaru stürzte sich auf den Priester und drückte ihn gegen die Scheibe.

»Ich sollte Sie dafür umbringen, dass Sie diese Flasche nicht sicher verwahrt haben ...«

Pater David zuckte nicht mit der Wimper.

Umaru schloss die Faust und ließ die Anspannung aus seinem Körper entweichen.

»Wie lange dauert es, bis sie *wirklich* in Gefahr ist?«

»Einige Stunden ...«

»Tun Sie bis dahin alles Notwendige«, sagte er, worauf er aus dem Zimmer eilte.

Megan und Pater David wechselten einen Blick, aber keinem von beiden war zum Lachen zumute. Die junge Frau betrachtete die Farben der Morgenröte und fragte sich, ob ihr Plan eine – wenn auch nur verschwindend kleine – Chance hatte, reibungslos über die Bühne zu gehen.

Wie eine düstere Prophezeiung riefen ihr die Schluchzer von Naïs in Erinnerung, dass, sollte das Mädchen durch ihre Schuld sterben, sie und der Priester ihr umgehend ins Grab folgen würden.

132

»Einladend …«, sagte Jacques, als er sich umsah.

Das Industriegebiet war menschenleer und schien es schon immer gewesen zu sein. Lagerhallen mit ausgeblichenen Graffiti säumten eine Straße, die so breit wie eine Landebahn war. Zerbrochene Fliesen übersäten die Fahrbahn, vom Wind herbeigewehte welke Blätter und Abfälle häuften sich unter den wenigen Fahrzeugen an, die hier parkten. Ein diesiges graues Licht betonte das trostlose Aussehen des Niemandslandes, das sich zwischen dem Gehsteig und einem roten Backsteinbau erstreckte.

Die beiden Ärzte durchquerten das hohe Gras, in dem die Überreste eines Kinderkarussells verrotteten, und blieben vor dem Gebäude stehen. Die Eingangstür war herausgerissen worden und lag etwa zehn Meter weit weg, als hätte man versucht, sie mit einer Granate herauszusprengen.

»Scheint, als hätte der unabhängige Journalismus einen Preis«, sagte Benjamin, als er das Stockwerk betrachtete, in dem sich die Räumlichkeiten der *Free Delta News* befinden sollten.

Gestank – eine Mischung aus trockener Erde und Urin – erfüllte das Treppenhaus. Ein schlichter Vorhang trennte den Treppenabsatz von den Redaktionsräumen der Zeitung.

»Glaubst du, dass sie diesen Zirkus hier veranstalten, weil sie unbedingt auffallen wollen?«, flüsterte Benjamin, als er den Raum betrat.

»Glauben Sie mir, wenn wir könnten, würden wir nicht

unter diesen Bedingungen arbeiten«, sagte eine Stimme hinter ihnen.

Ein etwa dreißigjähriger Mann mit dichtem Bart saß auf den Stufen und rauchte einen Zigarillo. Er trug schlichte rote Shorts und ein schwarzes T-Shirt mit der Aufschrift »TOSTAKY«.

»Aber dieses Gebäude hat eine Geschichte, und auch aus diesem Grund bleiben wir hier. Hier befand sich das Hauptquartier der Mosop.« Lächelnd fuhr er fort: »Der Bewegung für das Überleben des Ogoni-Volkes.« Der Mann trat den Zigarillo mit seinem Schuh aus und stand auf.

»Die Mosop ist eine Art Vorläufer der MEND, allerdings waren die Mosop-Anhänger friedlich.« Er ging eine Stufe hinunter und strich mit der Hand über die Backsteine, als könnte er die Gespenster berühren, die hier spukten. »Die Bewegung wurde in den Neunzigerjahren gegründet, um das Volk und das Land der Ogoni vor dem Raubbau an den Erdölvorkommen zu schützen. Unternehmen wie Shell oder Avron verpesteten die Umwelt und scheffelten gigantische Summen Geld. Und all dies mit dem Segen der nigerianischen Regierung.« Er zeigte auf ein mit einer Schablone gezeichnetes Gesicht auf der Mauer hinter ihnen. »Kennen Sie vielleicht Ken Saro-Wiwa?«

»Den Schriftsteller?«, fragte Benjamin.

»Ja, er war der Anführer der Mosop. Für sein Engagement wurde er mit dem alternativen Nobelpreis ausgezeichnet. Aber 1995 hat die Polizei ihn hier festgenommen. Sie haben die Tür aufgesprengt und ihn ins Gefängnis geworfen. Der Prozess gegen ihn war eine Farce, und er wurde zusammen mit acht anderen Mitgliedern der Bewegung gehenkt. Ergebnis des Raubbaus: Zweitausend Ogoni wurden von der

Armee umgebracht, ganze Dörfer dem Erdboden gleichgemacht, und etwa hunderttausend Menschen wurden vertrieben oder mussten sich ins Ausland absetzen.«

Er wischte sich die Hand an seinen Shorts trocken, lächelte und hielt sie den Ärzten hin.

»Nicholas O. Ekkipetio. Ich bin der Chefredakteur der *Free Delta News*. Und wer sind Sie?«

»Benjamin Dufrais.« Er gab dem Journalisten die Hand – ein kurzer, nervöser Händedruck. »Wir sind von *Médecins Sans Frontières*.«

Der Mann ging wortlos an ihnen vorbei und zog den Vorhang zur Seite, der die Redaktionsbüros verdeckte.

»Und was suchen Sie? Informationen über die Krankenschwester, stimmt's?«

»Ja. Wir wissen, dass Umaru Atocha Ihre Zeitung als Vermittler benutzt.«

Der Journalist blieb stehen und hielt den Vorhang zur Seite, um sie eintreten zu lassen. Sie entdeckten ein verstaubtes Loft, ähnlich jenen in den besetzten Häusern in New York, wo sich die Junkies zur Musik von Velvet Underground Trips reinzogen. In einer Ecke drehten sich Druckmaschinen in gleichbleibendem Tempo und stießen bedruckte Blätter aus, die zwei Kinder zusammenfalteten und zu kleinen Stößen aufschichteten. Der nach Süden gehende Teil des Raumes wurde von Stahlregalen eingenommen, die zum Bersten voll mit Archivunterlagen waren, und von einer Küche, die mit einem alten Campingkocher ausgestattet war.

Nicholas O. Ekkipetio bat sie, an einer langen und breiten Holzplatte, die von zwei Böcken getragen wurde, Platz zu nehmen. Er setzte sich ihnen gegenüber, stützte die Ellbogen auf den Tisch und faltete die Hände vor seinem Mund.

»Wir wollen Umaru Atocha eine Nachricht übermitteln.«

»Und deshalb sind Sie hierhergekommen? Glauben Sie vielleicht, das würde ihn dazu bewegen, die Geiseln freizulassen?«

Der Chefredakteur konnte nur mit Mühe einen jähen Anfall von Heiterkeit unterdrücken. Die beiden Ärzte zündeten sich Zigaretten an und warteten, bis er aufhörte zu lachen, während sie nachdenklich rauchten. Benjamin winkte den beiden Jungen, die die Zeitung druckten, und der Jüngere streckte ihm die Zunge heraus, ehe er seinerseits laut auflachte. Der Arzt antwortete ihm mit einer Grimasse und zwinkerte ihm zu.

»Entschuldigen Sie ...«, fuhr der Journalist fort, »aber ich bin schon lange keinen Leuten mehr begegnet, die so optimistisch sind ...«

Die Herablassung, mit der ihr Gesprächspartner sie behandelte, begann Benjamin auf die Nerven zu gehen.

»Mag sein«, räumte er ein. »Aber wenn man keine andere Wahl hat, ist es immer noch besser, als das Volk aufzufordern, eine Revolution zu machen, während man sich hier versteckt und die Erben Zapatas spielt, finden Sie nicht?«

Der Chefredakteur war ins Mark getroffen, die Vene seiner rechten Schläfe trat unter der Haut hervor.

»Tut mir leid, meine Herren, aber ich glaube, unser Gespräch ist damit beendet.«

»Empfindlich?«, fragte Benjamin und lehnte sich auf seinem Stuhl zurück.

»Bei gewissen Themen: ja. Und es trifft mich ganz besonders, wenn mein politisches Engagement infrage gestellt wird.«

»Wenn Sie schreiben, sind Sie witziger ...«

»Für Sie, die Weißen, ist es leicht. Sie sind so fest davon überzeugt, dass man den Neger erziehen muss, dass *bwana* ihm erklären muss, wie man isst und sich pflegt, wie ›der gute Neger‹ für seine Freiheit kämpfen muss ...« Er starrte Benjamin an. »Finden Sie das zum Lachen?«

»Nicht das, was Sie sagen, sondern die Situation ... Er und ich ...«, er deutete mit dem Daumen auf Jacques, »... wir arbeiten schon eine halbe Ewigkeit für MSF. Glauben Sie mir, man muss optimistisch sein, wenn man versucht, Kinder wiederzubeleben, die so oder so todgeweiht sind, wenn man Babys ernährt, die so dürr und so schwach sind, dass ihr Organismus ihre Muskeln und ihr Gehirn aufgezehrt hat. Denn ich – *bwana*, wie Sie sagen – werde Ihnen etwas Lustiges erzählen: Wir sind Ärzte. Weder Richter noch Anwälte, nur Ärzte ...«

»Ich hab noch eine bessere Geschichte«, schaltete sich Jacques mit müder Stimme ein, »wissen Sie, wie mein Leben aussieht? Ich bin über sechzig, und ich lasse mich gerade scheiden, weil ich alle Kämpfe geführt habe, die man auf dieser Erde führen kann, außer dem um meine Ehe und meinen Sohn, den ich über alles liebe. Der einzige Mensch, der mir bleibt, ist er ...« Er neigte den Kopf zu Benjamin hin, ohne ihn anzusehen. »Und wir wollen nur eines: die Frau wiederfinden, die Umaru als Geisel hält, und diesen ganzen Irrsinn beenden ...«

Aus der Tiefe des Raumes ertönte Beifall. Jacques und Benjamin drehten sich um. Vor ihnen stand ein Mann, der ungefähr so alt wie sie war und ebenso klein wie breit.

»Guten Tag, ich bin Nicholas O. Ekkipetio ...« Sein Lächeln wurde breiter, als er das Erstaunen im Gesicht der Ärzte sah. »Der Echte, wenn ich so sagen darf.«

»Und wer ist er?«, fragte Benjamin und deutete mit dem Kinn auf den Journalisten.

»Einer meiner Kollegen. Man kann nie vorsichtig genug sein, müssen Sie wissen. Die Polizei würde mich gern mundtot machen. Sie finden mich *polemisch*.« Er lachte laut auf. »Also haben wir uns ein paar Tricks ausgedacht, um zu verhindern, dass sie mich in irgendeinem Loch verrecken lassen. Also wenn ich Sie richtig verstanden habe, möchten Sie, dass ich Ihnen sage, was ich weiß. Ich bin einverstanden, aber unter einer kleinen, ganz kleinen Bedingung ...«

»Und die wäre?«

»Dass Sie mir die ganze Geschichte erzählen. Ich bin von Natur aus neugierig, auch wenn Mama – Gott hab sie selig! – mir immer wieder gesagt hat, das sei ein schlimmes Laster ...«

133

Naïs erlitt einen schweren Hustenanfall. Ihre Kehle schnürte sich zu, und sie wurde von so heftigen Krämpfen geschüttelt, dass Megan befürchtete, sie würde sich alle Gliedmaßen ausrenken. Der ratlose Pater David befeuchtete ein Tuch und legte es auf die Stirn und den Kopf des Mädchens. Die Krankenschwester hatte nicht den Mut, ihm zu sagen, dass dies nichts nutzen würde, dass er durch nichts die Wirkung des Giftes verlangsamen könnte. Das im Halfan enthaltene Chinin würde bald das Herz Naïs' angreifen, das Herz würde rasen und dann unvermittelt stehen bleiben, und in weniger als zehn Sekunden wäre alles vorbei.

»Mein Gott, was hab ich nur getan?«, sagte Megan, als sie die feuchte Hand von Naïs in die ihre nahm.

Pater David bekreuzigte sich und stürzte zur Tür. Er trommelte gegen das Holz.

»Sie muss ins Krankenhaus!«

Keine Reaktion. Schon länger als eine Stunde hatte sie Umaru in das Zimmer eingesperrt. Schon über eine Stunde wurde das Mädchen immer schwächer. Megan brach in Tränen aus.

»Verzeih mir, verzeih mir ...«

Sie hatte geglaubt, sobald Naïs im Krankenhaus wäre, könnte sie fliehen. Und verblendet von der Hoffnung, wieder frei zu sein, hatte sie sich das Leiden des Mädchens nur als etwas Abstraktes vorgestellt.

»Ich wollte dir nicht wehtun, mein Engel ...«

»Sie kommen«, flüsterte Pater David und wich von der Tür zurück.

Umaru und ein Mann, den Megan zum ersten Mal sah, betraten das Zimmer und gingen, ohne die beiden Geiseln eines Blickes zu würdigen, auf Naïs zu.

Der Mann stellte seine schwarze Ledertasche aufs Bett, zog das Jackett seines Anzugs aus und krempelte die Hemdsärmel hoch. Seine mandelförmigen Augen hinter der eleganten Brille waren von Falten umkränzt. Sein Aussehen und seine ruckartigen Bewegungen erinnerten Megan spontan an einen Leichenbestatter in einem Comic. Er zog ein Stethoskop heraus und streifte das T-Shirt der Kleinen hoch.

»Sind Sie Kinderarzt?«

»Tierarzt«, antwortete er völlig ernsthaft.

Megan starrte Umaru ungläubig an.

»Ein Tierarzt? Ein gewöhnlicher Tierarzt?! Was Besseres haben Sie nicht gefunden?«

»Raus hier!«, brüllte Umaru.

»O nein, ich werde es nicht zulassen, dass Sie sie umbringen ...«

»Raus!«

»Nein! Sie muss ins Krankenhaus!«

Der Albino packte sie am Arm und zerrte sie aus dem Zimmer. Er stieß sie so brutal gegen eine Wand, dass sie nicht schreien konnte. Er drückte seine Hand auf die Kehle der jungen Frau.

»Ich hatte Sie gewarnt: Wenn sie stirbt, sterben Sie auch. Beten Sie also ... Beten Sie, dass ein gewöhnlicher Tierarzt Ihnen beiden das Leben rettet ...«

»Sie müssen mir vertrauen«, beschwor sie ihn.

»Kein Krankenhaus. Das ist zu riskant.«

»Wenn sie stirbt, sterbe ich – das weiß ich. Aber Sie? Was wird aus Ihnen?«

Umaru Atocha starrte sie schweigend an, und ihr schien es, als würde er etwas betrachten, was jenseits von ihr, jenseits dieses Zimmers lag. Er schloss die Augen, als hinter ihm die Stimme des Tierarztes ertönte: »Ich kann nichts für sie tun ...«

»Offiziell will die französische Regierung die Geiseln nicht befreien. Das könnte nämlich den diplomatischen Beziehungen schaden, die Frankreich mit Nigeria unterhält.«

»Sie meinen: den französischen Erdölinteressen?«, bemerkte Nicholas O. Ekkipetio lächelnd.

Benjamin nickte und zog an seiner Zigarette. Der Chefredakteur der *Free Delta News* legte die Füße auf den Tisch.

»Das ist überall in Afrika so, alles ist durch Wirtschaftsinteressen korrumpiert«, sagte er und streckte sich. »Um nur ein Beispiel aus dem Niger zu nehmen: Im Jahr 2007 standen die Vertragsverhandlungen zwischen dem französischen Konzern Areva und der Regierung des Niger vor dem Aus. Um die Wogen zu glätten, hat sich die französische Regierung daraufhin verpflichtet, der nigrischen Armee Aufklärungsfahrzeuge zu liefern und fünfunddreißig Radpanzer zu modernisieren, damit diese gegen die Tuareg-Rebellen kämpfen kann.« Er unterdrückte ein Gähnen. »Danach soll man mir nicht kommen und sagen, Françafrique sei tot ...«

»Aus diesem Grund sind wir hier.«

»Okay. Aber da sind noch zwei oder drei Punkte, über die ich gern Klarheit hätte ... Dieser Pater David, die zweite Geisel, soll also Yaru Aduasanbi die Sache mit Naïs, die seine eigene Tochter ist, gesteckt haben?«

»Ja, das glauben wir«, antwortete Benjamin. »Aber bevor er mit Aduasanbi redete, benachrichtigte er UNICEF. Wir haben vor unserer Abreise dort angerufen. Pater David hat UNICEF gesagt, wo sich das Waisenhaus befindet und auch, dass die dort untergebrachten Kinder krank und unterernährt sind. Das war 2005.«

»Aber warum hat er UNICEF benachrichtigt, ehe er die MEND informierte?«

Jacques stand auf.

»Haben Sie vielleicht was zu trinken?«

Der Chefredakteur deutete auf die Kochecke hinten im Raum.

»Im Eisschrank.« Er sah auf seine Uhr. »Spät genug, um einen zu heben: Bringen Sie ein paar Bier!«

»Pater David hat bestimmt gehofft, dass UNICEF herausfinden würde, was im Waisenhaus vor sich geht, und alles der Presse enthüllen würde.« Jacques durchquerte das Loft, ging vor der Kühlbox in die Hocke und klappte den Deckel auf.

»Aber Benjamin und ich wurden erst 2006 dorthin entsandt«, sagte er und hob den Kopf. »Pater David musste glauben, dass sich UNICEF keinen Deut um diese Waisenhausgeschichte scherte. Erst da hat er Yaru Aduasanbi alles erzählt.«

Nicholas O. Ekkipetio blieb nachdenklich und klopfte mit dem stumpfen Ende eines Bleistifts auf einen Zahn.

»Kurz und gut, er hat die MEND dazu angestiftet, das Mädchen zu entführen. Wozu?«

»Um zu verhindern, dass die Regierung das mutierte Gen entdeckt, das ihrer Krankheit zugrunde liegt. Und um sie zu verkaufen. Mit hundert Millionen Dollar lässt sich doch wohl eine Revolution finanzieren, oder nicht?«

Benjamin fing geschickt die Bierdose auf, die ihm Jacques zuwarf.

Er schob einen Fingernagel unter die Metalllasche.

»Doch Henry Okah hat Aduasanbi ausgebootet und diesen schönen Traum in Rauch aufgehen lassen ...«

»Umaru Atocha ist hier in Port Harcourt«, erklärte der Chefredakteur unvermittelt.

»Sind Sie sicher?«

Der Journalist stand seinerseits auf und ging mit schlurfenden Schritten zu einem kleinen Safe, der versteckt unter einem Schreibtisch stand. Er streifte seine Hosenträger herunter und kniete sich vor dem Kombinationsschloss hin.

»Die Kassetten wurden in Umschlägen hinterlegt. Keine Briefmarke, kein Poststempel ...«

»Vielleicht haben sie die Kassetten an jemanden geschickt, der sie seinerseits bei Ihnen abgegeben hat.«

»Daran habe ich auch gedacht«, sagte Nicholas O. Ekkipetio, während er wieder aufstand.

Er kam zurück und warf einen braunen Papierumschlag ohne Beschriftung auf den Tisch. Benjamin nahm ihn in die Hand und drehte ihn auf der Suche nach einem Hinweis um.

»Ja und? Sie ziehen diesen Schluss, weil auf diesem verdammten Umschlag keine Briefmarke klebt? Ist das alles?«

»Sie haben mich gefragt, was ich weiß ...«

Mit gerunzelter Stirn musterte Jacques das Gesicht des Journalisten.

»Nein, Sie spielen nicht mit offenen Karten ... Wir wissen, dass Sie als Mittelsmann für die Verhandlungen fungieren.« Er beugte sich vor, die Ellbogen auf die Knie gestützt. »Jetzt werden Sie uns sagen, wie Sie Kontakt aufnehmen mit Umaru Atocha.«

135

In der Küche bahnte sich Umaru Atocha einen Weg zwischen seinen Männern hindurch. Die Söldner, die sich mit verschränkten Armen an die Wand lehnten, erwarteten schweigend seine Anweisungen. Auf dem Tisch lagen verstreut zwischen aufgerissenen Kartoffelchipstüten Knarren, Karten und Pokerchips. Umaru hob einen Chip auf und ließ ihn über die Pokertischauflage rollen.

»Ihr wisst schon, dass Naïs eine schwere Vergiftung hat. Sie wird in wenigen Stunden sterben, wenn wir nichts tun.«

Megan, die an einen Stuhl gefesselt war, bemerkte die Blicke, die die Söldner miteinander wechselten. Sie misstrauten ihrem Anführer, und diese Veränderung entging Umaru nicht.

»Wir müssen sie ins nächstgelegene Krankenhaus bringen«, fuhr er fort. »Das Estee Medical Centre in Port Harcourt ist unsere einzige Chance.«

»Aber da werden uns die Bullen auf die Pelle rücken!«

»Das ist ein Risiko, das wir eingehen müssen.«

Einer der Männer schüttelte den Kopf.

»Die werden uns abknallen!«

»Tut mir leid, Chef, aber er hat recht«, sagte ein anderer. »Wir wissen nicht mal, ob das Lösegeld eines Tages überhaupt gezahlt wird. Warum also sollen wir uns in die Höhle des Löwen begeben, hä?«

Umaru versteifte sich und versuchte, nichts von seinen Emotionen erkennen zu lassen.

»Sie werden zahlen.«

»Bei allem Respekt, Chef, die Leier hören wir seit Monaten. Und Billy Bob sagt, dass das nichts mehr wird …«

»Er sagt auch, dass sie, wenn sie bis jetzt nicht gezahlt haben, nie zahlen werden. Vielleicht sollten wir die ganze Sache abblasen …« Der Mann warf einen Blick in Richtung Megan und Pater David. »Wir lassen sie verschwinden, und damit hat sich's.«

»Wo ist er? Wo ist Billy Bob?!«, brüllte Umaru und griff nach einer Waffe auf dem Tisch.

Die Söldner schlugen die Augen nieder.

»Er ist rausgegangen, Boss …«

»Ohne meine Erlaubnis?«

Sie schwiegen und begnügten sich damit, zu nicken und ein wachsames Auge auf die stumpf schimmernde Beretta zu haben. Umaru betrachtete ebenfalls die Waffe, und Megan glaubte, dass er sie aufs Geratewohl an die Schläfe eines Mannes setzen und abdrücken würde. Aber er tat es nicht. Er rührte sich nicht, sein Blick folgte lediglich den Winkeln und Geraden des Metalls, dann legte er die Pistole in aller Ruhe wieder auf den Tisch. Er verließ die Küche. Die Söldner schwiegen weiterhin und verharrten an ihren Plätzen, aber ihre Gesichter verrieten Angst und Resignation, und ihre Augen kehrten unentwegt zu der Waffe zurück, die zwischen aufgedeckten Karten und roten und goldfarbigen Pokerchips lag. Sie zuckten zusammen, als die Stimme Umarus im Nebenzimmer widerhallte.

»Macht euch fertig, wir brechen auf.«

136

Das Meersalz hatte die Fassade des Hotels angegriffen, die Farbe weggeätzt und die hölzernen Teile der Fenster zerfressen. Benjamin strich mit den Fingern über die winzigen Löcher in den Fensterläden und fragte sich, ob die Ursache dieser Löcher tatsächlich das Salz oder aber Gewehrschrot war. Als er unter dem Fingernagel etwas Metallisches spürte, entschied er sich für die zweite Hypothese.

Vom Balkon aus hatte man eine hervorragende Aussicht auf Port Harcourt, eine Stadt mit architektonischem Wildwuchs, wo kein Haus zum anderen passte. Der Norden der Stadt und das Geschäftsviertel waren von einem Nebel eingehüllt, der hie und da himmelblau getupft war. Buntscheckige Townships zogen sich an dem Meeresarm entlang bis zum Industriehafen, auf dessen Kais sich gelöschte Container stapelten. Am Horizont spuckten Erdölplattformen, die wie riesige Spinnen über das Wasser aufragten, schwarze Rauchfahnen und Flammen aus. Der orangene Widerschein der Hochfackeln auf dem Meer wogte im Rhythmus des Seegangs, und Wellen brachen sich am Deich und warfen weiße Gischtteppiche auf die Felsen.

Benjamin suchte mit den Augen die Häuser und Gebäude ab und hoffte auf ein Wunder. Ja, er hoffte, hinter einer dieser Scheiben Megan zu entdecken, in einem Vorhangspalt ihr Gesicht wahrzunehmen, sie in der Menge an ihrem Gang zu erkennen, aber alles, was er sah, war eine weitverzweigte, riesige Stadt, in der sich jeder in ein Gespenst verwandeln konnte. Er drehte sich um, als Jacques den Hörer auflegte.

»Noch immer nichts?«

»Noch immer nichts.«

Jacques, der auf der Matratze saß, fuhr sich mit der Hand durch die Haare und griff nach einer Schachtel Zigaretten auf dem Nachttisch. Er steckte eine Zigarette zwischen die Lippen und verharrte einige Sekunden lang reglos, ins Leere starrend.

»Seine Sekretärin sagt, er wird uns zurückrufen, sobald er ins Büro kommt.«

»Wir können noch immer damit rechnen ...« Benjamin kramte in seinen Taschen und warf ihm ein Feuerzeug zu. »Auch wenn uns der Journalist vielleicht einen Bären aufgebunden hat. Der Anwalt von Henry Okah als Kontaktperson von Umaru, das ist ganz schön dick aufgetragen, oder?«

»Ich stelle mir schon lange keine derartigen Fragen mehr«, seufzte Jacques. »Wir wissen, dass Okah nach Südafrika zurückgekehrt ist. Sein Anwalt hat seinen besten Mandanten verloren, und jetzt muss er bestimmt zusehen, wie er über die Runden kommt. Vermutlich hat ihm Atocha einen kleinen Anteil am Lösegeld versprochen.«

»Du vergisst, dass Okah und Atocha Feinde sind.«

Jacques streckte sich auf dem Bett aus und verschränkte die Hände im Nacken.

»Na und?« Er knöpfte sein Hemd auf und flüsterte zu sich selbst: »Verdammte Hitze. Ein Anwalt schwört schließlich keine ewige Treue, oder?«

Benjamin nickte nachdenklich, zog dann das Moskitonetz hinter sich zu und ging quer durch das Zimmer ins Bad. Die Neonröhre über dem Spiegel blinkte und verbreitete ein gelbes Licht, das genauso trübe war wie die Kacheln in der Dusche. Er steckte den Stöpsel in den Abfluss des

Waschbeckens, öffnete den Kaltwasserhahn und wartete, ehe er den Kopf eintauchte.

Er öffnete den Mund und schrie. Dann zog er den Kopf aus dem Wasser und betrachtete sein Spiegelbild. Was er sah, gefiel ihm gar nicht.

Nach einem Handtuch greifend, fragte er sich, wie er so schnell hatte altern können. Er hob sein T-Shirt an und betrachtete die Spuren der Zeit, diese verschwommene, unabänderliche Kartografie, die nur sein Gedächtnis noch entziffern konnte. Seine Brustmuskulatur erschlaffte, sein Bauch rundete sich, die Haare auf seiner Brust waren grau und die Falten um seinen Mund tief. Seine Wut und seine Empörung hatten keine sichtbare Spur hinterlassen.

Und vielleicht machte ihm das am meisten Angst, wenn er an seinen Tod dachte: zu wissen, dass er sein ganzes Leben lang wütend gewesen war. Die Menschen, die er gerettet hatte, waren sein einziges Vermächtnis, und in einigen Jahren würde das ebenfalls verschwinden. Nichts von dem, was er getan hatte, würde ihn überdauern.

Das Klingeln des Telefons riss ihn jäh aus seinen Gedanken. Er machte die Badezimmertür auf.

»Ich danke Ihnen, dass Sie mich zurückrufen«, sagte Jacques und zwinkerte Benjamin zu.

Den Hörer zwischen Kopf und Hals eingeklemmt, öffnete er die Nachttischschublade und holte eine Bibel und einen Kuli hervor. Er riss die erste Seite heraus, um die Adresse darauf zu kritzeln.

Benjamin näherte sich dem Bett. Über Jacques' Schulter gebeugt, las er laut: »Babylone Club ... 12 Elm Street ...«

»In einer halben Stunde? Ja, wir werden da sein«, sagte Jacques, bevor er auflegte.

»Los, Beeilung! Wir wollen hier nicht die Nacht verbringen!«

Zwei AK-47 wurden überprüft und in eine Decke eingewickelt. Die Söldner bildeten eine Kette zwischen der Küche und den auf der Straße abgestellten Pick-ups und reichten sich die Waffen weiter, um sie in den Kofferräumen und unter den Sitzbänken zu verstecken. Auf dem Küchentisch wurde etwa ein Dutzend Feuerwaffen vom Kaliber 38 bis zur 9-mm-Automatik zerlegt, wieder zusammengebaut und in aller Eile von einem der Männer Umarus geladen.

Megan und Pater David, die in einer Ecke des Zimmers mit Handschellen gefesselt waren, beobachteten diese Choreografie und fragten sich, ob ihre Entführer das Krankenhaus stürmen wollten. Der Waffenexperte kaute am Filter seiner Zigarette und hob die Trommel eines Revolvers zu der Neonröhre an der Decke. Etwa zehn Sekunden lang überprüfte er das Lichtspiel im Innern der sechs Kammern, ehe er den Zylinder und den Rest der Waffe in den Müll warf.

Umaru Atocha betrat das Zimmer. Er trug einen eleganten dunklen Anzug und hatte sich das Gesicht mit Make-up geschminkt, damit man ihn nicht erkannte. In den Armen hielt er Naïs, die Kleine schien der Ohnmacht nahe zu sein. Ihre Lider waren geschwollen, ihre Augen feucht und durch das Fieber gerötet. Sie lehnte sich an die Brust des Albinos und wurde von Schauern durchrieselt. Umaru legte die Hand auf ihre Stirn.

»Sie glüht vor Fieber ...« Er wandte sich zu dem Mann,

der am Tisch mit den Waffen saß. »Wie lange brauchst du noch?«

»Etwa zehn Minuten.«

Umaru bedeutete einem der Söldner, den Priester loszubinden.

»Pater, gehen Sie ihm zur Hand«, sagte er, auf den Tisch deutend.

»Ich?«

»Ich weiß, dass Sie sich mit Waffen auskennen ...«

Pater David wandte den Blick ab und streckte die Hände aus, damit man ihm die Handschellen abnahm.

»Wovon spricht er?«, fragte Megan.

Der Priester hielt den Kopf gesenkt und massierte sich die Handgelenke.

»Wussten Sie nicht, dass unser ehrwürdiger Vater auch Waffenhändler ist? Ich würde sogar sagen, dass er einer der wichtigsten Unterstützer unserer lieben Revolution war ...« Umaru blickte ihn an. »Yaru Aduasanbi verließ sich auf ihn. Nur schade, dass er im Niger beinahe Ihretwegen gefasst worden wäre.«

»Ich habe Aduasanbi niemals verraten!«

Umaru deutete ein Lächeln an.

»Nein, aber Sie werden zugeben, dass es nicht gerade eine glorreiche Idee war, ihm Geld zu schicken. Das hat denen im Innenministerium die Arbeit sehr erleichtert, das können Sie mir glauben. Dagegen gebe ich zu, dass das, was Sie im Flüchtlingslager von Damasak getan haben, recht clever gewesen ist. Niemand hat etwas kommen sehen ...«

»Schweigen Sie!«, schrie Pater David.

»Damasak ...«, sagte Megan und suchte die Augen des Priesters, um zu verstehen. Das, was Umaru gesagt hatte, war für sie wie eine Ohrfeige, und sie war so sprachlos und schockiert, als wäre sie verraten worden. Pater David warf ihr einen flehenden Blick zu und näherte sich ihr. Die junge Frau wich zurück, bis sie gegen die Wand stieß.

»Megan, ich kann es dir erklären ...«

Einer der Söldner stürzte ins Zimmer herein.

»Chef! Billy Bob ist wieder da und ...«

Draußen waren die Schreie einer Frau zu hören.

»Lass mich los!«

»Halt's Maul!«

Megan erkannte die Stimme von Billy Bob, noch ehe er in der Küche auftauchte. Er schubste die Prostituierte vor sich her. Sie prallte mit voller Wucht gegen einen Stuhl und stürzte auf den Fliesenboden, wobei sie mit der Schläfe gegen die Ecke eines Einbauschranks stieß. Sie stöhnte auf, griff sich mit den Händen ins Gesicht und kauerte sich wie ein Embryo zusammen. Naïs heulte und versuchte, sich dem Griff Umarus zu entwinden.

»Dieses Miststück ...« Billy Bob wischte sich die Lippen an seinem Ärmel ab. »Dieses Miststück wollte uns bei den Bullen verpfeifen. Ich hab mich an ihre Fersen geheftet, als sie zum Markt gehen wollte, und ... da sehe ich, dass sie schnurstracks aufs Polizeirevier läuft.«

Der Blick der Prostituierten begegnete dem Megans, und sie schenkte ihr ein trauriges Lächeln. Umaru drückte Naïs an sich, damit sie aufhörte, herumzuzappeln.

»Hat sie mit ihnen gesprochen?«

»Nein, ich hab sie vorher erwischt ...«

»Bist du sicher, dass sie nichts gesagt hat?«

»Absolut sicher.«

»Dann machen wir weiter wie geplant.«

Billy Bob warf der Frau, die über den Fliesenboden kroch, einen Blick zu.

»Und sie? Was machen wir mit ihr?«

»Leg sie um.«

138

»Wir kommen …«

»… zu spät. Ja, ich weiß«, ärgerte sich Benjamin, während er den Stadtplan auseinanderfaltete. Er sah zu der Fassade eines kleinen Gebäudes auf und suchte ein Schild. »In welcher Straße sind wir?«

Jacques sah sich um. Ringsherum grillten Heranwachsende Maiskolben in Mülltonnen, die zu Kohlenbecken umfunktioniert worden waren, Mütter plauderten vor der Haustür, während sie ein wachsames Auge auf eine Schar Kinder hatten.

»Rochester Street, glaube ich …«

»Du *glaubst*?«

Jacques zuckte mit den Schultern, wie um sich für die Ratlosigkeit zu entschuldigen. Benjamin seufzte und faltete die Karte wieder zusammen. So liefen sie etwa zwanzig Minuten herum, wobei sie in der Menge untertauchten, Gässchen durchschritten, in denen Prostituierte sie einluden, ihnen Gesellschaft zu leisten, und Kinder zwischen zwei Gullys Fußball spielten. Alte Männer lümmelten sich auf Liegestühlen, rauchten und tranken, während sie dem Stimmengewirr und den Misstönen der Straße lauschten. Die Mauern waren überzogen mit Graffiti von Gangs und naiven Zeichnungen, die Sklaven mit abgenommenen Ketten zeigten. Aus Verkaufsbuden drangen Musik und Gelächter, denen das unermüdliche Hupen der Minibusse und Mofas antwortete. Manchmal verschluckte das dumpfe Brausen des Meeres mit einem Windstoß sämtliche Klänge, und die Gerüche nach Algen und Jod vertrieben die Düfte nach Gewürzen und Gegrilltem. Die beiden Ärzte gingen an einem Mann in Lumpen vorbei, der auf dem Dach eines Autos stand. Er wandte sich an den Himmel und prophezeite das Ende der Welt und das Kommen des Blutregens. Er bat Gott um Vergebung, erflehte sein Erbarmen; Kinder, die auf der Motorhaube saßen, hörten ihm lachend zu.

»Nicht zu früh«, bemerkte Benjamin, als er endlich das Leuchtschild der Bar entdeckte.

»Warte ...«, sagte Jacques und hielt ihn am Arm fest. »Hast du eine Sekunde darüber nachgedacht, was passiert, wenn das hier eine Falle ist? Ich weiß nicht ... Ich denke mir, dass sie uns vielleicht als Geiseln nehmen werden, uns auch noch.«

»Die legen uns eher um.«

»Nett, dass du mich beruhigst«, sagte Jacques und verzog das Gesicht.

Als sie den Babylone Club betraten, schlug ihnen der Geruch von gebratenem Fisch und Räucherspeck entgegen, der zwischen den Küchen und dem Nebenraum in der Luft schwebte. Aus einem auf der Theke stehenden Gettoblaster drang ein Bluessong, und in einem dunklen Winkel tanzte ein Paar, das sich mit katzenartiger Geschmeidigkeit bewegte. Benjamin und Jacques warteten in der Nähe der Theke, bis sich ihre Augen an das gedämpfte Licht gewöhnt hatten. Ein Schatten, der vor einer Limoflasche saß, grüßte sie und bedeutete ihnen mit einer Geste, sich zu ihm zu gesellen.

»Sind Sie die Ärzte, mit denen ich telefoniert habe?« Der Anwalt lächelte sie an, aber sein Lächeln war alles andere als herzlich. »Was wollen Sie trinken?«

»Nur Wasser.«

»An Ihrer Stelle würde ich das meiden.« Er hob zwei Finger, um den Barkeeper auf sich aufmerksam zu machen. »Zwei Cola.«

Er schwieg. Der Barkeeper schlurfte zu ihrem Tisch, den er mit einem Lappen abwischte, bevor er die Flaschen öffnete. Der Anwalt wartete, bis der Ober zur Theke und seiner Zeitschrift zurückgekehrt war.

»Schön. Sie wollen über die Freilassung der Geiseln verhandeln? Sind Sie deshalb hier?«

»Ja, und wir wissen, dass Sie als Vermittler fungieren«, sagte Benjamin.

Sein Gesprächspartner klimperte auf dem Hals seiner Flasche herum.

»Ich liebe diese Musik«, sagte er und nickte. »Und wie haben Sie das herausgefunden?«

»Der Chefredakteur der *Free Delta News*. Er hat uns ein bisschen erklärt, wie das ablief ...«

»Wenn wir ihn richtig verstanden haben«, mischte sich Jacques ein, »erhält er die Dokumente, und Sie verhandeln mit Frankreich und den Vereinigten Staaten.«

»Das haben Sie ganz richtig verstanden.« Er versuchte zu lächeln. »Was wissen Sie sonst noch?«

»Dass die Verhandlungen im Moment an einem toten Punkt angelangt sind. Weder Frankreich noch die USA wollen Umaru Atocha das geben, was er verlangt.«

»Wenn Sie das wissen, warum haben Sie dann Kontakt zu mir aufgenommen?«

»MSF Frankreich verfügt über Geld ... Eine Art schwarze Kasse, um Lösegeld zu zahlen.«

»Umaru will kein Geld.«

»Es geht nicht um Umaru ...«

Der Anwalt zog eine Braue hoch und befeuchtete sich die Lippen.

»Sie bieten mir Geld an, damit ich die Seiten wechsle? Damit ich Ihnen sage, wo sich die Geiseln befinden, ist es so?«

Benjamin nickte. Der Mann sah zur Decke auf und lächelte matt.

»Wie viel«, fragte er, seine Aufmerksamkeit unvermittelt ihnen zuwendend.

»Wie viel wollen Sie?«, fragte Jacques.

»Zweihunderttausend Euro.«

Er hatte die Zahl genannt, ohne im Geringsten zu zögern, und beobachtete sie jetzt mit einem amüsierten Schmunzeln. Jacques beugte sich an Benjamins Ohr.

»Kann ich mit dir reden?« Er stand auf, wobei er beinahe den Tisch umgeworfen hätte.

»Entschuldigen Sie uns für einen Moment«, sagte er zu dem Anwalt.

»Aber bitte.«

Jacques zog Benjamin auf die Seite und senkte die Stimme, während er ihren Gesprächspartner im Auge behielt.

»Verdammt, wir machen da jetzt gerade ziemlich großen Mist.«

»Hast du eine andere Lösung?«

»Ist dir klar, was du gerade tust? Was machen wir anschließend, hm? MSF anrufen, damit sie zweihundert Riesen freigeben? Und wenn sie sich weigern, was tun wir dann?«

»Ich frag dich nochmals: *Hast du eine andere Lösung?*«

»Ich sage lediglich, dass das für einen Tag ziemlich viel ist und dass wir einen klaren Kopf brauchen, ehe wir uns da weiter vorwagen.«

Benjamin fuhr sich mit der Hand durchs Gesicht und heftete die Augen schweigend auf das tanzende Paar.

»Okay«, räumte er ein. »Aber vorher lässt du mich einen Trick ausprobieren ...«

Jacques warf einen Blick in Richtung des Anwalts und lächelte.

»Wir können eine solche Summe nicht aufbringen«, stieß Benjamin hervor, als er zum Tisch zurückkam, »jedenfalls nicht ohne Rücksprache mit der Präsidentin von MSF.«

»Natürlich.« Der Anwalt nahm seine Brieftasche heraus, legte einen Schein auf den Tisch und stand auf. »Sie haben ja meine Nummer.«

»Warten Sie. Was passiert, wenn wir Ihnen dieses Geld geben?«

»Umarus Männer bezweifeln immer stärker, dass sie jemals das Geld sehen werden, das ihnen versprochen wurde. Daher werden einige einen Umschlag nicht zurückweisen. Vor allem wenn sie sich endlich die Geiseln vom Hals schaffen und abhauen können. Sie werden das Gefühl haben, nicht alles verloren zu haben.«

»Geben Sie uns die Adresse.« Benjamin trat zwischen den Mann und die Tür der Bar. »Ich will eine Garantie. Glauben Sie mir, wir werden nichts unternehmen, was das Leben der Geiseln gefährdet. Aber ich will einfach sicher sein, dass ich Ihnen vertrauen kann.«

»Wenn Umarus Männer Sie entdecken, werden Sie die Geiseln nicht mehr wiedersehen. Sind Sie sich darüber im Klaren?«

»Ja.«

»In diesem Fall ...« Sein Lächeln wurde breiter, und er verbeugte sich kurz. »Für zweihunderttausend Euro, meine Herren, bin ich Ihnen zu Diensten.«

139

Hinter den getönten Scheiben hatte Megan das Gefühl, wieder aufzuleben.

Zum ersten Mal seit viel zu langer Zeit sah sie die Straßen und die Menschenmenge, den Himmel und die sich im Wind wiegenden Dattelpalmen, sie hörte die Geräusche der Stadt, ihren Atem, und sie nahm diese Rhythmen und Farben aus tiefster Seele in sich auf.

Während langer Minuten war ihre freudige Erregung so stark, dass sie die Schreie der Prostituierten vergaß, als Billy Bob seine Waffe auf ihre Brust gerichtet hatte; sie vergaß das Röcheln des Kindes in ihrer Nähe, die Anfänge der Tragödie, auf die die Pick-ups zurasten. Eine überwältigende Freude durchlief sie, und ihr Herz schlug schneller.

Als das Krankenhaus in Sicht kam, bremste der Geländewagen ab. Krankenwagen parkten vor der Notaufnahme, die Strahlen ihrer Blaulichter strichen über die Fassade eines monströsen Gebäudes hinweg. Sirenen heulten, passend zu der Unruhe, die sich des Gebäudes bemächtigt zu haben schien. Umaru Atocha deutete auf die Zufahrt zur

Tiefgarage, der Fahrer nickte, und schon fuhr das Auto geschmeidig über die Rampe.

Neonröhren tauchten den Raum in ein grünes Licht, das an Meeresleuchten erinnerte. Der Fahrer stellte den Motor ab. Einen Moment lang regten sie sich nicht und schwiegen, als ahnte jeder, dass das Schlimmste noch bevorstand.

Umaru berührte den Griff seiner Waffe unter seiner Jacke und schloss die Augen, bis die Türen der Pick-ups geöffnet wurden. Er hörte die Stimme Billy Bobs und das rasche Klopfen seines Blutes in seinen Adern.

»Aussteigen!«, sagte er.

Mit Naïs auf dem Arm ging Megan auf die Schiebetüren am Ende des Parkplatzes zu. Sie atmete tief ein, um ihr wie panisch schlagendes Herz zu beruhigen. Zwei Söldner flankierten sie, bereit, bei der geringsten verdächtigen Geste zu schießen. Megan spürte, wie sie die Beine im Stich ließen. Die Entfernung bis zu den Türen schien wie in Zeitlupe größer zu werden. Von den Gerüchen des Krankenhauses wurde ihr schwindlig, aber sie klammerte sich an die winzige Hoffnung, die sich ihr bot, jene verschwindend geringe Chance, hier lebend herauszukommen.

140

Benjamin und Jacques standen an der Straßenecke und rauchten, ihre Nervosität konnten sie dabei kaum verbergen.

Von da, wo sie standen, hatten sie einen guten Blick

auf das Haus, das gänzlich unauffällig war und verlassen zu sein schien. Als sie vor dem Haus vorbeigegangen waren, hatten sie das Zeitungspapier an den Fenstern und das Dreifachschloss an der Eingangstür bemerkt. Abgesehen von diesen Details deutete nichts darauf hin, dass hier Geiseln festgehalten wurden.

»Und jetzt?«, fragte Jacques.

»Und jetzt: Ich weiß nicht.«

Benjamin versuchte, mit seinem Blick die Schatten auf der Fassade zu durchdringen, die in dem Maße länger wurden, wie das Tageslicht abnahm. Er konnte nicht recht glauben, dass sich Megan hier, hinter diesen Mauern, befinden sollte – so nah und doch so unerreichbar. Es war zugleich unwirklich und zu konkret. Er trat die Zigarette aus und wartete, dass irgendetwas passieren würde, dass sich hinter einem der Fenster eine Silhouette abzeichnen würde. Aber nur die Spiegelbilder von Wolken glitten im Wind über die Scheiben.

»Willst du noch lange den Polizisten auf der Lauer spielen? Wir wissen nicht einmal, ob es hier ist.«

»Herrgott noch mal, Jacques! Was erwartest du?! Ich weiß nicht mehr als du ...«

Er zündete sich nervös eine neue Zigarette an und biss die Zähne zusammen, um ein jähes Gefühl der Hoffnungslosigkeit zu unterdrücken.

»Ich hätte nicht gedacht, dass das so schnell geht. Ich weiß nicht mehr ... Ich ...« Er machte die Augen zu. »Mist, ich hab keine Ahnung, was wir tun sollen.«

»Wir sollten ins Hotel zurückkehren und Paris anrufen, um ihnen die Situation zu erklären«, sagte Jacques in aller Ruhe.

»Und wenn sie die Gelder nicht freigeben wollen?«

»Das wissen wir im Moment ja noch gar nicht. Wir können uns in Mutmaßungen ergehen, wenn du willst, aber das ändert nichts an dem Problem.«

Benjamin nickte, war aber unfähig, sich von der Stelle zu rühren. Sein Blick war auf dieses Gebäude geheftet, in der aberwitzigen Hoffnung, dort eine Bewegung, ein Zeichen, irgendetwas zu entdecken.

»Zweihunderttausend Euro ...«, murmelte er vor sich hin, »verdammter Mistkerl. Mit diesem Geld könnte man fast fünfzigtausend Packungen Plumpy'Nut kaufen. Damit könnte man zweitausend Kinder drei Wochen lang am Leben halten.«

»So kannst du nicht rechnen.«

»Doch! Und das weißt du so gut wie ich! Das ist die entscheidende Frage: Ist Megans Leben so viel wert wie das von zweitausend Kindern?«

»Komm, wir fahren zurück ins Hotel.«

»Das können wir nicht, solange wir nicht sicher sind, dass sie sich hier befinden.«

»Warte hier auf mich ...«

Jacques rief einem Jungen zu, der gegrillte Maiskolben verkaufte, und ging dann über die Straße zu ihm. Benjamin sah, wie sie miteinander sprachen und Jacques mit dem Finger auf das Haus deutete, ehe er aus seiner Brieftasche einen Geldschein herausnahm und ihn entzweiriss. Der Junge zögerte, wobei er nervös von einem Fuß auf den anderen trat, dann nickte er und streckte die Hand aus. Er pfiff, und sofort lief ein zweiter Junge herbei, um ein Auge auf den Verkaufsstand zu haben. Jacques kam zu Benjamin zurück, und gemeinsam beobachteten sie, wie sich der

Straßenverkäufer mit drei in Zeitungspapier eingewickelten Kolben unter dem Arm dem Haus näherte. Der Junge warf einen Blick nach links und nach rechts und klopfte dann an die Tür. Nichts geschah. Er wartete einen Moment, ehe er erneut mit der flachen Hand auf das Holz klopfte. Er trat an ein Fenster heran und drückte das Gesicht an die Scheibe, wobei er die Augen mit der Hand beschattete.

»Mist«, entfuhr es Jacques.

Der Junge rannte wie ein Wilder auf sie zu und ließ die Maiskolben fallen.

»Blut! Da ist überall Blut, Mann!« Mit weit aufgerissenen Augen und ganz außer Atem blieb er stehen. »Ich glaub, da liegt eine Frau, und sie hat Blut auf dem Gesicht! Überall ist Blut, sag ich dir!« Er steckte die Hand in seine Tasche und warf Jacques die Hälfte des Geldscheins hin. »Da, den kannst du behalten, Mann. Ich will keinen Ärger …«

Er rannte Hals über Kopf davon und forderte seinen Kumpel durch eine Handbewegung auf, sich ebenfalls aus dem Staub zu machen.

»Jetzt haben wir keine Wahl mehr«, sagte Benjamin betrübt. »Ich verständige die Polizei.«

141

»Chininvergiftung.«

»Welches Medikament?«

»Halfan.«

Der Chefarzt der Notaufnahme eilte mit schnellen Schritten neben der Trage her. Ein Krankenpfleger drückte eine

Sauerstoffmaske auf das Gesicht von Naïs, und eine Krankenschwester schob die Trage.

»Das ist über eine Stunde her?«

»Ja«, sagte Megan.

»Wie alt ist sie?«, fragte der Arzt.

Megan wurde unsicher und wandte sich zu Umaru um.

»Drei Jahre«, antwortete dieser.

»Okay.« An den Krankenpfleger gerichtet, sagte er: »Wir bringen sie in den OP.«

Umaru legte seine Hand auf den Arm des Arztes.

»Was machen Sie mit ihr?«

»Die Magenspülung ist gefährlich, vor allem wenn sie das Gift vor über einer Stunde geschluckt hat. Wir werden ihr über eine Magensonde Aktivkohle verabreichen und dann warten, wie sie reagiert. Sind Sie der Vater?«

»Ja.«

»Machen Sie sich keine Sorgen«, versicherte er mit einem beruhigenden Lächeln. »Das Risiko für Komplikationen ist gering.«

»Danke, Doktor.«

Der Albino und Megan sahen ihnen nach, wie sie die Krankentrage zum Aufzug fuhren. Sie warteten, bis sich die beiden Türen schlossen und die Nummern der Stockwerke nacheinander aufleuchteten.

»Wie lang wird das dauern?«

»Ich weiß es nicht«, sagte Megan.

Umaru zog ein Taschentuch aus seiner Hosentasche und tupfte sich die Stirn ab.

Megan beobachtete ihn aus den Augenwinkeln, ehe sie den Blick umherschweifen ließ. Im Wartezimmer der Notaufnahme drängten sich Familien und Pflegepersonal.

Umarus Männer saßen draußen auf Betonblöcken und rauchten, dabei musterten sie die eintreffenden Krankenwagen eingehend. Billy Bob und Pater David standen etwas abseits, etwa fünf Meter von der Gruppe entfernt, sodass jeglicher Fluchtversuch durch den Haupteingang oder die Tiefgarage aussichtslos war.

Dir bleibt eine Möglichkeit ...

»Ich ... ich muss auf die Toilette gehen«, sagte sie.

Umaru starrte sie mit durchdringendem Blick an. Er sah zu seinen Männern, dann auf die Wartezone, ehe er die Augen erneut auf die junge Frau richtete.

»Ich begleite Sie.«

Megan bemühte sich, ihre Aufregung, so gut es ging, zu verbergen, aber ihre Beine, ihre Hände – ihr ganzer Körper – zitterten. Sie nickte. Sie machte die Toilettentür auf und fragte sich, ob es noch einen anderen Fluchtweg gab, als eine Krankenschwester Umaru Atocha anfuhr: »Hallo! Sie dürfen da nicht rein. Das sind die Damentoiletten!«

Er blieb zögernd stehen, ließ Megan aber nicht aus den Augen. Sie sah, wie sich seine Hand der Ausbeulung unter seiner Jacke näherte, aber er setzte die Bewegung fort, und seine Finger glitten durch seine Haare. Er lächelte die Krankenschwester an und trat einen Schritt zurück.

»Beeilen Sie sich«, sagte er zu Megan, ehe sie die Tür hinter sich schloss.

»Polizei! Machen Sie auf!«

Der Polizist schlug mit der flachen Hand an die Tür und wartete, lauernd, während er die andere Hand auf das Holster seiner Waffe gelegt hatte. Er wandte sich zu seinem Kollegen um, der bei Benjamin und Jacques geblieben war, und zuckte mit den Schultern.

»Sind Sie sicher, dass Sie Blut gesehen haben?«, fragte der Polizist.

»Ja.«

Mit dem Finger bedeutete der Polizist seinem Kollegen, einen Blick durchs Fenster zu werfen, während er sich an die Tür des Streifenwagens lehnte. Um sie herum hatten sich Schaulustige eingefunden, Händler standen vor ihren Läden, und Kinder waren auf das Dach eines kleinen Gebäudes gestiegen. Mit baumelnden Füßen saßen sie an der Dachkante und ließen sich von dem Spektakel nicht das Geringste entgehen.

Ein Murmeln ging durch die Menge, als der erste Polizist jäh von dem Fenster zurückwich und seinem Kollegen die geballte Faust zeigte.

»Mist!«, entfuhr es diesem.

Durchs offene Fenster lehnte er sich ins Wageninnere und griff nach dem Funkgerät.

»Hier Streifenwagen acht. Laufender Einsatz. Bitte um Verstärkung an der Elm Street 128. Schicken Sie auch einen Krankenwagen mit.«

»Verstanden, Cowboys. Wir schicken euch einen Streifenwagen. Ende.«

Der Polizist warf das Fernglas auf die Rückbank und ergriff die Pumpgun, die über dem Rückspiegel hing. Das Tuscheln in der Menge wurde lauter, als er sie lud.

»Sie als Ärzte bleiben bitte hier, falls es Verletzte geben sollte.«

Er betrachtete ein letztes Mal das ganze Haus und stürmte zur Tür.

Benjamin lehnte sich mit verschränkten Armen an die Motorhaube. Er sah den beiden Polizisten dabei zu, wie sie links und rechts des Türstocks in Stellung gingen und im Geist bis drei zählten. In dem Moment, als sie die Tür mit einer doppelten Schrotsalve aufsprengten, schloss er die Augen, bis das Echo der Detonation verhallt war.

Als er die Augen wieder aufmachte, waren die beiden Polizisten im Innern verschwunden. Die Tür war von Einschusslöchern durchsiebt, und Sägemehl lag auf der Fußmatte und den Betonplatten. Schatten gingen hinter den Fensterscheiben im Erdgeschoss vorüber. Mehrere Minuten verstrichen, ehe sie hinter den Fenstern im ersten Stock auftauchten. Sirenen ertönten irgendwo im Viertel und kamen näher; sie schreckten einen Schwarm Möwen auf, der über die Dächer davonflog.

Jacques zitterte so stark, dass er sein Päckchen Zigaretten in den Rinnstein fallen ließ. Ihm blieb nicht die Zeit, sich danach zu bücken, da einer der Polizisten am Hauseingang auftauchte und sie durch eine Handbewegung aufforderte, schleunigst zu kommen. Die beiden Ärzte wechselten einen Blick miteinander.

Nachdem sie den schmalen Flur betreten hatten, der zur Küche führte, wies ihnen eine Kolonne von Ameisen den Weg. Einer der Polizisten, der damit beschäftigt war, die

Wandschränke zu durchsuchen, deutete mit dem Daumen auf das Nebenzimmer.

»Sie können reingehen. Der Weg ist frei.«

Ein stechender Blutgeruch schlug ihnen entgegen. Der Polizist beugte sich über einen Körper. Eine relativ junge Frau lag ausgestreckt auf dem Rücken, sie hatte zwei Schusswunden an Bauch und Brust.

»Wir kennen sie. Sie heißt Amelie«, sagte der Polizist im Aufstehen. »Sie war eine Nutte, die den Kollegen von der Drogenfahndung ab und zu einen Tipp gab.«

Benjamin kniete sich neben dem Leichnam hin. Er nahm es sich selbst übel, dass er eine Art Erleichterung empfand.

»Warum sind wir hier?«, fragte Jacques.

»Das verlangen die Vorschriften. Ein Arzt muss den Tod feststellen.« Er kratzte sich am Kopf und zuckte die Achseln. »Früher konnten wir das selbst erledigen, aber vor ein paar Jahren hat sich ein Kollege vertan. Der Typ war steif wie ein Brett, und der Kollege hat geglaubt, er wäre tot. Der Kerl blieb zwei Tage lang in einem Kühlfach des Leichenschauhauses ...«

Sein Kollege, der mit einem Mülleimer in der Hand aus der Küche zurückkam, unterbrach ihn.

»Sieh her, was ich gefunden habe.«

Er griff mit der Hand hinein und nahm die zerlegten Einzelteile einer Pistole vom Kaliber 38 heraus. Der zweite Polizist stieß einen bewundernden Pfiff aus.

»Still!«, stieß Benjamin hervor.

Die Polizisten runzelten die Stirn und bewegten sich nicht mehr. Vor dem Haus begleitete das Quietschen von Reifen das Heulen von Sirenen. Benjamin drückte auf die

Drosselvene der Prostituierten und verharrte eine lange Minute in Schweigen.

»Sie lebt.«

143

»Amelie? Amelie, hören Sie mich?«

Benjamin hielt die Hand der Frau, während Jacques und ein Notarzt Kompressen auf die Wunden auflegten. Die Federungen des Fahrzeugs quietschten in jeder Kurve, und dem Fahrer machte es ein diebisches Vergnügen, mit durchgetretenem Gaspedal zu fahren. Zwei Polizeifahrzeuge mit eingeschalteten Blaulichtern und Sirenen folgten ihnen im Schlepptau, dabei versuchten sie, mit dem halsbrecherischen Tempo des Krankenwagens mitzuhalten.

»Ihre Lungen laufen voll mit Blut! Wir müssen sie intubieren!«

»Nicht ehe sie mir gesagt hat, wo Megan ist!«

»Verdammt, Benjamin! Diese Frau kann jeden Moment sterben!«

»Amelie? Kneifen Sie die Augen zusammen, wenn Sie mich hören.«

Die junge Frau schloss die Augen und öffnete sie wieder.

»Haben Sie eine Frau gesehen? Eine Amerikanerin?«

»Ja ...«, stammelte sie mit Mühe.

»Wo ist sie jetzt?«

Der Krankenwagen machte einen plötzlichen Schlenker, die Verletzte schrie vor Schmerzen. Aus ihren Wunden quoll wieder Blut. Sie bekam keine Luft mehr, spuckte Speichel und Schleim, und ein heiseres Fauchen entrang sich ihrer Brust.

»Mach Platz!«

Jacques stieß Benjamin brutal zurück und nahm den Kehlkopfspiegel in seine rechte Hand. Dann steckte er die Finger der Linken in den Mund der Verletzten, um ihre Kiefer zu spreizen.

»Halt ihren Kopf fest!«, befahl er.

Benjamin hielt den Schädel der jungen Frau gegen die Krankentrage. Er beugte sich an ihr Ohr.

»Amelie, wo ist diese Frau jetzt?«

»Krankenhaus ...«

»Ja, da fahren wir hin. Aber hören Sie mir zu, es ist sehr wichtig. Sie müssen mir sagen, wo Umaru Atocha die Geiseln versteckt hält.«

»Krankenhaus ...«

»Verdammt!«

Jacques gelang es, den gekrümmten Spatel einzuführen und Zunge und Kehldeckel beiseite zu schieben. Schweißtropfen blieben in seinen Brauen hängen. Zwischen den Stimmbändern hindurch führte er die Intubationssonde ein. Der Fahrer bremste plötzlich, sodass das Fahrzeug kurz seitlich ausbrach. Jacques verlor den Halt, ließ das Laryngoskop fallen und stieß gegen die rechte Seitenwand, wobei er Kompressen und Verbandskästen umwarf. Die Verletzte stöhnte und verdrehte vor Schmerzen die Augen.

»Morphium!«, schrie Benjamin. »Null Komma drei Milligramm intravenös.«

Der Sanitäter zog eine Schublade auf und hielt ihm eine Spritze hin. Der Arzt zog die Kappe mit den Zähnen ab, spuckte sie aus und suchte die mittlere Vene in der Armbeuge. Er drückte den Arm der Frau gegen seine Hüfte und verabreichte die Injektion in dem Moment, in dem es Jacques gelang, die Sonde einzuführen.

»Und sagen Sie diesem Rowdy, er soll langsamer fahren!«

Sein Wunsch wurde auf der Stelle erfüllt.

Der Fahrer stieg voll auf die Bremse, was die dahinter fahrenden Polizeiautos zum gleichen Manöver zwang. Jacques befestigte den Beatmungsbeutel am Mundstück des Tubus, als die Türflügel aufgingen. Das Tageslicht blendete sie. Ein Arzt und zwei Krankenpfleger rannten aus der Notaufnahme des Krankenhauses auf sie zu. Benjamin löste mit dem Fuß die Bremse an den Rädern der Fahrtrage und informierte den Notarzt.

»Eine etwa fünfunddreißigjährige Frau in kritischem Zustand, zwei Schusswunden, eine in Höhe des Bauchs, die zweite in Höhe des Brustkorbs.«

»Wir mussten sie intubieren«, fuhr Jacques fort, »aber das genügt nicht. Sie muss sofort künstlich beatmet werden.«

Die Krankenpfleger packten die Trage an den Griffen und zogen sie nach draußen. Die Polizisten stießen zu ihnen – schweißnass. In diesem Moment schenkte Benjamin den Männern, die aufstanden, als sie sich näherten, weiter keine Beachtung. Er legte die Hand auf die Stirn der Verletzten und flüsterte:

»Gehen Sie nicht. Nicht jetzt …«

Sie drehte den Kopf zu ihm, und er glaubte, sie wolle jemanden in seinem Rücken anlächeln, aber sie riss die Augen weit auf. Sie wollte sich aufbäumen, versuchte, sich den Gurten zu entwinden, die sie an der Trage festhielten.

»Sie bekommt Krämpfe!«, sagte Jacques.

Die Krankenpfleger drückten sie an den Schultern auf die Trage, aber sie schlug weiterhin um sich.

»Nein! ... Das ist etwas anderes ...«

Benjamin beugte sich zu ihr und erkannte die panische Angst in ihren Augen, ein kaltes Entsetzen, so eiskalt, dass es sich in ein Fieber verwandelte. Er drehte sich um, weil er wissen wollte, was dieses Entsetzen hervorrief, aber er sah nur einen Halbwüchsigen, um den fünf Männer standen.

Und einen Priester.

Als er den Kirchenmann erkannt hatte, dehnte sich die Zeit, und jede Sekunde währte eine Ewigkeit. Die Sonnenstrahlen auf den großen Glasfenstern des Krankenhauses, die Gestalten in weißen Kitteln um ihn herum, die Polizisten außer Atem, der Wind, der Staubwolken aufwirbelte, alles, was er sah, nahm er wie in Zeitlupe wahr – so musste man die Welt erleben, wenn man nach einem langen Koma aufwachte.

Er glaubte zu schreien, als er die Waffe in der Hand des jungen Mannes sah, der auf sie zulief, aber sein Herz pochte so heftig, dass er seine eigene Stimme nicht hörte. Auch die Schüsse aus der 9-mm-Pistole, ihr gedämpftes Geräusch, mehr ein Klicken, hörte er kaum. Das spätnachmittägliche Sonnenlicht war so grell, dass er das Mündungsfeuer nicht sah, als der junge Bursche wieder und wieder auf den Abzug drückte.

Die Frau auf der Trage tanzte in der Horizontalen, von Kugeln durchsiebt. Dann sank einer der Polizisten auf die Knie und führte langsam die Hand zu seinem Hals. Der Mann betrachtete seine Finger und das Blut, das sich in seinem Handteller gesammelt hatte. Er blickte zum Himmel auf und sackte dann jäh zusammen.

Das Krankenhaus und seine Phantome

»Atme ein.
Hol so viel Luft, wie du kannst.
Diese Geschichte sollte ungefähr so lange dauern,
wie du die Luft anhalten kannst, und dann noch ein bisschen länger.
Also hör so schnell zu, wie du kannst.«
Chuck Palahniuk, *Vorfall*, in: *Die Kolonie*

144

Am Horizont verschlangen sich lange graue Wolken zu einem endlosen Zopf, und ein trockener, stechender Geruch nach Schießpulver hing in der Meeresluft. Es war vollkommen still. Die Umgebung des Krankenhauses und die Straßen waren wie ausgestorben. Zerknülltes schmutziges Papier und Patronenhülsen rollten über den Boden, angetrieben von dem frischen Wind, der vom Meer heraufzog. Man hätte meinen können, ein apokalyptischer Sturm habe die Stadt leergefegt und sie wäre seit Jahren von keinem Menschen mehr betreten worden.

Die Warnleuchte eines Krankenwagens drehte sich lautlos, und ihr rotes Licht spiegelte sich in den großen Glasfenstern des Erdgeschosses. Auf der anderen Seite der Fahrbahn lag ein umgekipptes Kohlenbecken, die noch heiße Glut war auf den Gehsteig verstreut. Maiskolben im Rinnstein verhinderten, dass der dünne Wasserstrahl in den Gully ablaufen konnte. Eine dunkle Lache breitete sich langsam auf der Straße aus.

Ein Polizist lag mit dem Gesicht nach unten auf dem Boden. Seine rechte Hand war erstarrt, ausgestreckt zu der eines anderen Polizisten, der ebenfalls tot war. Alle beide schienen in einem schwarzen Tümpel zu schwimmen. Ihre Waffen steckten noch in ihren Holstern. Auf ihren Gesichtern stand Ungläubigkeit.

Einige Meter von den Leichen entfernt, tropfte Blut von der Trage, auf der die Frau lag. Ein Stück weiter war ein

Mann im weißen Kittel am Eingang zur Notaufnahme zusammengebrochen. Seine Füße ragten heraus und blockierten die Schiebetür. Sein Rücken war von Kugeln durchsiebt.

Plötzlich durchbrachen Polizeisirenen die Stille. Sie kamen näher und waren so zahlreich, dass sie das dumpfe Rollen der Brandung und der Wellen übertönten. Zwei Hubschrauber tauchten am Himmel auf und verdeckten die Sonnenstrahlen.

145

Im Krankenhaus versteckten sich zwei Gestalten hinter der Empfangstheke. Sie lehnten sich gegen die Wand und luden sofort ihre Waffen nach. Pater David und Billy Bob standen in einer Ecke und spähten angespannt nach draußen. Umaru stieß zu ihnen, wobei er seine Knarre gegen den Oberschenkel drückte. Er atmete tief durch und wischte sich das Gesicht am Ärmel ab.

»Und jetzt?«, fragte er.

»Die Bullen kommen, Chef. Das wird ein Blutbad ...«

Umaru richtete sich wieder auf und suchte den leeren Parkplatz vor dem Eingang mit den Augen ab. Geblendet von den Lichtern des Krankenwagens, die sich ununterbrochen weiterdrehten, kniff er die Augen zusammen. Seine Finger taten weh, so fest umklammerte er den Griff seiner Pistole. Er ging in die Hocke.

»Wo sind die anderen?«

»Abgehauen, als Billy auf die beiden Bullen geschossen hat«, antwortete einer der Söldner.

»Dann bleiben also nur wir vier«, sagte Umaru und sah Billy Bob an. Der Halbstarke wandte ihm den Rücken zu, er war damit beschäftigt, die Hände von Pater David zu fesseln.

»Wir sind erledigt ...« Er schlug mit der Faust auf den Boden. »Siehst du, in welcher Scheiße wir wegen dir sitzen?!«

Der Junge unterbrach seine Bewegungen. Als er die Angst und die Feindseligkeit in ihren Blicken sah, spuckte er aus.

»Die Nutte hat uns wiedererkannt, das sag ich euch! Die Bullen haben sie begleitet. Was glaubt ihr denn? Meint ihr vielleicht, die hätte brav die Klappe gehalten und uns nicht verpfiffen?!« Er hob eine Pumpgun auf. »Mir blieb nichts anderes übrig, verdammt! Ich hab euch das Leben gerettet!«

»*Das Leben gerettet?*«, keifte einer der Männer. »Wegen dir werden wir alle abgeschlachtet werden!«

Umaru stand erneut auf und fragte sich, wie viel Zeit ihnen wohl bis zum Eintreffen der Panzerwagen bliebe. Die Hubschrauber waren mittlerweile nahe, aber noch nicht nahe genug, um sie an der Flucht zu hindern.

»Was machen wir jetzt, Chef?«

»Wir werden dieses Wespennest verlassen ...« Er dachte nach und beobachtete die leere Fläche zwischen Krankenhaus und Straße. »Ihr zwei werdet euch ans Steuer eines der Krankenwagen setzen. Ihr versteckt euch im Innern und wartet auf uns. Was immer geschieht, ihr schießt nicht. Verstanden?«

»Ja. Aber warum kehren wir nicht zu den Pick-ups zurück?«

»Sie werden die Tiefgarage abriegeln. Die wollen uns jeden Fluchtweg abschneiden. Billy, du kommst mit mir.«

»Und er?«, sagte der Junge und zeigte auf Pater David.

Umaru starrte den Priester an. Der alte Mann zitterte hilflos.

»Er kommt mit uns.«

146

Auf dem Parkplatz kroch Benjamin zu Jacques. Der Missionschef von *Médecins Sans Frontières* band ein Stück Stoff um seinen Oberarm. Ein Blutfaden tränkte sein Hemd und lief sein Handgelenk hinunter. Benjamin setzte sich neben ihn und behielt die Umgebung im Auge.

»Eine Schramme«, sagte Jacques als Antwort auf den fragenden Blick seines Freundes. »Und die anderen?«

»Tot.«

Sie schwiegen und hörten, wie die Hubschrauber über dem Gebäude hin und her flogen.

»Bist du sicher, dass du Pater David gesehen hast, bevor dieser Bekloppte das Feuer auf uns eröffnet hat?«, fragte Jacques.

»Hundertprozentig.«

»Dann ist Megan hier?«

»Wahrscheinlich.«

»Wir müssen ins Krankenhaus kommen. Ist dir klar, was für eine bescheuerte Idee das ist?«

Benjamin nickte. Er mochte noch so sehr alle möglichen und denkbaren Lösungen erwägen, er kam doch immer zum selben Schluss: Seine einzige Chance, Megan hier herauszuholen, bestünde darin, mit eingezogenem Kopf durch den Kugelhagel zu fetzen.

Auch ohne Jacques wusste er, dass es ein hirnrissiger, selbstmörderischer Plan war. Aber wenn er sich auf die Polizei verließe, würde dies das Überleben der Geiseln keineswegs garantieren. Eine weitere Ungewissheit: Was würde er tun, nachdem er es ins Krankenhaus geschafft hatte?

»Verzieh dich, solange du kannst ...«

»Ich habe dich nicht deshalb begleitet, um dich im letzten Moment im Stich zu lassen.«

»Hör auf, Jacques«, sagt Benjamin gereizt. »Du musst den Polizisten erklären, was sich hier abgespielt hat.« Er massierte sich die Schläfen. »Wenn wir beide gehen, sind wir leicht zu entdecken. Und das wird ein böses Ende nehmen ....«

Benjamin lehnte sich mit dem Kopf an die Karosserie des Krankenwagens. Er wollte gerade etwas hinzufügen, als drei kleine schwarze Objekte aus den Hubschraubern geworfen wurden. Eine der Kohlenstoffkugeln prallte auf dem Boden auf und rollte vor ihnen vorbei. Die beiden Ärzte blickten ihr nach, ehe sie etwa zehn Meter von dem Krankenwagen entfernt liegen blieb. Eine kurze Stille trat ein, dann war das Klicken der Granate zu hören. Im gleichen Augenblick setzten die beiden anderen Tränengasgranaten dichte Rauchwolken frei, die sich über den Parkplatz ausbreiteten. Innerhalb weniger Sekunden verschwand das Krankenhaus hinter einem angsteinflößenden bläulichen Nebel. Panzerwagen rasten von allen Seiten heran. Türen wurden zugeschlagen, und Gestalten, die Gasmasken trugen, bezogen Stellung und richteten ihre Gewehre auf den Eingang der Klinik.

Jacques, der Mund und Nase mit einer Hand abschirmte, stolperte zur Straße. Er hustete so stark, dass er glaubte, gleich zu ersticken. Der Magen drehte sich ihm um, und die Übelkeit vermittelte ihm das Gefühl, durch die Kommandobrücke eines Schiffs zu wanken. Mit blutunterlaufenen Augen schleppte er sich dorthin, wo er das fahle Licht der Sonne schimmern sah. Er entkam den Gaswolken und übergab sich. Er taumelte einige Schritte weit und brach an einer Tür zusammen. Dann zog sich sein Magen abermals krampfartig zusammen, und er erbrach sich erneut. Er bewegte sich nicht mehr, da er einen weiteren Anfall von Übelkeit befürchtete. Allmählich konnte er wieder normal atmen, und blinzelnd sah er sich nach Benjamin um.

Aber er sah niemanden, nur die Rauchbomben, die durch die Luft auf das Krankenhaus herabwirbelten.

»Wir haben einen!«

Zwei maskierte Männer, die Maschinengewehre auf ihn gerichtet hatten, kamen vorsichtig näher. Die roten Strahlen der Laserzielgeräte kreuzten sich auf seiner Stirn.

147

Hinter der Windschutzscheibe des Panzerwagens hob der Polizeikommissar das Fernglas, um die einzelnen Stockwerke des Krankenhauses genauer in Augenschein zu nehmen. Zivilisten schwenkten an den Fenstern Laken und Kittel, offensichtlich glaubten sie, in den unteren Stockwerken sei ein Brand ausgebrochen. Andere befanden sich auf dem Dach des Gebäudes und winkten mit ausladenden Gesten den Hubschraubern zu.

Der Kommissar suchte mit den Augen das Erdgeschoss

nach Schatten ab; er nahm das Fernglas wieder herunter. Er verstand noch immer nicht, was eigentlich passiert war. Zeugen hatten gesehen, wie ein junger Mann zwei Polizisten, eine Frau auf einer Trage und einen Arzt erschossen hatte. Nach dem, was sie sagten, hatte das weniger als eine Minute gedauert. Anschließend waren die Menschen in Panik aus der Notaufnahme geflohen, sie hatten sich in den Straßen verlaufen, und er und seine Männer waren gerufen worden.

Aber das Verhalten des Schützen widersprach jeglicher Logik. Laut Aussage derselben Zeugen war der junge Mann nämlich ins Innere des Gebäudes geflohen. Andere wiederum behaupteten, er sei nicht allein gewesen.

Warum hatte er nicht das Weite gesucht? Warum war er in diese Falle zurückgekehrt? Das Funkgerät rauschte.

»In Position.«

Der Kommissar entdeckte die Jungs des Spezialeinsatzkommandos zwanzig Meter vom Haupteingang entfernt. Auf dem Dach eines kleinen Gebäudes stellten zwei Scharfschützen die Zielfernrohre ihrer SDM-R-Gewehre scharf. Ein zweites Team riegelte die Tiefgaragenausfahrt ab, und zwei Patrouillen überwachten die Straßen rings um das Krankenhaus.

Er machte es sich auf seinem Sitz bequem und führte das Lautsprechermikrofon des Funkgeräts zum Mund: »Film ab und Action!«

148

Megan öffnete die Tür der Kabine einen Spaltbreit und verharrte reglos. In der Damentoilette war es still, und diese Stille schien in die Gänge vorgedrungen zu sein.

Ein Wasserhahn war offen geblieben, und das Wasser bespritzte einen kleinen Teil des riesigen Wandspiegels. Megan schlich auf Zehenspitzen in den Raum hinein und drehte den Hahn ab, ehe das Wasser über das Waschbecken schwappte. Sie war sich nicht wirklich bewusst, was sie tat.

Kurz bevor sie auf den Lichtschalter drückte, sah sie für einen Moment ihr Spiegelbild. Nachdem die weißen Neonröhren nacheinander erloschen waren, war es in dem Raum stockfinster. Sie zuckte zusammen, weil sie auf dem Gang Stimmen hörte. Als sie erkannte, dass es die von Umaru und Billy Bob waren, wich sie zurück und verfluchte sich dafür, dass sie die Kabine verlassen hatte.

Sie wartete eine gute Minute, vielleicht länger, und zweifelte an ihrem Verstand, als sich die Stimmen entfernten. Sie erkannte deutlich das akustische Signal des Aufzugs, das in dem Moment ertönte, als sich die Stahltüren öffneten. Nachdem sich Megan wieder in die Toilettenkabine eingeschlossen hatte, beschlich sie das Gefühl, dort nie mehr herauszukommen, und es schien ihr, als wäre ihr Schicksalsfaden hier abgeschnitten worden. Sie setzte sich auf das Klosettbecken aus Keramik, zog die Knie an die Brust und brach in Tränen aus.

149

In dem Moment, in dem die Scheiben im Erdgeschoss zersplitterten, wusste Benjamin, dass auf ihn geschossen wurde. Ein heißer Luftzug strich über sein Gesicht. Dutzende unsichtbare Glasplättchen glitten über seine Haut.

Er hechtete nach vorn und landete der Länge nach auf einem Teppich aus Glasscherben. Schüsse antworteten einander, ein chaotisches Crescendo von Detonationen. Die Polizisten feuerten ins Innere, während diejenigen, die ihm gegenüber in Deckung gegangen waren, Kugeln auf den Parkplatz regnen ließen – aber keines der beiden Lager wusste, worauf es zielte.

Die Stühle im Wartezimmer wurden von Salven pulverisiert. Die Lampen an der Decke versprühten Funkengarben, ehe sie erloschen. Ein bläulicher Dunst breitete sich langsam in dem Raum aus, in dem Blitze aufzuckten und Kugeln pfiffen.

Nach allem, was Benjamin hörte, ahnte er, dass die Schützen, durch die Tränengasgranaten in Panik versetzt, ihre Magazine leer schossen. Er hörte sie irgendwo zu seiner Linken, in der Nähe der Patientenaufnahme, husten und spucken. Er nahm das Gewehr, das er einem der toten Polizisten weggenommen hatte, und war erstaunt, wie schwer die Waffe in seiner Hand lag.

Völlig außer Fassung kroch er auf allen vieren, wobei er sich die Handteller und die Knie aufschürfte. Das Gas brannte in seiner Kehle und in den Lungen. Als er husten musste, drückte er die Hand an seinen Mund, um den Anfall zu ersticken. Benjamin legte sich flach auf den Boden und stellte sich tot. Er war so benommen, dass er nur ein anhaltendes irritierendes Rauschen hörte, der Rest seiner Wahrnehmungen schwankte zwischen künstlerischer Unschärfe und völliger Blindheit. Die Angst und das Adrenalin ließen ihn erschauern und sogar vergessen, warum er überhaupt hier war.

Da ihn der in der Luft schwebende Gipsstaub und der bläuliche Giftnebel vorübergehend unsichtbar machten, kroch er geradeaus, hielt unvermittelt inne, als ihn ein heftiger Schmerz unter den Rippen durchzuckte, und robbte weiter, bis er schließlich die durch den Schusswechsel verwüstete Wartezone hinter sich gebracht hatte. Er öffnete die Tür zur Damentoilette und schloss sie hinter sich. Außer Atem ließ er sich auf den Fliesenboden fallen. Er führte die Hand an seine rechte Seite, und Blut lief über seine Finger. Er schloss die Augen und tastete seinen Rücken ab. Keine Austrittsöffnung. Die Kugel war also noch in seinem Bauch.

Benjamin sah auf seine Uhr.

150

Im ersten Stock angekommen, verließen Umaru und Billy Bob den Aufzug und schubsten Pater David vor sich her. Durch eine Scheibe, die als Zwischenwand diente, sahen sie Krankenschwestern und Ärzte, die sich in einem Raum versammelt hatten. Der Rest des Stockwerks schien menschenleer zu sein. Das einzige Licht in dem Gang war das Leuchtschild der Intensivstation. Umaru hörte die regelmäßigen Pieptöne der Elektrokardiogramme. Er hörte die Explosionsgeräusche aus dem Erdgeschoss und verfluchte seine Männer dafür, dass sie das Feuer eröffnet hatten. Dann nickte er. Billy Bob gehorchte. Frauen brachen in Schluchzen aus, als er die Tür mit dem Schild »Zutritt nur für Personal« eintrat.

»Auf die Knie! Hände über den Kopf!«

Er drückte auf den Abzug, und eine Kaffeekanne explodierte. Der Knall löste Schreie aus. Er lud nach und richtete seine Pumpgun auf einen der Ärzte.

»Wo ist der OP-Trakt?«

Der Arzt stammelte eine unverständliche Antwort und streckte den Arm nach links aus.

»Steh auf! Du kommst mit uns!«

Billy Bob packte ihn am Kragen seines Kittels und zwang ihn aufzustehen. Er drückte die Mündung des Gewehrs in den Rücken des Arztes, zwischen die Schulterblätter, und zog ihn mit sich fort auf den Gang.

151

Megan biss sich in die Hand, damit sie ihre Atemgeräusche nicht verrieten.

Der Mann, der gerade die Toilette betreten hatte, wähnte sich allein, sie hörte, wie er sich bewegte und vor sich hin murmelte, gleich da, hinter der Kabinentür. Er öffnete einen Wasserhahn, und mehrere Minuten lang blieb alles still – bis auf das Spritzgeräusch des Wassers im flachen Becken.

Durch den Spalt zwischen dem Türblatt aus Sperrholz und dem Türrahmen sah sie ihn, obwohl es zu schummrig war, um sein Gesicht zu erkennen. Über das Becken gebeugt, spülte er vor allem die Augen reichlich mit Wasser. Sie sah den metallischen Glanz einer Pistole, die rechts von ihm lag.

Die alte Verletzung an ihrem Bein machte sich wieder bemerkbar. Der stechende Schmerz in der Wade strahlte jetzt bis in ihr Knie aus und brannte ab und zu sogar in ihrem Schenkel und ihrer Hüfte. Sie hatte zu lange reglos auf der Klosettschüssel gehockt, und ihre Muskeln begannen, sich immer schmerzhafter zu verkrampfen.

Mit großer Behutsamkeit versuchte sie sich umzusetzen, aber kaum dass sie mit der Bewegung begonnen hatte, drehte der Mann den Wasserhahn auch wieder zu. Sie erstarrte, das Bein halb ausgestreckt, ihre Ferse berührte leicht den Fliesenboden. Sie biss die Zähne zusammen, aber die Schmerzen waren unerträglich. Mit geschlossenen Augen flehte sie den Unbekannten an weiterzugehen. Aber dieser erhörte ihre Bitten nicht und drückte den Lichtschalter.

Megan hob den Blick zur Decke und sah, wie die Neonröhren nacheinander ansprangen. Sie war so überrascht, dass ein besonders heftiger Krampf sie aufstöhnen ließ. Ihre Kehle war wie zugeschnürt. Schweißperlen standen ihr auf der Stirn und tropften ihr von den Brauen. Das Herz pochte in ihrer Brust, als sie das kurze Klacken einer Waffe hörte, die nachgeladen wurde.

152

Benjamin unterbrach seine Bewegung und spitzte die Ohren. Er hatte geglaubt, aus einer der Kabinen hinter ihm ein unterdrücktes Stöhnen zu hören. Vorsichtig näherte er sich und öffnete die erste Tür einen Spaltbreit. Aber da sah er nur einen Toilettensitz und einen mit Graffiti bemalten Toilettenpapierspender. Er seufzte und senkte die Waffe. Sein Trommelfell vibrierte noch immer und verzerrte die Geräusche um ihn herum, als würde der Schusswechsel in seinem Gehirn weitergehen. Er betrachtete die Knarre in seiner Rechten, dann sich selbst im Spiegel. Lächerlich, dachte er.

Er fuhr sich mit der Hand durch die Haare, blickte erneut auf die Pistole und schleuderte sie weit von sich weg.

Er konnte einfach nicht auf einen Menschen schießen. Einen Menschen umzubringen, erforderte Ressourcen, die er nicht besaß. Eine Willenskraft, eine Entschlossenheit, die ihm fehlten.

Er kämpfte nicht für eine bessere Welt. Er kämpfte nicht für eine Utopie. Nein, seine Arbeit, sein Leben bestand darin, andere Leben zu retten, in seinem Rahmen, in seinem kleinen Rahmen, und weil er nicht wusste, wie er sich das Dasein auf andere Weise hätte erträglicher machen sollen.

Er verzog das Gesicht, als er das T-Shirt von der Wunde zwischen seinen Rippen ablöste. Blut tränkte den Stoff um das Einschussloch, und es nässte auch seinen Schritt.

Er hatte immer geglaubt, eine Schussverletzung würde mit furchtbaren Schmerzen einhergehen, die unerträglicher wären als die jedes Knochenbruchs. In Wirklichkeit waren die Schmerzen nicht das Schlimmste. Am schlimmsten war vielmehr die Angst, die ihn schleichend überkam, als er daran dachte, dass dieses Metallstück seinem irdischen Dasein ein Ende setzen würde.

Das warme Blut schlängelte sich um seinen Schenkel und begann, in seine Turnschuhe zu tropfen. Beim Verlassen der Toilette durchrieselte ihn ein Schauder. Die Nebelschwaden der Rauchbomben hatten sich verzogen, und die Luft im Flur ließ sich wieder atmen.

Sich an der Wand abstützend, machte er ein paar Schritte, und als er zu dem Aufzug vor sich aufsah, saß er am Boden, ohne dass er seinen Sturz bewusst registriert hätte.

153

Dem Arzt folgend, betraten Umaru und Billy Bob den OP-Trakt. Pater David bekreuzigte sich, als er Naïs auf einem Tisch liegen sah. Das Mädchen war allein – verlassen von dem Ärzteteam. Sie reagierte nicht auf ihre Anwesenheit.

»Ist sie tot?«

Der Arzt drückte ein paar Finger an die Drosselvene des Kindes.

»Nein, aber ihr Puls ist schwach.«

»Wir müssen sie hier rausschaffen. Ziehen Sie Ihren Kittel aus, Doktor«, befahl Umaru.

Der Mann gehorchte, ohne den Blick von der Waffe in der Hand des Albinos abzuwenden.

»Da, ziehen Sie das über.« Umaru warf den Kittel dem Priester zu. »Billy, besorg noch ein paar Kittel und einen Rollstuhl.«

»Was haben Sie vor?«, fragte Pater David.

»Die Bullen werden nicht auf Ärzte schießen.«

Er stockte. Billy Bob hatte sich über Naïs gebeugt und beobachtete sie eigenartig fasziniert, hin und her gerissen zwischen Entzücken und Widerwillen. Er streichelte dem Mädchen übers Haar, als wäre es ein funkelnder Diamant, der ihn hypnotisiert hätte.

»Billy.«

»Die ewige Jugend ...«

Der junge Mann lächelte und schien Zeit und Raum zu vergessen.

»Billy!«

»So viel Aufhebens um ein so kleines Mädchen ...«

Er wiegte den Kopf hin und her. Sein Blick war verschleiert wie der eines Mannes, der von einer langen Reise zurückkehrt.

»Tut mir leid, Chef.«

Umaru öffnete den Mund, seine Augen weiteten sich. Billy Bob drückte auf den Abzug der Pumpgun. Die Schrotsalve erwischte Umaru am Bauch. Er wurde nach hinten katapultiert und riss im Fallen ein Metallgerüst um. Blut- und Fettspritzer wurden an die Decke geschleudert und bildeten einen gelblich-rosafarbenen Fleck. Aus der Mündung des Gewehrs trat Rauch aus, und Billy Bob drehte sich langsam mit vorgehaltener Waffe und zielte auf den Priester und den Arzt. Er zog die Nase hoch und drückte den Gewehrkolben an seine Hüfte. Eine ganze Weile starrte er die beiden Männer an.

»Beten Sie für uns, ehrwürdiger Vater«, sagte er.

154

Die Polizisten des Spezialeinsatzkommandos schwärmten in der Wartezone der Notaufnahme aus. Glasscherben knirschten unter den Sohlen ihrer Stiefel. Einschusslöcher von Kugeln hatten die Wände übersät, stellenweise war die eingezogene Decke weggeschossen worden. Dämmstoffplatten hingen ebenso von der Decke herab wie Neonröhren. Aus elektrischen Kabeln schlugen hin und wieder Funken.

Der Anführer der Einheit näherte sich der Empfangstheke, wobei er das Auge ans Zielfernrohr seines Maschinengewehrs drückte, und ging um diese herum. Zwei Männer lagen auf dem Boden. Blutspritzer sprenkelten das Linoleum und die bedruckten Papierseiten, die bei dem Schusswechsel durcheinandergewirbelt worden waren. Er trat an die Leichen heran und kickte die Pistolen mit dem Fuß weg.

»*Clear*«, sagte er und hob die Faust.

Am Eingang des Korridors stieß er zu seinen Männern. Einer von ihnen zeigte auf Benjamin, der gegenüber dem Aufzug auf dem Boden saß. Dieser drehte den Kopf zu ihnen, und als er sah, dass sie auf ihn zukamen, versuchte er zu sprechen. Aber sein Körper war gelähmt, und statt Worten entrang sich seiner Kehle nur ein Röcheln. Der Polizist ging neben ihm in die Hocke und hob behutsam Benjamins Hand an, unter der die Schusswunde zum Vorschein kam.

»Er ist verletzt! Er muss evakuiert werden!«

Aus einem Krankenhaus abtransportiert werden – das war also der letzte Streich, den ihm das Leben spielen würde, dachte Benjamin. Ihm war es, als würde die Welt zurückweichen, und seltsamerweise schienen die Farben kräftiger zu werden.

Die Aufmerksamkeit der Polizisten wandte sich von ihm ab, als plötzlich die Türen des Fahrstuhls aufgingen. Sie richteten ihre Gewehre auf die Kabine und wichen zurück. Im Innern trug ein junger Mann ein kleines Mädchen auf dem Arm. Seine rechte Hand versteckte etwas in seinem Rücken.

»Lassen Sie das Kind herunter«, schrie der Chef der Einheit, »und strecken Sie die Hände ...!«

Billy Bob ließ ihm nicht die Zeit, den Satz zu beenden. Mit einer blitzschnellen Handbewegung schwang er die Pumpgun nach vorn und schoss. Die Ladung traf den Polizist voll ins Gesicht. Seine Gasmaske explodierte, und die Bruchstücke schwirrten wie Konfetti um ihn herum.

In Panik wichen die Sicherheitskräfte zum Eingang des Flurs zurück.

»Weg mit der Waffe!«, schrie einer der Polizisten.

Billy Bob setzte die Mündung des Gewehrs unter das Kinn von Naïs.

»Lasst mich durch, oder ich blas ihr den Kopf weg!«

155

Megan griff nach der Halbautomatik, die der Unbekannte zurückgelassen hatte.

Nie hätte sie gedacht, dass eine Pistole so schwer sein könnte. Sie vermutete, dass die Waffe defekt war oder eine Ladehemmung hatte und dass der Mann sie aus diesem

Grund zurückgelassen hatte. Sie wollte das Magazin überprüfen, wusste aber nicht, wie sie es anstellen sollte. Im Flur waren wieder Schreie zu hören, ganz nah. Nach dem Schuss hatte sie die Stimme von Billy Bob erkannt, diese näselnde Stimme eines Heranwachsenden im Stimmbruch, die sie bis in den Schlaf hinein verfolgte. Sie stellte sich breitbeinig hin und richtete die Pistole auf die Toilettentür, bereit, ihn zu empfangen, falls er hereinplatzen sollte.

Aber nichts geschah. Der Widerhall der Stimmen und Schritte wurde leiser.

Megan wagte es nicht, sich von der Stelle zu rühren.

156

Der Scharfschütze der Polizei hielt immer wieder für kurze Zeit die Luft an und bewegte langsam das rechte Bein, das ihm eingeschlafen war.

Von dem Dach aus, auf dem er Stellung bezogen hatte, hatte er das gesamte Krankenhaus im Blick, doch seine ganze Aufmerksamkeit galt dem Eingang zur Notaufnahme. Der junge Mann, der das Mädchen trug, kam in sein Gesichtsfeld.

»Adler 1«, sagte er in das Mikrofon seines Helms. »Ich habe Sichtkontakt.« Das Mikrofon in seinem Ohr rauschte.

»Adler 1, können Sie ihn ausschalten, ohne das Mädchen zu treffen?«

Er konzentrierte sich auf die Bewegung des Zielobjekts und kalkulierte rasch. Bei trockenem Wetter beschrieb ein Mantelgeschoss eine um eine halb Bogenminute fallende

Flugbahn. Die Entfernung zum Ziel betrug hundert Meter. Das Geschoss würde nicht abgebremst, und es würde den Kopf des Jungen in weniger als einer Sekunde erreichen.

»Ich wiederhole: Adler 1, können Sie ihn ausschalten, ohne das Mädchen zu treffen?«

»Positiv.«

157

Billy Bob drückte Naïs an sich und machte einen Schritt auf den Parkplatz. Die Rauchschwaden hatten sich verzogen, sodass die Narben der Schießerei zum Vorschein kamen. Das Erdgeschoss des Krankenhauses schien mit einem Mörser unter Trommelfeuer genommen worden zu sein. Geschosssalven hatten die Fassade durchsiebt, und pulverisiertes Glas überzog den Asphalt wie eine dünne Schicht Raureif. In den oberen Stockwerken hatten die Zivilisten die Fenster verlassen, und die meisten hatten sich mittlerweile auf dem Flachdach des Gebäudes versammelt. Die Hubschrauber kreisten weiterhin am Himmel, und die Sonne war verschwunden, verdeckt von der dunklen Linie der Gebäude im Westen.

Billy sah die Polizisten, die, gestützt auf die Motorhauben ihrer Fahrzeuge, Gewehre auf ihn gerichtet hatten. Etwa zwanzig Meter entfernt, versperrte ein Panzerwagen den Weg Richtung Feliko Street und Berrada Street.

Mit dem Handballen drückte Billy den Spannhebel der Mossberg 500, überprüfte, ob noch Patronen in der Kammer waren, und machte einen weiteren Schritt.

»Sie sind umstellt!«, schrie eine Stimme in ein Megafon. »Stellen Sie die Geisel vor sich hin!«

Billy atmete ein und schwenkte das Gewehr. Er feuerte im Halbkreis und fing an zu laufen. Die Windschutzscheibe des Panzerwagens wurde weiß, ohne jedoch unter den Salven zu zerbersten. Dort, wo die Kugeln auf den Wagentüren aufschlugen, sprühten Funken.

Die Polizisten erwiderten das Feuer nicht. Billy stürzte strauchelnd zur Straße. In der Ferne sah er den Widerschein der untergehenden Sonne auf einer Polizeiabsperrung. Das Mädchen auf seinem Arm heulte, aber er hörte sie nicht. Von den Detonationen taub geworden, schien es ihm, als würde er durch eine Blase laufen, inmitten einer wie durch Watte gedämpften Welt schweben. Er drehte sich um und drückte auf den Abzug, wobei er ins Blaue hinein zielte. Die Patronen trafen eine Palme, Rindenstücke tanzten in der heißen Luft.

Das Mündungsfeuer einer Waffe blitzte irgendwo am linken Rand seines Gesichtsfeldes auf. Er hatte keine Zeit mehr, um sich zu bewegen. Die Kugel vom Kaliber 50 BMG durchbohrte sein Auge und riss die Rückseite seiner Schädelkalotte weg.

Billy taumelte und fiel auf den Rücken. Naïs schlug sanft auf dem Boden auf und hörte auf zu weinen. Sie betrachtete die Polizisten, die auf sie zuliefen, die Hubschrauber am Himmel und das Blut auf dem Asphalt.

Megan öffnete die Tür der Damentoilette und wagte sich auf den Flur.

Doch schon nach wenigen Metern erwachte wieder der Schmerz in ihrem Bein. Das unregelmäßige Geräusch ihrer Schritte hallte in den dunklen Gängen wider. Sie warf einen Blick über ihre Schulter und sah Gestalten, die durch das phosphoreszierende Licht in der Aufzugskabine nur spärlich beleuchtet wurden. Eine von ihnen zeigte mit dem Finger auf sie.

»Nein ...«, stöhnte sie.

Hinkend versuchte sie zu fliehen und flehte darum, dass sie sie nicht verfolgen würden, aber der Schmerz verschlug ihr den Atem. Sie stützte sich an der Wand ab, wegen der Tränen sah sie alles nur noch ganz verschwommen. Der Raum vor ihr schien sich zu strecken, als hätte sich der Fluchtpunkt jäh in die Tiefe verschoben. Sie musste sich nicht umdrehen, um zu wissen, dass die Gestalt sie gleich einholen würde.

»Polizei! Lassen Sie die Waffe fallen!«

Megan wandte sich ungläubig zu dem Mann um, der sein Gewehr auf sie gerichtet hatte.

»Sind ... sind Sie von der Polizei?«

»Lassen Sie die Waffe fallen!«

Die Pistole fiel scheppernd auf den Linoleumboden. Sie brach in den Armen des Polizisten zusammen, und ihre Tränen benetzten die kugelsichere Weste.

»O mein Gott ... danke ... danke ...«

159

Benjamin spürte, wie sich eine eisige Kälte allmählich in seinen Beinen und Armen ausbreitete, während seine Brust und sein Gesicht vor Hitze derart glühten, dass er sich ins Sprechzimmer der Krankenstation in Damasak zurückversetzt fühlte.

Er lehnte mit dem Rücken an der Wand gegenüber dem Aufzug und hörte die Worte und die Geräusche um sich herum nicht mehr. Die Kugel in seinem Bauch brachte ihn schneller um, als er gedacht hätte. Weniger als drei Meter von ihm entfernt lag ein Polizist, dem der Schrot das Gesicht weggerissen hatte. Wenn sich der Tod näherte, das wurde ihm schmerzlich bewusst, sah man nicht sein Leben noch einmal vor dem inneren Auge vorüberziehen. Höchstens nahmen gewisse Erinnerungen, die stärker waren als andere, Gestalt an.

Das bisschen Energie, das ihm noch blieb, zusammennehmend, versuchte er jene Momente und Stunden der Muße, die der Jugend eigen sind, in denen sich die Zeit zu dehnen scheint und das Leben ein einziges Versprechen ist, wiederaufleben zu lassen. Ein sehr schönes Versprechen.

Benjamin unterdrückte ein Stöhnen. Seine Nägel bohrten sich in seine Haut. Er atmete schwer, die Kälte breitete sich langsam in seiner Brust aus. Er wandte ein wenig den Kopf und sah einen Polizisten und eine Frau auf sich zukommen. Der Mann hatte seinen Arm um die zierlichen Schultern der jungen Frau gelegt, und beide gingen gebeugt, mit kleinen, kurzen Schritten.

Benjamin versuchte, Megan anzulächeln, als sie dicht an

ihm vorüberging. Aber ihre Blicke begegneten sich nicht. Sie sah ihn nicht an. Der Blutlache auf dem Boden ausweichend, schlurfte sie an ihm vorbei. Er wollte sich aufrichten, ihr zurufen, aber seine Kräfte hatten ihn verlassen. Er konnte sich nicht mehr rühren und sah ihr ohnmächtig nach, wie sie in Richtung des Dämmerlichts entschwand, das er am Ende des Ganges wahrzunehmen glaubte. Tränen stiegen ihm in die Augen. Wieder versuchte er, ihr zuzurufen, sie bei ihrem Vornamen zu rufen, aber seine Stimme trug nicht und erstarb zwischen seinen Lippen. Tränen liefen ihm über die Wangen und den Hals hinunter, doch er bemerkte nicht, dass er weinte. Es gelang ihm, seine Hand in die Tasche seiner Hose zu stecken und das hölzerne Jo-Jo herauszunehmen, das er wieder zusammengeklebt hatte.

Megan drehte sich nicht um, als er das Spielzeug mit einem leichten Schwung aus der Hand fallen ließ. Das Jo-Jo rollte, wackelte und fiel um.

Benjamin lächelte. Er schloss die Augen, und das letzte Bild, das er sah, bevor er starb, war das einer jungen Krankenschwester, die auf seine Annäherungsversuche antwortete: »Warum nicht?«

160

Jacques stand auf der anderen Straßenseite, als die Polizisten mit den Überlebenden des Blutbads aus dem Krankenhaus herauskamen. Ärzte und Pflegekräfte stützten Patienten und halfen ihnen, über den Parkplatz zu gehen, auf dem weiße Tücher die Leichen bedeckten. Rettungswagen von anderen städtischen Kliniken fuhren bereits vor, um etwaige Verletzte zu überführen, und ihre Sirenen ertönten im Wechsel mit denen der Polizeifahrzeuge. Ärzte und Pflegepersonal erzählten den Polizisten erschüttert den Hergang der Ereignisse, während in den Seitenstraßen die ersten Übertragungswagen von Fernsehsendern auftauchten.

Jacques hielt in der verstörten kleinen Menge, die sich am Eingang der Notaufnahme bildete, Ausschau nach dem Gesicht von Benjamin. Er erkannte Megan, die von zwei Polizisten gestützt wurde. Die junge Frau wurde zu einem etwas abseits stehenden Rettungswagen geführt, wo man sie im Heck auf die Krankentrage setzte. Er sah die vertraute Gestalt von Pater David, der in eine Decke gewickelt war. Der alte Mann sah verstört aus und wirkte so schmächtig, dass schon ein leichter Luftzug genügt hätte, ihn umzuwerfen. Er sah sich unentwegt um, als wäre er gerade aus einem längeren Koma erwacht. Mit der Hand beschirmte er seine Augen gegen die letzten Strahlen der untergehenden Sonne. Ihre Blicke begegneten sich, aber Pater David starrte ihn nur an, ohne ihn zu erkennen. Der alte Mann trottete allein über den Parkplatz und drehte sich um sich selbst. Dann bekreuzigte er sich, hob die Augen zum Himmel und faltete die Hände.

Jacques ging vom Gehsteig herunter. Eine schlimme Vorahnung krampfte ihm den Magen zusammen. Die beiden Polizisten, die seine Ausweispapiere überprüft hatten, versperrten ihm den Weg und bedeuteten ihm zurückzutreten. Er wollte sie umgehen, aber Absperrbänder und Barrieren hinderten die Journalisten und die Schaulustigen daran, sich dem Krankenhaus zu nähern. Er winkte dem Priester mit beiden Händen zu, aber der alte Mann sah ihn nicht. Pater David stieß mehrere Krankenpfleger zur Seite, als er wie ein Roboter zu einem Rettungswagen marschierte. Er sprach einen Arzt an, der ein kleines Mädchen in den Armen hielt. Jacques erkannte Naïs, als der Priester sie schluchzend umarmte. Eine plötzliche Unruhe am Rand seines Gesichtsfeldes und das Raunen der Menge ließen ihn den Kopf Richtung Notaufnahme drehen.

Das, was bis jetzt nur eine Ahnung gewesen war, ein mulmiges Bauchgefühl, wurde zu schmerzlicher Gewissheit. Als er den reglosen Körper auf der Bahre sah, die aus dem Krankenhaus getragen wurde, wusste Jacques, dass sich seine schlimmsten Befürchtungen bewahrheitet hatten.

Innerhalb einer Sekunde war ihm alles klar. Aber sein Bewusstsein versperrte sich dieser Erkenntnis noch und weigerte sich, das zu formulieren, was er bereits wusste. Mit einem Blick umfasste er die Szene, Schmerz und Hoffnung rangen in ihm miteinander. Die Hoffnung, sich geirrt zu haben. Die Hoffnung, den Ausdruck auf den Gesichtern der Männer, die die Bahre trugen, falsch gedeutet zu haben. Mit den Ellbogen stieß er die Polizisten zurück, die versuchten, ihn festzuhalten. Doch schon nach wenigen Metern brachten sie ihn zum Stehen. Er spürte, wie seine Kräfte ihn verließen, wie seine Beine ihm den Dienst versagten.

Die Tragbahre wurde zwischen zwei Fahrzeugen auf den Asphalt gestellt. Ein Mann entfaltete ein weißes Leintuch und beugte sich über die Leiche von Benjamin Dufrais, um sie zu verhüllen.

MÄRZ 2010
My only friend, the end

»This is the end / beautiful friend / this is the end«
Jim Morrison, The End

161

Kommissar Forman Stona bedankte sich mit einem Kopfnicken bei dem Krankenpfleger und näherte sich dem Klinikbett, auf dem Umaru lag. Drainage- und Infusionsschläuche ragten aus seinem Körper heraus, sein Bauch war verbunden. Der Albino folgte seinem Besucher mit den Augen.

Forman Stona nahm einen Stuhl und stellte seine Ledertasche rechts neben sich. Er setzte sich dicht neben den Verwundeten, wandte sich leicht zum Fenster hin und lauschte schweigend dem Rauschen des Windes in den Blättern, dem regelmäßigen Piepton des Herzmonitors, dem Lachen der Krankenschwestern auf dem Flur.

Lange Minuten vergingen, und keiner von beiden sagte etwas. Schließlich räusperte sich Stona.

»Ich bin hier, um dir zu sagen, dass du verlegt wirst.«

Er legte seine Hand auf den Unterarm von Umaru. Dieser befeuchtete sich die Lippen und sagte unter Mühen: »Wohin …?«

»Auf die Krankenstation des Gefängnisses von Abuja.«

»Warum du …?«

»Ich verstehe nicht.«

»Warum teilst du mir das mit …? Warum du und nicht ein anderer …?«

»Weil ich darum gebeten habe«, sagte Forman Stona und lehnte sich auf dem Stuhl zurück.

Umaru strich eine Falte im Bettlaken glatt und betrachtete dann das Profil des Polizisten, das sich gegen das Fenster abhob.

»Naïs ... habt ihr sie gefunden?«

»Nein. Noch nicht.«

Umaru nickte nachdenklich mit dem Kopf, und diese leichte Anstrengung schien ihn zu erschöpfen.

»Warum bist du gekommen ...?«

Forman dachte nach, seufzte und beugte sich mit gefalteten Händen nach vorn.

»Ich weiß es nicht.« Er senkte den Kopf und heftete den Blick auf einen braunen Fleck zwischen seinen Füßen. »Ehrlich, ich weiß es nicht ...«

»Bist du gekommen, um dir das Gesicht des Scheiterns anzusehen?«

»Es ist nicht dein Scheitern, was ich sehe. Ich sehe das Scheitern der Revolution, Aduasanbis und auch dieses Landes.«

»Dieses Land ...«, sagte Umaru lächelnd, »dieses Land ist so wie die Welt von heute.«

Er verstummte und verharrte reglos, den Blick zur Decke gerichtet. Stona wusste nicht, ob er gehen oder bleiben sollte. Doch nach langem Schweigen fuhr Umaru fort: »Ich habe geglaubt, Naïs würde mir ein anderes Leben ermöglichen ...« Seine Stimme war müde und schwach. »Kein besseres Leben, nur ein anderes Leben. Aber jetzt ist mir klar, wie naiv ich gewesen bin ... Man kann kein anderes Leben führen. Niemals. Man kann Entscheidungen treffen, aber man kann nicht aus seiner Haut.«

Der Polizist stand auf und legte ein letztes Mal seine Hand auf den Arm des Verwundeten. Dann öffnete er seine Ledertasche und holte einen Kleintransporter in Miniatur heraus, einen Danfo, gebastelt aus zugeschnittenen Getränkedosen und Draht. Er stellte ihn aufs Bett.

»Du hast mir einmal erzählt, dass dein Vater einen solchen Minibus gefahren hat«, sagte er. »Ich hab gedacht, das wäre dir lieber als Blumen.«

Umaru lachte seltsam. In der Tür stehend, sah Forman Stona ihn an und lächelte zurück.

Einige Straßen von der Klinik entfernt blieb der Polizist vor einer mit Graffiti überzogenen Mauer stehen. Zwischen den Symbolen verschiedener Gangs sah man Porträts von Männern. Die Zeichnungen waren primitiv, die Strichführung unbeholfen, aber Stona erkannte mühelos Fela Kuti, Nelson Mandela und Toussaint Louverture. Er betrachtete die Zeichnungen und insbesondere jene, die einen graubärtigen Mann zeigte, der den Blick auf einen unsichtbaren Punkt am Horizont richtete.

Um das Porträt von Yaru Aduasanbi herum waren Bemerkungen gekritzelt worden. Eine davon lautete: »Ich werde meinen Söhnen von Ihrem Kampf erzählen. Und sie werden ihren Söhnen davon erzählen. Und durch die Söhne ihrer Söhne werden Sie weiterleben. Wir schwören: Die Revolution wird niemals sterben.«

162

Der Aufbahrungssaal war ein schmaler, purpurrot tapezierter Raum. In einer Ecke brannten, diskret von einem Vorhang verdeckt, zwei Räucherstäbchen und verbreiteten einen ekelerregenden Vanillegeruch. Zwei weiße Kerzen rahmten das Gesicht Benjamins ein, dessen Kopf auf dem Sargkissen ruhte. Die Flammen der Kerzen ließen die Schatten unter den Augen noch dunkler erscheinen. Das Make-up färbte seine Haut und die sorgfältig rasierten hohlen Wangen grau.

Die Mitglieder von MSF verharrten in stillem Gedenken vor dem Leichnam, und Jacques, der neben dem Sarg stand, legte seine Hand auf die von Benjamin. Er drückte sie, in der Hoffnung, dass ein Zucken diesem Albtraum ein Ende setzte. Seitdem er seinen Eid abgelegt hatte, hatte er Hunderte von Toten gesehen; seine Eltern hatte er in ähnlicher Weise in einer Friedhofskapelle aufgebahrt gesehen, er hatte Kinder in Massengräbern gesehen, erschossene Soldaten auf den Gehsteigen von Sarajevo und Abidjan, er hatte gesehen, wie der Tod Familien dezimiert hatte. Und dennoch hoffte er in diesem Augenblick, dass Benjamin die Augen aufschlagen würde, dass sich die Blässe und der wachsartige Teint rosa färben und wieder Blut in seinen Adern fließen würde. Der Trauerbegleiter betrat das Zimmer und schloss behutsam die Tür. Er wartete eine Weile, ehe er das Schweigen brach.

»Wenn Sie ein paar Worte sagen wollen ...«

Jacques fragte sich, welches Gebet er an seinen Freund richten könnte. Er lächelte, als sich die Worte von selbst aufdrängten.

»Wenn man als Arzt approbiert wird«, sagte er mit lauter Stimme, »schwört man, an den Regeln der Ehre und Redlichkeit festzuhalten.«

Die Mitglieder von MSF nahmen sich bei der Hand und sprachen im Chor.

»Ich werde alle Menschen, ihre Unabhängigkeit und ihren Willen achten, ohne einen Unterschied nach ihrem

Stand oder ihren Überzeugungen zu machen. Ich werde zu ihrem Schutz einschreiten, wenn sie schwach, verletzlich oder in ihrer Integrität oder Würde bedroht sind. Selbst unter Zwang werde ich meine Kenntnisse nicht gegen die Gesetze der Menschlichkeit anwenden.«

Jacques unterdrückte einen Schluchzer und zwang sich fortzufahren.

»Ich werde den Bedürftigen behandeln und jeden, der mich darum bittet. Ich werde mich nicht von Gewinn- oder Ruhmsucht beeinflussen lassen. Ich werde alles tun, um Leiden zu lindern. Ich werde den Todeskampf nicht übermäßig verlängern.«

Als Jacques die Flammen der Kerzen ausblies, wurde es still. Ein sanftes Dämmerlicht hüllte den Raum ein. Der Trauerbegleiter beugte sich zur Rechten des Toten hinunter und ließ die Luft aus dem Sargkissen heraus.

Die Ärzte und Krankenpfleger, die Benjamin Dufrais gekannt hatten, näherten sich nacheinander dem hellen Holzsarg, und jeder flüsterte, wenn er vorne war: »Die Menschen und meine Kollegen mögen mich hochachten, wenn ich meine Versprechen halte; möge ich entehrt und verachtet werden, wenn ich sie breche.«

163

Vor dem großen Fenster des Flughafens kreuzte Jacques die Hände hinter dem Rücken und betrachtete die Lichtpunkte, die die Landebahnen säumten. Es war tiefschwarze Nacht, und die Lichter der Städte in der Ferne färbten den Himmel orange und rötlich-violett. Hagel peitschte die Pilotenkanzeln der Flugzeuge, und auf dem Metall glitzerten tausend Lichtfunken.

Er lehnte die Stirn an die kalte Scheibe. Vor einem Monat hatte er an derselben Stelle gestanden. Und er hatte die Stirn in der gleichen Weise an die Scheibe gelehnt, als der Sarg von Benjamin Dufrais auf einen Containertransporter geschoben und zum Leichenwagen gefahren worden war.

Er hatte befürchtet, der Fahrer würde die Blechkiste umkippen, und der Leichnam Benjamins würde zwischen das Gepäck fallen. Aber nichts dergleichen war passiert. Der Fahrer des Containertransporters hatte geschickt manövriert und sich mit dem Geisterbahnwagen in den dichten Verkehr am Rand der Rollbahn eingefädelt. Eltern hatten ihre Kinder von dem Anblick abgelenkt, als sie erkannt hatten, dass die große Kiste auf der Ladefläche kein Koffer war. Jacques hatte ein paar Worte an sie richten, ihnen mitteilen wollen, dass die Leiche in dem Sarg die eines Freundes sei, aber er hatte lieber geschwiegen und still geweint.

Er trocknete sich die Augen und sah das Spiegelbild von Megan dicht neben seinem. Er drehte sich um und wollte die junge Frau anlächeln, aber er war so verwirrt und niedergeschlagen, dass er spürte, wie ihn alle Kraft verließ. Megan fasste ihn am Arm und verhinderte so, dass er zusammenbrach.

»Mir geht es gut«, murmelte er, um sie zu beruhigen, »mir geht es gut.«

»Kommen Sie, setzen Sie sich.«

Er ließ sich zu den Sitzreihen führen. Megan starrte ihn an und wunderte sich, dass sie ihn kaum wiedererkannte. Er war plötzlich gealtert, als ob die Gegenwart Benjamins an seiner Seite ihn bislang am Leben gehalten hatte. Der sturmgestählte, selbstbewusste Missionschef existierte nicht mehr.

»Um wie viel Uhr geht Ihr Flugzeug?«, fragte er.

»Das Boarding beginnt in zehn Minuten. Ich werde heute Abend in Kenia eintreffen.«

Megan ließ ihren Blick über den Pariser Flughafen gleiten, denselben Flughafen, an dem sie einst voll naiver Illusionen von Bord des Flugzeugs aus Chicago gegangen war.

»Wissen Sie ...«, fuhr sie fort. »Ich muss immer wieder an den Moment denken, wo ich dieses Krankenhaus verlassen habe. Ich weiß jetzt, dass ich an Benjamin vorbeigegangen bin, und doch ...« Sie suchte nach Worten. »... kann ich mich einfach nicht daran erinnern. Also versuche ich es immer wieder, aber nie sehe ich sein Gesicht.«

»Ich glaube nicht, dass er gewollt hätte, dass Sie ihn so in Erinnerung behalten.«

Megan sah Jacques unverwandt in die Augen.

»Warum hat er das getan?«

Der Arzt zuckte mit den Schultern.

»Weil er Sie geliebt hat? Weil er seinem Leben einen Sinn geben wollte? Benjamin und ich haben hier auf der Erde genug Schweinereien gesehen, um zu wissen, dass man das Wesentliche nicht ignorieren darf. Und für ihn waren Sie das Wesentliche.«

»Mir wäre es lieber gewesen, wir wären uns nicht begegnet.«

»Sagen Sie das nicht.«

Er nahm ihre Hand, und Megan war erstaunt, wie kalt sie war. Der Aufruf zum Boarding übertönte seine Worte. Megan schloss ihn in die Arme und stand auf.

Draußen hagelte es nicht mehr. Die dunkle Silhouette eines Flugzeugs rollte langsam auf eine Piste, Kinder liefen lachend zwischen den Sitzreihen hindurch. Die Welt war die gleiche wie gestern, die gleiche wie morgen.

164

Henry Okah stieg aus dem Fahrzeug und öffnete den Kofferraum. Die drei Wasserstoffflaschen und die Benzinkanister machten den Wagen schwer, aber er konnte noch fahren. Er betrachtete die Sprengladung im Kofferraum, dann die Männer der MEND, die geschäftig hin und her eilten und letzte Vorbereitungen für die Abfahrt trafen.

In der Ferne erklangen Freudenschreie und Musik aus den nördlichen Vororten von Abuja und verstärkten sich in Richtung Stadtzentrum. Von dem Hügel aus, auf dem sie sich befanden, sah Henry Okah jenseits der gigantischen Müllhalden die Menschenmenge und Tausende Fähnchen, die im Wind flatterten. Er hörte den fernen Tumult und den Klang der Fanfaren.

An diesem Anfang des Monats Oktober feierte Nigeria den 50. Jahrestag seiner Unabhängigkeit, und die festliche Stimmung schien die ganze Stadt erfasst zu haben. Einer seiner Stellvertreter gesellte sich zu ihm, und sie sahen sich die Parade an. In dieser Entfernung glich die Menge einem langen bunten Band, einem anschwellenden Fluss, der die Straßen überflutete.

Okah entfaltete eine Karte von Abuja und legte den Zeigefinger auf den Eagle Square.

»Hier wird das Attentat stattfinden.«

Er hatte lange über den Ort und das Datum dieses Anschlags nachgedacht. Der Eagle Square, das symbolische Herz Nigerias, hatte sich von selbst aufgedrängt. Auf diesem riesigen betonierten Platz, der von vergoldeten Statuen gesäumt wurde, legten die Präsidenten seit der Rückkehr zur Demokratie ihren Amtseid ab. Unterhalb davon erhob sich der Gebäudekomplex des Staatspräsidenten, auf der anderen Seite befanden sich die Nationalversammlung und der Oberste Gerichtshof.

Es gab keinen besseren Ort, um die Wiederauferstehung der MEND zu feiern, dachte er.

In weniger als einer Stunde würde der Zünder das Benzin in Brand setzen, und die Wasserstoffflaschen würden unter der Einwirkung der Hitze explodieren. Von dieser Felskuppe aus, die die Stadt überragte, würde er nur einen hellen Lichtblitz sehen, der über die Dächer emporschießen würde. Rötliche Funken würden in den Himmel stieben. Und dann würden sie den stark gedämpften Knall einer Explosion hören. Kaum ein Murmeln.

Henry sah ein weiteres Mal seine Männer an.

Bauern, Fischer, Ausgestoßene, Bettler, Kinder des Volkes, namenlose Helden. Hinter ihnen brannten die Hochfackeln einer Erdölförderplattform. Vor ihnen lag eine ungewisse Zukunft, der Kampf für Gerechtigkeit, für die Revolution und für die Welt.

»In einer Revolution, wie in allen anderen Dingen, muss man siegen oder sterben«, murmelte er.

»Du, Gott der himmlischen Heerscharen,
weise die Gewalt des Teufels weit von uns.
Gott der Wahrheit und der Barmherzigkeit,
lass all seine Tücke scheitern.
Gott der Freiheit und der Gnade,
sprenge die Fesseln seiner Bosheit.«

Der Priester bekreuzigte sich, und die Männer und Frauen, die ihm gegenüberstanden, taten es ihm gleich.

»Amen.«

Pater David wandte sich dem an der Wand der katholischen Missionsstation befestigten Kruzifix zu und schlug die Augen nieder. In dem Innenhof aus gestampfter Erde betete die kleine Gemeinde schweigend. Pater David spendete sich selbst die Kommunion und wartete dann, dass die Gläubigen zu ihm kamen, um die Hostie zu empfangen. Nachdem die Messe zu Ende war, verliefen sich die Mitglieder der Gemeinde in der Dunkelheit.

Der Priester betrachtete den Viktoriasee.

Am Ufer erloschen die Laternen in den Dörfern nacheinander, und die Zivilisation machte einer unendlichen Zahl von Sternen Platz. Der rötliche Mond, der dicht über der Vegetation schwebte, diente den Fischern, die kreuz und quer über den See fuhren, als Kompass und füllte ihre Netze. Im Licht der Fackeln zogen sie in den Hanfmaschen fast ausschließlich große Welse heraus, die bis zu den Gräten mit Schlick und Schlamm vollgestopft waren. Ihr gewürztes sehniges Fleisch war das Hauptgericht im gesamten Umkreis des Sees. Und es sollte vermutlich die letzte Speise sein, die er auf dieser Erde einnehmen würde, dachte Pater David. Er bekreuzigte sich und öffnete die Türen der Missionsstation.

Hinter den Moskitonetzen des Gemeinschaftsraums schliefen Kinder oder lauschten den Geschichten, die ihnen die Schwestern vom Missionsorden der Nächstenliebe vorlasen. Der Priester grüßte die Oberin und ging in den Hinterhof.

Diese Frauen, die das Erbe von Mutter Teresa weiterführten, hatten ihn bei sich aufgenommen. Man hatte ihm keine Fragen über seine Vergangenheit oder über das Mädchen, das ihn begleitete, gestellt. Die Schwestern kümmerten sich um Kinder, die Opfer von Teufelsaustreibungen geworden waren, um Waisen, die der Hexerei bezichtigt und aus ihren Dörfern verjagt worden waren. Pater David hatte geglaubt, dass Naïs, mehr als irgendwo sonst, hier an ihrem Platz wäre. Er hatte gezögert, einer der Ordensfrauen die seltsame Geschichte des Mädchens, das nicht alterte, anzuvertrauen, denn er hatte befürchtet, dass sich das Schicksal erneut gegen Naïs verschwören würde, wenn er dieses Geheimnis preisgäbe.

Sie beschützen. Das war seine Mission in dieser Welt, das Schicksal, das Gott für ihn ausersehen hatte. Naïs war seine Tochter, und sie war sein Kreuz. Das war ihm mittlerweile klar.

Der Priester betrat vorsichtig das kleine Zimmer, das etwas abseits vom Waisenhaus lag. In der Tür lächelte er der jungen Frau zu, die das Kind in ihren Armen hielt.

166

Megan saß am Fenster und streichelte das Gesicht von Naïs, die sich an sie kuschelte.

Irgendwo in der Dunkelheit sang eine Frau, und ihre Worte verschmolzen mit dem Säuseln des Windes zwischen den Ästen der Eukalyptusbäume.

Megan Clifford fragte sich, ob eine unsichtbare Hand ihren Lebensfaden gesponnen hatte, um sie bis hierherzuführen, weit weg von ihren Wurzeln und der ihr vertrauten Welt. Der Tod Alisons, ihr Wunsch, Krankenschwester zu werden, ihre Träume, der Tod Benjamins, ihre Freuden, ihre Erinnerungen, ihre Hoffnungen, alles, was ihr Leben ausmachte und es definierte, hatte es keinen anderen Sinn, als sie genau zu diesem Zeitpunkt an diesen Ort zu bringen?

Bei dem Gedanken wurde ihr schwindlig, aber ihre Entschlossenheit geriet nicht ins Wanken.

Sie hatte auf die inständige Bitte des Priesters geantwortet und geschworen, ihr Schicksal an das des kleinen Mädchens zu binden. Gemeinsam wollten sie sie beschützen und ihr jene Geborgenheit schenken, die jedem Kind zusteht. Das war der Sinn, den sie ihrem Leben geben wollte.

Seit sie diesen Entschluss gefasst hatte, spukte das Gespenst Alisons nicht mehr durch ihre Nächte.

Naïs schlug die Augen auf und starrte sie lange an. Ein Lächeln erhellte ihr Gesicht.

»Mama« war das erste Wort, das sie sagte.

ANMERKUNG DES AUTORS

Ein Großteil der Ereignisse, die in diesem Roman geschildert werden, entspricht der historischen Wahrheit.

Henry Okah gibt es wirklich, und seine, zumindest erstaunliche, Entlassung aus dem Gefängnis im Jahr 2009 diente mir als Grundlage für diesen Roman. Gegenwärtig steht er wegen des Verdachts vor Gericht, an einem Doppelanschlag beteiligt gewesen zu sein, der am 1. Oktober 2010, dem 50. Jahrestag der Unabhängigkeit Nigerias, in Abuja zwölf Todesopfer forderte.

Während Naïs meiner Phantasie entsprungen ist, feiert ihre amerikanische »Zwillingsschwester«, Brooke Greenberg, zu dem Zeitpunkt, wo ich diese Zeilen schreibe, ihren 18. Geburtstag.

Der Vorname Naïs ist eine Hommage an Yal Ayerdhal und die Heldin seines Romans *Transparences*.

Nach dem Bruch einer Ölpipeline von Exxon Mobile am 1. Mai 2010 ergossen sich vier Millionen Liter Rohöl ins Nigerdelta, ehe das Leck nach einer Woche abgedichtet werden konnte.

Die Figuren Pater David und Yaru Aduasanbi sind von der Lebensgeschichte von Camilo Torres inspiriert, dem Priester und Hochschullehrer, der zum Guerillero wurde. Er ist in Südamerika genauso berühmt wie Ernesto Guevara. Seine letzten Worte, ehe er von der kolumbianischen Armee getötet wurde, lauteten: »Kein Schritt zurück! Befreiung oder Tod!«

DANKSAGUNG

Dieser Roman ist meinen Eltern und meiner Schwester gewidmet; ich möchte ihnen meine tief empfundene Zuneigung bekunden.

Ich danke der Frau, die mir im Alltag zur Seite steht, mich beflügelt und meine Zweifel erträgt: Eloïse.

Gérard und Ginette Lanine schenken mir das Selbstvertrauen, das man braucht, um ein Projekt beharrlich voranzutreiben, und ich folge ihrem Beispiel: Ohne Fleiß kein Preis.

Nicolas Trenti und Benoît Minville haben Schritt für Schritt den Fortschritt dieses Textes verfolgt, und ich weiß, dass ohne ihre Unterstützung und ihre Freundschaft das Schreiben dieses Romans nicht den gleichen Reiz besessen hätte. Ich werde ihnen nie genügend dafür danken können. Aufmerksame Leser – Dominique Bouchard, Hoel Maleuvre und Didier Coviaux – haben mir durch ihre klugen Ratschläge erlaubt, dieses literarische Abenteuer konsequent zu Ende zu führen. Ich möchte die Gelegenheit nicht versäumen, ihnen hier meine tiefe Dankbarkeit auszudrücken.

Das Centre National du Livre hat mir sein Vertrauen erwiesen, indem es dieses Projekt unterstützt hat: Ich danke den Mitarbeitern und insbesondere Armelle Courrèges für ihr offenes Ohr und ihre Liebenswürdigkeit.

Schließlich hätte ich diesen Roman nicht schreiben können ohne die unschätzbaren persönlichen Erfahrungsberichte von Dr. Arnaud Jannin, der als Arzt für *Médecins*

Sans Frontières arbeitet, und die Ermunterungen von Claude Mesplède, Jean Douchet, David Boidin, Carol Menville und den Lesern von *Die elfte Geisel*.